LES DERNIERS JOURS
DE NOS PÈRES

La Vérité sur l'Affaire Harry Quebert, 2012.

JOËL DICKER

LES DERNIERS JOURS
DE NOS PÈRES

ROMAN

Éditions de Fallois
L'Âge d'Homme

Ce livre a été récompensé
par le Prix des écrivains genevois.

www.joeldicker.com

© Éditions de Fallois / L'Âge d'Homme, 2012
22, rue La Boétie, 75008 Paris

ISBN 978-2-87706-781-2

À ma chère Maminou
et à mon cher Jean,

À la mémoire de Vladimir Dimitrijević.

« Mais n'allez jamais croire que la guerre, même la plus nécessaire, même la plus justifiée, n'est pas un crime. Demandez-le aux fantassins et aux morts. »

ERNEST HEMINGWAY
Introduction à *Treasury for the Free World*

PREMIÈRE PARTIE

1

Que tous les pères du monde, sur le point de nous quitter,
sachent combien sans eux notre péril sera grand.
Ils nous ont appris à marcher, nous ne marcherons plus.
Ils nous ont appris à parler, nous ne parlerons plus.
Ils nous ont appris à vivre, nous ne vivrons plus.
Ils nous ont appris à devenir des Hommes, nous ne serons
même plus des Hommes. Nous ne serons plus rien.

Assis dans l'aube, ils fumaient, contemplant le ciel noir qui dansait sur l'Angleterre. Et Pal récitait sa poésie. Caché dans la nuit, il se souvenait de son père.

Sur la butte où ils se trouvaient, les mégots rougeoyaient dans l'obscurité : ils avaient pris l'habitude de venir fumer aux premières heures du matin. Ils fumaient pour se tenir compagnie, ils fumaient pour ne pas dépérir, ils fumaient pour ne pas oublier qu'ils étaient des Hommes.

Gros, l'obèse, fouinait dans les buissons à la manière d'un chien vagabond, jappant en levant les mulots dans les herbes trempées, et Pal se fâchait contre le faux chien :

— Arrête, Gros ! Aujourd'hui il faut être triste !

Gros s'interrompit après trois réprimandes, et, boudeur comme un enfant, il tournoya autour du demi-cercle que formaient la dizaine de silhouettes pour aller s'asseoir du côté des taciturnes, entre Grenouille, le dépressif, et Prunier, le bègue malheureux, qui aimait les mots en secret.

— À quoi tu penses, Pal ? demanda Gros.

— Je pense à des choses…

— Pense pas à des choses mauvaises, pense à des choses belles.

Et de sa main grasse et potelée, Gros chercha l'épaule de son camarade.

Depuis le perron du vieux manoir qui se dressait face à eux, on les appela. Les entraînements allaient commencer. Tous se hâtèrent aussitôt ; Pal resta encore assis un instant à écouter le murmure de la brume. Il repensait à son départ de Paris. Il y pensait sans cesse, tous les soirs, et tous les matins. Surtout les matins. Il y avait, aujourd'hui, exactement deux mois qu'il était parti.

Cela s'était passé début septembre, juste avant l'automne. Il n'avait pas pu ne rien faire : il fallait défendre les Hommes, défendre les pères. Défendre son père, qu'il avait pourtant juré de ne jamais délaisser depuis ce jour, quelques années plus tôt, où le destin avait emporté sa mère. Le bon fils et le veuf solitaire. Mais la guerre les avait rattrapés, et en faisant le choix des armes, Pal faisait le choix d'abandonner son père. Il avait su son départ en août déjà, mais il avait été incapable de le lui annoncer. Lâche, il n'avait trouvé le courage des adieux qu'à la veille de partir, après le repas du soir.

— Pourquoi toi ? s'était étouffé le père.

— Parce que si ce n'est pas moi, ce ne sera personne.

Le visage plein d'amour et de douleur, il avait enlacé son fils pour lui donner du courage.

Toute la nuit durant, terré dans sa chambre, le père avait pleuré. Il pleurait de tristesse, mais il trouvait que son fils de vingt-deux ans était le plus courageux des enfants. Pal était resté devant sa porte, à écouter les sanglots. Et il s'était soudain tant haï de faire pleurer son père, qu'il s'était entaillé le torse de la pointe de son canif jusqu'à saigner. Dans un miroir, il avait regardé son corps meurtri, il s'était insulté et il avait creusé encore la chair à l'endroit de son cœur pour s'assurer que la cicatrice ne disparaîtrait jamais.

Le lendemain à l'aube, son père, déambulant dans l'appartement en robe de chambre, l'âme déchirée, lui avait fait du café fort. Pal s'était assis à la table de la cuisine, chaussé, chapeauté, et il avait bu le café, lentement, pour retarder le départ. Le meilleur café qu'il boirait jamais.

— As-tu pris de bons vêtements ? avait demandé le père en désignant le sac que son fils s'apprêtait à emporter.

— Oui.

— Laisse-moi vérifier. Il te faut des habits bien chauds, l'hiver va être froid.

Et le père avait ajouté dans le bagage quelques vêtements, du saucisson et du fromage et un peu d'argent. Puis il avait vidé et rempli le sac à trois reprises ; « *je vais le refaire mieux* », répétait-il à chaque fois, essayant de repousser l'inexorable destin. Et lorsqu'il n'y avait eu plus rien qu'il puisse faire, il s'était laissé envahir par l'angoisse et le désespoir.

— Que vais-je devenir ? avait-il demandé.

— Je reviendrai vite.

— J'aurai si peur pour toi !

— Il ne faut pas…

— J'aurai peur tous les jours !

Oui, tant que son fils ne reviendrait pas, il ne mangerait plus ni ne dormirait. Il serait désormais le plus malheureux des Hommes.

— Tu m'écriras ?

— Bien sûr, Papa.

— Et moi je t'attendrai toujours.

Il avait serré son fils contre lui.

— Il faudra continuer à t'instruire, avait-il ajouté. L'instruction c'est important. Si les hommes étaient moins sots, il n'y aurait pas la guerre.

Pal avait hoché la tête.

— Si les hommes étaient moins sots, nous n'en serions pas là.

— Oui, Papa.

— Je t'ai mis des livres…

— Je sais.

— Les livres, c'est important.

Le père avait alors attrapé son fils par les épaules, furieusement, dans un élan de rage désespérée.

— Promets-moi de ne pas mourir !

— Je te le promets.

Pal avait pris son sac, et il avait embrassé son père. Une dernière fois. Et sur le palier, le père l'avait retenu encore :

— Attends ! Tu oublies la clé ! Comment reviendras-tu si tu n'as pas la clé !

Pal n'en voulait pas : ceux qui ne reviendront plus n'emportent pas de clé. Pour ne pas peiner son père, il avait simplement murmuré :

— Je ne voudrais pas risquer de la perdre.

Le père tremblait.

15

— Bien sûr ! Ce serait embêtant… Comment reviendrais-tu… Alors, regarde, je la range sous le paillasson. Regarde comme je la range bien, sous le paillasson, là, tu vois. Je laisserai toujours cette clé ici, pour quand tu reviendras. (Il réfléchit un instant.) Mais si quelqu'un l'emporte ? Hum… Je vais prévenir la concierge, elle en possède un double. Je lui dirai que tu es parti, qu'elle ne doit pas quitter sa loge si je ne suis pas là, de même que je ne dois pas partir si elle n'est pas dans sa loge. Oui, je lui dirai de bien veiller et que je doublerai les étrennes.

— Ne dis rien à la concierge.

— Ne rien dire, bien sûr. Alors je ne fermerai plus la porte à clé, ni le jour, ni la nuit, ni jamais. Ainsi il n'y aura pas de risque que tu ne puisses pas revenir.

Il y avait eu un long silence.

— Au revoir, mon fils, avait dit le père.

— Au revoir, Papa, avait dit le fils.

Pal avait encore soufflé « *je t'aime, Papa* », mais son père ne l'avait pas entendu.

2

Les nuits d'insomnie, Pal quittait le dortoir où ses camarades, épuisés par les entraînements, dormaient tout leur saoul. Il se promenait à travers le manoir glacial dans lequel le vent s'engouffrait comme s'il n'y avait ni portes ni fenêtres. Il se sentait fantôme écossais, lui le Français errant ; il passait par les cuisines, le réfectoire, par la grande bibliothèque ; il regardait sa montre, puis les horloges, et comptait combien de temps il restait avant d'aller fumer avec les autres. Parfois, pour chasser les pensées cafardeuses, il réfléchissait à une histoire drôle pour se divertir lui-même et, s'il la trouvait bonne, il la notait pour la raconter aux autres stagiaires le lendemain. Lorsqu'il ne savait plus quoi faire, il allait passer de l'eau sur ses courbatures et ses plaies, et dans le siphon du lavabo il récitait son prénom, Paul-Émile, Pal comme on l'appelait ici, car presque tout le monde avait reçu un surnom. À nouvelle vie, nouveau nom.

Tout avait commencé à Paris des mois plus tôt, lorsque par

deux fois, avec un de ses amis, Marchaux, il avait peint des croix de Lorraine sur un mur. La première fois, tout s'était bien passé. Alors ils avaient recommencé. La seconde expédition avait eu lieu une fin d'après-midi, dans une ruelle. Marchaux guettait, Pal peignait, et alors qu'il s'appliquait, il avait senti une main lui attraper l'épaule et il avait entendu : « Gestapo ! » Il avait senti son cœur s'arrêter de battre, il s'était retourné : un grand type le tenait fermement par une main et Marchaux de l'autre. « *Bande de petits cons*, avait pesté l'homme, *vous voulez crever pour de la peinture ? La peinture ça ne sert à rien !* » Le type n'était pas de la Gestapo. Au contraire. Marchaux et Pal l'avaient revu à deux reprises. La troisième réunion s'était tenue dans l'arrière-salle d'un café des Batignolles, avec un homme qu'ils n'avaient encore jamais vu, Anglais apparemment. L'homme leur avait expliqué être à la recherche de Français courageux, prêts à se joindre à l'effort de guerre.

Ainsi étaient-ils partis. Pal et Marchaux. Une filière les avait conduits en Espagne, via la zone Sud et les Pyrénées. Marchaux avait alors décidé de bifurquer pour l'Algérie. Pal voulait continuer vers Londres. On disait que tout se jouait là-bas. Il avait gagné le Portugal puis l'Angleterre, par avion. À son arrivée à Londres, il avait transité par le centre d'interrogatoires de Wandsworth – passage obligé pour tous les Français débarquant en Grande-Bretagne – et dans la mêlée des pleutres, des valeureux, des patriotes, des communistes, des brutes, des vétérans, des désespérés et des idéalistes, il avait défilé devant les services de recrutement de l'armée britannique. L'Europe fraternelle coulait, comme un bateau construit trop à la hâte. Depuis deux ans il y avait la guerre, dans les rues et dans les cœurs, et chacun réclamait sa part.

Il n'était pas resté longtemps à Wandsworth. On l'avait rapidement conduit à Northumberland House, un ancien hôtel situé à côté de Trafalgar Square et réquisitionné par le ministère de la Défense. Là-bas, dans une pièce nue et glaciale, il y avait eu de longs entretiens avec Roger Calland, Français comme lui. Les entrevues s'étaient échelonnées sur plusieurs jours : Calland, psychiatre de métier, était devenu recruteur pour le Special Operations Executive, une branche d'actions clandestines des services secrets britanniques, et Pal l'intéressait. Le jeune homme, ignorant tout du destin qu'on lui préparait, s'était contenté de répondre avec application aux questions et aux formulaires, heureux de pouvoir apporter sa petite contribution à l'effort de guerre. Si on le jugeait utile comme mitrailleur, il serait mitrailleur, ah ! comme il mitraillerait bien depuis sa tourelle ; si c'était mécanicien, il serait mécanicien, et il serrerait les boulons comme personne ne les serrerait jamais ; et si les têtes pensantes anglaises lui attribuaient un rôle de petit clerc dans une imprimerie de propagande, il porterait les palettes d'encre avec enthousiasme.

Mais Calland avait bientôt jugé que Pal réunissait les critères des bons agents de terrain du SOE. C'était un garçon tranquille et discret, le visage doux, plutôt beau, et le corps robuste ; il était un furieux patriote sans être l'une de ces têtes brûlées qui pourraient faire perdre une compagnie, ni l'un de ces amoureux éconduits et déprimés qui voulaient la guerre parce qu'ils voulaient la mort. Il s'exprimait bien, avec sens et vigueur, et le médecin l'avait écouté avec amusement lui expliquer que, oui, il s'appliquerait bien à l'imprimerie mais qu'il faudrait lui apprendre un peu, parce que l'imprimerie, il ne connaissait pas très bien, mais qu'il aimait écrire des poésies et se donnerait une peine folle pour faire de beaux tracts, des tracts magnifiques, que l'on larguerait en fanfare depuis les bombardiers et que les pilotes déclameraient dans leur cockpit avec émotion car, finalement, faire des tracts c'était aussi faire la guerre.

Et Calland avait inscrit sur ses feuilles de notes que le jeune Pal était de ces gens de valeur qui souvent s'ignorent, ce qui ajoute la modestie à toutes leurs qualités.

*

Le SOE avait été imaginé par le Premier ministre Churchill lui-même au lendemain de la déroute anglaise à Dunkerque. Conscient qu'il ne pourrait pas affronter les Allemands de front avec une armée régulière, il avait décidé de s'inspirer des mouvements de guérillas pour combattre à l'intérieur des lignes ennemies. Et son concept était remarquable : le Service, sous direction britannique, recrutait des étrangers en Europe occupée, les entraînait et les formait en Grande-Bretagne, puis les renvoyait ponctuellement dans leur pays d'origine, où ils passaient inaperçus parmi la population locale, pour mener des opérations secrètes derrière les lignes ennemies – renseignement, sabotages, attentats, propagande et formation de réseaux.

Lorsque toutes les vérifications de sécurité avaient été effectuées, Calland avait finalement abordé le sujet du SOE avec Pal. C'était à la fin du troisième jour à Northumberland House.

— Serais-tu prêt à mener des missions clandestines en France ? avait demandé le médecin.

Le cœur du jeune homme s'était mis à battre fort.

— Quel genre de mission ?

— La guerre.

— Dangereux ?

— Très.

Puis, sur le ton de la confidence paternelle, Calland avait très succinctement expliqué le SOE, du moins ce que le brouillard de secrets qui entourait le Service lui permettait de révéler, car il fallait que le garçon saisisse tout l'enjeu d'une telle proposition. Sans tout comprendre, Pal comprenait.

— Je ne sais pas si je serai capable, avait-il dit.

Il avait blêmi, lui qui s'était imaginé mécanicien sifflotant, typographe chantonnant, et à qui l'on proposait à demi-mot de rejoindre les services secrets.

— Je vais te laisser du temps pour réfléchir, avait dit Calland.

— Bien sûr, du temps...

Rien n'empêchait Pal de dire non, de rentrer en France, de retrouver sa quiétude parisienne, d'embrasser à nouveau son père et de ne plus jamais le quitter. Mais il savait déjà, dans le fond de son âme tourmentée, qu'il ne refuserait pas. L'enjeu était trop important. Il avait parcouru tout ce chemin pour rejoindre la guerre, et à présent, il ne pouvait plus renoncer. L'estomac noué, les mains tremblantes, Pal avait regagné la chambre dans laquelle on l'avait installé. Il avait deux jours pour réfléchir.

Pal avait retrouvé Calland à Northumberland House le surlendemain. Pour la dernière fois. Il n'avait plus été conduit dans la même sinistre salle d'interrogatoire, mais dans une pièce agréable, bien chauffée, avec des fenêtres donnant sur la rue. Sur une table, on avait disposé des biscuits secs et du thé, et comme Calland s'était absenté un instant, Pal s'était jeté sur la nourriture. Il avait faim, il n'avait presque rien mangé depuis deux jours, à cause de l'angoisse. Et il avait englouti, et englouti encore, il avait avalé sans mâcher. La voix de Calland l'avait soudain fait sursauter.

— Depuis quand n'as-tu pas mangé, mon garçon ?

Pal n'avait rien répondu. Calland l'avait longuement dévisagé : il trouvait que c'était un jeune homme attachant, poli, intelligent, sans doute la fierté de ses parents. Mais il avait les qualités d'un bon agent et cela le perdrait sûrement. Il s'était demandé pourquoi diable ce garçon de malheur était venu jusqu'ici, et pourquoi il n'était pas resté à Paris. Et comme pour repousser le destin, il l'avait emmené dans un café proche pour lui offrir un sandwich.

Ils avaient mangé en silence, assis au comptoir. Puis, au lieu de retourner directement à Northumberland House, ils avaient déambulé dans les rues du centre de Londres. Pal avait déclamé, sans raison, un poème de son inspiration sur son père, enivré par ses propres pas : Londres était une belle ville, les Anglais étaient un peuple plein d'ambition. Calland s'était alors arrêté au milieu du boulevard et l'avait saisi par les épaules :

— Pars, fils, avait-il dit. Cours rejoindre ton père. Ce qui va t'arriver, aucun Homme ne le mérite.

— Les Hommes ne s'enfuient pas.

— Pars, nom de Dieu ! Pars, et ne reviens jamais !

— Je ne peux pas... j'accepte votre proposition !

— Réfléchis encore !

— J'ai décidé. Mais il faut que vous sachiez que je n'ai jamais fait la guerre.

— Nous t'apprendrons... (Le docteur soupira.) Es-tu seulement conscient de ce que tu t'apprêtes à faire ?

— Je crois, Monsieur.

— Non, tu n'en sais rien !

Alors Pal avait dévisagé fixement Calland. Dans ses yeux brillait la lumière du courage, ce courage des fils qui font le désespoir de leurs pères.

*

Ainsi, la nuit, dans le Manoir, Pal repensait souvent à son intégration au sein de la Section F du SOE, qu'il avait rejointe sur la recommandation du docteur Calland. Sous commandement général anglais, le SOE se subdivisait en différentes sections chargées des opérations dans les différents pays occupés. La France en comptait plusieurs, en raison de ses distorsions politiques, et Pal avait été intégré à la Section F, celle des Français indépendants qui n'étaient liés ni à de Gaulle – Section DF –, ni aux communistes – Section RF –, ni à Dieu, ni à personne. Il avait reçu pour couverture un rang et un matricule au sein de l'armée britannique ; si on lui posait des questions, il n'aurait qu'à dire qu'il travaillait pour le ministère de la Défense, ce qui n'avait rien d'exceptionnel, surtout à pareille époque.

Il avait passé quelques semaines de solitude à Londres, à attendre que débute sa formation d'agent. Enfermé dans sa chambrette, il avait ruminé sa décision : il avait délaissé son père, il lui avait préféré la guerre. *Qui as-tu le plus aimé ?* lui demandait sa conscience. La guerre. Il ne pouvait pas s'empêcher de se demander s'il reverrait un jour ce père qu'il avait tant aimé.

Tout avait vraiment commencé au début du mois de novembre près de Guilford, dans le Surrey. Au Manoir. Cela allait faire deux semaines. Wanborough Manor et sa butte des fumeurs de l'aube. La première étape de l'école de formation des stagiaires du SOE.

3

Wanborough était un hameau à quelques kilomètres de la ville de Guilford, au sud de Londres. On y accédait par une route unique, serpentant entre les collines jusqu'à de rares maisons, des bâtisses en pierres dont certaines dataient de plusieurs siècles, construites à l'époque pour le service de Wanborough Manor, un domaine ancestral datant de l'an mil, qui avait été, au fil des époques, fief, abbaye, ferme, avant de devenir, dans le plus grand secret, une école d'entraînement spécial du SOE.

La formation dispensée par le SOE emmenait, en quelques mois, les stagiaires aux quatre coins de la Grande-Bretagne, dans quatre écoles censées instruire les futurs agents à l'art de la guerre. La première, où ils restaient quatre semaines environ, était une école préliminaire – *preliminary school* – dont l'un des rôles principaux consistait à écarter les éléments les moins aptes à rejoindre le Service. Les écoles préliminaires avaient été installées dans des manoirs disséminés dans le sud du pays et dans les Midlands. Wanborough Manor accueillait notamment les écoles préliminaires de la Section F. Officiellement et pour les curieux de Guilford, ce n'était là qu'un terrain d'entraînement commando de l'armée britannique. C'était un bel endroit, une propriété de maître, un terrain vert parsemé de bosquets et de buttes, avec, tout à côté, une forêt. Le bâtiment principal s'y dressait entre de longs peupliers et, dans les alentours, quelques annexes : une vaste grange et même une chapelle en pierres. Pal et les autres stagiaires commençaient à y prendre leurs habitudes.

La sélection était implacable : ils étaient arrivés à vingt et un, dans le froid de novembre, et déjà, ils n'étaient plus que seize, Pal y compris.

Il y avait Stanislas, quarante-cinq ans, le doyen du groupe, qui était un avocat anglais, francophone et francophile, et ancien pilote de combat.

Il y avait Aimé, trente-sept ans, un Marseillais à l'accent chantant, toujours affable.

Il y avait Dentiste, trente-six ans, dentiste à Rouen et qui, lorsqu'il courait, ne pouvait s'empêcher de souffler comme un chien.

Il y avait Frank, trente-trois ans, un Lyonnais athlétique, ancien professeur de gymnastique.

Il y avait Grenouille, vingt-huit ans, souffrant de crises de dépression qui ne l'avaient pas empêché d'être recruté ; il ressemblait à une grenouille avec ses grands yeux exorbités dans un visage émacié.

Il y avait Gros, vingt-sept ans, Alain de son vrai nom mais que l'on appelait Gros parce qu'il était gros. Il disait que c'était à cause d'une maladie, mais sa maladie c'était seulement de manger trop.

Il y avait Key, vingt-six ans, venu de Bordeaux, un grand roux costaud et charismatique, muni de la double nationalité française et britannique.

Il y avait Faron, vingt-six ans, un colosse redoutable, une immense masse de muscles, taillé pour le combat et qui, d'ailleurs, avait servi au sein de l'armée française.

Il y avait Slaz-le-porc, vingt-quatre ans, un Français du Nord d'origine polonaise, trapu et agile, l'œil malicieux, le teint étrangement hâlé, et dont le nez ressemblait à un épais groin.

Il y avait Prunier, le bègue, vingt-quatre ans, qui ne parlait jamais parce que sa langue fourchait trop.

Il y avait Chou-Fleur, vingt-trois ans, qui devait son surnom à ses immenses oreilles décollées et son front trop grand.

Il y avait Laura, vingt-deux ans, une blonde aux yeux éclatants et aux manières charmantes, issue des beaux quartiers de Londres.

Il y avait Grand Didier et Max, vingt et un ans chacun, peu doués pour la guerre, venus ensemble d'Aix-en-Provence.

Il y avait Claude le curé, dix-neuf ans, le plus jeune d'entre eux, doux comme une fille, qui avait renoncé au séminaire pour venir se battre.

Les premiers jours avaient été les plus durs, car aucun des candidats n'avait imaginé la difficulté des entraînements. Trop d'efforts, trop d'esseulement. Les stagiaires étaient réveillés à l'aube ; la peur au ventre, ils se hâtaient de s'habiller dans leurs chambres glaciales, et se rendaient aussitôt à la séance de combat rapproché du matin. Plus tard, ils avaient droit à un petit-déjeuner, copieux car ils n'étaient pas rationnés. Il y avait ensuite un peu de théorie, morse ou communication radio, puis les épuisants exercices physiques reprenaient, courses, gymnastiques diverses, et le combat rapproché encore, des combats violents, la seule règle étant qu'il n'y en avait pas pour venir à bout d'un ennemi. Les candidats se jetaient l'un sur l'autre, hurlant, s'assé-nant des coups sans ménagement ; parfois ils se mordaient pour se dégager d'un corps à corps. Les blessures étaient légion, mais toutes sans gravité. Et la journée continuait ainsi, entrecoupée de quelques pauses, et se terminant, en fin d'après-midi, par des séances plus techniques, pendant lesquelles les instructeurs apprenaient aux stagiaires à utiliser des prises simples mais redou-tables, ainsi qu'à désarmer à mains nues un adversaire armé d'un couteau ou d'un pistolet. Et les stagiaires, épuisés, pouvaient aller se doucher, avant de dîner de bonne heure.

Au commencement, dans la salle à manger du manoir, ils bouffaient dans le silence des affamés, bouffer signifiant manger sans se parler, s'attabler ensemble en s'ignorant, comme des animaux ; le *fressen* des Allemands. Après quoi, seuls, harassés, inquiets de ne pas tenir, ils allaient s'écrouler dans leurs dortoirs. C'est là qu'ils avaient peu à peu fait connaissance, et que les premières affinités s'étaient déclarées. Au moment d'aller se coucher, ils s'étaient laissés aller à plaisanter, ils s'étaient raconté quelques anecdotes, ils avaient revécu les journées pour les dédramatiser ; parfois ils avaient partagé leurs angoisses, la peur des combats du lendemain, mais pas trop par pudeur. Pal avait ainsi rapidement tissé des liens d'amitié avec Key, Gros et Claude, dont il partageait la chambre. Gros avait distribué à ses camarades des quantités de biscuits et de saucisson anglais qu'il avait emmenés dans son sac, et, grignotant les biscuits, découpant le saucisson, ils avaient bavardé jusqu'à ce que le sommeil les rattrape.

Après le repas du soir, dans le mess, ils s'étaient tous embarqués dans de longues parties de cartes ; à l'aube, sur la butte, ils s'étaient mis à fumer ensemble, pour se donner du courage. Et, rapidement, les stagiaires avaient tous fait connaissance les uns avec les autres.

Key, robuste et doté d'un fort caractère, devint l'un des premiers vrais amis de Pal au sein de la Section F. Il dégageait un calme serein, apaisant : il était de bon conseil.

Aimé le Marseillais, inventeur d'un simili-jeu de pétanque avec des pierres rondes, cherchait souvent la compagnie du fils. Il lui répétait sans cesse qu'il lui rappelait son propre garçon. Il le lui disait presque chaque matin, sur la butte, comme si sa mémoire le fuyait.

— T'es d'où déjà, gamin ?
— Paris.
— C'est vrai… Paris. Belle ville, Paris. Tu connais Marseille ?
— Non. Je n'ai pas eu l'occasion d'y aller, pas depuis hier.
Cela faisait rire Aimé.
— Je me répète, hum ? C'est que quand je te vois, je pense à mon fils.

Key disait que le fils d'Aimé était mort, mais personne n'osait demander.

Grenouille et Stanislas s'isolaient souvent ensemble pour jouer aux échecs sur un plateau de bois sculpté qu'avait apporté Stanislas dans ses bagages. Grenouille, redoutable joueur, gagnait la plupart des parties et Stanislas s'énervait, mauvais perdant.

— Échecs de merde ! hurlait-il en jetant les pions à travers la chambre.

Des rires lui répondaient toujours, et Slaz, impertinent, criait à Stanislas qu'il était déjà trop vieux et qu'il perdait la tête, et

Stanislas promettait paternellement des distributions de baffes qui n'arrivaient jamais. Dans ces moments, Gros courait derrière Stanislas et ramassait les pièces qui gisaient au sol.

— Faut pas casser ton beau jeu, Stan, répétait Gros, qui se préoccupait de tous ses camarades.

Gros était certainement le plus attachant des stagiaires, pétri de bonnes intentions qui tournaient parfois à l'obsession agaçante. Ainsi, pour donner du courage à ses camarades pendant les échauffements individuels du matin, dehors devant le manoir, dans la brume humide et glaciale, il chantait à tue-tête une affreuse chanson pour enfants : *Rougnagni tes ragnagna*. Et il sautait en l'air, il transpirait déjà, le souffle court, et il tapait sur les épaules des stagiaires, à peine réveillés, et il leur hurlait dans les oreilles, plein de tendresse amicale : « *Rougnagni tes ragnagna, choubi choubi choubi choubidouda.* » Il recevait souvent quelques coups, mais à la fin de la journée, sous la douche, les stagiaires se surprenaient à fredonner son refrain.

Faron, le colosse, assurait, lui, ne jamais être fatigué par les entraînements. Il lui arrivait même d'aller courir seul pour éprouver ses muscles davantage, et tous les soirs, il faisait des tractions sur les poutres de la grange et des appuis faciaux dans son dortoir. Une nuit d'insomnie, Pal l'avait trouvé dans le réfectoire où il s'exerçait encore, comme possédé.

Le jeune Claude, qui s'était destiné à devenir curé avant de se raviser et d'embrasser presque par hasard les services secrets britanniques, débordait d'une gentillesse maladive qui faisait penser qu'il n'était pas fait pour la guerre. Il priait tous les soirs, agenouillé contre son lit, indifférent aux moqueries qui fusaient. Il disait prier pour lui, mais il priait surtout pour *eux*, pour ses camarades. Il leur proposait parfois de prier avec lui, mais comme tous refusaient, il disparaissait et se terrait dans la petite chapelle en pierres du domaine, expliquant à Dieu que ses compagnons n'étaient pas de mauvais hommes et qu'il y avait sûrement des tas de bonnes raisons pour lesquelles ils ne voulaient plus prier. Claude était très jeune, et son apparence physique le rajeunissait encore plus ; il était de taille moyenne, très mince, imberbe, les cheveux bruns coupés court et le nez camus. Il avait les yeux fuyants, des yeux de grand timide, et parfois, dans la salle à manger, lorsqu'il essayait de se joindre à un groupe en pleine discussion, il courbait le dos, mal à l'aise et maladroit, comme pour se faire plus discret. Pal avait souvent de la peine pour ce petit personnage, et un soir, il l'accompagna à la chapelle. Gros, chien fidèle, suivait derrière en chantonnant, comptant les étoiles et mâchant du bois pour tromper sa faim.

— Pourquoi ne viens-tu jamais prier ? demanda Claude.

— Parce que je prie mal, répondit-il.

— On ne peut pas prier mal si l'on est fervent.

— Je ne suis pas fervent.

— Pourquoi ?

— Je ne crois pas en Dieu.

Claude essaya de marquer sa stupéfaction et surtout sa gêne vis-à-vis du Seigneur.

— En qui crois-tu alors ?

— Je crois en nous, qui sommes là. Je crois aux Hommes.

— Bah, les Hommes n'existent plus. C'est pour ça que moi je suis ici.

Il y eut un silence gêné, chacun ayant blâmé la religion de l'autre, puis Claude laissa éclater son indignation :

— Tu ne peux pas ne pas croire en Dieu !

— Tu ne peux pas ne plus croire aux Hommes !

Alors Pal, par sympathie, s'agenouilla avec Claude. Par sympathie, mais surtout parce qu'au fond de lui il craignait que Claude ait raison. Et ce soir-là, il pria pour son père qui lui manquait tant, pour qu'il fût épargné des horreurs de la guerre et des horreurs qu'ils s'apprêtaient à commettre, eux qui apprenaient à tuer. Mais tuer n'était pas si facile : les Hommes ne tuent pas les Hommes.

*

Les groupes d'aspirants au SOE étaient tous encadrés par un officier des services secrets britanniques retiré des opérations et chargé de les guider dans leur formation, de suivre leur progression et de les orienter plus tard. Le groupe de Pal était sous la responsabilité du lieutenant Murphy Peter, ancien agent de liaison du Secret Intelligence Service à Bombay. C'était un grand Anglais sec d'une cinquantaine d'années, intelligent, dur mais fin psychologue et très attaché à ses stagiaires. C'était lui qui les réveillait, lui qui s'en occupait, lui qui veillait sur eux. Discrète dans les nappes de brume, sa silhouette anguleuse veillait sur les apprentis combattants durant les entraînements ; il notait leurs performances, relevait leurs forces et leurs faiblesses, et lorsqu'il lui apparaissait que l'un d'eux ne tiendrait pas le coup plus longtemps, il devait l'écarter de la sélection ; son crève-cœur. Le lieutenant Peter ne parlant pas français et les stagiaires maîtrisant mal l'anglais pour la plupart, le groupe était également suivi par un interprète, un petit Écossais polyglotte dont on ne savait rien, et qui se faisait sobrement appeler David. Quant aux trois anglophones, Key, Laura et Stanislas, ils s'étaient vu prononcer l'interdiction formelle de communiquer en anglais pour que leur français soit insoupçonnable et ne les trahisse pas une fois sur le terrain. Ainsi, David était constamment sollicité : il devait traduire les instructions, les questions et les conversations, de l'aube jusqu'au soir, et ses traductions étaient souvent ensommeillées à l'aube, brillantes pendant la journée, fatiguées et lacunaires le soir.

Le lieutenant Peter donnait les consignes le soir pour le lendemain, sonnait le début des entraînements et sortait de leur lit les retardataires. Les entraînements débutaient à l'aube. Les stagiaires devaient endurcir leur corps au travers de pénibles exercices physiques : il leur fallait courir, seul, en groupe, en ligne, en rang ; ramper, sur le sol, dans la boue, dans les bosquets de ronces ; se jeter dans des ruisseaux glacés ; monter à des cordes jusqu'à se brûler les mains. Il y avait aussi les séances de boxe, de lutte au sol ou de combat à mains nues contre des armes à feu. Les torses se couvraient d'hématomes, les jambes et les bras de griffures profondes. Tout n'était que souffrance.

Après le dernier entraînement, il y avait le moment de la douche. Les corps nus et grelottants, marqués de coupures et de contusions, s'entassaient dans les salles de bains trop petites, et sous les jets d'eau tiède, dans l'intimité d'une épaisse buée blanche, les stagiaires poussaient de sourds râles de fatigue. Pal considérait la douche comme un instant privilégié : il faisait couler l'eau doucement sur son corps fatigué et le nettoyait de la sueur, de la boue, du sang, des écorchures. Il se savonnait lentement, massant ses épaules douloureuses, et il se sentait un homme nouveau après le rinçage, plus abîmé certes, mais plus fort, plus endurant, changeant de peau comme un serpent fait sa mue ; il devenait quelqu'un d'autre. Il se perdait encore un peu sous l'eau, y noyait sa tête et ses cheveux ; il pensait à son vieux père, et espérait qu'il était fier de lui. Il avait l'esprit apaisé, avec cette sensation grisante de l'exploit accompli, qui durerait jusqu'au repas du soir, lorsque Peter viendrait dans la salle à manger bruyante de conversations et qu'il donnerait le programme et les horaires du lendemain. Alors, l'angoisse de la difficulté des entraînements du lendemain les saisirait tous de nouveau. Sauf, peut-être, Faron.

Chacun profitait de la douche pour observer ses camarades dévêtus et jauger ainsi les plus forts d'entre eux, ceux qu'il faudrait éviter durant les exercices de corps à corps. Faron, avec sa grande taille et ses muscles saillants, était certainement le plus à redouter ; il faisait peur, et sa laideur particulière amplifiait la sauvagerie qui se dégageait de sa carrure sculptée. Son visage était carré et déplaisant, son crâne était rasé et râpé comme s'il avait la gale, et il balançait ses bras le long de son corps à la manière des grands singes. Mais à vouloir jauger les plus forts, on repérait surtout les plus faibles, ceux qui ne tiendraient probablement pas longtemps, les plus mal-en-point, décharnés ou marqués de blessures profondes. Pal songeait que Grenouille et probablement Claude seraient les prochains. Claude, le malheureux, qui n'avait pas tout à fait conscience de son nouveau destin, et qui parfois demandait à Pal :

— Mais, au fond, qu'allons-nous faire ensuite ?

— Ensuite, nous irons en France.

— Et qu'allons-nous y faire, en France ?

Et le fils ne savait jamais quoi répondre. D'abord parce qu'il ignorait ce qu'ils feraient en France, ensuite parce que Calland l'avait prévenu : ils n'en reviendraient pas tous. Alors comment dire à Claude, qui croyait si fort en Dieu, qu'ils allaient peut-être mourir ?

*

À la fin de la deuxième semaine d'entraînement, Dentiste fut éliminé à son tour. Le soir de son départ, comme Key proposait à Pal d'aller fumer sur la butte bien que ce ne fût pas l'aube, le fils lui demanda ce qui arrivait à ceux qui étaient éliminés de la sélection.

— Ils ne reviennent plus, dit Key.

Pal ne comprit d'abord pas, et Key ajouta :

— On les enferme.

— On les enferme ?

— Ceux qui échouent ici, on les enferme. Pour qu'ils ne révèlent rien de ce qu'ils savent.

— Mais nous ne savons rien.

Key haussa les épaules, pragmatique. Il ne servait à rien de se demander ce qui était juste ou injuste.

— Comment le sais-tu ?

— Je le sais.

Key ordonna au fils de ne rien répéter, car cela pourrait leur causer des ennuis à tous les deux, et Pal promit. Il était pourtant saisi d'un profond sentiment de révolte : on allait les enfermer, Dentiste et les autres, parce qu'ils étaient *inaptes*. Mais inaptes à quoi ? À la guerre ? Mais la guerre, ils ne savaient même pas ce que c'était ! Et Pal en vint à se demander si les Anglais valaient vraiment mieux que les Allemands.

4

La pluie, britannique et ponctuelle, se mit à tomber sur Wanborough Manor : une pluie froide, lourde et interminable ; le ciel entier suintait. Le sol se gorgea d'eau, et les stagiaires, trempés jusqu'au plus profond de leur chair, virent leur peau prendre une teinte blafarde, tandis que leurs vêtements, n'ayant pas le temps de sécher, moisissaient.

Outre les entraînements physiques et les exercices militaires, la formation dispensée dans les écoles préliminaires du SOE englobait tout ce qui pourrait être utile sur le terrain. Les exercices physiques étaient entrecoupés de différents cours théoriques et pratiques. Au fil des jours, les stagiaires furent initiés à la communication – signaux codés, morse, lecture de cartes ou utilisation d'un radio-émetteur. Ils apprirent également à évoluer en terrain découvert, à rester immobile des heures dans la forêt, à conduire une voiture et même un camion, sans toujours beaucoup de réussite.

Au début de la troisième semaine, sous la pluie battante, les aspirants suivirent des leçons de tir au pistolet, avec des colts .38 et .45 et des brownings. La plupart d'entre eux manipulaient une arme pour la première fois, et alignés face à une butte de terre, ils tiraient, concentrés, avec plus ou moins d'habilité. Prunier était un véritable désastre : à plusieurs reprises, il manqua de se tirer dans le pied, puis d'abattre l'instructeur, tandis que Faron visait avec beaucoup de précision, plaçant ses balles au centre des cibles en bois. Chou-Fleur, lui, sursautait à chaque détonation, et Grenouille fermait les yeux juste avant de tirer. Au terme de leur première journée de tir, ils crachèrent tous une épaisse morve noire, chargée de poudre. Le lieutenant Peter assura que c'était parfaitement normal.

Novembre s'écoulait, mais Pal sentait le spectre de la solitude qui le traquait toujours. Il ne cessait de penser à son père. Il aurait tant voulu lui écrire, lui dire qu'il allait bien et qu'il lui manquait. Mais à Wanborough, écrire à son père était interdit. Il savait qu'il n'était pas le seul à crever de solitude, qu'ils en souffraient tous, qu'ils n'étaient que des mercenaires misérables ! Certes, à mesure que passaient les jours, ils endurcissaient leurs corps : la brume leur paraissait moins brume, la boue moins boue, le froid moins froid, mais ils souffraient moralement. Alors, pour se sentir mieux, ils dénigraient les autres pour ne pas se dénigrer eux-mêmes. Ils se moquaient de Claude le pieux, lui assénant des coups de pied dans les fesses lorsqu'il priait, agenouillé ; des coups de pied qui ne faisaient pas mal au corps mais mal au cœur. Ils se moquaient de Stanislas, qui déambulait dans une ample robe de chambre de femme pendant les moments de repos car il essayait de faire sécher ses vêtements. Ils se moquaient de Prunier, le bègue incapable, qui tirait n'importe comment et touchait tout sauf les cibles. Ils se moquaient de Grenouille et de ses questions existentielles, qui ne se mêlait jamais aux autres pour manger. Ils se moquaient de Chou-Fleur et de ses larges oreilles qui prenaient une teinte pourpre lorsque le vent les fouettait. « *Tu es notre éléphant !* » disait-on à Chou-Fleur en lui donnant de douloureuses taloches sur les lobes. Ils se moquaient aussi de Gros, l'obèse. Tout le monde se moquait forcément, au moins un peu, pour se sentir mieux, même Pal, le fils fidèle, et Key le loyal, tout le monde sauf Laura, douce comme une mère, et qui, elle, ne riait jamais des autres.

Laura ne laissait personne indifférent. Dans les premiers jours à Wanborough Manor, tous avaient douté de ses capacités, seule femme parmi tous ces hommes, mais à présent, les stagiaires mouraient secrètement de plaisir lorsque, dans la salle à manger, elle venait s'asseoir à leur table. Pal la contemplait souvent, elle lui semblait être la plus jolie femme qu'il ait jamais vue : elle était ravissante, une allure folle et un sourire magnifique, mais surtout il se dégageait d'elle un charme, une manière de vivre, une tendresse dans le regard qui la rendaient particulière. Née à Chelsea d'un père anglais et d'une mère française, elle connaissait bien la France et parlait sa langue sans le moindre accent. Elle avait étudié la littérature anglo-saxonne à Londres durant trois années, avant d'être rattrapée par la guerre et recrutée par le SOE à l'université. De nombreux aspirants étaient recrutés sur les bancs des facultés anglaises, surtout les doubles nationaux qui offraient la sécurité d'être anglais tout en n'étant pas complètement étrangers dans les pays dans lesquels on les enverrait.

Souvent, lorsqu'un stagiaire moqué partait s'isoler, c'était Laura qui le réconfortait. Elle venait s'asseoir près de son camarade, elle disait que ce n'était rien de grave, que les autres n'étaient finalement que des hommes et que demain, déjà, tous auraient oublié les mauvais résultats de tir, la fragilité d'âme, les replis graisseux, le bégaiement, qui les avaient fait tant rire. Puis elle souriait, et ce sourire pansait toutes les blessures. Quand Laura souriait, tout le monde se sentait mieux.

Elle disait à Gros, l'homme le plus laid de toute l'Angleterre : « *Je ne trouve pas que tu sois gros. Tu es costaud, et je te trouve plein de charme.* » Alors Gros, l'espace d'un instant, se trouvait désirable. Et plus tard, sous la douche, massant ses énormes bosses de graisse, il se jurait qu'après la guerre, il n'irait plus jamais voir les putes.

Elle disait à Prunier, le bègue : « *Je trouve que tu utilises de beaux mots, peu importe comment tu les prononces puisqu'ils sont beaux.* » Et Prunier, l'espace d'un instant, se trouvait orateur. Sous la douche, il prononçait de longs discours impeccables.

Elle disait à Claude le curé, le pieux diffamé : « *Heureusement que tu crois en Dieu. Prie encore et prie pour nous tous.* » Et Claude raccourcissait sa douche au profit de quelques *Je vous salue Marie*.

Quant à Grenouille, que l'on dénigrait parce qu'il voulait être seul pour écumer sa tristesse, elle disait être souvent triste elle aussi, à cause de tout ce qui se passait en Europe. Ils passaient un moment ensemble, épaule contre épaule, et après ils se sentaient mieux.

*

Un matin de la troisième semaine, alors que Pal, Prunier, Gros, Faron, Frank, Claude et Key fumaient à leur habitude sur la butte détrempée, ils croisèrent dans la brume la silhouette d'un renard, longiligne galeux, qui les salua par un effrayant cri rauque. Claude s'essaya à une réponse amicale, les mains en entonnoir pour mieux l'imiter, mais le renard détala.

— Saloperie de renard ! vociféra Frank.

— T'inquiète pas, dit Gros.

— Il a peut-être la rage.

— Comment peux-tu avoir peur d'un renard, toi qui n'as pas peur des Allemands ?

Frank plissa les yeux pour se donner un air méchant et ne pas passer pour un pleutre.

— N'empêche... Il a peut-être la rage.

— Pas lui, le rassura Gros. Pas Georges.

Tous se tournèrent vers Gros, incrédules.

— Qui ? demanda Pal.

— Georges.

— Tu as donné un nom à ce renard ?

— Oui, je le croise souvent.

Gros tira sur sa cigarette, l'air de rien, ravi qu'on s'intéresse à lui.

— On n'appelle pas un renard *Georges*, fit Key. *Georges*, c'est pour les humains.

— Appelle-le *Renard*, suggéra Claude.

— *Renard*, c'est nul, bouda Gros. Je veux l'appeler Georges.

— J'ai un cousin qui s'appelle Georges ! déclara Slaz, indigné.

Et ils éclatèrent tous de rire.

Il s'avéra effectivement que Georges rôdait souvent près du manoir à la recherche de nourriture, et qu'on pouvait l'apercevoir à l'aube et au crépuscule sous un grand saule au tronc creux. Et l'on parla beaucoup du renard de Gros ce jour-là, à Wanborough Manor. Laura voulut absolument savoir comment il avait fait pour apprivoiser un renard, ce qui emplit le géant d'une immense fierté. « *Je ne l'ai pas vraiment apprivoisé, je lui ai juste donné un nom* », dit-il modestement.

Le lendemain matin, tout le groupe s'en alla fumer non pas sur la butte habituelle, mais à quelques pas du fameux saule, dans l'espoir de voir Georges. Gros, devenu pour la circonstance guide masaï du safari, tenait conférence : « *Je ne sais pas s'il viendra… Trop de monde… Sans doute effrayé…* » Et il se trouva très important, et il trouva formidable de se trouver très important car c'était un sentiment de bonheur extrême, celui des ministres et des présidents.

Georges, deux matins de suite, se montra aux fumeurs, toujours sous le grand saule. Et à bien l'observer, constatant que le goupil, assis sur son croupion, mâchait assidûment, Slaz comprit qu'il trouvait de la nourriture dans le tronc creux.

— Il bouffe ! s'écria-t-il en chuchotant car les consignes de Gros étaient de chuchoter pour ne pas effrayer Georges.

— Qu'est-ce qu'il bouffe ? demanda une voix.

— J'en sais rien, je vois pas.

— Peut-être des vers ? suggéra Claude.

— Les renards ne mangent pas de vers ! corrigea Stanislas, qui connaissait bien les renards pour les avoir chassés à courre. Ils mangent n'importe quoi, mais pas des vers.

— Je crois que c'est son garde-manger, déclara Gros d'un ton savant. C'est pourquoi il vient toujours ici.

Tous acquiescèrent, et Gros se trouva formidable encore une fois.

Mais Georges le renard ne venait pas sous le saule par hasard : depuis dix jours, Gros y déposait, pour l'attirer, de la nourriture qu'il dissimulait dans ses poches pendant les repas. Il avait d'abord procédé ainsi pour pouvoir contempler le goupil ; il l'avait attendu, à l'affût, pour le plaisir de ses propres yeux. Mais depuis deux jours, il se félicitait d'une telle entreprise qui avait fait de son renard et de lui-même le centre de l'attention générale. Et à l'aube, tous agglutinés autour de lui pour voir le renard, Gros bénit avec amour son noble goupil vagabond – en fait renard malingre et malade, ce qu'il se garda bien de révéler.

*

Le dernier jour de la troisième semaine, le lieutenant Peter accorda une après-midi de repos aux stagiaires, épuisés. La plupart d'entre eux allèrent se coucher dans les dortoirs : Pal et Gros entamèrent une partie d'échecs dans le mess, près du poêle ;

Claude se rendit à la chapelle. Faron, excédé par l'agitation qui régnait autour de Gros et de son renard, profita de son temps libre pour débusquer l'animal dans son terrier, juste sous la grange.

Par deux fois, le colosse avait observé que le goupil disparaissait derrière une planche basse : il n'eut aucune peine à la tordre, et il trouva l'entrée d'une petite cavité peu profonde. Le renard y était. Le colosse se sourit à lui-même, satisfait : ce n'était pas donné à tout le monde de pister les renards. À l'aide d'un long bâton, il se mit à donner de violents coups jusqu'au fond de la cache. Il faisait glisser son arme le long du tunnel du terrier et en frappait le fond le plus fort possible jusqu'à toucher l'animal qui gémissait, et lorsque Georges, blessé et sans autre issue, se hasarda à sortir pour fuir, Faron, habile, lui assena des coups de botte et de planche et le tua sans difficulté. Il cria de joie ; c'était si facile de tuer. Il le souleva et le contempla, un peu déçu ; de près, il était beaucoup plus petit qu'il ne l'avait pensé. Content malgré tout, il emmena son trophée jusque dans le mess désert, où Pal et Gros étaient penchés sur l'échiquier de Stanislas. Faron entra dans la pièce, triomphal, terreur des terrassés, et jeta le cadavre du renard cabossé aux pieds de Gros.

— Georges ! hurla Gros. Tu… tu as tué Georges ?

Et Faron éprouva une certaine jouissance en découvrant dans les yeux écarquillés de Gros une lueur de terreur et de désespoir.

Pal, tremblant, laissa éclater sa rage. Il jeta l'échiquier au visage de Faron qui riait d'un rire gras, et, courant contre lui, il le projeta au sol, en hurlant : « *Tu n'es qu'un enfant de putain !* »

Faron, le visage soudain embrasé par la colère, se releva d'un bond, et saisit Pal d'un geste vif, l'un de ceux qu'ils avaient appris ici, et, lui tordant le bras, s'en servant comme d'un levier, il lui écrasa la tête contre le mur. Le colosse, les yeux jaunes de fureur, empoigna ensuite Pal à la gorge, d'une seule main, le souleva au-dessus du sol et se mit à le battre de son poing resté libre. Pal étouffait ; il essaya bien de se débattre, mais en vain ; il ne pouvait rien contre cette force prodigieuse, hormis enrouler ses bras contre son corps et son visage pour les protéger un peu.

La scène ne dura qu'une poignée de secondes, le temps pour le lieutenant Peter d'accourir et de s'interposer, alerté par les bruits de la bagarre, suivi de David et du reste du groupe depuis les dortoirs. Pal avait reçu une volée de coups, son propre sang lui brûlait la gorge et son cœur battait si fort qu'il crut qu'il allait s'arrêter.

— Qu'est-ce que c'est que ce merdier ! s'écria le Lieutenant en tirant Faron par l'épaule.

Il lui intima aussitôt l'ordre de foutre le camp, puis il fit se disperser les stagiaires, menaçant de reprendre les entraînements si le calme ne revenait pas immédiatement. Pal se retrouva alors seul à seul avec Peter, et il songea un instant qu'il allait peut-être le battre lui aussi, ou l'envoyer en prison pour s'être fait si facilement dérouiller. Le fils se mit à trembler, il voulait rentrer à Paris, rentrer près de son père, ne plus jamais quitter la rue du Bac, et peu importait ce qui se passerait au-dehors, peu importaient les Allemands et peu importait la guerre, pourvu qu'il y ait son père. Il était un fils sans père, un orphelin loin de sa terre, il voulait que cela cesse. Mais le lieutenant Peter ne leva pas la main.

— Tu saignes, dit-il simplement.

Pal s'essuya les lèvres du revers de la main et passa la langue sur ses dents pour s'assurer qu'aucune n'était cassée. Il se sentait triste, humilié, il en avait lâché un petit peu d'urine dans son pantalon.

— Il a tué le renard, dit Pal dans son mauvais anglais en montrant la fourrure ensanglantée.

— Je sais.

— Je lui ai dit qu'il était un enfant de putain.

Le Lieutenant rit.

— Je vais être puni ?

— Non.

— Lieutenant, il ne faut pas tuer les animaux. Tuer des animaux, c'est comme tuer des enfants.

— Tu as raison. Tu es blessé ?

— Non.

Le Lieutenant posa une main sur son épaule, et le fils sentit ses nerfs le lâcher.

— Mon père me manque ! s'étrangla le jeune homme, les yeux bouillonnant de larmes.

Peter hocha la tête, compatissant.

— Cela fait-il de moi un faible ? interrogea le fils.

— Non.

L'officier garda encore un peu sa main sur l'épaule de l'orphelin, puis il lui tendit son mouchoir.

— Va te passer de l'eau sur le visage, tu transpires.

Il ne transpirait pas, il pleurait.

Au repas du soir, Pal ne parvint pas à bouffer. Key, Aimé, Frank essayèrent de le réconforter, en vain. Claude proposa de lui narrer quelques grands épisodes bibliques pour lui changer les idées, Prunier bafouilla d'incompréhensibles plaisanteries et Stanislas lui proposa une partie d'échecs. Mais aucun d'eux ne pouvait rien pour Pal.

Alors le fils s'en alla à l'écart des autres. Il se cacha derrière la chapelle, dans un endroit que lui seul connaissait, une cachette entre deux murets de pierres qui protégeait de la pluie. Mais à peine y fut-il installé qu'apparut Laura. Elle ne parla pas, elle s'assit simplement à côté de lui et planta son joli regard dans le sien ; ses yeux verts riaient en silence. Pal la trouva si douce qu'il se demanda un instant si elle était au courant de la raclée que lui avait donnée Faron.

— Il m'a flanqué une sacrée dérouillée, hein ? murmura le fils, gêné.

— Ça n'a pas d'importance.

Elle lui fit signe de se taire. Et ce fut un bel instant. Pal ferma les yeux et il prit d'amples et secrètes inspirations car Laura sentait si bon : ses cheveux soigneusement lavés sentaient l'abricot, de sa nuque s'échappait un délicat parfum. Elle se parfumait ; ils étaient en pleine école de guerre et elle se parfumait ! Caché dans l'obscurité, il approcha son visage d'elle sans qu'elle le vît et il respira encore. Il y avait longtemps qu'il n'avait pas senti une si agréable odeur.

Amicalement, Laura tapota de sa main le bras de Pal, pour qu'il se sente mieux, mais Pal ne put retenir un mouvement de douleur. Retroussant ses manches, il découvrit à la lueur de son briquet que deux énormes hématomes violacés marquaient ses avant-bras, suite aux coups de Faron. Elle posa doucement ses mains fraîches sur les blessures.

— Ça fait mal ?

— Un peu.

C'était horriblement douloureux.

— Viens dans ma chambre tout à l'heure. Je te soignerai.

Sur ces mots, elle s'en allait déjà, laissant traîner dans l'immense parc de Wanborough Manor des effluves de son parfum délicat.

*

Comme Pal ignorait combien de temps *tout à l'heure* signifiait, il profita du fait que tout le monde était encore occupé dans la salle à manger pour aller se changer dans le dortoir. Il examina son visage dans un morceau de miroir, passa une chemise immaculée, fouilla les sacs de ses camarades en quête de parfum, mais il fit chou blanc. Puis il se glissa jusqu'à la chambre de Laura, prenant garde de ne pas être vu par les autres. Personne n'allait dans la chambre de Laura, et ce privilège lui fit oublier un instant l'humiliation que Faron lui avait fait subir.

Il frappa à la porte ; deux coups. Il se demanda si deux coups, ce n'était pas trop insistant. Ou peut-être trop impersonnel. Il aurait dû frapper trois fois, de manière plus légère. Oui trois petits coups, comme trois pas chassés, furtifs et élégants. *Pam pim poum*, et pas le terrible *pam pam* qu'il avait martelé ! Ah, il s'en voulait à présent ! Elle ouvrit, et il pénétra dans le Saint des Saints.

La chambre de Laura était identique aux autres, meublée des quatre mêmes lits et de la même grande armoire. Mais ici, seul un lit était utilisé, et à la différence des autres dortoirs, crasseux et encombrés par le désordre, cette pièce-là était bien tenue.

— Assieds-toi ici, lui dit-elle en désignant l'un des lits.

Il obéit.

— Retrousse tes manches.

Il obéit encore.

Elle prit sur une étagère un pot transparent contenant un onguent de couleur claire, s'assit à côté du fils et du bout des doigts appliqua la crème sur ses avant-bras. Lorsqu'elle bougeait la tête, ses cheveux défaits caressaient les joues de Pal sans qu'elle s'en rende compte.

— Ça devrait calmer tes douleurs, murmura-t-elle.

Pal n'écoutait plus, il contemplait ses mains : elle avait de si jolies mains, bien entretenues malgré la boue de leur quotidien. Et il eut envie de l'aimer, il en eut envie à la seconde où elle lui toucha les bras. Il avait aussi envie de hurler à Claude de venir voir, qu'ils n'étaient pas foutus si Laura existait, dans cette maison sordide d'entraînement à la guerre. Et puis il se rappela que Claude voulait être curé, alors il ne dit rien.

37

5

Et ce fut la quatrième et dernière semaine à Wanborough Manor. Les prémices de l'hiver, lentement, enveloppaient l'Angleterre, et Stanislas, qui connaissait son pays, prédit bientôt les grands gels. Les stagiaires passèrent plusieurs de leurs dernières nuits à s'entraîner sur des parcours nocturnes, éprouvant à la fois les connaissances physiques et théoriques qu'on leur avait inculquées. Mais arrivés au terme de leur stage dans le Surrey, et malgré tous les exercices qu'ils avaient pu pratiquer, ils ne savaient toujours rien sur le SOE ni sur ses méthodes d'action. Ils avaient, néanmoins, passablement changé : leurs corps étaient devenus plus musclés, plus endurants, ils avaient appris le combat au corps à corps, la boxe, un peu le tir, le morse, certains modes opératoires simples, et surtout ils commençaient à acquérir une immense confiance en eux, car leurs progrès avaient été stupéfiants, eux qui, pour la plupart, ne connaissaient rien à la guerre secrète en arrivant ici. Ils se sentaient capables.

En ces derniers jours, poussés à leurs limites, certains craquèrent, épuisés : Grand Didier fut éliminé de la sélection, ses jambes ne le portant plus, et Pal remarqua dans les douches que Grenouille était en train de s'éteindre. Une après-midi, le groupe fut emmené par un instructeur pour une course dans la forêt. La cadence était terrible, et à plusieurs reprises il leur fallut traverser à gué une rivière. Le groupe s'étira peu à peu, et lorsque Pal, plutôt en arrière de la troupe, pénétra pour la troisième fois dans l'eau glaciale, il entendit un cri de petit garçon qui déchira le silence : se retournant, il vit Grenouille étendu sur la berge, gémissant, à bout de forces.

Le reste du groupe était déjà loin derrière les arbres. Pal aperçut encore Slaz et Faron ; il les héla mais Faron, qui courait avec deux lourdes pierres dans les mains pour s'endurcir davantage, hurla : « *On s'arrête pas pour les cons, les Boches les prendront !* » Et ils disparurent sur le sentier de boue. Alors Pal, pataugeant dans l'eau jusqu'aux hanches, rebroussa chemin. Le gué lui parut encore plus froid dans ce sens, le courant plus fort.

— T'arrête pas ! hurla Grenouille en voyant le courageux venir vers lui. T'arrête pas pour moi !

Pal ne l'écouta, et il atteignit la berge.

— Grenouille, il faut continuer.

— Je m'appelle André.

— André, il faut continuer.

— Je n'en peux plus.

— André, il faut continuer. Ils te renverront si tu abandonnes.

— Alors j'abandonne ! (Il gémit.) Je veux rentrer chez moi, je veux revoir ma famille.

Il mit ses mains sur son ventre et ramena ses jambes contre lui.

— J'ai mal ! J'ai si mal !

— Où as-tu mal ?

— Partout.

Il souffrait du mal de vivre.

— J'ai envie de me foutre en l'air, souffla Grenouille.

— Ne dis pas ça.

— J'ai envie de me foutre en l'air !

Désemparé, Pal l'entoura de ses bras noueux et lui prodigua quelques mots réconfortants.

— J'abandonne, répéta Grenouille. J'abandonne et je rentre en France.

— Si tu abandonnes, *ils* ne te laisseront pas rentrer.

Et Pal, jugeant qu'il s'agissait là d'un cas de force majeure, brisa la promesse faite à Key et révéla l'insupportable secret :

— Tu iras en prison. Si tu abandonnes, tu iras en prison.

Grenouille se mit à pleurer. Pal sentit ses larmes couler sur ses bras, des larmes de peur, de rage et de honte. Et le fils entraîna la Grenouille avec lui pour qu'ils rejoignent les autres.

*

L'école préliminaire s'acheva en même temps que le mois de novembre, après un exercice final d'une rare intensité qui eut lieu dans la nuit glaciale. Max, faible depuis plusieurs jours, fut éliminé durant le parcours. Au retour de cette ultime épreuve, les stagiaires restants furent réunis dans le mess pour une collation, et le lieutenant Peter leur annonça qu'ils en avaient fini avec le Surrey. Ils se félicitèrent les uns les autres dans ce mess qui paraissait désormais si vide : trois semaines plus tôt, ils étaient deux fois plus nombreux, la sélection était impitoyable. Et ils étaient tous allés fumer une dernière fois sur la butte.

Cette nuit-là, Pal décida de ne pas rejoindre son dortoir où ses camarades dormaient déjà. Il traversa le couloir et s'en alla frapper à la porte de la chambre de Laura. Elle ouvrit et lui sourit. Elle posa un doigt sur sa bouche pour qu'il ne fasse pas de bruit et lui fit signe d'entrer. Assis sur un des lits, ils restèrent un instant à se contempler, fiers de ce qu'ils avaient accompli mais physiquement et moralement épuisés. Puis ils s'étendirent ensemble, Pal l'enlaça, et elle posa ses mains sur les mains qui l'enserraient.

6

À Paris, le père dépérissait, si seul sans son fils.

C'était la fin novembre, il y avait deux mois et demi que Paul-Émile était parti. Était-il arrivé à bon port ? Certainement… Mais que diable pouvait-il bien y faire à présent ?

Souvent, il allait en pèlerinage dans la chambre de son garçon, il regardait ses affaires. Il se demandait pourquoi il n'avait pas ajouté ce vêtement, ce livre ou cette jolie photographie dans son sac. Souvent il se maudissait.

Un dimanche, il avait redescendu du grenier les jouets d'enfance de Pal. Il avait installé dans le salon le grand train électrique, il avait sorti les tunnels en carton-pâte et les figurines en plomb. Plus tard, il avait même acheté de nouveaux décors.

Il pensait à son fils et il faisait siffler le vieux train en fer. C'était ça ou mourir de chagrin.

7

C'était dans l'Inverness Shire, au centre-nord de l'Écosse, une région sauvage, bordée à l'ouest par une mer agitée, et dont les terres, tapissées d'un vert flamboyant, étouffaient sous une cloche de nuages gris et denses. Le paysage était stupéfiant, rond par ses collines, tranchant par ses rochers et ses falaises, magnifique malgré la fureur des vents noirs des premiers jours de décembre. Dans le compartiment d'un train qui reliait Glasgow à Lochailort, ils étaient en route pour leur deuxième école de formation. Comme de simples voyageurs.

Ils cheminaient depuis un jour et une nuit. Tout semblait si normal. Le lieutenant Peter, conversant avec David, l'interprète, veillait sur ses stagiaires d'un œil distrait. La plupart dormaient paisiblement, les uns contre les autres. Le jour se levait à peine. Gros, Chou-Fleur et Prunier dormaient bruyamment, entassés sur une même banquette de troisième classe. Prunier, écrasé par l'énorme Gros, ronflait comme un beau diable, faisant la joie de ceux qui étaient déjà éveillés.

Pal, le nez contre la fenêtre du wagon, restait subjugué par le calme extraordinaire du pays qu'il contemplait : la végétation, dense et désordonnée, se laissait par endroits mordre par des rangées de vieux pommiers aux troncs enlacés par du lichen amoureux, prenant une teinte grise. Les prairies grasses étaient le territoire d'étranges moutons à la laine épaisse qui paissaient sous la bruine, et dont les mâles promenaient d'énormes cornes s'enroulant sur elles-mêmes.

Le train traversait lentement toute la région depuis Glasgow pour rejoindre la ville d'Inverness, tout au nord du pays, s'arrêtant à chacune des petites gares. Après les terres, le chemin de fer rejoignit la côte et la longea, et Pal s'extasia encore devant les rouleaux d'eau verte que brisaient les falaises abruptes en une écume sauvage ; tout autour des vols de mouettes et de goélands.

Ils descendirent du train à Lochailort, un minuscule village qu'ils atteignirent dans la matinée, niché entre des collines et de gigantesques rochers marins, bordé par un loch long et étroit et dont la gare, à sa mesure, n'était qu'un quai dérisoire entouré d'une barrière en bois et d'un panneau annonçant la station. L'air glacial s'engouffrait dans les manteaux : à l'abri du train, aucun des stagiaires n'avait mesuré à quel point il faisait froid, un froid violent et rageur, que décuplait un vent cinglant.

Ils ne savaient plus très bien où ils se trouvaient ; le voyage depuis Londres avait été long. Deux camionnettes anonymes les attendaient au bord de la route cabossée qui traversait le village. Ils y embarquèrent rapidement, et disparurent bientôt derrière les collines, au hasard d'une petite piste en terre – qu'on ne pouvait pas décemment appeler route – qui semblait ne mener à rien. Durant tout le trajet, ils ne virent ni être humain, ni construction. Aucun d'entre eux ne connaissait le désert, mais cela y ressemblait.

Ce fut ce jour-là que le groupe des stagiaires découvrit vraiment le SOE et son ampleur, lorsqu'ils arrivèrent devant un immense manoir caché par une forêt de pins et qui se dressait face à la mer déchaînée, au milieu de nulle part. Ils étaient à Arisaig House, le quartier général du SOE pour les écoles spéciales de renforcement, *roughning schools* ainsi que les appelaient les Anglais. L'endroit, en proie à une forte agitation, débordait de monde. Différentes sections allaient et venaient, parfois d'un pas militaire, parfois dans une cohue amusante. On parlait dans toutes les langues : anglais, hongrois, polonais, hollandais, allemand. Les stagiaires en tenues commando se dirigeaient vers les stands de tir et les zones d'exercices. Si les quartiers généraux du SOE se trouvaient à Londres, l'Écosse était devenue l'un de ses centres névralgiques pour la formation des recrues, bien à l'abri dans l'isolement naturel du pays.

Les sections étaient installées dans des petits manoirs qui entouraient Arisaig House. Il n'y avait personne à des kilomètres à la ronde. Le gouvernement avait décrété l'endroit *zone d'accès restreint* pour la population civile, profitant de la présence proche d'une base de la Royal Navy pour justifier une telle mesure sans éveiller la curiosité générale. Ainsi, personne parmi les habitants de la région n'imaginait qu'à l'intérieur de la forêt, juste avant la mer, se dressait une véritable petite ville secrète dans laquelle des volontaires venus de toute l'Europe étaient formés aux actions de sabotage. Pal, Key, Gros, Laura et les autres, réalisèrent alors qu'en dépit de son intensité, l'école préliminaire de Wanborough Manor, ce n'était rien : du flan, du carton-pâte, du décor de théâtre pour écarter les éléments inaptes et garder les bons potentiels. Une fois le stade du filtre passé, tous les stagiaires de tous les pays convergeaient vers Arisaig House, lieu unique d'apprentissage des méthodes d'action du Service. Ils n'entraient véritablement qu'à présent dans l'immense secret du SOE, eux qui n'auraient jamais songé quelques mois auparavant à rejoindre les services secrets britanniques.

*

Le manoir que les treize stagiaires de la Section F intégrèrent était une petite bâtisse en pierres sombres, posée en contrebas de falaises, sur un morceau de terrain entouré par la mer et les rochers à la manière d'une presqu'île, et piqué par des arbres longs et sinueux dont les troncs moisis ployaient dangereusement. On apercevait au loin la silhouette du manoir de la Section norvégienne – Section SN –, et dans la forêt proche, se trouvait celui de la Section polonaise – Section MP.

Ils s'installèrent dans les chambres et mirent les poêles à chauffer. Key et Pal, fumant à la fenêtre, contemplaient les Polonais qui s'entraînaient. Ils ressentaient une certaine fierté à être parvenus jusqu'ici, au cœur des actions de résistance, cette petite impression d'être déjà des agents anglais ou presque, ce qui faisait d'eux des hommes au destin à part. Ils existaient.

— Formidable, dit Pal.

— Extraordinaire, renchérit Key.

Ils aperçurent Chou-Fleur au-dehors, qui semblait revenir d'expédition, les joues roses.

— Y a des filles ! Y a des filles ! cria-t-il.

Dans les dortoirs, tous se précipitèrent aux fenêtres pour écouter le héraut essoufflé.

— Chou-Fleur veut apprendre à baiser ! railla Slaz, déclenchant l'hilarité générale.

Chou-Fleur poursuivit sans prêter attention, les mains en porte-voix pour qu'on l'entende bien.

— Y a un groupe de Norvégiennes dans le manoir à côté, elles travaillent dans le Chiffre et dans le Renseignement.

Le *Chiffre* était les communications cryptées.

Les hommes sourirent : une présence féminine leur donnait du baume au cœur. Mais ils n'eurent guère le temps d'y penser, car déjà le lieutenant Peter sonna le rassemblement dans le petit mess, au rez-de-chaussée. Il était avec deux nouveaux stagiaires qui s'apprêtaient à intégrer le groupe : Jos, un Belge de vingt-cinq ans environ, qui venait de l'école préliminaire de la Section hollandaise, et Denis, un Canadien d'une trentaine d'années qui, lui, venait de Camp X, le camp initial des volontaires d'Amérique du Nord, basé dans l'Ontario. Tous deux rejoignaient la Section F.

8

L'école de renforcement dura tout le mois de décembre, débutant, comme pour toutes les sections, par une éprouvante marche à travers le chaotique paysage écossais. Elle eut lieu le premier matin. Les stagiaires se mirent en route dans l'obscurité de l'aube, sous la pluie battante et glaciale, emmenés par des instructeurs. Et ils marchèrent tout le jour durant, en ligne droite vers l'horizon, rampant à travers les buissons et les ronces, serpents parmi les serpents, escaladant les collines abruptes, traversant les rivières lorsqu'il le fallait. Les visages, déformés par l'effort, se couvrirent de sueur, de sang, de rictus de douleur, de larmes sûrement, et les peaux, pas encore remises de la première école, se déchirèrent comme du papier mouillé.

La marche du premier jour était une épreuve éliminatoire à laquelle aucun membre du groupe n'échoua. Mais elle n'était qu'un avant-goût de ce qui les attendait à Lochailort car c'est dans l'Inverness que Pal et ses camarades d'armes apprirent véritablement les méthodes de guerre du SOE : propagande, sabotage, attentat et formation de réseaux. Au-delà de la condition physique acquise, la réussite lors de la première école, où tant d'autres avaient échoué, insufflait aux aspirants meilleur moral : à présent ils croyaient en eux-mêmes. Et c'était important, car les entraînements se succédaient à une cadence infernale de l'aube au soir, et parfois la nuit y passait aussi, au point qu'ils perdirent rapidement leurs repères temporels, dormant et mangeant lorsqu'ils le pouvaient. Le paysage écossais que Pal avait cru féerique se transforma vite en un enfer brumeux de pluie glaciale et de boue. Les stagiaires avaient sans cesse froid, les doigts et les orteils engourdis et, comme ils ne séchaient jamais, ils devaient dormir nus dans leurs lits pour ne pas moisir dans leurs uniformes.

Les journées étaient menées tambour battant par un lieutenant Peter déchaîné. Elles commençaient avec l'aube. Certains stagiaires se hâtaient de se préparer pour pouvoir aller fumer ensemble et se donner du courage, avant que ne débutent les cours physiques : combat, course à pied, gymnastique. Ils s'entraînèrent à tuer, à mains nues ou au moyen d'un redoutable petit couteau de commando, découvrant des techniques de combat rapproché que leur enseignaient deux anciens officiers anglais de la police municipale de Shanghai.

Suivaient les cours théoriques : cours de communications, de morse, de radio, des cours de tout et de n'importe quoi, de tout ce qui pourrait peut-être servir en France, de tout ce qui pourrait leur sauver la vie, et ainsi Denis, Jos, Stanislas et Laura se virent même dispenser des cours de culture française pour s'assurer qu'ils seraient insoupçonnables une fois en France.

En général, après le déjeuner, il y avait les cours de tir. Ils apprirent le maniement des fusils-mitrailleurs, de fabrication allemande et anglaise, et notamment la mitraillette Sten, pratique, petite et légère, mais qui avait pour défaut majeur de s'enrayer facilement. Ils apprirent le tir instinctif au pistolet, pointant la cible sans vraiment viser pour faire feu plus vite. Il fallait toujours tirer au moins deux coups pour être certain d'avoir touché l'ennemi. Il y avait à Arisaig House un stand de tir où ils pouvaient s'entraîner sur des cibles mobiles de taille humaine, fixées à un rail.

Une après-midi, un vieux braconnier expert, réquisitionné par le gouvernement, vint enseigner aux stagiaires la survie en milieux hostiles et isolés, l'art de se cacher des jours entiers dans les forêts, et les techniques de chasse et de pêche. Ils passèrent plusieurs heures, par paires, tapis dans les feuilles, enchevêtrés dans des filets de camouflage, à essayer de devenir des fantômes. Certains s'endormirent aussitôt ; Gros et Claude, cachés ensemble, chuchotèrent pour faire passer le temps.

— Tu crois qu'on va voir un renard ? demanda Gros.

— J'en sais rien…

— Si on en voit un, je l'appellerai Georges. J'ai pris du pain, au cas où.

— Je suis désolé pour l'autre Georges.

— T'y es pour rien, Cul-Cul.

Gros, fraternellement, appelait Claude *Cul-Cul,* et celui-ci s'en accommodait très bien.

— Faron est une grosse putain, dit Gros.

Les deux camarades éclatèrent de rire, oubliant leur devoir d'invisibilité. Content de s'être trouvé un public en la personne de Claude, Gros surenchérit :

— La nuit, il enfile des petites culottes de femme sur son gros cul et il se déhanche dans les couloirs. (Il prit une voix de femme grotesque.) *Pia pia, je suis une putain et j'aime ça.*

Claude rit de plus belle. Gros sortit de ses poches le pain des renards et des fringales, car il avait remarqué que Claude grelottait de froid.

— Bouffe, Cul-Cul, bouffe. Ça va te réchauffer.

Claude mangea de bon cœur, puis il se colla contre l'épais corps de Gros pour capter sa chaleur.

— Pourquoi on est là, Gros ?

— Exercice de survie.

— Non, pourquoi on s'est foutu dans ce merdier ? Ici, en Angleterre.

— J'en sais rien parfois, Cul-Cul. Et parfois j'en sais qué'que chose.

— Et quand tu sais, c'est pour quelle raison ?

— Pour que les Hommes restent des Hommes.

— Ah.

Claude laissa planer un instant le silence des philosophes, puis il ajouta :

— Et ils n'ont trouvé personne d'autre pour faire ça à notre place ?

Ils rirent encore. Puis ils s'assoupirent, l'un contre l'autre.

*

Entre les cours, les exercices et les entraînements, chacun y allait de sa petite routine. Lorsqu'il restait un peu d'énergie aux futurs agents, ils s'employaient à se divertir comme ils le pouvaient, Gros faisant le tour des manoirs des autres sections pour se servir dans leurs réserves de nourriture, Key s'en allant distribuer un peu de son charme chez les Norvégiennes, Aimé initiant Claude et Jos à son jeu de pétanque-caillou, tandis que Pal et Laura se glissaient discrètement dans l'un des dortoirs, au premier étage, et que Pal, chuchotant pour qu'on ne les surprenne pas, faisait lecture d'un roman que le père avait mis dans son bagage, une histoire parisienne qui avait eu son petit succès.

Parfois, le temps libre était l'occasion de quelques plaisanteries de plus ou moins bon goût : Jos et Frank dévissèrent les pieds des lits, qui, le soir venu, s'écroulèrent lorsque leurs occupants s'y couchèrent. Faron dispersa les sous-vêtements de Chou-Fleur sur les branches basses d'un arbre mort devant le manoir. Slaz, au milieu d'une nuit, réveilla les chambrées, feignant d'avoir été chargé par le lieutenant Peter d'annoncer un exercice surprise. Tous se hâtèrent, s'habillèrent, et restèrent dehors pendant une bonne demi-heure à attendre leur officier, sans remarquer que Slaz, hilare, s'était recouché. Et lorsque, finalement, Claude alla frapper à la porte de la chambre du Lieutenant qui dormait profondément et n'avait évidemment rien prévu du tout, celui-ci, furieux de ce désordre, emmena tout le groupe pour une course nocturne sur le bord de mer. Le Lieutenant tenait encore une grande forme physique, et il arrivait, dans certains cas, qu'il astreigne ses stagiaires à des punitions collectives sportives qu'il conduisait lui-même pour donner l'exemple. L'une des plus pénibles fut la conséquence d'une après-midi venteuse pendant laquelle, alors qu'il croyait avoir envoyé ses recrues à un exercice radio commun avec d'autres sections, il découvrit Key dans une chambre du manoir avec une Norvégienne sur les genoux.

Les soirs de repos, il régnait dans le petit manoir une ambiance apaisante et tranquille. Certains lisaient des livres piochés dans la bibliothèque, d'autres s'assoupissaient dans les vieux fauteuils du mess, jouaient aux cartes ou fumaient à la fenêtre en parlant des Norvégiennes. Le lieutenant Peter, sans que l'on sache comment, se procurait presque tous les jours une gazette du pays que les stagiaires étaient autorisés à lire après qu'il l'eut épluchée. Ils découvraient alors les nouvelles du front, l'avancée des Allemands en Russie et, souvent, Denis, pastichant les speakers de la BBC, faisait la lecture à haute voix et tous écoutaient, impassibles, comme devant un poste radio qui n'avait d'humain que l'obéissance placide et amusée aux injonctions de son auditoire : « *plus fort !* », « *répète !* », « *moins vite !* ». Et si quelqu'un ne comprenait pas – Gros, le plus souvent, car il ne parlait pas un traître mot d'anglais – le lecteur patient se fendait d'une traduction de ce qu'il jugeait être les éléments essentiels de l'article. Avant de commencer, Denis appelait toujours ses camarades à lui de la même façon : « *Venez, je vais vous raconter la tristesse de la guerre.* » Et les stagiaires se rassemblaient autour d'un fauteuil pour l'écouter, avec inquiétude souvent car les Allemands ne cessaient de progresser et le conflit de s'étendre à travers le monde : le 7 décembre, les Japonais pilonnaient la base de Pearl Harbor, sur l'île d'Oahu, dans l'archipel d'Hawaï ; le lendemain, ils entraient en guerre contre la Grande-Bretagne ; le 10 décembre, deux cuirassés de la Royal Navy, le *Repulse* et le *Prince of Wales*, étaient coulés au large de Singapour par l'armée impériale. Les Japonais étaient les nouveaux ennemis, et, entre deux articles, on se demandait si le SOE allait créer une Section japonaise.

Les jours s'écoulaient. Les stagiaires n'avaient que cinq semaines devant eux pour apprendre les méthodes d'action et connaître les procédures et les armes. Ils furent familiarisés avec l'étonnant matériel de guerre dont disposait le SOE, mis au point par ses stations expérimentales dispersées à travers les villes et les campagnes anglaises. Il y avait là un attirail d'inventions plus ou moins sophistiquées : radios, armes, véhicules ou pièges, selon les besoins. On leur présenta des boussoles dont l'apparence était celle, parfaite, d'un bouton de manteau ; des stylos munis d'une lame tranchante ou capables de tirer des projectiles et des balles à la manière d'un pistolet ; de minuscules scies à métaux, cachées parfois dans le creux d'une montre-bracelet et qui permettraient de venir à bout des barreaux d'une cellule ; des herses, petites mais redoutables, pour des guets-apens ou pour anéantir les véhicules d'éventuels poursuivants ; des leurres, boîtes de fruits habilement peints et contenant des grenades ou bûches moulées dans du plâtre et cachant des mitraillettes Sten.

Ils furent également initiés aux rudiments de la navigation maritime ; ils apprirent à conduire un bateau, à faire des nœuds solides, à mettre à l'eau et remonter rapidement des petits canots qui leur permettraient de gagner la terre depuis les canonnières qu'utilisait le SOE. Et bientôt ils s'exercèrent à des raids et des opérations nocturnes qu'il leur fallut préparer et mener, sans plus pouvoir fermer l'œil une seule seconde, puisant dans leurs dernières forces. Au bout de quelques jours à ce rythme, il y eut les premières défections : Chou-Fleur, tombé malade de fatigue, fut le premier à renoncer. Juste après, ce fut au tour de Prunier, le bègue, d'être écarté. Avant de partir, escorté par le lieutenant Peter, il donna une accolade à chacun de ses camarades, il leur bafouilla qu'il ne les oublierait jamais. Tous savaient que la sélection était inévitable, voire salutaire ; ne pas tenir ici, ce serait mourir en France. Mais pour la première fois, ces départs les affectèrent profondément. Car peu à peu ils s'attachaient les uns aux autres.

*

En Écosse, le froid fut certainement leur plus grand ennemi : plus décembre avançait, plus il faisait froid. Froid en se levant, froid en se battant et froid en tirant. Froid dehors et froid dedans. Froid en mangeant, en riant, en dormant, en partant au cœur de la nuit mener un raid d'entraînement, froid lorsque les poêles malades des chambres toussaient, laissant s'échapper une fumée lourde qui les assommait de maux de tête. Pour échapper, au sortir du lit, au gel de la nuit, les stagiaires établirent une rotation au sein des chambrées pour que chaque matin, avant l'aube, l'un d'entre eux se réveille et attise le feu avant le lever. Et lorsque, parfois, le préposé au chauffage restait endormi, il se voyait déverser un flot d'injures qui pouvait durer jusqu'au soir suivant.

À la fin d'une après-midi, au cœur de décembre, il y eut un soudain redoux. Après l'entraînement au tir, comme ils avaient du temps libre, les stagiaires, tous ensemble, descendirent à l'embouchure d'une rivière proche pour attraper des saumons. Le soleil de l'ouest, derrière les collines, renvoyait dans le ciel une lumière rose. Ils s'enfoncèrent dans l'eau glaciale, mouillant leurs uniformes jusqu'aux cuisses, et en appui sur des rochers, plaisantant et chahutant joyeusement, ils essayèrent de saisir maladroitement les poissons qui rôdaient dans les remous. Ils parvinrent à capturer quatre énormes saumons, des monstres d'écailles au bec tordu que Frank assomma en les frappant contre une souche. Le soir, ils les firent cuire dans l'âtre du manoir. Aimé s'improvisa cuisinier et déposa de grosses pommes de terre dans les braises. Slaz, accompagné de Faron et Frank, organisa une descente dans le mess des Polonais, absents de leur manoir, pour voler de l'alcool. Laura proposa d'inviter les Norvégiennes, ce qui mit Gros dans tous ses états.

Ce soir-là, dans leur mess, les stagiaires, installés autour de l'immense table en chêne, firent de la guerre un beau moment, bien à l'abri du monde, perdus dans l'Écosse sauvage, à manger, à rire et à plaisanter, à parler fort, à regarder les Norvégiennes. Ils étaient un peu ivres. David, l'interprète, et le lieutenant Peter se joignirent à eux ; Peter raconta l'Inde, jusque tard dans la nuit, tandis que David fut réquisitionné par Gros, assis entre deux Norvégiennes, pour traduire ses sérénades.

Le lendemain, lorsque les entraînements reprirent et que s'estompa le sentiment grisant d'avoir retrouvé une vie normale,

Pal se sentit accablé de solitude et se perdit dans ses pensées, les pensées pour son père, de mauvaises pensées d'oubli et de tristesse. Le soir, au manoir, au lieu d'aller dîner avec ses camarades, il resta seul dans sa chambre pour serrer contre lui le sac que lui avait préparé son père. Il respira les pages des livres et l'étoffe des vêtements, il s'imprégna des odeurs, il caressa la cicatrice sur son cœur et il enlaça ce sac, comme il aurait voulu que son père l'étreigne. Et il se mit à pleurer. Il attrapa un morceau de papier et il commença à écrire une lettre à son père, une lettre qui ne lui parviendrait jamais. Emporté par ses propres mots, il n'entendit pas Key entrer dans la chambre.

— À qui écris-tu ?

Pal sursauta.

— À personne.

— Je vois bien que tu écris une lettre. Il est interdit d'écrire des lettres.

— Il est interdit d'envoyer des lettres, pas de les écrire.

— À qui n'écris-tu pas alors ?

Le fils hésita un instant avant de répondre, mais Key avait une voix suspicieuse et Pal ne voulait pas qu'on le soupçonne d'être un traître :

— À mon père.

Key se figea et blêmit.

— Il te manque ?

— Oui.

— Mon père me manque aussi, murmura Key. J'ai volé ses lunettes avant de venir ici. Parfois je les chausse, et je pense à lui.

— J'ai ici ses livres, confia Pal.

Key s'assit sur le lit du fils et soupira :

— Je suis parti comme on part en voyage. Mais je ne le reverrai plus jamais, hein ?

Ah, combien les regrets l'accablaient, lui qui avait volé les lunettes de son père pour tromper son désespoir.

— Comment survivre loin de nos pères ? demanda Pal.

— Je me le demande tous les jours.

Key éteignit la lumière. De dehors, seul le spectre clair de la bruine vaporeuse éclairait la pièce.

— Surtout, ne rallume pas, ordonna Key.

— Pourquoi ?

— Pour qu'on puisse pleurer dans le noir.

— Pleurons alors.

— Pleurons nos pères.

Silence.

— Je crois que Grenouille est orphelin, pleurons pour lui aussi.

— Surtout pour lui.

Il n'y eut plus qu'un long murmure, une plainte étouffée : Pal, Key et tous les autres, même Grenouille l'orphelin, étaient les fils maudits, les hommes les plus seuls du monde. Ils étaient partis à la guerre et ils avaient mal embrassé leurs pères. Il y avait désormais un vide au plus profond de leurs âmes. Et dans la nuit anglaise, dans l'obscurité d'une petite chambre de militaires à l'odeur de moisi, Pal et Key regrettaient. Ensemble. Amèrement. Car ils avaient peut-être déjà vécu les derniers jours de leurs pères.

9

Et ils apprirent à préparer des attentats.

L'enseignement du sabotage à l'explosif constituait une part importante du cursus écossais. Ils passèrent de longues heures à découvrir le très puissant explosif à base d'hexogène, de liants et de plastifiants, développé par l'arsenal royal de Woolwich, que les Américains avaient baptisé *plastic* depuis qu'ils avaient reçu du SOE un échantillon initialement destiné à la France et dont l'emballage portait la mention, en français : *explosif plastique*. Le plastic était l'explosif le plus utilisé par le SOE, qui l'appréciait notamment pour sa grande stabilité : il résistait aux chocs violents, aux très hautes températures et pouvait même être brûlé. Il convenait ainsi parfaitement aux conditions de transport parfois chaotiques des agents en mission. Par son aspect, c'était une matière semblable à du beurre, malléable au point de pouvoir prendre n'importe quelle forme, et dont l'odeur rappelait celle des amandes. La première fois que les stagiaires en avaient pétri quelques morceaux, Gros, posant son nez dessus, avait pris de grandes inspirations et déclaré : « *J'en boufferais bien ! J'en boufferais bien !* »

Lorsqu'ils eurent acquis les bases théoriques nécessaires, ils firent exploser des troncs d'arbres, des rochers et même des petites constructions, utilisant des bombes qu'ils avaient eux-mêmes assemblées, munies d'un détonateur à minuterie ou d'un système de mise à feu manuel qu'ils pouvaient déclencher à distance à l'aide d'un câble. À ce dernier exercice, il s'avéra que le meilleur artificier du groupe, rapide et agile, n'était autre que Laura, dont le lieutenant Peter releva à plusieurs reprises les aptitudes. Ses camarades l'observaient préparer sa charge, appliquée, le front plissé et les lèvres pincées. Elle posait son explosif sous un morceau de rocher, puis emmenait avec elle le câble qui actionnait le détonateur, le déroulait avec célérité, tandis que le reste du groupe, sous le charme, l'observait à bonne distance, à la jumelle pour mieux admirer ses gestes : elle avait l'attentat élégant. Elle parcourait les derniers mètres avec plus de rapidité encore, rejoignant la butte derrière laquelle ils se trouvaient tous, tapis au sol, et elle roulait près d'eux, se calait en général contre Gros car il était un bon appui – Gros en restait ensuite béat jusqu'à la fin de la journée –, et jetait un œil à l'instructeur, amusé, qui approuvait d'un sobre mouvement de tête. Elle déclenchait alors une formidable explosion qui soufflait les arbres et effrayait les oiseaux criards qui s'envolaient dans une nuée cacophonique : ce n'était qu'à ce moment-là que son visage se décontractait enfin.

S'ensuivit l'apprentissage du sabotage ferroviaire, qui permettait de ralentir les mouvements des troupes allemandes à travers la France. La compagnie ferroviaire West Highland Line, sur demande du gouvernement britannique, avait installé des rails et un train entier à Arisaig House, afin que les agents du SOE puissent être formés en conditions réelles. Les stagiaires apprirent à tordre les voies, à faire dérailler des wagons, à disposer des charges sur des rails, sous un pont, sur le train, de jour, de nuit, à choisir entre actionner eux-mêmes la charge au passage du convoi depuis les abords directs du lieu de l'attentat, ou utiliser, pour saboter voies ou dépôts, l'une des meilleures créations des stations expérimentales : *The Clam*, une bombe prête à l'emploi, fixée sur un aimant pour adhérer aux rails et dont la minuterie déclenchait l'explosion trente minutes après l'armement. Il existait une production variée d'objets piégés, tels que des pompes à vélo explosant au moment de leur utilisation ou des cigarettes remplies d'explosif, développés principalement par la station expérimentale XV, *The Thatched Barn*, située dans le Hertfordshire, mais leur efficacité laissait parfois à désirer. Sur le train d'entraînement, les stagiaires suivirent même un cours rudimentaire de pilotage de locomotive.

Décembre égrena ses journées, tourmentées et violentes. Il faisait de plus en plus sombre, comme si, bientôt, la nuit n'allait plus cesser. Les stagiaires continuaient à s'entraîner, et leurs progrès étaient fulgurants : il fallait les voir, avec leurs grenades et leurs explosifs ; il fallait les voir sur les parcours d'obstacles ; il fallait les voir, réparant les pannes sur leurs mitraillettes Sten. Il fallait voir Claude, qui demandait pardon à Dieu en changeant ses chargeurs ; Grenouille, qui, pour se donner du courage en franchissant des marais de boue glaciale, hurlait des flots d'injures ; Faron, colossal, qui pouvait battre à mains nues n'importe qui, s'il ne décidait pas plutôt de lui loger une balle exactement entre les deux yeux ; Frank, sec et vif, rapide comme la tempête. Il fallait voir Stanislas, Laura, Jos, Denis, les étrangers ; Aimé, Gros et Key, toujours prêts à plaisanter, même en plein exercice de commando. Lesquels d'entre eux, en quittant la France, auraient pu imaginer qu'ils se sentiraient si vite aptes à la guerre ? Car il faut le dire : ils se sentaient forts et capables, terriblement capables, de venir à bout de régiments entiers, et il leur sembla même qu'ils pourraient vaincre les Allemands. C'était insensé. Hier encore, ils étaient des enfants de France, assaillis et meurtris, et aujourd'hui déjà ils étaient un peuple nouveau, un peuple de combattants, dont l'avenir était entre leurs mains. Certes, ils avaient laissé derrière eux ce qu'ils avaient de plus cher, mais ils ne subissaient plus, ils feraient subir. Et, tout autour d'eux, la guerre prenait une ampleur démesurée, déchaînée et indomptable : en Europe, la Wehrmacht était aux portes de Moscou et, dans le Pacifique, Hong Kong était la cible d'une violente bataille déclenchée par les Japonais. Le 20 décembre, Denis lut à ses petits camarades un article racontant comment les Anglais, aidés des Canadiens, des Indiens et des forces volontaires de la défense de Victoria-Hong Kong, résistaient héroïquement depuis plusieurs jours à l'assaut des forces nippones.

*

Le 25 décembre, il y avait plus de trois semaines qu'ils étaient en Écosse. Slaz-le-porc, épuisé et malade de fatigue, fut écarté de la sélection : ils n'étaient plus désormais que douze stagiaires au sein du groupe. L'épuisement, lentement, avait eu raison de leur moral ; les mines étaient mauvaises, lasses, préoccupées : à mesure que les jours d'entraînement défilaient, la guerre inexorablement se rapprochait. Lorsque Pal songeait à la France, il était désormais envahi à la fois par un sentiment de confiance et de peur ; il savait ce dont son groupe était capable, ils avaient appris à tuer avec leurs mains, à égorger en silence, à mitrailler, à fusiller, à poser des bombes et à faire exploser des bâtiments, des trains, des convois de soldats. Mais à trop regarder ses camarades il se perdait dans leurs visages, doux, trop doux malgré les écorchures des combats, et il ne pouvait s'empêcher de penser qu'une grande partie d'entre eux allait mourir sur le terrain, ne serait-ce que pour donner raison au docteur Calland. Et Pal ne pouvait concevoir que Gros, entiché de ses filles, Claude le gentil pieux, Grenouille le faible, Stanislas et ses échecs, Key le grand charmeur, Laura l'Anglaise merveilleuse, et tous les autres n'auraient peut-être pas d'autre avenir que l'horizon de cette guerre. Cette seule pensée l'anéantissait : ils étaient prêts à donner leur vie, sous les balles ou la torture, pour que les Hommes restent des Hommes, et il ne savait plus si c'était un acte d'amour altruiste ou la plus grande imbécillité qui leur soit jamais venue à l'esprit ; savaient-ils seulement où ils allaient ?

Noël accentua leur désarroi.

Dans le mess, Gros récitait des menus imaginaire : « *rôti de marcassin et coulis de groseille, perdreaux farcis, fromages et énormes gâteaux pour le dessert* ». Mais personne ne voulait l'écouter.

— On s'en fout de tes menus, le houspilla Frank.

— On pourrait retourner pêcher, rétorqua Gros. Ce serait : darnes de saumon et sauce au vin.

— Il fait nuit, il fait froid. Arrête, merde !

Gros s'isola pour réciter ses menus tout seul. Si personne ne voulait bouffer, il boufferait dans sa tête, et il boufferait bien. Il se faufila dans son dortoir et, fouillant dans son lit, il en sortit un petit morceau de plastic qu'il avait volé. Il le huma, il aimait cette odeur d'amande ; il pensa à son rôti de marcassin, huma encore, et, salivant, les yeux clos, il lécha l'explosif.

Les stagiaires étaient irritables. Aimé, Denis, Jos et Laura jouaient aux cartes.

— Merde et merde, répétait Aimé en abattant des as.

— Pourquoi tu dis *merde* si t'as des as ? demanda Jos.

— Je dis merde si je veux. On peut donc rien faire ici ? Pas faire Noël, dire merde, rien de rien !

Dans les coins, les solitaires regardaient dans le vague en se passant la dernière des bouteilles d'alcool volées aux Polonais. Grenouille et Stanislas, eux, jouaient aux échecs et Grenouille laissait Stanislas gagner.

Key, assis dans une alcôve, surveillait discrètement le mess et les conversations, craignant que les esprits ne s'échauffent. Sans être le plus vieux du groupe, il était le plus charismatique et on le considérait tacitement comme le chef. S'il disait de la fermer, les stagiaires la fermaient.

— Les autres vont mal, chuchota Key à Pal, installé à ses côtés comme souvent.

Key et Pal s'appréciaient beaucoup.

— On pourrait aller trouver les Norvégiennes, proposa le fils.

Key eut une moue.

— J'en sais trop rien. Je crois pas que ça aidera. Ils vont encore se sentir obligés de faire les cons pour épater la galerie. Tu les connais…

Pal esquissa un sourire.

— Surtout Gros…

Key sourit à son tour.

— Où est-il celui-là, d'ailleurs ? demanda-t-il.

— À l'étage, répondit Pal, il boude. À cause de ses menus de Noël. Tu savais qu'il bouffait du plastic ? Il dit que c'est comme du chocolat.

Key leva les yeux au ciel, et les deux camarades pouffèrent.

À minuit, Claude fit une procession solitaire dans le manoir, tenant le grand crucifix qu'il avait emporté dans ses bagages. Il chanta une chanson d'espoir et défila parmi les malheureux. « *Joyeux Noël !* » lança-t-il à la cantonade. Lorsqu'il passa à côté de Faron, celui-ci lui arracha le crucifix des mains et le brisa en deux, hurlant : « *Mort à Dieu ! Mort à Dieu !* » Claude resta impassible et ramassa les deux morceaux sacrés. Key était prêt à bondir sur Faron.

— Je te pardonne, Faron, dit Claude. Je sais que tu es un homme de cœur et un bon chrétien. Sinon, tu ne serais pas ici.

Faron bouillonnait de rage :

— Tu n'es qu'un faiblard, Claude ! Vous êtes tous des faibles ! Vous ne tiendrez pas deux jours en opération ! Pas deux jours !

Chacun fit semblant de ne pas l'entendre, le calme revint dans le manoir, et peu après, les stagiaires allèrent se coucher. Ils espéraient que Faron se trompait. Un peu plus tard, Stanislas vint dans la chambre de Key, Pal, Gros et Claude, et demanda au curé, qui trimballait dans sa valise toutes sortes de médicaments, de lui donner un somnifère.

— Ce soir, j'aimerais dormir comme un enfant, dit le vieux Stanislas.

Claude jeta un coup d'œil à Key qui approuva d'un sobre mouvement de tête. Il donna un cachet au pilote qui s'en alla plein de gratitude.

— Pauvre Stanislas, dit Claude, agitant ses deux moitiés de crucifix autour du lit comme pour conjurer le mauvais sort.

— Pauvre de nous, répondit Pal étendu à côté de lui.

Hong Kong, ce même jour de Noël, tomba aux mains des Japonais après des combats épouvantables. Les combattants anglais et les renforts canadiens – deux mille hommes avaient été envoyés sur le front – furent sauvagement massacrés.

*

Le 29 décembre, tous avaient oublié la crise d'angoisse de Noël. Au milieu de la journée, les douze stagiaires étaient affalés dans le mess, entassés dans les fauteuils et sur les tapis épais autour du poêle, plus confortables que les lits froids et tachés de moisissures. Le lieutenant Peter avait envoyé ses aspirants se reposer car des exercices de nuit les attendaient. Ils dormaient bruyamment, seul Pal était éveillé, mais Laura s'étant assoupie contre lui, il n'osait pas bouger. Dans le calme de la maison, il entendit soudain des pas feutrés : c'était Grenouille, il semblait s'apprêter à quitter le manoir, engoncé dans sa vareuse. Il avait ôté ses bottes pour ne pas faire craquer le plancher.

— Où vas-tu ? lui demanda Pal à voix basse.

— J'ai vu des fleurs.

Le fils le dévisagea, sans bien comprendre.

— Il y a des fleurs qui ont percé dans le gel, répéta Grenouille. Des fleurs !

Les ronflements furent la seule réponse : tous se foutaient bien de ses fleurs, même poussées dans la neige.

— Tu veux venir ? proposa Grenouille.

Pal sourit, amusé.

— Non, merci.

Il ne voulait pas quitter Laura.

— À tout à l'heure alors.

— À tout à l'heure, Grenouille... Ne reviens pas trop tard. Nous avons entraînement ce soir.

— Pas tard. Compris.

Grenouille s'en alla rêver seul dans la forêt proche, avec ses fleurs. Il suivit le sentier des falaises en direction d'Arisaig ; il aimait la vue depuis les falaises. Il bifurqua dans la forêt, le cœur gai. Ses fleurs n'étaient plus très loin. Mais au détour d'un entassement de troncs morts, il tomba sur un groupe de cinq Polonais de la Section MP, ivres de vodka. Les Polonais avaient eu vent de la descente des Français dans leur manoir et du vol des bouteilles d'alcool, et ils leur en tenaient rigueur. Grenouille fut la victime de leurs représailles ; ils lui donnèrent des gifles, le jetèrent dans la boue, puis le forcèrent à boire de longues gorgées de vodka qui lui brûlèrent le ventre. Grenouille, apeuré, humilié, but en espérant qu'ensuite, ils le laisseraient tranquille. Il pensait à Faron : qu'ils attendent de voir ce que Faron leur ferait lorsqu'il saurait.

Mais les Polonais voulaient qu'il ingurgite encore.

— *Nasdarovnia*, criaient-ils en chœur, en lui maintenant le goulot sur les lèvres.

— Mais qu'est-ce que je vous ai fait ? gémissait Grenouille en français, recrachant la moitié de l'alcool qu'il avait en bouche.

Les Polonais, qui ne comprenaient rien, ne répondaient que par des insultes. Et comme cela ne suffisait pas, ils se mirent à le battre, à coups de pied et de bâton, tous ensemble, en chantant. Sous les coups, Grenouille hurla si fort que ses cris alertèrent les militaires d'Arisaig House, qui se mirent à ratisser la forêt, l'arme au poing. Lorsque le malheureux fut retrouvé, il était en sang et sans connaissance, et on le transporta à l'infirmerie d'Arisaig.

Ses camarades le veillèrent jusqu'à la fin de l'après-midi, puis au retour de leurs exercices de nuit. Pal, Laura, Key et Aimé furent parmi les derniers à rester près de lui. Grenouille avait recouvré ses esprits, mais il gardait les yeux fermés.

— J'ai mal, répétait-il.

— Je sais, répondit Laura.

— Non... J'ai mal là.

Il montrait son cœur : c'était à l'intérieur de lui-même qu'il souffrait.

— Dites au Lieutenant que je ne peux plus continuer.

— Mais si, tu pourras. Tu as déjà tant fait, le rassura Key.

— Je ne peux pas continuer. Je ne peux plus. Je ne saurai jamais me battre.

Grenouille ne croyait plus en lui, il avait perdu sa propre guerre. Vers deux heures du matin, il s'assoupit enfin et les derniers camarades repartirent au manoir pour dormir un peu.

*

Aux premières lueurs de l'aube, Grenouille se réveilla. Se retrouvant seul, il sortit de son lit et se faufila hors de l'infirmerie. Il pénétra en cachette sur le stand de tir d'Arisaig et, forçant l'une des armoires en fer, il déroba un colt .38. Puis il déambula à travers les nappes de brouillard givrant, retrouva ses chères fleurs et les cueillit. Il marcha jusqu'au manoir de la Section F. Et il appuya le pistolet contre son torse.

Le lieutenant Peter, David et les stagiaires furent tous réveillés par la déflagration. Sautant au bas de leurs lits, ils coururent dehors, à moitié nus. Face à la maison, dans la boue, gisait Grenouille parmi ses fleurs, écrasé par sa propre vie. Le lieutenant Peter et David s'accroupirent près de lui, atterrés. Grenouille avait enfoncé l'arme contre son cœur, son cœur qui lui avait toujours fait si mal, et il s'était offert à la mort.

Pal, hagard, se précipita à son tour vers le corps, et il posa sa main sur les yeux de Grenouille pour les fermer. Il crut percevoir un faible râle :

— Il est vivant ! hurla-t-il au Lieutenant pour que l'on appelle un médecin.

Mais Peter hocha la tête, livide : Grenouille n'était pas vivant, il n'était simplement pas encore mort. Personne ne pouvait plus rien pour lui. Pal l'enlaça alors pour qu'il se sente moins seul dans ses derniers instants, et Grenouille eut même encore la force de pleurer un peu, d'infimes larmes chaudes qui roulèrent sur ses joues souillées de boue et de sang. Pal le consola, puis André Grenouille s'éteignit. Et, de la forêt, s'éleva le chant de la mort.

Les stagiaires restèrent immobiles, grelottants, anéantis, l'âme déchirée et fous de douleur. Laura s'effondra contre Pal.

— Serre-moi contre toi, sanglota-t-elle.

Il l'étreignit.

— Il faut que tu me serres plus fort, j'ai l'impression que je vais mourir moi aussi.

Il l'étreignit plus fort encore.

Le vent de l'aube redoubla de violence et plaqua les cheveux mal coupés de Grenouille. Il avait l'air si calme à présent. Plus tard, des officiers de la police militaire venus de la base voisine de la Royal Navy emmenèrent le corps, et ce fut la dernière fois que l'on entendit parler de Grenouille, le triste héros de guerre.

Ses camarades de vie et de combat honorèrent sa mémoire au soleil couchant, sur les hauts d'Arisaig House, là où les falaises tombaient droit dans la mer. Ils s'y rendirent en une longue procession. Laura tenait les fleurs qu'elle avait ramassées, Aimé une chemise de Grenouille, et Faron les quelques affaires qu'on avait trouvées dans son armoire du dortoir. Claude tenait ses deux morceaux de crucifix, Stanislas son échiquier. Sur la crête, baignés par le crépuscule orange et dominant l'horizon du monde, tous restèrent silencieux, paralysés de douleur.

— Taisons-nous, mais taisons-nous bien, ordonna Frank le solide.

Puis, dans la douce homélie du ressac, ils jetèrent aux vagues, chacun leur tour, les objets de Grenouille.

Aimé jeta sa chemise.

Laura jeta ses fleurs.

Key jeta sa montre-bracelet, qu'il ne portait jamais de peur de l'abîmer.

Pal jeta ses lunettes.

Frank jeta ses cigarettes.

Faron jeta un vieux livre corné.

Gros jeta des photographies chiffonnées.

Denis jeta son mouchoir brodé.

Claude jeta ses buvards.

Jos jeta son petit miroir.

Stanislas jeta son échiquier.

Restés en retrait, le lieutenant Peter et l'interprète David pleuraient. Ils pleuraient tous. L'Écosse tout entière pleurait.

La bruine se remit à tomber ; les oiseaux marins recommencèrent leur tapage. Lentement, les affaires de Grenouille disparurent dans la mer. Et l'on put juste apercevoir encore l'onde violette de ses fleurs, avant qu'un dernier rouleau ne les avale.

10

Londres, le matin du 9 janvier. Ils étaient de retour dans la capitale. Le groupe ne comptait plus que onze stagiaires : Stanislas, Aimé, Frank, Key, Faron, Gros, Claude, Laura, Denis, Jos et Pal. Après cinq semaines à Lochailort, ils en avaient terminé avec leur école d'endurance. Mais, dans la douleur du deuil de Grenouille, leur succès n'était que sentiment d'amertume.

Il faisait nuit, l'Angleterre dormait encore. La gare Victoria était déserte et figée dans le froid. Les rares autres voyageurs marchaient vite, le col relevé et le visage battu par le vent. Dehors, les trottoirs étaient recouverts de gel, et les voitures avançaient prudemment sur les boulevards. La ville était balayée par un air pur et puissant. Le ciel était dégagé de tout nuage.

Les stagiaires en étaient à un peu plus de la moitié de leur formation : il leur restait à suivre trois semaines d'entraînement parachutiste, puis quatre semaines de formation aux techniques de sécurité en opération. Ils bénéficiaient à présent d'une semaine de permission, et chacun voulait profiter de ce qui lui avait le plus manqué durant les deux premières écoles : cabarets, bons restaurants et chambres d'hôtel propres. Gros parlait d'aller aux putes, Claude voulait une église.

Lorsque le groupe se dispersa après les accolades d'usage et les recommandations du lieutenant Peter, Pal se retrouva seul avec Laura ; ils s'étaient attendus.

— Que comptes-tu faire ? demanda Laura.

— Je sais pas trop…

Il n'avait pas de famille, pas d'envie particulière. Ils déambulèrent un moment sur Oxford Street : les magasins s'éveillaient, les vitrines s'illuminaient. Arrivés sur Brompton Road, près de Piccadilly, ils se firent servir le petit-déjeuner dans un restaurant attenant à un grand magasin. Installés dans d'immenses fauteuils, au chaud, ils contemplèrent par la grande baie vitrée Londres qui scintillait de mille lumières dans l'enveloppe encore obscure du matin. Pal songea que c'était une ville magnifique.

Laura s'apprêtait à passer sa permission à Chelsea, chez ses parents, qui la croyaient engagée auprès de la FANY sur une base de Southampton. La First Aid Nursing Yeomanry était une unité composée uniquement de femmes, toutes volontaires, engagées comme infirmières, logisticiennes pour l'armée britannique, ou encore conductrices auprès de l'Auxiliary Transport Service. Certaines compagnies servaient même sur le Continent, en Pologne notamment.

— Tu pourrais venir avec moi, proposa-t-elle à Pal.

— Je ne voudrais pas déranger.

— La maison est grande, et nous avons du personnel.

Il esquissa un sourire : *ils* avaient du personnel. Cette précision, après ce qu'ils avaient enduré, l'amusa.

— Et comment sommes-nous censés nous connaître ?

— Tu n'auras qu'à dire que nous travaillons sur la même base. À Southampton. Tu es un volontaire français.

Il hocha la tête. Presque convaincu.

— Et que faisons-nous là-bas ?

— Rôle général, ça suffira à toutes les réponses. Ou non, disons les bureaux. Oui, nous sommes dans les bureaux, c'est plus simple.

— Et nos marques ?

Laura passa les mains sur ses joues. Ils avaient, tous les deux, tous les onze stagiaires d'ailleurs, des hématomes, des éraflures, de petites cicatrices, accumulés pendant les entraînements, sur les mains, sur les bras, sur le visage, sur tout le corps. Elle prit un air malicieux :

— Nous nous poudrerons le visage, comme de vieilles bonnes femmes. Et si on nous pose des questions, nous dirons que nous avons eu un accident de voiture.

Laura trouvait ses inventions formidables, et Pal lui sourit. Il passa furtivement sa main dans la sienne. Oui, il l'aimait, il en était certain. Et il savait qu'il ne la laissait pas indifférente ; il l'avait su lorsqu'elle avait voulu qu'il l'étreigne, après la mort de Grenouille. Il ne s'était jamais senti aussi homme que lorsqu'il l'avait enlacée.

Ils passèrent au rayon des cosmétiques du grand magasin pour acheter du fard, et ils en appliquèrent légèrement sur les quelques marques dessinées sur leur visage. Puis ils se rendirent en autobus jusqu'à Chelsea.

*

C'était un hôtel particulier trop grand pour les parents seuls, un beau bâtiment carré, en briques rouges, dont les façades étaient ornées de lanternes en fer et de vigne vierge, défeuillée pour l'hiver. On comptait deux étages, plus le rez-de-chaussée et les mansardes, un escalier principal, un escalier de service. Pal avait cru comprendre que le père de Laura était dans la finance, mais il se demandait ce que les finances de qui que ce soit pouvaient bien rapporter à pareille époque. Peut-être était-il dans l'armement.

— C'est pas dégueulasse chez toi, dit-il en contemplant la maison.

Laura éclata de rire et s'avança sur le perron. Elle sonna. Comme un visiteur. Pour la surprise.

Richard et France Doyle, les parents de Laura, étaient en train de terminer leur petit-déjeuner. Il était neuf heures du matin. Ils se regardèrent, étonnés : qui pouvait sonner de si bon matin ? Et à la grande porte de surcroît. Peut-être une livraison, mais les livraisons passaient toujours par la porte de service. Curieux, ils se hâtèrent jusqu'à l'entrée, dépassant la bonne qui avait une jambe trop courte. Le père lissa sa moustache et tira sur son nœud de cravate avant d'ouvrir.

— Laura ! s'écria la mère en découvrant sa fille de l'autre côté de la porte.

Et les deux parents l'enlacèrent longuement.

— On a eu droit à une permission, expliqua Laura.

— Une permission ! se réjouit le père. Combien de temps ?

— Juste une semaine.

France masqua une moue déçue.

— Une semaine seulement ? Et tu n'as donné aucune nouvelle !

— Je regrette, Maman.

— Téléphone au moins.

— Je téléphonerai.

Il y avait deux mois que les Doyle n'avaient pas revu Laura ; sa mère la trouva amaigrie.

— On ne vous donne rien à manger !

— C'est la guerre.

La mère soupira.

— Je vais devoir me résoudre à enlever les roses pour semer les plates-bandes. Je mettrai des pommes de terre.

Laura sourit et embrassa encore ses deux parents, avant de présenter Pal, resté poliment en retrait sur le perron avec les bagages.

— Voici Pal. C'est un ami. Un volontaire français. Il n'avait nulle part où aller pendant la permission.

— Un Français ! s'exclama France en français.

Et elle déclara que tous les Français du monde seraient chez elle les bienvenus, surtout les courageux.

— D'où venez-vous ? demanda-t-elle à Pal.

— De Paris, Madame.

Elle s'émerveilla.

— Ah ! Paris... Et quelles sont les nouvelles de Paris ?

— Paris va bien, Madame.

Elle se pinça les lèvres, remords nostalgiques, et ils songèrent tous deux que si Paris allait si bien, Pal ne serait certainement pas là.

France Doyle observa le jeune homme. Il devait avoir l'âge de sa fille, il était beau, un peu maigre, mais on devinait qu'il était musclé. Laura et Pal s'entretenaient avec Richard ; elle n'écoutait plus, elle se contentait de regarder, perdue dans ses propres pensées. Elle perçut quelques bribes du mauvais anglais du visiteur ; elle aimait sa façon de parler, polie, intelligente. Et elle ne douta pas une seconde que sa fille en pinçait pour ce garçon ; elle connaissait bien sa fille. Elle regarda Pal encore, il avait des marques sur les mains, sur le cou. Des écorchures, des marques de guerre. Ni lui, ni sa fille n'étaient à Southampton. Elle le savait, une intuition de mère. Mais où servaient-ils alors ? Pourquoi sa propre fille lui avait-elle menti ? Et, pour chasser son inquiétude, elle appela la bonne pour qu'elle prépare les chambres.

Ce fut une belle journée. Laura emmena Pal à travers Chelsea, et comme le soleil persistait, radieux, ils prirent le métro jusqu'au centre-ville. Ils se promenèrent dans Hyde Park, au milieu de nuées de promeneurs, de rêveurs, et d'enfants. Ils croisèrent la route de quelques écureuils défiant l'hiver, et des poules d'eau près des étangs. Ils déjeunèrent de tartes salées dans une brasserie des bords de la Tamise, puis flânèrent jusqu'à Trafalgar Square, puis, sans se concerter, jusqu'à Northumberland House. Là où tout avait commencé.

De retour chez les Doyle, à la fin de l'après-midi, Pal fut installé dans une jolie chambre du deuxième étage ; il y avait longtemps qu'il n'avait pas eu droit à l'intimité d'une pièce pour lui seul. Il se prélassa un moment sur le lit moelleux et prit ensuite un bain brûlant, se libérant de la crasse du Surrey et de l'Écosse ; dans le miroir de la salle de bains, il contempla longuement son corps, couvert de plaies et de bosses. Puis, séché, rasé, coiffé, mais resté torse nu, il se laissa aller à quelques déambulations dans la chambre tiède, enfonçant ses pieds nus dans l'épaisse moquette. Et il s'arrêta à la fenêtre pour contempler le monde. La nuit tombait à présent, et ce crépuscule-là ressemblait à s'y méprendre à l'aube du matin même, baignant les rues et les jolies maisons calmes dans une atmosphère bleu foncé. Il regarda les jardinets balayés par le vent qui s'était levé, et les grands arbres dénudés de l'avenue animés en cadence par les rafales. Il souffla contre le carreau froid et, dans le cercle de buée, inscrivit le nom de son père ; c'était janvier, le mois de son anniversaire. Ah, comme son père allait être seul, comme il devait se sentir triste et délaissé ! Ils étaient une toute petite famille, et Pal l'avait brisée.

Laura entra dans la chambre sans un bruit, et le fils malheureux ne s'en aperçut que lorsqu'elle posa les mains sur ses côtes marquées d'hématomes.

— Que fais-tu ? interrogea-t-elle, intriguée de le voir à moitié nu à la fenêtre.

— Je pensais.

Elle sourit.

— Tu sais ce que dirait Gros, hein ?

Il secoua la tête, amusé, et ils déclamèrent ensemble, imitant le ton saccadé et mélancolique de leur compagnon : « *Pense pas à des choses mauvaises…* » Ils rirent.

Laura avait apporté une petite boîte de fard et en appliqua quelques touches sur le visage de Pal, persévérant dans sa manigance qui ne trompait personne. Il la laissa faire, trop heureux qu'elle touche son visage. Elle s'était si élégamment apprêtée, légèrement maquillée, vêtue d'une jupe vert pomme, des perles de nacre aux oreilles. Tellement jolie.

Pal s'étant retourné, elle remarqua la longue cicatrice qui marquait sa poitrine, à l'endroit du cœur.

— Qu'est-ce que tu t'es fait ?

— Rien.

Elle posa sa main sur la cicatrice. Elle aimait décidément ce garçon, mais elle n'oserait jamais le lui avouer. Ils avaient certes passé beaucoup de temps ensemble, durant le stage écossais, mais il avait toujours l'air si sérieux, si préoccupé par les affaires du monde, il n'avait sans doute pas remarqué comme elle le regardait. Elle parcourut la cicatrice du bout du doigt.

— Tu n'as pas pu te faire une marque pareille durant les entraînements.

— Ça date d'avant.

Laura n'insista pas.

— Enfile une chemise, le dîner est prêt.

Elle sortit de la chambre en offrant un sourire à son Français.

*

Pal vécut à Londres une semaine merveilleuse. Laura lui fit visiter la ville. Bien qu'il y eût passé plusieurs semaines au moment de son recrutement, Londres lui était inconnue. Laura lui montra toutes les blessures du *Blitz* et les quartiers de cendres ; les bombardements avaient causé d'énormes dégâts, même Buckingham Palace avait été touché, et pendant que la Luftwaffe pilonnait la ville, les Anglais avaient parfois été obligés de se terrer dans le métro. C'est ce qui avait décidé Laura à rejoindre le SOE. Laissant de côté la guerre et ses stigmates, ils allèrent au cinéma, au théâtre, dans les musées. Ils allèrent au zoo royal ; ils lancèrent du pain rassis aux grandes girafes et saluèrent les vieux lions, seigneurs misérables dans leurs cages. Une après-midi, au hasard d'une rue, ils croisèrent deux agents autrichiens, rencontrés à Arisaig House, mais ils ne firent semblant de rien. Parfois Pal se demandait ce que ses amis de Paris étaient devenus : ils étudiaient sûrement, ils se destinaient à être professeur, médecin, ingénieur, courtier, avocat. Lequel d'entre eux pouvait imaginer ce qu'il était en train de faire ?

La veille du départ, Pal se reposait dans sa chambre, seul, allongé sur le lit. France Doyle frappa à la porte et entra, un plateau dans les mains sur lequel étaient une théière et deux tasses. Pal se leva poliment.

— Alors vous partez demain, hein ? soupira France.

Sa voix avait les mêmes intonations de voix que celle de Laura. Elle s'assit sur le lit, à côté de Pal. Le plateau sur les genoux, elle remplit les tasses en silence. Elle lui en tendit une.

— Qu'est-ce qui se passe vraiment ?

— Je vous demande pardon ?

— Vous savez très bien de quoi je parle.

Elle dévisagea le jeune homme.

— Vous n'êtes pas basés à Southampton.

— Si, Madame.

— Quelle base ?

Pal, surpris par la question, resta d'abord muet. Il ne s'était pas préparé à ce qu'on l'interroge sans Laura ; si elle avait été là, elle aurait su quoi dire. Il essaya de se rattraper, mais l'hésitation avait été trop marquée ; inventer un nom ne servait plus à rien.

— Quelle importance, Madame. Les gradés n'aiment pas qu'on donne des informations sur la base.

— Je sais que vous n'êtes pas à Southampton.

Un long silence envahit la chambre. Pas un silence de gêne, un silence de confidence.

— Que savez-vous au juste ?

— Rien. Mais j'ai vu les marques sur vos corps. Je sens que Laura a changé. Pas en mal, au contraire... Je sais qu'elle n'est pas à la FANY, à transporter des caisses de choux. Transporter des légumes ne vous change pas ainsi en deux mois.

Silence encore. France continua :

— J'ai tellement peur, Pal. Pour elle, pour vous. Je dois savoir.

— Ça ne vous apaisera pas.

— Je m'en doute. Mais au moins, je saurai pourquoi je m'inquiète.

Pal la regarda. Il vit en elle son père. Si elle avait été son père, et qu'il avait été Laura, il aurait voulu qu'elle lui dise. C'était insupportable pour lui que son père ne sache rien. Comme s'il n'existait plus.

— Jurez-moi de ne rien répéter.

— Je le jure.

— Jurez mieux. Jurez sur votre âme.

— Je jure, fils.

Elle l'avait appelé *fils*. Il se sentait moins seul soudain. Il se leva, vérifia que la porte était bien fermée, se rassit près de France et murmura :

— Nous avons été recrutés par les services secrets.

La mère mit une main devant sa bouche.

— Mais vous êtes si jeunes !

— C'est la guerre, Madame. Et vous ne pouvez rien y faire. Vous ne pouvez pas empêcher Laura. Ne lui dites rien, ne faites semblant de rien. Si vous croyez en Dieu, priez. Si vous n'y croyez plus, priez quand même. Soyez rassurée, il ne nous arrivera rien.

— Veillez sur elle.

— Je veillerai.

— Jurez aussi.

— Je le jure.

— Elle est si fragile...

— Moins que vous ne le pensez.

Il lui sourit pour la rassurer. Ils restèrent longtemps ensemble, en silence.

Le lendemain, Pal et Laura quittèrent la maison de Chelsea après le déjeuner. La mère fit semblant de rien. Au moment du départ, s'approchant de Pal pour le saluer, elle glissa discrètement quelques livres sterling dans la poche de son manteau.

— Achetez-lui du chocolat, murmura-t-elle. Elle aime tant le chocolat.

Il acquiesça, esquissa un dernier sourire. Et ils partirent.

11

Le père se renseignait attentivement sur le cours de la guerre. Il avait tellement peur. Chaque fois qu'il entendait parler de morts, il pensait à son fils. À la radio, les bulletins d'informations le faisaient sursauter. Il étudiait ensuite la carte de l'Europe et il se demandait où son fils se trouvait. Et avec qui ? Et au nom de quoi se battait-il ? Pourquoi fallait-il que les enfants fassent la guerre ? Souvent, il regrettait de ne pas être parti à sa place. Ils auraient dû échanger leurs rôles : Paul-Émile serait resté à Paris, bien à l'abri, et lui serait parti au front. Il ne savait ni où ni comment, mais il l'aurait fait si cela avait pu retenir son fils.

À ceux qui lui avaient posé des questions, il avait simplement dit : « *Paul-Émile s'est absenté.* » Il n'avait rien ajouté. Aux amis de son fils venus sonner à la porte, à la concierge qui s'était étonnée de ne plus croiser Paul-Émile, toujours la même rengaine : « *Il n'est pas là, il s'est absenté.* » Et il fermait la porte ou continuait son chemin pour clore une bonne fois pour toutes la conversation.

Souvent, il regrettait de ne pas l'avoir enfermé dans une pièce. Il l'aurait enfermé pendant toute la guerre. À clé, pour qu'il ne parte jamais. Mais comme il l'avait laissé partir, il ne verrouillait plus la porte de l'appartement, pour être bien certain qu'il puisse revenir. Tous les matins, en partant à son travail, il vérifiait consciencieusement qu'il n'avait pas fermé à clé. Parfois il revenait sur ses pas pour vérifier encore. *On n'est jamais trop prudent*, songeait-il.

*

Le père était « fonctionnaire pas important » ; il mettait des tampons sur des documents, il était employé aux écritures. Il espérait que son fils deviendrait une grande âme, car lui-même ne se trouvait guère intéressant. Lorsque son chef lui renvoyait des documents pour correction, avec quelques appréciations désobligeantes dans les marges, le père pestait : « *Minable ! Minable !* », sans trop savoir s'il s'adressait à son chef ou à lui-même. Oui, son fils serait quelqu'un d'important. Directeur de cabinet, ou ministre. Plus le temps passait, et plus le père était fier de lui.

À la pause de midi, il se précipitait dans le métro, rentrait chez lui, et se jetait sur le courrier : son fils avait promis d'écrire. Il attendait ses lettres avec désespoir, mais elles n'arrivaient jamais. Pourquoi n'écrivait-il donc pas ? Il s'inquiétait de ne pas avoir de nouvelles, il priait pour qu'il ne lui soit rien arrivé. Et le père, amaigri, regardait encore dans la boîte aux lettres pour être sûr qu'il n'avait rien raté, puis il levait les yeux avec tristesse vers le ciel de janvier. Ce serait bientôt son anniversaire, et son fils lui ferait sûrement signe. Son fils n'avait jamais oublié son anniversaire ; il trouverait un moyen de le contacter.

12

Sur une route déserte du Cheshire, dans l'obscurité du black-out, Gros marchait, solennel, son peigne à la main. Essoufflé, il s'arrêta un instant et recoiffa ses affreux cheveux. Malgré le froid glacial de janvier, il suait dans ses vêtements trop étroits ; il n'aurait pas dû tant courir. Il s'essuya le visage du revers de la manche, prit une ample respiration pour se donner du courage, et parcourut les derniers mètres qui le séparaient du pub. Il regarda sa montre, il était vingt-trois heures trente. Il avait deux bonnes heures devant lui. Deux heures d'exquis bonheur. La nuit, lorsque tous dormaient, il s'enfuyait.

*

Au terme de leur permission, les onze stagiaires de la Section F avaient rejoint la base aérienne de Ringway, près de Manchester, où se déroulait le troisième stage du SOE. Ils devaient y rester jusqu'au début février. Tous les aspirants du Service passaient par Ringway, l'un des principaux centres d'entraînement au parachutisme de la Royal Air Force, le parachutage constituant le moyen le plus efficace pour transporter les agents de Grande-Bretagne jusque dans les pays occupés.

Ils y étaient arrivés une dizaine de jours plus tôt et si, d'une manière générale, leur formation, dispensée dans l'urgence de la situation européenne, pouvait parfois laisser songeur – quelques mois d'entraînement accéléré entre science militaire et improvisation –, le doute avait culminé le premier jour à Ringway, lorsqu'ils furent gratifiés d'une démonstration calamiteuse de la méthode de parachutage que le SOE avait mise au point. Grâce à un ingénieux système de câble, le parachutiste n'avait absolument rien d'autre à faire que de se laisser tomber depuis un trou dans le plancher de l'avion ; un filin accroché au parachute et relié à la cabine ouvrirait automatiquement la toile à la bonne hauteur, et l'agent n'aurait plus qu'à atterrir comme il l'aurait appris durant ses entraînements. Ainsi, les stagiaires, alignés sur un terrain de la base, avaient observé, attentifs, un bombardier larguer en rase-mottes des sacs de terre munis dudit dispositif. Mais, si un parachute s'était effectivement déployé au-dessus du premier sac quelques dizaines de mètres après son largage, le second puis le troisième sacs s'étaient écrasés au sol dans un bruit sourd sans qu'il se soit rien passé. Le quatrième sac avait plané sous un beau parachute blanc, mais le cinquième s'était écrasé de nouveau. En demi-cercle, les stagiaires avaient contemplé le spectacle, épouvantés, imaginant leurs futurs cadavres dévalant du ciel.

« *Seigneur !* » avait gémi Claude, les yeux écarquillés.

« *Nom de Dieu !* » avait blasphémé Aimé à côté de lui.

« *Saloperie !* » avait lâché Key.

« *C'est une blague, hein ?* » avait demandé Faron au lieutenant Peter.

Mais le Lieutenant avait agité la tête sans se laisser démonter, et David, blême lui aussi, avait traduit : « *Ça va fonctionner, ça va fonctionner, vous allez voir.* » Dans l'avion, l'équipage ne s'était pas découragé non plus, continuant à jeter les sacs. Un parachute s'était ouvert, puis un autre, signe encourageant, et le Lieutenant avait exulté. Mais sa joie avait été de courte durée : le sac suivant s'était lamentablement écrasé dans l'herbe humide, donnant aux stagiaires des maux de ventre.

Malgré cet épisode, ils s'étaient entraînés durement, comme ils l'avaient toujours fait, hantant les pistes et les hangars. L'école de Ringway n'en faisait certes pas des experts en parachutisme, d'où le système d'ouverture automatique. Mais ils devaient être prêts à sauter dans des conditions difficiles, à basse altitude et de nuit. Le plus important était de réussir son atterrissage, jambes pliées et serrées, bras le long du corps, en effectuant un roulé-boulé simple, mais qu'il ne fallait pas rater sous peine de se rompre les os. Ils s'étaient exercés d'abord au sol, puis à des petites hauteurs, sur une chaise, un escabeau et, dernière étape, une échelle. Depuis l'échelle, Claude avait hurlé à chaque fois qu'il s'était élancé. Entre les exercices de saut, il y avait eu des exercices physiques pour ne rien perdre de l'instruction écossaise, la découverte du matériel aéronautique, et surtout la rencontre avec les avions : les bombardiers Whitley, qui les largueraient au-dessus de la France, et les Westland Lysander, des petits avions de quatre places, sans armement mais capables d'atterrir et de décoller sur de très courtes distances, et qui viendraient les récupérer sur le terrain en fin de mission, au nez et à la barbe des Allemands. Pendant la visite des appareils au sol, les stagiaires, heureux comme des enfants, s'étaient installés dans les cockpits pour jouer avec les instruments de bord. Stanislas avait essayé sans succès d'initier ses camarades au maniement des commandes, mais tous se bornaient à appuyer, au hasard, sur tous les boutons, tandis que Gros et Frank s'époumonaient dans les casques-micros. L'instructeur, impuissant et dépité, était resté sur le tarmac, ne pouvant que constater la débandade. À côté de lui, Claude, inquiet, avait demandé s'il y avait un risque quelconque que l'un de ses camarades, dans l'agitation, largue une bombe de plusieurs tonnes à même la piste.

Le SOE se refusait à faire habiter ses recrues à Ringway où s'entraînaient en même temps qu'eux des soldats de l'armée britannique, commandos parachutistes et troupes aéroportées : une trop grande promiscuité, même avec des militaires, était jugée dangereuse pour de futurs agents secrets. Les différentes sections étaient donc toutes logées à Dunham Lodge, dans le Cheshire, et les stagiaires faisaient quotidiennement le trajet jusqu'à la base en camionnette. Ainsi avaient-ils repéré un pub, sur la route de Ringway, et comme au terme de leur première semaine ils avaient obtenu une permission de quelques heures, ils s'y étaient tous rendus. À peine entrés dans l'établissement, ils s'étaient bruyamment éparpillés entre les cibles des fléchettes et les tables de billards, mais Gros était resté planté sur le parquet collant, paralysé, subjugué : il venait de voir, juste derrière le comptoir, celle qu'il considérait être la femme la plus extraordinaire du monde. Il l'avait contemplée pendant de longues minutes, et il avait été irradié par un soudain bonheur qu'il ne s'expliquait pas : il l'aimait. Sans l'avoir vue plus de quelques instants, il l'aimait. Alors, timidement, il s'était installé au comptoir et il l'avait admirée encore, cette brune menue qui distribuait des pintes de bière avec une grâce infinie. Il devinait, sous son chemisier serré, sa taille de guêpe et son corps fin ; il aurait voulu la serrer contre lui, et inconsciemment, sur son tabouret, il s'était enlacé lui-même, retenant son souffle pendant de longues minutes. Puis il s'était mis à commander des bières, des quantités de bières, balbutiant dans son anglais pitoyable, juste pour qu'elle lui prête attention, et il avait bu chaque chope d'un trait, pour vite en commander une autre. À ce rythme, il n'avait pas fallu longtemps pour que Gros fût complètement ivre, et sa vessie sur le point d'exploser. Il avait convoqué Key, Pal et Aimé pour une réunion de crise dans les toilettes du pub.

— Mais, nom de Dieu, dans quel état tu t'es mis, Gros ! s'était d'abord emporté Key. Si le Lieutenant te voit comme ça, c'en est fini des permissions !

Key n'avait pu s'empêcher ensuite d'éclater de rire, devant le spectacle de Gros saoul. Les yeux plissés comme ceux d'un myope sans lunettes, il toisait ses camarades, vacillant légèrement, s'agrippant aux parois sales des toilettes, cherchant son équilibre car la tête lui tournait ; comme il s'embrouillait dans ses mots, il agitait les mains pour mieux expliquer aux autres, mais c'était son immense corps tout entier qui bougeait. Il balançait sa tête d'avant en arrière, déployant son énorme menton, agitant ses cheveux trop longs, avec des allures comiques, parlant trop fort et sur un ton à la fois sérieux et monocorde.

— Je suis mal, camarades, avait-il fini par déclarer.

— Ça, on voit, avait répondu Aimé.

— Non... Mal d'amour. C'est à cause de la fille du bar. (Il détacha les syllabes.) La-fille-du-bar.

— Quoi, la fille du bar ?

— Je l'aime.

— Comment ça, tu l'aimes ?

— Je l'aime d'amour.

Ils avaient ri. Même Pal, qui connaissait pourtant l'amour soudain. Ils avaient ri parce que Gros ne savait pas aimer ; il parlait des filles, des putes, de ce qu'il connaissait. Mais l'amour, il ne savait pas.

— T'as trop bu, Gros, lui avait dit Aimé en lui tapant sur l'épaule. On ne peut pas aimer quelqu'un qu'on ne connaît pas. Même les gens qu'on connaît bien, on a parfois de la peine à les aimer.

Ils avaient ri, et ils avaient ramené Gros à Dunham Lodge, pour le faire dessoûler. Mais le lendemain, dégrisé, Gros n'avait rien oublié de son amour ; et alors que les stagiaires effectuaient leur premier saut depuis un bombardier Whitley, et que tous se tordaient de peur, repensant aux sacs de terre, il n'avait pensé qu'à elle. Emmitouflé dans sa combinaison verte, casque sur la tête et lunettes vissées sur les yeux, le géant, planant au-dessus de l'Angleterre, avait l'esprit complètement chaviré.

Depuis ce premier saut, Gros avait décidé de prendre sa vie en main. Il y avait à présent trois nuits qu'il s'enfuyait de Dunham Lodge dans le plus grand secret, violant la loi militaire, pour retrouver celle qu'il aimait. Il quittait le dortoir à pas feutrés : si un camarade s'inquiétait de le voir se lever, il prétextait des maux de ventre et quelques mauvais vents à aller éparpiller dans les couloirs, et le camarade, somnolent, plein de gratitude, se rendormait aussitôt. Et Gros se faufilait dehors ; dans l'obscurité du black-out, il s'en allait sur la petite route déserte qui menait jusqu'au pub, le cœur battant et courant vers son destin. Il courait comme un dératé, puis il marchait en s'épongeant le front car il ne voulait pas qu'elle le voie transpirer, puis il courait encore, car il ne voulait pas perdre une seconde de plus sans la voir.

Lorsqu'il entrait dans le pub, son cœur explosait de trac et d'amour. Il se donnait des airs décontractés, puis cherchait l'aimée du regard dans la foule des anonymes. Lorsqu'il la voyait enfin, son cœur explosait de bonheur. Il s'installait au comptoir, et attendait qu'elle vienne le servir.

Il préparait ses mots, mais il n'osait pas parler, parce qu'elle l'intimidait et parce que son anglais était incompréhensible. Alors il commandait sans cesse, juste pour avoir l'illusion d'un échange, et toute sa solde y passait. Il ne voulait rien savoir d'elle, car, tant qu'il ne saurait rien, elle resterait la femme la plus extraordinaire du monde. Il pouvait tout imaginer d'elle : sa douceur, sa gentillesse, ses passions. Elle était exquise, charmante, drôle, délicieuse, sans le moindre défaut, absolument parfaite. Ils avaient d'ailleurs les mêmes goûts, les mêmes envies ; elle était la femme de ses rêves. Oui, tant qu'ils ne se connaissaient pas, il pouvait tout imaginer : elle le trouvait beau, spirituel, courageux et plein de talent. Elle l'attendait tous les soirs et s'il tardait un peu elle désespérait qu'il vienne.

Ainsi Gros, à force de solitude, avait-il estimé que les plus belles histoires d'amour étaient celles qu'il s'inventait, parce que les amants de son imagination ne se décevaient jamais mutuellement. Et il pouvait rêver que quelqu'un l'aimait.

*

Le soir, lorsque les stagiaires pouvaient profiter d'un peu de temps libre, Laura et Pal se retrouvaient secrètement dans un minuscule salon adjacent au mess. Pal apportait le roman commencé à Lochailort et qu'ils n'avaient toujours pas terminé ; il lisait lentement, volontairement. Il n'y avait dans la pièce qu'un seul large fauteuil, et c'était lui qui s'y asseyait d'abord, puis Laura s'installait contre lui. Elle dénouait ses cheveux blonds, il en respirait le parfum en fermant les yeux. Si elle le surprenait, elle l'embrassait sur la joue ; pas un baiser furtif, un baiser appuyé. Il restait grisé et elle s'amusait de son petit effet. « *Allez, lis maintenant* », disait-elle, feignant l'impatience. Et Pal obéissait, conquis. Parfois, il lui apportait même un peu de chocolat, acheté au prix fort avec l'argent de France Doyle à un stagiaire hollandais. Ils se croyaient seuls dans le petit salon. Ils n'avaient jamais remarqué la paire d'yeux qui les épiait par l'entrebâillement de la porte. Gros les observait, ému ; il les trouvait magnifiques. En les voyant, il pensait à son aimée, et il l'imaginait contre lui, l'enlaçant. Oui, ils s'enlaceraient un jour, ils s'enlaceraient sans s'en lasser jamais.

Gros ne pensait plus qu'à l'amour. Il considérait que l'amour pourrait sauver les Hommes. Un soir, après avoir admiré Pal et Laura dans leur cachette, il rejoignit ses camarades dans les dortoirs où se tenaient toujours d'interminables conversations. Effectivement, il trouva Stanislas, Denis, Aimé, Faron, Key, Claude, Frank et Jos, étendus sur les lits, les mains derrière la tête, en pleine discussion.

— De quoi vous parlez ? demanda Gros en entrant.

— On parle de filles, répondit Frank.

Gros esquissa un sourire. Sans le savoir, ses camarades parlaient d'amour, et l'amour les sauverait.

— Je me demande si on retrouvera les Norvégiennes, déclara Jos. Moi, je les aimais bien.

— Les Norvégiennes… soupira gaiement Key. Je me demande ce qu'on aurait fait à Lochailort si elles n'avaient pas été là.

— La même chose, répondit Denis, pragmatique. Courir et courir.

Les plus jeunes, Gros, Key, Faron et Claude, savaient que ce n'était pas vrai : ils s'étaient parfois faits beaux, simplement parce qu'ils risquaient de les croiser et qu'ils ne voulaient pas avoir l'air misérables.

— Ah, mes gamins ! s'exclama Aimé. Vous êtes tous de vrais

gamins. Un jour, vous vous marierez, et c'en sera fini de la petite drague. J'espère que je serai invité aux mariages…

— T'en seras, dit Key. Vous en serez tous.

Denis sourit d'aise.

— T'es marié, toi ? lui demanda Aimé.

— Une femme et deux gamins qui m'attendent bien sagement au Canada.

— Ils te manquent, hein ?

— Bien sûr qu'ils me manquent. Dieu ! C'est ma famille, quoi… Monde de malheur, je vous dis.

— Quel âge ils ont, tes gamins ?

— Douze et quinze. (S'adressant aux plus jeunes.) Vous me rappelez un peu les miens. Ils seront bientôt des petits hommes, eux aussi.

— Et toi, Stan, pas marié ? fit Key.

— Pas marié.

Il y eut un silence triste. Key relança la conversation :

— En tout cas, c'est pas ici qu'on risque de se trouver une femme.

— Y a toujours Laura, suggéra Faron.

— Laura, elle est avec Pal, répliqua Aimé.

— Où sont-ils d'ailleurs ? demanda Stanislas.

Il y eut un éclat de rire général. Gros ne parla pas de leur cachette : ils étaient si beaux, ensemble. Il ne voulait pas que les autres viennent les déranger. Les autres ne comprenaient rien au vrai amour.

— Ils sont peut-être en train de baiser, railla Faron. Veinard de Pal ! Ça fait longtemps que j'ai pas baisé.

— Baiser est une bonne priorité, décréta Key, déclenchant quelques vivats.

— Baiser, c'est rien, s'écria Gros. Faut plus…

— Et quoi donc ? le moqua Faron.

— Pendant le congé, j'étais chez les putes de Soho. Pute le matin, pute le midi, pute le soir. Rien que des putes, toute la journée. Et puis y en a une qui m'a tapé dans l'œil, une fille de Liverpool qui tapinait sur Whitefield Street. Figurez-vous qu'on s'est plus quitté ensuite, plusieurs jours au lit, presque comme des amoureux, et quand je lui ai dit que je partais pour de bon, elle m'a serré fort dans ses bras. Gratuitement. C'est pas de l'amour, ça ?

Il se dressa sur son lit et contempla ses camarades. Il répéta :

— C'est pas de l'amour ça, hein ? C'est pas de l'amour, nom de Dieu ?

Ils hochèrent tous la tête.

— Si, Gros, répondit Key. Elle t'aime, c'est sûr.

— Alors vous voyez, baiser, c'est rien si on vous serre pas dans les bras ensuite. Faut baiser avec de l'amour !

Il y eut un silence, et tous remarquèrent que Claude n'avait plus pipé mot depuis un moment.

— Ça va, Claude ? demanda Aimé.

— Ça va.

Et Gros posa la question qui les taraudait tous :

— Cul-Cul, si tu s'rais curé, tu baiserais plus ?

— Non.

— Plus jamais ?

— Plus jamais.

— Même les putes ?

— Ni les putes, ni personne.

Gros secoua la tête.

— Pourquoi faut pas baiser quand on est curé ?

— Parce que Dieu veut pas.

— Eh ben, on voit qu'il a jamais eu les bourses pleines !

Claude blêmit, les autres éclatèrent de rire.

— T'es con, Gros, dit Key. T'es con mais tu me fais marrer.

— Ch'uis pas con, je demande, quoi. Ben merde, on a le droit de se demander pourquoi les curés ça baise pas. Tout le monde baise, tout le monde. Alors pourquoi les cul-cul y z'auraient pas aussi des petites histoires de cul ? Ça veut dire quoi, que personne veut baiser avec Claude ? Il est pas moche, Claude, il a le droit de baiser comme tout le monde. Et même si c'était le plus moche des moches, le roi des moches, il aurait le droit d'aller se payer des putes, des gentilles petites putes qui s'occuperaient bien de lui. Je t'emmènerai aux putes, Cul-Cul, si tu veux.

— Non merci, Gros.

Ils rirent encore. Certains commençaient à s'assoupir, il se faisait déjà tard, et chacun se prépara à aller se coucher. Pal et Laura rejoignirent discrètement leurs camarades. Gros fit le tour des chambres pour les salutations nocturnes. Il faisait ça chaque soir, pour s'assurer que tout le monde était dans les dortoirs et qu'on ne le surprendrait pas en pleine évasion. Lorsqu'il retourna dans sa chambre, Key somnolait, Pal semblait assoupi, et Claude eut à peine la force d'appuyer sur l'interrupteur à côté de son lit pour éteindre la lumière. Dans l'obscurité, Gros sourit. Tous ne tarderaient pas à dormir profondément. Bientôt, il se relèverait.

★

Au terme de leur deuxième semaine, les stagiaires durent effectuer une série de sauts qui leur donnèrent des haut-le-cœur. Le troisième stage était le plus effrayant et le plus dangereux de la formation du SOE : les parachutistes s'entraînaient à des sauts risqués, à basse altitude, car pour survoler les pays occupés sans être repérés par les radars ennemis, les bombardiers de la RAF volaient à deux cents mètres d'altitude environ. Le saut ne durait que quelques secondes, une vingtaine tout au plus. La procédure en était parfaitement réglée : depuis le cockpit, le pilote et le navigateur météo avaient la responsabilité de définir le moment du saut, par rapport à l'altitude et la position géographique, et d'en donner l'ordre à la cabine, où un dispatcher, chargé de gérer le largage des parachutistes et du matériel, organisait l'ordre de passage. Une lumière rouge s'allumait lorsque l'avion survolait la zone de largage ; le dispatcher plaçait tour à tour les agents au-dessus d'une ouverture dans le plancher de l'avion, puis, d'une tape sur l'épaule, donnait le signal du saut. Il fallait alors se laisser tomber dans le vide, puis le filin métallique se tendait et le parachute s'ouvrait tout seul, portant le corps dans les airs quelques instants de plus. La secousse de l'ouverture du parachute leur rappelait de se préparer à toucher le sol dans une poignée de secondes. Ils repliaient rapidement les jambes et atterrissaient comme ils l'avaient appris, ce qui, dans le meilleur des cas, équivalait à tomber de trois ou quatre mètres.

La fin de la deuxième semaine d'entraînement à Ringway, marqua la fin du mois de janvier. Et ce fut l'anniversaire du père. Pal y songea toute la journée, il regrettait de ne pas pouvoir lui faire signe ; pas de lettre, pas de téléphone, rien. Son père allait croire qu'il l'avait oublié. Il était triste. Au soir, il était tellement tourmenté qu'il ne parvint pas à trouver le sommeil malgré la fatigue. Tous ses camarades ronflaient depuis une bonne heure mais lui cogitait encore, fixant le plafond depuis son lit étroit. Ah, il avait tellement envie de serrer son père contre lui. « *Bonne fête,* lui dirait-il, *merveilleux père. Regarde ce que je suis devenu grâce à ta belle éducation.* » Et il lui offrirait quelques beaux cadeaux, un livre rare déniché chez un bouquiniste des bords de Seine, une petite aquarelle qu'il aurait peinte lui-même, une photographie dans un beau cadre pour son bureau un peu triste. Avec sa solde de l'armée britannique, il pourrait même lui offrir une jolie veste, dans un tweed anglais qui lui irait parfaitement. Il avait des idées à revendre et, dès ce jour, il économiserait pour combler son père lorsqu'ils se retrouveraient. Il rêvait du voyage qu'ils feraient ensemble, le paquebot jusqu'à New York, première classe évidemment, il en aurait les moyens. Ou, mieux encore, ils prendraient l'avion, et en un rien de temps ils rejoindraient des horizons nouveaux ; les jours de pluie à Paris, ils partiraient vers le sud, explorer la Grèce ou la Turquie, et ils se baigneraient dans la mer. Et son père le tiendrait pour le plus formidable des fils, il lui dirait : « *Fils, comme j'ai de la chance de t'avoir* », et le fils répondrait : « *Ce que je suis, je te le dois.* » Et il lui présenterait Laura, aussi. Peut-être viendrait-elle vivre à Paris. En tout cas, les dimanches, ils iraient dans les meilleurs restaurants, le père mettrait sa nouvelle veste anglaise si élégante, Laura ses boucles d'oreilles nacrées, et tout le monde, serveur, maître de rang, sommelier, clients, voituriers, les trouverait superbes. À la fin du repas, les mains jointes sous la table, le père, conquis par Laura, prierait en secret pour un mariage et pour des petits-enfants. Et ce serait la plus belle vie qu'ils aient pu imaginer. Oui, Pal songeait à épouser Laura car, plus il la côtoyait, plus il se persuadait qu'elle était la seule femme qu'il pourrait jamais aimer vraiment dans toute sa vie.

Immobile dans son lit, il écoutait les ronflements, ces grognements inconnus il y a quelques mois encore, et qui, aujourd'hui, étaient des refrains apaisants. Et il songeait qu'ils feraient une belle famille, lui, son père et Laura. C'est alors qu'il remarqua dans l'obscurité l'énorme silhouette de Gros qui se levait de son lit, et marchait sur la pointe des pieds pour sortir de la chambre.

13

Discrètement, il suivait Gros en silence, à travers les longs couloirs de Dunham Lodge, ombre parmi les ombres. Lorsqu'il avait quitté la chambre, Pal avait remarqué avec effarement que Gros était en manteau. Il n'osait pas se montrer, tiraillé entre interrogations et peur. Gros était-il un traître ? Non, pas Gros, pas cet homme si doux. Peut-être allait-il dans les étages, chez les Yougoslaves, pour voler de la nourriture. Mais pourquoi un manteau ? Lorsque Gros, rampant et se dissimulant, passa la porte d'entrée du Lodge et disparut dans la nuit, Pal ne savait plus quoi penser. Devait-il donner l'alerte ? Il décida de le suivre, et sortit à son tour. Il n'était pas habillé pour affronter le froid de la nuit, mais l'adrénaline l'empêcha de s'en rendre compte. Gros avançait vite, sur la route déserte et obscure, comme s'il connaissait son chemin. Il avançait d'un bon pas, il se mit même à courir, puis s'arrêta net. Pal se jeta derrière un buisson, pensant être découvert, mais Gros ne se retourna pas ; il fouillait dans ses poches puis en sortit un petit objet oblong. Un émetteur radio ? Pal ne respirait plus : si Gros-le-traître le découvrait à présent, il le tuerait sûrement. Mais Gros n'avait pas une radio en main. C'était un peigne. Et Pal observa, stupéfait, Gros qui se coiffait, sur une petite route, au cœur de la nuit. Il ne comprenait plus rien.

*

Gros poussa un petit cri presque féminin et lâcha son peigne dans une flaque de boue ; il n'osait même pas se retourner pour voir qui avait crié son nom. Ce n'était pas le lieutenant Peter, il aurait reconnu l'accent, le Lieutenant l'appelait Gros lui aussi, mais dans sa bouche cela sonnait plutôt « *Gwouo* ». C'était peut-être David l'interprète. Oui, c'était David. Il était bon pour la prison militaire, la cour martiale, la peine de mort peut-être. Comment expliquer aux officiers du SOE qu'il désertait Dunham Lodge tous les soirs pour aller retrouver une femme ? On le fusillerait, publiquement peut-être pour l'exemple. Tout son corps se

mit à trembler, son cœur cessa de battre, et des larmes lui montèrent aux yeux.

— Gros, nom de Dieu, qu'est-ce que tu fous ?

Le cœur de Gros redémarra. C'était Pal. Son bon Pal. Ah, Pal,
comme il l'aimait ! Oui, il l'aimait plus que jamais ce soir-là. Ah,
Pal, courageux combattant, fidèle ami, et de la gueule avec ça, du
charisme, et tout et tout. Quel garçon épatant !

La voix de Pal retentit à nouveau :

— Mais, Gros ! Qu'est-ce qui se passe, bon sang !

Gros prit une ample respiration.

— Pal, c'est toi, Pal ? Ah, Pal.

— Bien sûr que c'est moi ! Qui veux-tu que ce soit ?

Et l'énorme camarade accourut vers Pal et l'enlaça de toutes
ses forces. Il était heureux de pouvoir partager son secret.

— Bah ! T'es en sueur, Gros !

— C'est parce que je cours.

— Mais où est-ce que tu cours ? Tu sais ce qui va t'arriver si
on t'attrape ?

— T'inquiète pas, je fais ça tout le temps.

Pal n'en revenait pas.

— Je vais la voir, expliqua Gros.

— Voir qui ?

— Celle que j'épouserai après la guerre.

— Qui ?

— La serveuse du pub.

— Le pub où on était ?

— Oui.

Pal resta stupéfait : Gros l'aimait vraiment. Bien sûr, il l'avait
déjà dit dans les toilettes, mais personne n'y avait cru, lui-même
n'y avait vu que des déblatérations d'ivrogne.

— Et tu vas la voir ? demanda-t-il, incrédule.

— Oui. Tous les soirs. Sauf quand on a dû faire des sauts de
nuit. Saloperie de sauts de nuit ! On en fait toute la journée déjà,
et paf, le soir il faut qu'ils remettent ça. Comment tu m'as vu
partir ?

— Gros, tu pèses au moins cent dix kilos. Comment tu veux
qu'on ne te remarque pas ?

— Merde, merde. Il faudra que je me fasse gaffe les prochaines
fois.

— Le stage se termine dans une semaine.

— Je sais. C'est pour ça que je dois savoir au moins son nom... Pour la retrouver après la guerre, tu comprends ?

Bien sûr que Pal comprenait. Mieux que personne.

L'habituelle bruine se mit à tomber, et Pal fut envahi soudain par une désagréable sensation de froid. Gros le remarqua.

— Prends mon manteau, tu grelottes.

— Merci.

Pal enfila le manteau et huma le col : il sentait le parfum.

— Tu te parfumes ?

Gros sourit, presque gêné.

— C'est du volé, tu le diras pas, hein ?

— Bien sûr que non. Mais qui a du parfum chez nous ?

— Tu le croiras jamais.

— Qui ?

— Faron.

— Faron se parfume ?

— Une vraie gonzesse ! Une gonzesse ! Je serais pas étonné qu'il finisse dans certains cabarets de Londres, si tu vois ce que je veux dire.

Pal éclata de rire. Et Gros trouva que ses histoires de Faron en putain amusaient décidément tout le monde. Il regretta que sa serveuse ne connaisse pas Faron, ç'aurait été une bonne manière d'entamer la conversation.

Cette nuit-là, Pal et Gros se rendirent ensemble au pub. Ils s'assirent à une même table et Pal regarda Gros aimer. Il contempla ses manières amoureuses, ses yeux qui s'illuminèrent lorsqu'elle vint prendre leur commande, ses balbutiements, puis son sourire car elle lui avait prêté attention.

— Vous parlez un peu ? demanda Pal.

— Jamais, camarade. Jamais. Surtout pas.

— Pourquoi ?

— Comme ça, je peux croire qu'elle m'aime.

— Peut-être que c'est le cas.

— Je suis pas complètement demeuré, Pal. Regarde-la bien, regarde-moi bien. Les types comme moi sont destinés à être seuls.

— Dis pas des conneries pareilles, merde.

— T'inquiète pas pour moi. Mais c'est pour ça que je veux vivre dans l'illusion.

— L'illusion ?

— L'illusion du rêve, quoi. Le rêve, ça maintient en vie

n'importe qui. Ceux qui rêvent ne meurent pas car ils ne désespèrent jamais. Rêver, c'est espérer. Grenouille est mort parce qu'il avait plus le moindre rêve.

— Dis pas ça, paix à son âme.

— Paix dans son âme si tu veux, mais c'est vrai. Le jour où tu rêves plus, c'est que soit t'es le plus heureux des hommes, soit tu peux te foutre un canon dans la bouche. Tu crois quoi ? Que je trouve drôle de crever comme un chien en allant me battre avec les Rosbifs ?

— On se bat pour la liberté.

— Et voilà ! Pif pouf ! La liberté ! Mais la liberté, c'est du rêve, camarade ! Encore du rêve ! On est jamais vraiment libre !

— Alors pourquoi tu es ici ?

— Pour être franc, j'en sais rien. Mais je sais que je vis parce que je rêve tous les jours, je rêve de ma serveuse, et qu'on soit bien ensemble. De venir la retrouver pendant les permissions, de nous écrire des petites lettres d'amour. Et quand la guerre sera finie, on fera notre mariage. Et je serai tellement heureux.

Pal dévisagea le fugueur, attendri. Il ignorait ce qu'il leur arriverait, à eux tous, petit groupe de courageux, mais il savait, conquis, que Gros le gros vivrait. Car jamais il n'avait vu quelqu'un être capable d'éprouver autant d'amour.

*

Pal promit de protéger précieusement le secret de Gros et durant les nuits qui suivirent, il fit semblant de ne pas remarquer son camarade qui s'enfuyait. Mais l'entraînement à Ringway touchait déjà à sa fin : c'était le stage le plus bref de la formation, pour éviter un trop grand risque d'accidents, statistiquement inévitables. Il ne restait plus que deux jours et deux nuits, lorsque Pal demanda à Gros s'il avait pu parler à sa serveuse.

— Nan, pas encore, répondit le géant.

— Il te reste deux jours.

— Je sais, je vais lui parler ce soir. Ce soir, c'est le grand soir...

Mais ce soir-là, les stagiaires durent rester à la base où ils se virent dispenser un cours sur les conteneurs qui seraient parachutés en même temps qu'eux. Ils rentrèrent trop tard à Dunham Lodge pour que Gros ait l'occasion de s'enfuir.

Le lendemain, au désespoir de Gros, les stagiaires durent à nouveau rester à Ringway pour un ultime saut en conditions nocturnes. Les stagiaires effectuèrent cet exercice le cœur battant : ils savaient que, bientôt, ils feraient ce saut pour de bon, au-dessus de la France. Seul Gros s'en fichait éperdument : à nouveau, ils rentreraient trop tard, il ne pourrait pas s'évader ce soir. Il ne la reverrait plus. Et harnaché dans sa combinaison, traversant le ciel, il hurlait : « *Saut de merde ! École de merde ! Tous des cons !* » De retour à Dunham Lodge, Gros, malheureux et dépité, monta directement dans les dortoirs pour se coucher. Tout était fini. Il ne remarqua pas que Pal avait réuni le reste des stagiaires. Il leur révéla les fugues amoureuses de Gros, et tous convinrent que ce serait une tragédie s'il ne parlait pas au moins une fois à sa serveuse avant de partir. Et ils décidèrent que dès que le lieutenant Peter serait couché, ils iraient tous au pub.

14

Les onze silhouettes rampaient dans la nuit. Dans les lits, des coussins les remplaçaient. Ils étaient juste devant Dunham Lodge.

— On prend une bagnole, chuchota Faron.

Key acquiesça, Aimé rit en silence et Claude, blême, se signa : pourquoi diable s'était-il laissé entraîner dans cette aventure ?

Sans un bruit, bien qu'excités par leur petite désertion, ils s'entassèrent à bord d'un véhicule militaire. Faron s'installa au volant ; les clés étaient comme toujours derrière le pare-soleil. Il se hâta de démarrer avant qu'on ne les remarque, et ils disparurent sur la petite route déserte que Gros connaissait par cœur.

Dès qu'ils furent éloignés de Dunham Lodge, l'habitacle fut envahi par un vacarme gaillard.

— C'est formidable ce que vous me faites, hurla Gros, plein d'amour, à ses camarades.

— C'est formidable que tu te sois trouvé cette petite, répondit Jos.

— Ce qui serait formidable, c'est de ne pas se faire gauler !
gémit Claude qui avait des crampes à l'estomac.

Gros guida Faron, et bientôt ils arrivèrent. Ils se garèrent
devant le pub. Gros avait le cœur battant. Les autres stagiaires,
déjà enchantés par cette excursion, regrettaient de ne pas avoir
pris cette initiative plus tôt. Ils entrèrent en cortège, comme une
fanfare joyeuse, et ils s'installèrent autour d'une même table
tandis que Gros s'assit au bar, sentant les dix regards braqués sur
son dos. Quand il se retournait, ils lui faisaient des petits signes
d'encouragement.

Scrutant la salle, Gros ne vit d'abord pas son aimée. Il s'efforça
de ne rien dévoiler de l'inquiétude qui le tourmentait déjà : et si
elle ne venait pas ce soir ?

Autour de la table, les stagiaires observaient attentivement.

— Elle est où ? demanda Frank, impatient.

— Je la vois pas, répondit Pal.

— Et il fait ça tous les soirs ? interrogea Aimé, encore tout
étonné de cette histoire.

— Tous les soirs.

— Et dire qu'on n'a rien remarqué…

Ils poursuivirent leur affût en silence. Elle ne se montrait
toujours pas.

Accoudé au comptoir, Gros, pour se donner du courage,
commanda une bière, puis une autre, et une troisième. Il ne se
passait rien ; elle n'était pas là. Finalement, Aimé vint vers lui,
ambassadeur de la délégation qui trépignait.

— Alors, elle est où ta gamine ? demanda-t-il.

Gros haussa les épaules ; il n'en savait rien. Il tourna la tête en
tous sens dans l'espoir de l'apercevoir dans la brume des
cigarettes, mais en vain. Il sentit des gouttes de sueur perler sur
son front, il les essuya rapidement du revers de sa manche et serra
les poings. Ne pas désespérer.

Un quart d'heure plus tard, Key et Stanislas vinrent s'asseoir
avec lui pour l'aider à patienter, puis ils proposèrent de la
chercher dans la foule des clients.

— Dis-nous comment elle est, on va te la trouver.

— Elle est pas là, pas là du tout, gémit Gros.

Son visage se décomposait.

Après une demi-heure, ce fut au tour de Claude de venir lui
remonter le moral :

— Grouille-toi de la trouver, Gros, si on rentre pas vite, on va se faire piquer.

Après une heure, comme il ne se passait toujours rien, les camarades se dispersèrent, las : certains restèrent à la table pour jouer aux cartes, d'autres se défièrent au billard et aux fléchettes. Pal s'inquiéta du sort de Gros.

— Je comprends pas, Pal. Elle est pas là. Elle est toujours là en principe !

Une heure encore s'écoula, puis une autre. Il fallait se rendre à l'évidence : elle ne viendrait pas. Gros s'accrochait au bar, s'accrochait à son espoir, mais en voyant Key, Frank, Stanislas et Aimé s'approcher de lui, il se laissa envahir par une terrible tristesse : c'était le moment de rentrer au Lodge.

— Pas déjà, supplia-t-il. Pas maintenant.

— On doit y aller, Gros, dit Key, je suis désolé.

— Si on s'en va, je la reverrai jamais.

— Tu reviendras. Pendant les permissions. On s'y mettra tous, s'il le faut. Mais elle ne viendra pas. Pas ce soir.

Gros sentit son cœur rapetisser, se serrer, s'assécher.

— Faut partir, Gros. Si le Lieutenant nous pique…

— Je sais. Merci pour ce que vous avez fait.

Laura assistait à la scène, en retrait ; elle en eut le cœur déchiré. Elle vint s'asseoir à côté du géant pour le réconforter. Il laissa tomber sa grosse tête sur son épaule menue, elle passa sa main dans ses cheveux en sueur.

— Tout ça pour ça… soupira Gros. J'ai même pas son nom, je la retrouverai jamais.

Les yeux de Laura s'éclairèrent alors :

— Rien ne nous empêche de connaître son nom !

Elle se leva aussitôt. Il lui fallut traverser une mêlée d'hommes ivres, puis presque monter sur le comptoir pour se faire entendre du serveur occupé à nettoyer des verres.

— Je cherche Becky, demanda-t-elle.

Elle venait d'inventer un nom.

— Qui ?

Pour entendre dans le brouhaha, l'employé dut mettre une main en cornet autour de son oreille.

— C'est une fille qui travaille ici, articula avec effort Laura.

— La seule fille qui travaille ici s'appelle Melinda. C'est Melinda que vous cherchez ?

— Oui, Melinda ! Est-elle ici ?

— Non. Malade. Qu'est-ce que vous lui voulez ?

Laura bredouilla une explication que l'homme ne comprit pas et il reprit son nettoyage sans se poser plus de questions.

Les stagiaires avaient observé la scène mais n'avaient pas pu entendre la conversation. Laura revint vers eux, souriante.

— Melinda, murmura-t-elle à l'oreille de Gros. Elle s'appelle Melinda.

Le géant s'illumina soudain de bonheur :

— Et il a dit autre chose ?

Laura réfléchit un instant. Gros avait l'air si heureux, elle ne pouvait pas ne pas mentir.

— Il a dit qu'elle avait parlé de toi.

Gros exulta.

— De moi ? De moi !

Elle se mordit la lèvre ; elle n'aurait rien dû dire.

— Enfin... Elle a remarqué que tu venais.

— J'en étais sûr ! hurla Gros qui n'écoutait déjà plus.

Et, fou de bonheur, il enlaça Laura, puis Aimé, et Pal, et Key et tous les autres, et même Faron.

Ils repartirent gaiement, en cortège toujours ; ils s'entassèrent à nouveau dans la camionnette. Sur la banquette, Gros se perdait d'amour et de bonheur.

— J'étais sûr, répétait-il. Vous savez, parfois on se croisait avec nos yeux, et c'était... particulier. Enfin, vous voyez ce que je veux dire. Il y avait de la chimie.

— De l'alchimie, corrigea Aimé.

— Ouais, de l'alchimine, une alchimine du tonnerre !

Au volant, Faron observait Gros dans le rétroviseur et il souriait. Il se doutait que Laura avait menti, il trouvait que c'était une belle attention ; au regard de ce qui allait peut-être leur arriver en France, mentir pour offrir une poignée de bonheur, ce n'était pas vraiment mentir.

Une centaine de mètres avant Dunham Lodge, Faron coupa le moteur et les stagiaires poussèrent la voiture en silence. Puis, après une ultime recommandation de Key, ils pénétrèrent dans la maison sans un bruit pour regagner leurs dortoirs. Au moment de traverser le mess, la lumière s'alluma. Devant eux, le doigt sur l'interrupteur, se tenait le lieutenant Peter.

La tête baissée, ils masquaient leurs sourires. Le lieutenant Peter hurlait, et David, arraché à son lit pour la circonstance, traduisait à moitié.

— Le Lieutenant dit qu'il est pas très content, ânonna David entre deux explosions de cris rageurs, en robe de chambre et les yeux encore mi-clos.

— En fait, il nous insulte, corrigea Stanislas.

— C'est bien ce que je pensais, chuchota Aimé.

Le Lieutenant continuait à s'époumoner, sautant sur lui-même et brassant l'air de ses longs bras minces.

Key expliqua alors en anglais qu'ils étaient partis à la recherche de l'amoureuse de Gros, et que c'était un cas de force majeure.

L'explication n'eut pour ainsi dire aucun effet sur la colère de Peter.

— Mais vous vous rendez compte, s'il vous était arrivé quelque chose, dehors, dans le black-out ! Je suis responsable de vous !

David retranscrivit dans un français approximatif.

— On risquait rien, répondit naïvement Claude, on avait pris une voiture.

À la traduction, le visage de Peter prit une teinte pourpre.

— Une voiture ? Une voiture ! Ils ont pris une voiture ! Quelle voiture ?

Par une fenêtre, Claude désigna l'objet du délit.

— Tout le monde dehors ! s'égosilla le Lieutenant.

Les stagiaires le suivirent à la queue leu leu. Dans le froid mordant de la nuit, Peter s'installa au volant de la voiture et David, grelottant et soupirant dans sa chemise de nuit, prit la place du mort.

— Vous avez de la chance, je pourrais tous vous envoyer en prison ! Maintenant, emmenez-moi ! Emmenez-moi loin ! Moi aussi j'ai envie de sortir et de m'amuser !

Et les stagiaires, agglutinés contre le coffre et le long des ailes, se mirent à pousser la camionnette militaire.

— Plus vite, cria le Lieutenant qui avait baissé la vitre, je veux sentir le vent dans mes cheveux !

Cachés dans l'obscurité, les stagiaires souriaient. Ç'avait été une fugue mémorable. Ils recommenceraient.

Peter souriait. Ils avaient volé une voiture, tout ça pour aller retrouver l'amoureuse de Gros. *Ils sont formidables*, songeait Peter, *ils sont formidables*. Puisant parmi les rares mots de français qu'il avait appris en côtoyant ses stagiaires, il cria dans la nuit anglaise d'un ton autoritaire :

— Tas de connards ! Tas de connards !

Et il souriait encore. Ils étaient les plus formidables personnes qu'il ait jamais rencontrées.

15

Rue du Bac, le père crevait de solitude.

Son fils était parti depuis bientôt six mois et pas la moindre nouvelle ; il avait même oublié son anniversaire. Le petit homme se consumait de désarroi et d'inquiétude. *Il ne devrait y avoir ni guerre, ni fils*, songeait-il. Les jours de grand désespoir, il se disait même qu'il vaudrait mieux ne plus vivre. Et pour ne pas céder à la tentation du vide, il mettait son manteau, son vieux feutre, et partait à travers la ville. Il se demandait quel itinéraire son fils avait suivi pour quitter Paris ; presque toujours, il se dirigeait vers la Seine. Sur les ponts, il sanglotait.

Rue du Bac, le père crevait de solitude. Les dimanches, pour ne pas mourir, il allait s'asseoir sur les bancs des squares, toute la journée durant. Il regardait les enfants jouer. Et il se demandait ce qu'ils allaient devenir.

Tous les matins, il allait à l'office, dans une petite église du sixième arrondissement. Il y priait de toute son âme. *Si Dieu existe, on n'est jamais vraiment seul*, songeait-il. Tous les soirs, il s'agenouillait dans son salon, et il priait encore, pour que son fils se porte bien et qu'il lui revienne. Les fils ne doivent jamais mourir.

Rue du Bac, le père crevait de solitude.

16

La famille Montagu, issue de l'aristocratie britannique, était installée depuis quatre siècles dans une immense propriété aux abords de Beaulieu, un village du Hamsphire, tout au sud de l'Angleterre. C'était sur ses terres que se trouvait la quatrième et dernière école de formation du SOE, l'école de finition – *finishing school* –, installée dans un ensemble de petites maisons passant inaperçues dans l'immensité des lieux. Lord Montagu avait mis son domaine à la disposition du SOE à l'insu de tout Beaulieu et même de sa propre famille, qui vivait pourtant dans un magnifique manoir au cœur de la propriété. Personne n'imaginait que dans ces petites maisons, dont les occupants étaient partis au début de la guerre, soit parce que les hommes avaient été mobilisés, soit parce qu'ils étaient allés se mettre à l'abri plus au nord, les services secrets britanniques formaient des volontaires venus de toute l'Europe aux techniques de la clandestinité.

C'était la mi-février. La pluie lourde et glaciale de l'hiver allait lentement laisser place à la bruine légère du printemps. Bientôt les jours deviendraient plus longs et plus clairs, la boue sécherait et, malgré le froid qui perdurerait un peu, les premiers crocus pointeraient à travers la croûte gelée du sol. Stanislas, Denis, Aimé, Frank, Key, Faron, Gros, Jos, Laura, Pal et Claude, les onze stagiaires de la Section F, les onze survivants de la sélection, vivaient là leur ultime apprentissage, ensemble, pendant quatre semaines ; l'école de Beaulieu était la dernière étape avant l'obtention du statut d'agent du SOE. À Wanborough, ils avaient endurci leurs corps ; à Lochailort, ils s'étaient mesurés à l'art de la guerre ; à Ringway, ils avaient découvert le saut en parachute. À Beaulieu, ils apprendraient à évoluer en France dans le plus grand secret, c'est-à-dire à rester des anonymes parmi les anonymes et à ne pas se trahir, ne serait-ce que par un geste anodin mais inhabituel qui pourrait éveiller les soupçons. Ils s'installèrent dans l'une des onze maisons de l'école ; le domaine grouillait de stagiaires de toutes nationalités, leur rappelant Arisaig House.

La formation à Beaulieu était divisée en départements chargés d'enseigner aux stagiaires l'art des services secrets : la vie clandestine, la sécurité personnelle, la communication sur le terrain, le maintien et la gestion d'une couverture, ou encore les façons d'agir sous la surveillance de la police ou de casser une filature. Les cours étaient dispensés par des spécialistes de chaque matière et, outre les instructeurs de l'armée britannique, on retrouvait parmi le corps professoral des criminels, des acteurs, des médecins, des ingénieurs, aucune expérience n'étant à négliger pour former les futurs agents.

Ainsi, les stagiaires suivirent un cours d'effraction dispensé par un cambrioleur chevronné, qui leur apprit à pénétrer dans des maisons, à faire sauter un coffre, à forcer une serrure ou encore à copier une clé, opération simple consistant à utiliser une boîte d'allumettes remplie de plasticine pour faire un moulage de la clé originale.

Un acteur les initia à l'art de se déguiser et de changer rapidement d'apparence. C'était là un enseignement subtil, il n'était pas question de fausse barbe ou de perruque, mais de choisir plutôt des petits changements : porter des lunettes, changer de coiffure, modifier son allure ne serait-ce qu'en se dessinant une fausse cicatrice sur le visage avec du collodion, un produit semblable à de la cire et qui séchait rapidement.

Un instructeur de l'armée se chargea d'enseigner des techniques de meurtre silencieux pour éliminer un éventuel poursuivant ou une cible en toute discrétion ; étranglement, couteau, petit pistolet muet dans certains cas.

Un médecin aborda quelques notions de chirurgie plastique : le SOE disposait de chirurgiens capables de modifier l'aspect physique d'agents en péril dont la couverture avait été compromise.

Un officier du Service leur fit découvrir la communication secrète. Si les contacts avec Londres s'effectuaient par l'intermédiaire des opérateurs radio et de leurs messages cryptés, les agents étaient amenés à communiquer sur le terrain avec d'autres agents ou avec des Réseaux de résistance. La poste étant surveillée, les téléphones aussi, et l'envoi de télégrammes impossible sans décliner son identité, il fallait ruser. Les stagiaires apprirent donc le chiffrage, les codes dissimulés dans le texte des lettres ou des cartes postales, l'encre invisible, les systèmes de boîtes aux lettres, le camouflage de documents miniatures dans une pipe, dans un bouton de manteau, ou insérés dans des cigarettes à l'aide d'une aiguille, et que l'on pourrait fumer tranquillement en cas d'arrestation. Il y avait aussi le S-Phone, un émetteur-récepteur à ondes courtes qui permettait à un avion ou un bateau de communiquer sur une portée de quelques dizaines de kilomètres avec un agent à terre, muni d'un poste récepteur qui tenait dans une valise. Les conversations y étaient aussi claires que lors d'une communication téléphonique locale, et le S-Phone pouvait aussi bien servir à guider un bombardier vers une zone de largage qu'à faire communiquer un agent sur le terrain avec des membres de l'État-major à Londres, l'avion servant de relais radio avec la capitale. Mais l'essai du S-Phone par les stagiaires ne se révéla guère prometteur car, hormis les quatre anglophones, aucun d'eux ne parlait suffisamment bien l'anglais pour se faire comprendre d'un pilote. Et au cours d'un exercice de guidage fictif d'un avion, le pauvre Aimé bredouilla un sabir qui lui valut une réprimande de l'instructeur ; il reçut l'ordre de faire l'imbécile.

On aborda également deux points que les futurs agents devraient eux-mêmes enseigner plus tard aux Réseaux de résistance locaux : comment réceptionner les Lysander au sol, et comment délimiter les zones de largage des parachutistes et des matériels. Pour cette dernière mission, il fallait allumer au sol trois points lumineux. L'équipage du bombardier n'avait ainsi qu'à survoler en rase-mottes la région au-dessus de laquelle le largage avait été prévu – ce qui constituait déjà un exercice périlleux. Lorsque le pilote ou le navigateur apercevait le triangle dessiné au sol, auquel s'ajoutait un signal lumineux de sécurité – une lettre de l'alphabet répétée en morse, constituant le code de reconnaissance établi au préalable –, il prévenait le dispatcher en enclenchant la lumière murale rouge, annonçant qu'ils survolaient la zone de largage. En cas de doute, le pilote pouvait aussi communiquer au moyen d'un S-Phone avec l'agent au sol, pour autant que ce dernier en possède un.

Pour réceptionner les Lysander, il fallait trouver des terrains adéquats, prés ou champs, qui serviraient de piste improvisée. Les quartiers généraux du SOE utilisaient pour les opérations aériennes les mêmes cartes Michelin que celles dont disposaient les agents en mission, afin de pouvoir établir, par communication radio, un lieu précis pour l'atterrissage ; il était également primordial de fournir des points de repère sur le terrain – ponts, collines, rivières – afin de permettre aux pilotes, volant de nuit, à vue et à basse altitude, de se guider facilement. Il faudrait aussi, dans les minutes précédant l'atterrissage, baliser la piste improvisée en disposant des torches en forme de « L » selon le sens du vent, et émettre, comme pour les largages, un code de reconnaissance en morse. Le pilote pourrait alors se poser pour quelques minutes seulement, le temps de débarquer ou d'embarquer ses passagers, les moteurs toujours en marche, et re-décoller aussitôt.

*

Un parfum de nostalgie flottait sur les journées à Beaulieu, car les stagiaires vivaient là leurs derniers jours ensemble : la guerre était plus proche que jamais, leur séparation aussi. Au début, à Wanborough, ils ne s'étaient pas aimés ; ils s'étaient redoutés, ils s'étaient moqués les uns des autres, et parfois ils avaient volontairement appuyé leurs coups durant les entraîne-ments. Mais, à présent qu'ils étaient sur le point de se quitter, ils réalisaient combien ils se manqueraient. Souvent, le soir, ils jouaient tous aux cartes : ils ne jouaient pas pour le jeu, ils jouaient pour être ensemble, pour oublier leur désarroi. Pour se rappeler combien ils avaient été bien, ensemble, malgré la dureté des entraînements. Et lorsqu'ils traverseraient le ciel de France, lorsque l'euphorie du saut s'estomperait et que la terreur ne les aurait pas encore frappés, il s'écoulerait une poignée de secondes durant lesquelles ils réaliseraient combien ils étaient désemparés, seuls avec eux-mêmes, et combien ils se regrettaient les uns les autres.

Un soir après une partie de cartes, Gros et Pal s'en allèrent marcher à travers le domaine des Montagu. La nuit était tombée depuis plusieurs heures, mais l'obscurité était légère ; la pleine lune éclairait l'immense parc, et la mousse qui enva-hissait les troncs des pins embaumait l'air d'une odeur précoce de printemps. Ils aperçurent au loin la silhouette d'un renard.

— Un Georges ! s'écria Gros, ému.

Pal salua le renard.

— Tu sais, Pal, je pense tout le temps à Melinda.

Le fils hocha la tête.

— Tu crois que je la retrouverai ?

— Sûrement, Gros.

Pal savait que Laura lui avait menti.

— Je te dis ça parce que je sais que tu penses aussi à Laura. Tout le temps ?

— Tout le temps.

— Et qu'est-ce que vous allez faire ? Je veux dire, après, quand on va se séparer ?

— Je l'ignore.

— Nan, parce que tu comprends, c'est des histoires de sérieux qu'on vit. Toi avec Laura, et moi avec Melinda. Elle m'a *remarqué*. Re-mar-qué. C'est pas de la cagnotte, ça !

— De la gnognotte.

— Ouais. C'est du sérieux, quoi. Dès que j'aurai une permission, je foncerai la voir. Enfin, tu sais ce que c'est quand ton cœur bat d'amour pour une belle femme.

Le fils opina encore. Et il songea qu'il regretterait bien Gros, et Gros songea qu'il regretterait bien Pal ; il n'avait jamais rencontré quelqu'un d'aussi loyal et fidèle.

— T'es comme un frère, Pal, dit Gros.

— Toi pareil, répondit Pal.

Ils parlèrent d'après la guerre.

— Je me marierai avec Melinda. On ouvrira notre auberge. Regarde, j'ai dessiné les plans.

Il sortit de sa poche un morceau de papier soigneusement plié et le tendit à Pal, qui le tourna sous le halo de la lune pour mieux voir. Il siffla d'admiration ; il ne comprenait rien au plan, mais il voyait bien que le dessin avait été exécuté avec une dévotion rare.

— Mazette ! Un bien bel endroit.

Gros détailla le croquis, mais les explications n'aidèrent en rien. Puis il leva la tête, tracassé, et demanda de but en blanc :

— Y a quand même une question que tout le monde se pose : toi et Laura, vous baisez ?

— Non, répondit le fils, un peu gêné de ne pas être un homme tout à fait accompli.

Il se pencha vers l'oreille de son obèse camarade et chuchota :

— C'est que... Je sais pas baiser.

Gros lui sourit.

— T'inquiète pas, tu nous feras du bon boulot.

Et il écrasa l'épaule du fils de son grand bras.

Pal contempla les étoiles scintillantes, dans le ciel sans nuages. Si son père regardait le même ciel au même moment, il verrait

Beaulieu, il verrait ses camarades, il verrait comme son fils était bien entouré. *Je t'aime, Papa*, murmura le fils au vent et aux étoiles.

17

À Beaulieu, outre l'enseignement général, les stagiaires étaient orientés vers une formation particulière, selon les aptitudes relevées par l'officier qui les avait suivis dans leur évolution. Frank, Faron, Key et Pal furent orientés vers le sabotage industriel, Stanislas et Claude vers l'effraction, Aimé vers la reconnaissance des forces ennemies, et Gros vers la propagande blanche et la propagande noire. Quant à Jos, Denis et Laura, le lieutenant Peter décida qu'ils deviendraient opérateurs radio – *pianistes* dans le jargon du Service. La communication depuis le terrain était une mécanique complexe d'émissions radiocryptées, portées par des relais clandestins installés dans les pays occupés, permettant un contact direct avec Londres et, ainsi, la transmission de données ou de consignes. Seuls certains agents étaient spécifiquement formés à cette tâche.

Séparés selon leur future assignation, les onze stagiaires se virent de moins en moins, ne se retrouvant plus que pendant les moments de temps libre.

Une fin d'après-midi, de retour à la maison de la Section F, les stagiaires découvrirent Gros et Claude écroulés dans le dortoir. Ivres. Une heure auparavant, les deux malheureux s'étaient retrouvés, par hasard, seuls dans la maison, et Gros avait sorti une petite flasque de whisky.

— Où t'as trouvé ça ? avait demandé Claude.

— Piquée à des Hollandais.

— Moi je bois pas...

— Un petit coup, Cul-Cul. Pour me faire plaisir. Parce que, bientôt, on se verra plus.

— Je bois jamais.

— Tu dois bien boire le vin de la messe, au moins. Alors dis-toi que c'est ton bon petit vin de la messe.

Claude s'était laissé convaincre. Par amitié. Et ils avaient bu.

Une gorgée, puis une autre, et une troisième. Éméchés, ils s'étaient raconté quelques plaisanteries, puis ils avaient tété le goulot encore. Ils étaient montés dans les dortoirs, poussant des grands cris, et Gros avait passé la robe de chambre de Stanislas.

— Je suis Faron, je suis une femme ! Une petite bonne femme ! J'aime me déguiser !

Il avait déambulé entre les lits, Claude avait ri. Avant de se raviser : il ne fallait plus se moquer.

— Te moque pas de Faron, avait-il dit à Gros. On ne doit plus faire ça.

— Faron est un con.

— Non, Gros. On est plus les mêmes maintenant.

Gros avait ôté la robe de chambre. Il y avait eu un long silence. Et les deux amis, complètement soûls, s'étaient contemplés avec désarroi, soudain frappés d'une immense tristesse que l'alcool avait rendue pathétique.

— Tu vas me manquer, Cul-Cul ! avait gémi le géant.

— Toi aussi, mon Gros ! avait sangloté le curé.

Ils s'étaient enlacés, ils avaient fini la flasque, et lorsque les stagiaires les découvrirent, ils dormaient à même le sol. La situation amusa d'abord tout le monde. Jusqu'à ce que le lieutenant Peter entre dans la maison et crie, depuis le rez-de-chaussée :

— Exercice ! Exercice !

Les instructeurs de Beaulieu avaient convaincu Londres d'envoyer un avion pour un exercice de balisage d'une zone de largage. Le lieutenant Peter avait désigné par hasard Claude et Gros parmi la Section F pour participer à l'exercice.

Denis et Key descendirent en toute hâte pour faire diversion.

— Exercice ? demanda Key, paniqué, qui se sentait responsable de chaque membre de son groupe.

— Pas toi, répondit le Lieutenant. Claude et Gros.

— Seulement eux ?

— Affirmatif. Qu'ils me rejoignent dans la maison du Commandement général, dans dix minutes.

Key s'étrangla : si c'était un entraînement avec des armes à feu ou un couteau, les deux ivrognes assassineraient sans doute quelqu'un, s'ils ne se tuaient pas eux-mêmes avant. Il suggéra, mal à l'aise :

— On pourrait pas aller plutôt Denis et moi ?

Le Lieutenant eut un regard suspicieux. Les ordres n'étaient jamais discutés. Surtout pas par Key.

— Qu'est-ce que tu me fais là, Key ?

— Rien, Monsieur. Je vais les prévenir. C'est un exercice de quoi ?

— Guidage aérien.

Key se sentit un peu soulagé. Au pire, il n'y aurait qu'un accident de bombardier.

— Je vais leur dire, Lieutenant, répéta Key pour que Peter s'en aille.

Faron et Frank les avaient réveillés avec des gifles et de l'eau glacée, Pal et Aimé les avaient fait se changer et se brosser les dents, Laura les avait aspergés de parfum pour masquer l'odeur d'alcool, et pendant ce temps, Denis et Jos avaient monté la garde dans le mess pour parer un éventuel retour surprise du Lieutenant.

C'est ainsi qu'en cette fin de journée, dans la pénombre du soir proche, les stagiaires observèrent à la jumelle Claude et Gros qui prenaient part, ivres mais appliqués, à l'exercice de guidage avec des stagiaires hollandais et autrichiens. Personne n'avait remarqué leur état lamentable.

— Qu'est-ce qu'on va faire d'eux ? soupira Key.

— Ils sont intenables, renchérit Stanislas.

Ils rirent.

Au même instant, un bombardier Whitley de la RAF survolait Beaulieu, et dans le cockpit le pilote pestait contre les stagiaires incapables. Au sol, Gros agitait une lampe torche dans la quasi-obscurité, se trompant dans la lettre qu'il composait en morse à l'attention de l'avion. À quelques dizaines de mètres de lui, Claude, chargé de communiquer avec l'équipage au moyen d'un S-Phone, essuyait les jurons du pilote qui se plaignait que le code de confirmation n'était pas validé. Et Claude, dépassé, répétait : « *Sorry, sorry, we are français. I repeat, we are français.* »

*

La troisième semaine de février, les stagiaires abordèrent la sécurité en opération. On leur enseigna comment joindre un contact sur le terrain, organiser des liaisons, trouver un refuge ou une maison sûre, avant de les mettre en garde contre les méthodes des polices locales et du contre-espionnage allemand ; ils apprirent comment rompre une filature, que faire en cas d'arrestation, et quel comportement adopter lors d'un interrogatoire. L'un des pires exercices qu'ils eurent à endurer fut une véritable confrontation avec des geôliers en uniforme SS, qui les traînèrent dans une atroce pièce sombre et les malmenèrent toute une journée durant, ne ménageant pas leurs coups pour les éprouver. Car l'un des gages majeurs de survie des agents était le maintien de la couverture fournie par le SOE, faux documents à l'appui. Ils devraient se méfier de tout, des détails surtout, car il fallait peu de chose pour éveiller les soupçons et se faire démasquer, comme ne pas savoir comment fonctionnait le rationnement en France. Un agent s'était déjà compromis en commandant simplement un *café noir* ; le café noir était le seul que l'on servait dans les cafés, le lait étant rationné. Ainsi, tous, même les stagiaires français, furent informés des détails les plus insignifiants de la vie quotidienne en France occupée.

La guerre leur sembla plus proche que jamais lorsqu'aux premiers jours de mars, qui marquèrent le terme de leur troisième semaine à Beaulieu, les onze stagiaires abordèrent les modalités de déroulement des opérations : le briefing à Londres, puis le départ vers un aérodrome secret de la RAF. Le parachutage aurait lieu durant les deux jours précédant ou suivant une pleine lune – pour autant que les conditions climatiques le permettent – afin que les pilotes puissent naviguer à vue. Dès l'atterrissage sur sol occupé, l'agent devrait enterrer le parachute et sa combinaison de saut au moyen d'une petite pelle attachée à sa cheville, devenant ainsi un simple citoyen anonyme, en apparence du moins. Et il rejoindrait le comité d'accueil de résistants qui l'attendait impatiemment. Une nouvelle vie commencerait.

*

L'école se terminait. Après quatre mois d'une formation éprouvante, les stagiaires de la Section F étaient sur le point de devenir agents du SOE ; ils étaient certes soulagés d'en avoir terminé, mais nostalgiques de vivre dans le mess de la maison de Beaulieu leurs derniers soirs ensemble. Ils organisèrent une soirée d'adieu, au cours de laquelle ils se dirent « *À bientôt !* » Ils s'offrirent mutuellement des cadeaux dérisoires, des effets personnels, pour le souvenir, et parce que c'était tout ce qu'ils pouvaient offrir. Un chapelet, un livre, un miroir de poche, une amulette. Gros distribua la flasque des Hollandais et de jolis cailloux qu'il était allé ramasser pour la circonstance dans le lit de la rivière proche, et Faron donna à Gros un petit renard en bois qu'il avait lui-même sculpté avec son couteau dans un morceau de sapin.

Vers minuit, alors que la plupart des stagiaires allèrent se coucher, Pal attrapa Laura par le bras.

— Une dernière balade ? murmura-t-il.

Elle approuva, et il l'entraîna dans le parc.

Ils marchèrent longuement, amoureux, main dans la main. C'était une belle nuit. Ils longèrent les bois pour rallonger leur promenade et, à deux reprises, Pal, dans un élan de courage, ôta les gants de Laura et embrassa ses mains nues. Elle souriait béatement tout en se traitant de sotte de sourire ainsi, se réprimandant elle-même de ne pas feindre au moins un peu d'indifférence, tandis que Pal, paralysé, songeait : *Maintenant, embrasse-la, imbécile !* Et elle trépignait : *Maintenant, embrasse-moi, imbécile !*

Lorsqu'ils furent de retour à la maison, tout était silencieux et calme. Les autres dormaient.

— Viens avec moi, chuchota Laura à Pal sans lâcher sa main.

Ils montèrent à l'étage, jusque dans un dortoir vide. La pièce était agréablement obscure ; ils se collèrent l'un contre l'autre, elle ferma la porte à clé.

— Pas de bruit, murmura-t-elle, rappelant d'un hochement de tête la présence des stagiaires qui dormaient dans les pièces à côté.

Ils s'enlacèrent dans un même élan. Pal plaça ses mains sur les reins de Laura, il serra sa petite taille fine et fragile, puis ses mains glissèrent le long de son dos, la caressant doucement. Laura approcha la tête de sa nuque et lui souffla à l'oreille :

— J'aimerais que tu m'aimes comme Gros aime Melinda.

Pal voulut parler, mais elle posa deux doigts sur sa bouche.

— Surtout, ne dis rien, chuchota-t-elle.

Il embrassa les doigts restés sur ses lèvres, elle posa sa tête contre sa nuque, puis son front contre son front, se dressant sur la pointe des pieds ; elle planta son regard dans son regard, puis elle l'embrassa sur la joue, deux fois, et enfin sur la bouche. D'abord furtivement, plus longtemps ensuite, et ce furent les baisers profonds et passionnés, dans la douceur tiède de la chambre. Ils s'étendirent sur l'un des lits, et ce soir-là, Laura fit de Pal son amant.

Ils ne se séparèrent qu'au petit matin. Ils s'étreignirent une dernière fois dans l'obscurité.

— Je t'aime, dit Pal.

— Je sais, imbécile, sourit Laura.

— Tu m'aimes aussi ?

Elle eut une jolie moue.

— Peut-être bien...

Elle s'accrocha à son cou et l'embrassa une dernière fois.

— Pars maintenant. Avant qu'on se regrette trop. Pars mais reviens-moi vite.

Pal obéit, et disparut dans son dortoir en silence. Il avait su lui dire qu'il l'aimait alors qu'à son père, jamais.

18

Les stagiaires furent séparés. Mais la quatrième école n'était pas terminée pour autant : il restait encore à accomplir un ultime exercice, grandeur nature. Durant plusieurs jours, sans papiers et avec seulement dix shillings en poche, les futurs agents devaient individuellement mener à bien une véritable opération au cours de laquelle l'intégralité de l'apprentissage à Beaulieu serait testé : retrouver un intermédiaire, suivre une cible à travers une ville, récupérer des explosifs, prendre contact avec un supposé Réseau de résistance, le tout en déjouant les filatures des observateurs du SOE.

Pal se vit assigner un sabotage fictif sur le canal de Manchester. Installé dans une petite pièce de Beaulieu qui lui rappela furieusement Northumberland House, il ne disposa que de deux heures pour mémoriser les détails de sa mission, brièvement compilés dans un dossier en carton ; il avait quatre jours pour effectuer son opération. On lui fit également apprendre par cœur un numéro de téléphone, en cas d'urgence. Si la police l'arrêtait et qu'il ne parvenait pas à s'enfuir ou à se faire libérer par ses propres moyens, il pourrait entrer en contact avec le SOE, qui notifierait à la police locale qu'elle retenait un agent des services secrets britanniques. Le stagiaire, en utilisant ce numéro, éviterait la prison pour terrorisme, mais signerait l'arrêt de sa carrière au sein du SOE.

Les deux heures passées, Pal sentit son cœur accélérer dans sa poitrine. Il reçut une ultime consigne d'un officier, puis le lieutenant Peter vint le trouver. Il l'attrapa par les épaules, comme Calland l'avait fait à Londres, comme son père l'avait fait à Paris. Pour lui donner du courage. Pal s'essaya en retour à un salut militaire, puis il serra vigoureusement la main du bon Lieutenant.

*

Il avait fait du stop. Prendre le train sans ticket, c'était risquer de s'exposer aux ennuis. À bord du camion de marchandises qui l'emmenait vers Manchester, Pal s'autorisa à s'assoupir. Il ignorait quand il pourrait dormir à nouveau, il fallait en profiter. La tête appuyée contre la vitre, il pensait à ses camarades, Aimé, Gros, Claude, Frank, Faron, Key, Stanislas, Denis, et Jos. Les reverrait-il ?

Il pensait à Laura.

Il pensait à son père.

Il pensait aussi à Prunier, à Dentiste, à Chou-Fleur, à Grand Didier, à tous les autres, à tous les agents de toutes nationalités qu'il avait côtoyés à Wanborough Manor, à Lochailort, à Ringway, à Beaulieu. Il pensait à tous ces gens ordinaires qui avaient fait le choix de leur destin. Il y avait là des plus ou moins beaux, des plus ou moins forts, certains avec des lunettes, des cheveux gras ou les dents de travers, d'autres bien bâtis et éloquents. Ils étaient des timides, des furieux, des esseulés, des prétentieux, des nostalgiques, des violents, des doux, des antipathiques, des généreux, des radins, des racistes, des pacifistes, des heureux, des mélancoliques, des lymphatiques, certains brillants, d'autres insignifiants, des couche-tôt, des noceurs, des étudiants, des ouvriers, des ingénieurs, des avocats, des journalistes, des chômeurs, des repentis, des dadaïstes, des communistes, des romantiques, des excentriques, des pathétiques, des courageux, des lâches, des valeureux, des pères, des fils, des mères, des filles. Rien que des humains ordinaires, devenus peuple de l'ombre pour le salut de l'Humanité en péril. Ils espéraient donc encore en l'espèce humaine, les malheureux ! Les malheureux.

Et Pal, sur une route à grand trafic du sud de l'Angleterre, récitait sa poésie, cette poésie tant de fois psalmodiée, et qu'il réciterait bientôt, sans le savoir encore, à bord de l'avion qui l'emmènerait en France dans le plus grand secret. Sa poésie du courage, celle de la butte des fumeurs de l'aube.

> Que s'ouvre devant moi le chemin de mes larmes,
> Car je suis à présent l'artisan de mon âme.
> Je ne crains ni les bêtes, ni les Hommes,
> Ni l'hiver, ni le froid, ni les vents.
> Au jour où je pars vers les forêts d'ombres, de haines et de peur,
> Que l'on me pardonne mes errements et que l'on me pardonne mes erreurs,
> Moi qui ne suis qu'un petit voyageur,
> Qui ne suis que la poudre du vent, la poussière du temps.
> J'ai peur.
> J'ai peur.
> Nous sommes les derniers Hommes, et nos cœurs, en rage, ne battront plus longtemps.

DEUXIÈME PARTIE

19

C'était la mi-décembre : neuf mois s'étaient écoulés depuis la dernière école d'entraînement. La nuit était tombée dès l'après-midi ; la journée avait été courte, une de ces mauvaises journées d'hiver dont l'obscurité prématurée et subite fait perdre la notion du temps. Il faisait froid. La voiture avançait lentement, fendant l'obscurité, les phares éteints. On devinait aisément les champs et les vergers nus tout autour, et le chauffeur n'avait aucune peine à trouver son chemin : c'était une nuit claire de pleine lune, parfaite pour que les avions puissent naviguer à vue.

À côté du chauffeur, un homme en casquette jouait nerveusement avec le mécanisme de sécurité de sa mitraillette Sten ; sur la banquette arrière, les trois autres passagers avaient dû se serrer les uns contre les autres. À présent, chacun pouvait sentir les battements de cœur de son voisin, et les cœurs battaient vite. Seul Sabot avait l'air décontracté. À côté de lui, Pal tordait ses doigts dans la poche de son pantalon ; plus il y réfléchissait, plus il songeait que ce comité de réception était mal préparé. Ils n'auraient pas dû circuler tous ensemble : deux voitures, ç'aurait été plus prudent, ou envoyer un éclaireur à vélo. Tous dans le même véhicule, ils étaient à la merci de la première patrouille. Et puis ils n'étaient pas assez armés. En plus de l'homme à la mitraillette, Sabot et lui avaient chacun un colt de service, et le chauffeur un vieux revolver. Ce n'était pas assez. Ils auraient dû embarquer au moins deux tireurs avec des Sten ; ils pourraient peut-être tenir tête à des policiers français, mais pas à des soldats allemands. Sabot perçut l'inquiétude du jeune agent et lui fit un signe discret de la tête pour le rassurer. Pal s'apaisa un peu : Sabot était un homme d'expérience, il avait suivi la formation pour les responsables des comités de réception des avions de la RAF.

Les Britanniques avaient émis des directives strictes depuis que des responsables de comité de réception avaient emmené toute leur famille assister à un atterrissage, ou que, pire encore, des comités avaient entraîné dans leur sillage la moitié de leur village pour aller applaudir la venue d'un avion anglais dans une ambiance de bal populaire. Désormais un stage d'une semaine à Tangmere dispensé par des pilotes du 161e escadron de la RAF était obligatoire pour tous les responsables, et des consignes avaient été édictées par Londres : pas de famille, pas d'amis. Uniquement les membres du groupe nécessaires à l'atterrissage et chacun à une place bien précise, faute de quoi les indésirables risquaient d'être abattus par le pilote, si celui-ci n'avait pas décidé de rebrousser chemin sans se poser.

Mais malgré son apparence tranquille, Sabot n'était pas rassuré et il se maudissait lui-même en son for intérieur. Ah, il avait été trop imprudent ! Il savait pourtant, tous ces détails avaient été vus et revus durant ses différentes formations. Mais le terrain était une autre réalité. Ils avaient reçu le message par la BBC, l'avion viendrait ce soir. Il avait d'abord hésité ; deux hommes habituellement chargés d'assurer la sécurité de l'atterrissage manquaient. Mais il n'avait pas eu le choix : le vol avait été reporté deux fois déjà en raison de mauvaises conditions météo au-dessus de la Manche. Il avait remplacé ses deux tireurs par un seul, un type fiable mais mal aguerri. Sabot regrettait à présent, surtout en entendant les cliquetis agaçants de la mitraillette que tripotait l'homme à l'avant : un tireur nerveux n'était pas un bon tireur. Et leur sécurité dépendait grandement de lui.

La camionnette s'immobilisa enfin au bord de la route, au milieu de nulle part. Les cinq occupants en descendirent sans bruit. Le chauffeur sortit son vieux revolver de la boîte à gants et le cala dans sa ceinture ; il resta à côté du véhicule, les sens en alerte, tandis que Sabot répéta ses ordres à ses deux autres subordonnés, qui disparurent dans l'immense champ en jachère. Le premier, l'homme à la mitraillette, se plaça sur une butte, à deux cents mètres de là ; il se coucha dans l'herbe humide et arma sa Sten, scrutant la nuit derrière le viseur, à la recherche d'éventuels signes suspects. Le second, qui était l'assistant de Sabot, planta trois torches dans la terre balisant la piste en forme de « L », la pointe de la lettre signalant le sens du vent. Sabot, une lampe électrique éteinte à la main, s'assura que ses directives étaient scrupuleusement respectées et vérifia deux fois encore le sens du vent. Pal s'impatientait, inquiet. Sabot attendit encore quelques trop longues minutes, consultant sa montre, puis il donna l'ordre d'allumer les torches. En un instant, le champ désert se transforma en piste d'atterrissage, et Sabot contempla fièrement son aérodrome secret. C'était une parcelle large de deux ou trois cents mètres et longue de presque un kilomètre, l'un des meilleurs endroits de la région pour réceptionner un avion : on y avait même fait atterrir un bombardier Hudson. Pour le Westland Lysander qui devait venir ce soir, la moitié de la piste suffirait.

Comme l'exigeaient les consignes de la RAF, Pal et Sabot se postèrent au bout du « L », et l'assistant resta plus loin, sur leur gauche. Ils attendirent. Plusieurs minutes. Pal ne s'était jamais senti si vulnérable, immobile dans la nuit ; sa valise posée à ses pieds, il caressait de la main droite la crosse de son colt.

Le chauffeur, seul en retrait de la piste, grelottait, de froid et de peur ; il y avait longtemps que son revolver ne le rassurait plus. Il n'aimait pas rester seul ainsi. À distance, il fit un signe de la main à l'homme à la mitraillette, mais celui-ci ne lui répondit pas. Son angoisse redoubla.

Dix autres minutes s'écoulèrent, avec une lenteur insupportable. Sabot, qui jusque-là avait contenu son inquiétude, regardait sans cesse derrière son épaule, en direction de la mitraillette et du chauffeur. Il craignait qu'ils ne soient pas capables de réagir en cas de problème. Pourquoi n'avait-il pas reporté le vol ? La peur les étreignait tous, elle redoubla lorsque des oiseaux qui piaillaient dans les buissons nus cessèrent soudain de chanter. Ce n'était pas bon signe.

L'avion ne venait toujours pas. De sa butte, l'homme à la mitraillette cria à Sabot qu'il ne viendrait plus et qu'il fallait partir avant que les Allemands ne leur tombent dessus. Sabot le fit taire d'un ton cinglant. Il était sur le point de renoncer, ils allaient se faire prendre.

Et enfin, déchirant le calme de la nuit, un vrombissement léger. De derrière les arbres, apparut la silhouette d'un Westland Lysander de la RAF, rasant les cimes. Sabot, allumant sa lampe torche, composa en morse le code de reconnaissance. Le petit avion décrivit un cercle dans le ciel pour se placer dans le sens du vent et se posa sans encombre sur la piste improvisée. C'était le moment le plus critique : le bruit avait peut-être attiré l'attention d'une patrouille, il fallait faire vite. Le Lysander avança jusqu'à hauteur de Pal et Sabot ; il effectua un demi-tour sur la droite pour se placer cette fois contre le vent, la piste devant lui et les moteurs toujours allumés, prêt à décoller. La porte de la cabine s'ouvrit et un homme en sortit. Sabot l'accueillit avec déférence. Le nouveau venu était quelqu'un d'important. Sans perdre de temps, Pal jeta sa valise dans l'habitacle et serra la main de Sabot :

— Merci pour tout.

— Bonne chance.

— Bonne chance à vous tous.

Pal dégaina son colt et le tendit à Sabot.

— Voilà qui pourra te servir.

— Tu n'en auras pas besoin ?

Pal eut l'audace de sourire :

— On m'en donnera un autre.

Il s'engouffra dans la minuscule cabine et ferma la porte. Sans plus attendre, le pilote fit rouler son Lysander sur la piste ; il était resté au sol trois minutes à peine. L'avion accéléra, il ne lui fallut pas plus de quatre cents mètres pour décoller. Du hublot, Pal contempla l'immensité du paysage. C'était décembre, et il rentrait à Londres. Enfin.

*

Ils sortirent de la maison, invisibles dans l'obscurité. Ils y avaient passé un jour et une nuit. C'était une jolie villa, construite sur deux niveaux, avec une grande baie vitrée dominant la mer et un accès direct à la plage. Les cinq silhouettes marchèrent en silence sur le sable, chacune une valise à la main. À leur tête, le responsable du comité de réception ; sa valise à lui contenait un S-Phone. Avant de sortir dans la nuit, il avait contrôlé chacun des quatre agents en partance ; il ne fallait porter ni objet lumineux, ni chapeau. Les objets lumineux pouvaient révéler la présence du groupe à des centaines de mètres à la ronde, et les chapeaux pouvaient s'envoler, se perdre, et trahir le ballet régulier qui avait lieu sur cette plage.

La minuscule colonne longea la bande sablonneuse, rasant l'eau. D'ici quelques heures ils auraient disparu, et la marée montante aurait effacé toutes les traces de pas. Ils marchèrent jusqu'à un immense rocher en forme d'obélisque, puis ils se tapirent dans l'obscurité. Le responsable sortit son S-Phone de sa valise et l'alluma. Il fallait attendre à présent. C'était le moment le plus pénible. Attendre, longtemps, au même endroit. Vulnérables.

À trente milles de la côte, la canonnière ralentit sa vitesse et le capitaine coupa les moteurs principaux pour ne naviguer qu'avec les moteurs auxiliaires. Le bateau ne faisait presque plus de bruit, son sillage était discret ; l'ordre fut donné de ne plus parler, ni même allumer une cigarette. La canonnière était partie de Torquay. Les trois agents en partance pour la France et leur accompagnateur étaient arrivés de Londres deux jours auparavant ; ils avaient logé dans un petit hôtel du bord de mer sous la couverture d'un commando en permission. On leur avait même fourni des uniformes, pour que l'illusion soit parfaite. Puis ils avaient embarqué dans le petit port, l'air de rien, sur un bateau ordinaire, et discrètement, à la tombée de la nuit, ils avaient été transbordés sur l'une des canonnières du SOE, avec leurs bagages étanches. Et le bateau avait navigué en direction de la France, l'antenne de son S-Phone mal dissimulée sur le toit de la cabine.

Le capitaine prit contact avec la plage au moyen du S-Phone : tout était en ordre. On jeta l'ancre, reliée au bateau non pas par une chaîne mais par une corde, à côté de laquelle un membre d'équipage se tenait, armé d'une hache, prêt à la couper à tout instant. On mit un canot à l'eau, dans lequel les trois agents, vêtus de pèlerines pour se protéger d'éclaboussures qui pourraient les trahir plus tard, prirent place. Deux matelots manœuvraient l'embarcation avec des rames assourdies.

Sur la plage, les quatre agents en partance se tenaient au bord de l'eau, fébriles. Il fallut une demi-heure pour que la barque arrive enfin et s'échoue sur le sable, tirée dans les derniers mètres par les matelots qui avaient sauté dans l'eau ; aucune parole ne fut échangée, les trois arrivants ôtèrent rapidement leurs vêtements imperméables, les jetèrent dans le fond du bateau, et s'en allèrent avec le responsable en direction de la villa, pendant que les quatre partants prenaient place dans l'embarcation. Aussitôt le canot repartit, englouti par la nuit.

Quarante minutes plus tard, lorsque tous furent montés à bord, la canonnière reprit le large. L'opération avait duré un peu plus d'une heure au total. Dans la nuit, l'une des silhouettes, élégante et fine, s'accouda à la balustrade du pont arrière et contempla la côte française qui s'éloignait. À côté d'elle, une énorme ombre posait un bras autour de ses épaules avec une infinie délicatesse.

— On rentre à la maison, Laura, dit Gros.

*

Faron tournait en rond dans l'appartement, paniqué. Nerveusement, il allait et venait entre les pièces, alternant les coups d'œil par le judas de la porte d'entrée et par la fenêtre du salon, les rideaux tirés et les lumières éteintes pour qu'on ne le remarque pas. Il vérifia plusieurs fois également que la porte était bien fermée, que les renforts qu'il avait posés le long des charnières tenaient bon. Il était épuisé. On le recherchait désormais, il en avait eu la preuve, mais au moins personne n'avait vu son visage. Il rassembla quelques affaires dans le salon, caressa le métal de son browning adoré, feignit de le dégainer plusieurs fois, face au miroir, pour se rassurer. Si on le prenait, il les tuerait tous. Puis il s'en alla fouiller dans la cuisine à la recherche de nourriture : il ramassa deux boîtes de conserve dans le placard, et alla s'affaler sur le canapé pour les manger. Bientôt il s'endormit.

*

Dans l'avion, approchant de l'Angleterre, Pal repensait aux derniers mois. Les jours de guerre avaient été longs. Il n'oublierait jamais son premier parachutage. C'était en avril. La chute lui avait paru plus longue que lors des entraînements de Ringway ; en fait, elle avait certainement été plus courte. C'était une belle nuit claire, et la lune ronde frappait d'éclats lumineux les petites mares qu'il apercevait au sol. Tout était si calme.

Il avait atterri dans un champ en jachère ; les fleurs sauvages embaumaient, et les étangs qu'il avait vus briller depuis le ciel coassaient gaiement. C'était une magnifique soirée de printemps. Il faisait presque doux et un vent léger emmenait avec lui les odeurs délicieuses d'une forêt proche. Il était en France. Non loin, il avait deviné les silhouettes des deux agents largués avec lui ; Rear, le responsable de la mission, et Doff, l'opérateur radio, s'affairaient déjà sur le lieu de leur atterrissage. Pal avait alors décroché la pelle attachée à sa cheville et enterré sa combinaison, son casque, ses lunettes.

Rear était un Américain venu de Camp X, le centre de formation du SOE en Ontario pour l'Amérique du Nord. Il avait trente-deux ans et une longue expérience du terrain, comme militaire d'abord, puis comme agent du SOE. Son père avait été attaché consulaire à Paris ; enfant, il y avait vécu plusieurs années et parlait parfaitement le français. C'était un homme chaleureux, plutôt costaud, les cheveux coupés court, le visage rond ; il portait de petites lunettes et un bouc bien taillé. Il dégageait toujours une impression de placidité, qui décontenançait souvent ses interlocuteurs : lorsque Pal l'avait rencontré à Londres, il avait eu peur de lui. Après quelques jours à préparer la mission ensemble, il l'estimait énormément.

Adolf, dit Doff, plus jeune que Rear de trois ou quatre ans, avait la double nationalité autrichienne et britannique, et parlait un français parfait ; il était opérateur radio de la Section F depuis un an et demi. Bel homme, élégant, toujours charmeur et d'un caractère très agréable, il souffrait néanmoins d'une grande nervosité qu'il calmait par un sens de l'humour douteux.

Les trois hommes s'étaient envolés de la base de Tempsford, dans le Bedfordshire, d'où partaient tous les vols du 138e escadron de la Royal Air Force, affecté aux opérations du SOE. Peu avant leur départ, ils avaient vu le colonel Buckmaster, le nouveau directeur de la Section F, un Anglais, ancien directeur général de Ford en France. La nuit était calme. « *Bonne chance* », avait dit Buckmaster en distribuant un cadeau à chacun. Pour Pal, ç'avait été un étui à cigarettes, plein. Buckmaster donnait toujours un petit présent aux agents en partance, pour leur signifier son amitié, et aussi parce que cela pourrait leur servir de monnaie d'échange. L'étui avait une petite valeur et les cigarettes étaient une denrée précieuse.

— Je ne les fumerai pas, avait dit Pal pour signifier combien il était touché par le geste

— Vous auriez bien tort, avait souri Buckmaster.

Tempsford était certainement l'aérodrome le plus secret et le plus sensible de la RAF. Mesure de sécurité ultime, on lui avait donné l'allure d'une vaste prairie avec, pour bâtiment principal, une vieille grange, *Gibraltar Farm*, aux allures de débarras, dans laquelle les agents passaient leurs derniers instants. Personne, pas même les habitants du proche village, n'avait la moindre idée de ce qui se tramait juste sous leur nez. Pal, Rear et Doff avaient été accompagnés par l'officier du SOE en charge du Air Section Liaison qui leur avait donné leur plan de vol et quelques instructions, avant de passer en revue le matériel qu'ils emportaient. Et puis, dans leurs derniers instants sur le sol britannique, il leur avait remis deux tablettes de pilules : de la benzédrine qui les garderait éveillés si nécessaire, et la pilule « L », la pilule du suicide – du cyanure de potassium –, si leur cause était perdue.

— La pilule du couic-couic ! avait crié Doff en recevant la sienne, emballée dans un minuscule morceau de caoutchouc.

— C'est pour tuer aussi ? avait questionné Pal.

— C'est pour te tuer toi uniquement, avait répondu Rear de son ton calme et détaché. Il se pourrait que tu veuilles mourir.

— La pilule du couic-couic ! répétait gaiement Doff en arrière-fond sonore.

La pilule L permettait à un agent capturé et en perdition de se tuer plutôt que d'endurer les souffrances des caves de l'Abwehr, ou de révéler des informations cruciales.

— Combien de temps ça prend pour crever ? avait demandé Pal.

— Une ou deux minutes.

Pendant qu'ils parlaient, Doff, au fond de la grange, faisait semblant d'avaler sa pilule en poussant des gémissements aigus et en se roulant par terre.

Et ils avaient embarqué.

Doff avait été le premier à sauter du Whitley, au-dessus de la France ; en prenant place au-dessus de la trappe, il avait crié au dispatcher : « *Je suis Adolf Hitler ! Achtung, les Boches ! Hitler, mein Lieber !* » Rear l'avait regardé, dépité, et avait assuré à Pal que c'était son état normal.

Lorsqu'ils s'étaient retrouvés dans la prairie déserte, juste après leur atterrissage, Doff avait son colt .45 en main, pour se rassurer. Et après une poignée de secondes, il avait déjà manqué d'abattre l'éclaireur du comité de réception qui venait à leur rencontre. Rear avait poussé de longs jurons obscènes, sommant le pianiste de cesser de faire n'importe quoi avec ses armes ; apparemment ce n'était pas la première fois. Puis, rapidement, des hommes avaient surgi de l'ombre pour charger dans deux camionnettes la douzaine de lourds conteneurs de matériel largués en même temps que les trois passagers. Une voiture avait conduit Pal, Rear et Doff jusqu'à une maison sûre, pendant que l'éclaireur s'assurait qu'il avait bien effacé les dernières traces de leur arrivée sur le sol français.

Ils n'étaient restés en France que quelques jours, le temps de prendre leurs repères et d'aider le réseau qui les avait réceptionnés à prendre en main les mitraillettes Sten qui faisaient partie du chargement. Pal avait regardé avec admiration Rear dispenser les explications sur les pannes des Sten ; il avait pris exemple sur ses postures, sur ses intonations. Un jour, il serait lui-même agent expérimenté, responsable de mission. Ils avaient ensuite rejoint la Suisse par la frontière de Bâle. Leur mission principale consistait à s'assurer du bon fonctionnement d'une filière d'évasion vers la Grande-Bretagne, qui passait par la Suisse, la zone libre et l'Espagne. Ils s'étaient installés quelque temps à Berne, où le SOE disposait d'une antenne, pour faire acheminer par leur filière des machines suisses nécessaires à la production militaire anglaise.

À Berne, Pal et Doff avaient logé ensemble dans un hôtel du centre-ville. Rear avait pris une chambre dans un autre établissement. Les consignes de sécurité leur imposaient de ne pas habiter ensemble et de ne pas se montrer tous les trois en public. Pal retrouvait Rear tous les matins sur une promenade du bord de l'Aar, et passait l'essentiel de ses journées avec lui. Doff, lui, se cantonnait dans son rôle d'opérateur radio et ne participait qu'indirectement à la mission. Il retrouvait Pal le soir, pour dîner. Il appréciait le jeune homme. Et dans leur petite chambre d'hôtel, allongés sur leurs deux lits étroits, fumant tous deux des cigarettes suisses, Doff racontait à Pal. Il se racontait. Une nuit, il lui avait parlé de ce qu'était la peur.

— Là, c'est pas la France. En France, on a peur, tout le temps, tous les jours, toutes les nuits. La peur, tu sais ce que c'est ?

Pal avait hoché la tête. Dès son atterrissage, il avait été étreint par une sourde angoisse qui ne l'avait plus lâché depuis.

— Je l'ai ressentie à notre arrivée, dit-il. Le premier soir.

— Non, ça, c'était de la merde. Je te parle de la peur qui te ronge, qui te fait mal dormir, mal vivre, mal manger et ne te laisse jamais de répit. La peur, la vraie peur, celle des traqués, des haïs, des honnis, et des terrés, celle des exilés, des insoumis, la peur de ceux qui vont mourir si on les démasque alors qu'ils ne sont finalement pas grand-chose. La peur d'exister. Une peur de Juif.

Doff avait allumé une cigarette et en avait proposé une au fils.

— As-tu déjà vomi de terreur, Pal ?

— Non.

— Voilà. Tu sauras vraiment ce qu'est la peur quand elle te fera vomir.

Il y avait eu un silence. Puis Doff avait repris :

— C'est ta première mission, hein ?

Pal avait hoché la tête.

— Tu verras, le plus dur, c'est pas les Allemands, c'est pas l'Abwehr, c'est l'humanité. Parce que, si on ne devait craindre que les Allemands, ce serait facile : les Allemands, on les repère de loin, avec leur nez plat, leurs cheveux blonds et leur gros accent. Mais ils ne sont pas seuls, ils ne l'ont jamais été d'ailleurs : les Allemands ont réveillé des démons, ils ont suscité les vocations de la haine. Et en France aussi, la haine est populaire, la haine de l'autre, avilissante, sombre, elle déborde chez tout le monde, chez nos voisins, chez nos amis, chez nos parents. Peut-être même chez nos parents. Nous devons nous méfier de tout le monde. Et ce sera ça le plus difficile : ces instants de désespoir où tu auras l'impression qu'il n'y a personne à sauver, que tout le monde se haïra toujours, que la plupart mourront de mort violente, pour ce qu'ils sont, et que seuls les plus discrets et les mieux cachés mourront de vieillesse. Ah, comme tu vas souffrir, mon frère, de découvrir combien nos semblables sont souvent haïssables, même nos amis, même nos propres parents, je te dis. Et sais-tu pourquoi ? Parce qu'ils sont lâches. Et un jour nous le paierons, nous le paierons car nous n'aurons pas eu le courage de nous élever, de crier contre les actes les plus abjects. Personne ne veut crier, personne ; crier ça emmerde les gens. En fait, j'ignore si ça les emmerde, ou si ça les fatigue. Mais les seuls qui crient sont ceux que l'on bat, à cause des coups. Et autour, personne n'en ressent de rage, personne pour faire du vacarme. Ça a toujours été comme ça, et ça le restera : l'indifférence. La pire des maladies, pire que la peste et pire que les Allemands. La peste s'éradique, et les Allemands, nés mortels, finiront bien par tous crever. Mais l'indifférence ne se combat pas, ou alors difficilement. L'indifférence est la raison même pour laquelle nous ne pourrons jamais dormir tranquilles ; parce qu'un jour nous perdrons tout, non pas parce que nous sommes faibles et que nous avons été écrasés par plus fort que nous, mais parce que nous avons été lâches et que nous n'avons rien fait. La guerre, c'est la guerre. Et la guerre va te faire prendre conscience des plus terribles vérités. Mais la pire de toutes, la plus insupportable, c'est que nous sommes seuls. Et nous serons toujours seuls. Les plus seuls des seuls. Seuls à jamais. Et il faudra vivre quand même. Tu sais, longtemps j'ai pensé qu'il y aurait toujours des Hommes pour nous défendre, des *autres*. J'ai cru en ces *autres*, ces chimères, je les ai imaginés pleins de force et de courage, venant au secours du bon peuple opprimé : mais ces Hommes n'existent pas. Regarde le SOE, regarde ces gens, était-ce l'idée du courage que tu t'étais faite ? Moi pas. Je ne pensais même pas que je devrais aller me battre. Moi, je ne sais pas me battre, je n'ai jamais été un battant, une tête brûlée, un courageux. Je ne suis rien, moi, et si je suis ici c'est parce qu'il n'y avait personne d'autre pour y aller...

— C'est peut-être ça le courage, l'avait interrompu Pal.

— C'est pas du courage, c'est du désespoir ! Du désespoir ! Alors, si je veux, je peux bien dire que je m'appelle Adolf Hitler et faire des saluts nazis dans les réunions du Service, à Londres, juste parce que ça me fait marrer. Juste parce que Hitler me tuera peut-être, et qu'à force de me moquer j'ai moins peur, car jamais, jamais, je n'aurais cru que ç'aurait été à moi de prendre les armes. J'ai attendu les Hommes, et ils ne sont jamais venus !

Dans l'obscurité de la chambre, les deux agents s'étaient longuement regardés. Tout ce que Doff venait de dire, Pal le savait déjà : le plus grand péril des Hommes, c'était les Hommes. Et les Allemands n'étaient pas plus contaminés que les autres, ils avaient simplement développé la maladie plus rapidement.

— Malgré tout, promets-moi de garder confiance, l'avait enjoint Doff. Promets.

— Je te le promets.

Mais il y avait du doute dans cette promesse.

Les trois agents étaient restés une quinzaine de jours à Berne, veillant à l'acheminement vers la Grande-Bretagne des machines suisses. Rear en avait profité pour parfaire la formation de Pal ; il était un bon agent, il ne lui manquait plus que de tirer profit des acquis de l'expérience. Et Pal s'était passablement inspiré de Rear : il serait son exemple à jamais. Il aimait cette seconde de long silence que Rear marquait toujours avant de répondre à une question, comme s'il prenait le temps de penser profondément, comme si chacun de ses mots avait une importance particulière.

Même dans les scènes les plus banales de la vie quotidienne, dans le restaurant du centre-ville où ils déjeunaient parfois ensemble, Rear prenait une longue inspiration, fixait Pal et lui disait en détachant chaque mot, comme si l'avenir de la guerre en dépendant : « *Passe-moi le sel.* » Pal, impressionné, s'exécutait docilement. Long silence. Puis Rear, d'une voix de nabab : « *Merci.* » Le fils ne se doutait pas une seconde que ce silence que Rear s'imposait avant la moindre parole n'était qu'un moyen de ne pas s'exprimer en anglais par réflexe. Et Rear, ayant remarqué l'impression qu'il faisait à son jeune camarade, s'était parfois amusé à le déstabiliser lorsqu'ils se retrouvaient dans sa chambre d'hôtel, jouant avec le matériel du SOE qu'il avait étalé sur son lit – un stylo-pistolet, un objet piégé, ou l'émetteur principal du S-Phone qu'il avait avec lui – tandis que Pal essayait péniblement de rester concentré en écoutant ses explications.

Le séjour bernois avait pris fin plus vite que prévu, à la suite d'un ordre de Londres. Rear était attendu dans l'Ouest de la France avec Doff, pour un contact important. Jugeant que Pal pourrait continuer seul la mise en place de la filière, il lui avait donné cinquante mille francs français, et expliqué sommairement les consignes : il fallait rejoindre la zone libre et évaluer la sécurité de la filière vers la Grande-Bretagne, par laquelle il passerait pour rentrer à Londres. Sans se pencher plus avant sur les détails de la mission, Rear avait toutefois insisté sur un point :

— Surtout, garde toutes tes factures, ne perds rien.

— Mes factures ? avait répété Pal, sans comprendre.

— Les dépenses que tu feras avec l'argent que je t'ai donné. Il ne faut pas plaisanter avec ça...

Pal avait d'abord cru à une farce, mais Doff, en arrière-plan, lui avait fait de grands signes : Rear était complètement obnubilé par la question. Pal avait alors pris un air très sérieux :

— Je ferai attention. Que dois-je garder ?

— Tout. Tout ! Ticket de métro, bus, hôtel. Tu donnes dix centimes à une dame-pipi ? Tu notes ! Tu lui fais même signer un reçu si tu peux ! Crois-moi, si tu crains les Boches, tu n'as encore rien vu avec la comptabilité du SOE.

Et, comme frappé par une soudaine folie, il avait encore martelé en agitant l'index :

— Garde toutes les factures. C'est très-im-por-tant !

Rear et Doff avaient quitté Berne la nuit suivante : ils seraient en France le matin. Dans la chambre d'hôtel, Doff s'était préparé, nerveux ; rangeant ses dernières affaires, il chantonnait : « *Heil Hitler, mein Lieber…* » Et, soudain, comme frappé de folie, il avait attrapé un petit poignard et avait placé la lame sous sa propre gorge.

— Vive la vie, avait-il déclamé. Vivre, c'est important.

Pal, qui l'observait, avait acquiescé.

— T'as une mignonne ? avait demandé Doff après avoir posé son couteau.

— Une mignonne ?

— Une fille, quoi.

— Oui.

— C'est quoi son nom ?

— Laura.

— Elle est jolie ?

— Très.

— Alors, promets-moi deux choses : d'abord, ne jamais désespérer. Ensuite, et le plus important, si je crève en France, baise ta Laura pour moi.

Pal avait ri.

— Tu promets, hein ?

— Promis.

— Au revoir, frère. Prends soin de ta petite gueule.

Ils s'étaient donné l'accolade. Et Doff était parti.

Par la fenêtre, Pal avait observé la rue étroite. Une petite rue pavée. Dehors, il faisait tiède malgré l'heure, c'était une belle nuit d'été. Il avait vu Rear, impassible, posté sous un lampadaire, ses deux valises dans les mains, bientôt rejoint par Doff. Les deux hommes s'étaient salués d'un signe de tête et s'en étaient allés vers l'obscurité. Doff s'était retourné une dernière fois vers la fenêtre où se tenait Pal ; il lui avait souri et l'avait gratifié d'un joyeux salut fasciste. *Heil Hitler, mein Lieber*, avait murmuré le fils.

Pal avait poursuivi sa mission seul. Deux jours après Rear et Doff, il avait quitté Berne pour rejoindre Lyon, en passant d'abord par Genève. Genève était une étape possible pour sa filière : les agents de nationalité britannique de la Section F pouvaient être pris en charge par le consulat de Grande-Bretagne, se faisant passer pour des pilotes abattus et en perdition. Mais l'une des raisons qui l'avaient poussé à passer par la pointe du Léman était que son père lui en avait souvent parlé. « *Genève, une ville formidable* », lui avait-il répété. Ils n'y étaient jamais allés ensemble. En fait, Pal n'était même pas sûr que son père lui-même y ait déjà séjourné mais il lui en avait toujours parlé avec tant d'entrain qu'il n'avait jamais osé lui poser la question pour ne pas le ridiculiser. Si des amis évoquaient un pays exotique qu'ils avaient visité, le père, voyageur minuscule, craignant d'être déconsidéré, parlait de Genève, et de Genève encore. Il répétait que, finalement, pas besoin d'aller découvrir l'Égypte puisque Genève existait, une ville de grande classe, avec ses parcs, ses hôtels de luxe, le Palais des Nations, et tout et tout. C'est lorsqu'il parlait des hôtels que Pal savait que son père, petit fonctionnaire rêveur, affabulait.

Pal n'avait passé que quelques jours à Genève : le temps de rencontrer un contact, de visiter un peu, d'embrasser la ville au nom de son père, et surtout d'acheter dans un kiosque du bord du lac une brassée de cartes postales. Puis il avait rejoint Lyon, et le sud de la France ; il était passé par Nice, Nîmes, et il avait ainsi traversé le Midi jusqu'aux Pyrénées. Il avait fait le lien entre les futurs intermédiaires de la filière, s'était assuré de leur fiabilité et de la sûreté des points de rencontre. Il avait contrôlé les refuges et les appartements, s'assurant qu'ils comportaient toujours deux sorties et le téléphone. Il avait fourni des cartes de rationnement supplémentaires, fait le relevé des codes de reconnaissance à transmettre à Londres, et, selon les consignes reçues, il avait établi un rapport sur les réseaux locaux, dont beaucoup étaient encore embryonnaires, ne comptant parfois que deux ou trois personnes. Il avait dressé l'inventaire des besoins, conseillé les responsables, se sentant très important. Il s'était inspiré de Rear pour parler, et de Doff pour agir. Il fumait comme Doff, imitant sa manière lente et rituelle d'allumer ses cigarettes ; plus que jamais, il s'était senti homme. Il avait même fait la folie de s'offrir un beau costume, dans lequel il était fier. Il avait aimé le respect qu'il inspirait aux résistants, qui parfois avaient son âge, parfois le double.

Il était rentré en Grande-Bretagne à la fin juillet. Auparavant, il avait passé dix jours en Espagne, dans un hôtel qui servait de base arrière au SOE, en attendant son vol de retour. Il avait flâné sur la terrasse, à l'ombre des palmiers, il avait passé quelques bonnes soirées en compagnie d'autres agents dans les salons feutrés. Les transits par l'Espagne ou le Portugal, qui pouvaient durer plusieurs semaines selon la fréquence des vols, constituaient des moments de détente privilégiés pour les agents.

Pal avait été rapatrié à Londres, presque trop vite à son goût ; il avait validé la filière et fait son rapport à la Section F. Il n'avait guère eu le temps de quitter l'appartement du SOE, au sud de la ville, où on l'avait installé au milieu d'autres agents inconnus, car déjà on le préparait à sa nouvelle mission. À peine deux semaines après son retour en Angleterre, il avait été renvoyé en zone libre avec un opérateur radio.

Il était resté deux mois dans le sud de la France, retrouvant les réseaux visités précédemment, pour les former, réceptionner le matériel demandé à Londres et les aider à le prendre en main. Le largage, effectué en trois étapes, avait été géré par le centre d'envoi de la RAF de Massingham, basé en Algérie, qui fonctionnait particulièrement mal. Il y avait eu beaucoup d'erreurs dans la livraison, et le matériel, mal emballé, avait été endommagé à l'atterrissage. Par l'opérateur radio qui l'accompagnait, Pal, furieux et plein d'autorité, avait fait envoyer au commandement de la Section F à Londres un message sévère : « *Centre de Massingham n'est qu'un ramassis d'incapables, moitié du matériel est une erreur d'envoi, l'autre moitié est hors d'usage.* » Londres avait répondu : « *Désolé. Confirmons que centre de Massingham n'est qu'un ramassis d'incapables.* »

Vers la fin octobre – quelques jours avant l'invasion de la zone libre –, Pal et son pianiste étaient allés dans les régions de Dijon et de Lyon, puis dans le centre-ouest de la France pour modifier la filière, avant de retourner dans le Sud occupé où Londres avait finalement annoncé la fin de la mission.

L'avion amorça sa descente au-dessus des terres anglaises, arrachant Pal à ses souvenirs. Le temps était mauvais, ce crachin froid de décembre comme il n'y en avait que dans ce pays. Pal sourit ; il rentrait à Londres à présent. Il avait besoin de repos. Son pianiste était rentré par l'Espagne, mais lui avait insisté pour être récupéré dans le centre de la France. À Londres, on lui en demanderait la justification ; passer par sa propre filière aurait été bien moins dangereux. Il profita des dernières minutes de vol pour trouver un pieux mensonge. Personne ne devait savoir la vérité, évidemment.

20

Le père tenait entre ses mains les cartes postales, les manipulant comme les plus précieux des papiers-valeurs. Tous les jours il les relisait.

Il y en avait deux, arrivées à deux mois d'intervalle. Il les avait trouvées dans sa boîte aux lettres. La première, c'était en octobre, à midi ; il était rentré du travail exprès, comme tous les jours, mais il n'y croyait presque plus. Et puis il avait trouvé au fond de la boîte en fer une petite enveloppe blanche, sans adresse, sans timbre, sans rien. Il avait aussitôt su que c'était son fils. Il avait déchiré le papier en toute hâte, et il avait trouvé cette magnifique vue du lac Léman, avec le jet d'eau et les collines de Cologny en arrière-plan. Il avait lu, relu.

Cher petit Papa,

J'espère que tu te portes à merveille.
Tout va bien ici. Je te raconterai bientôt.
Je t'embrasse,

Ton fils

Et il avait relu encore, lu dans sa tête et lu à voix haute, lu très vite et lu très lentement, lu en un seul souffle et lu en articulant exagérément pour ne rien rater des mots. Dans l'appartement, il avait crié, sauté de joie, il avait couru dans la chambre de son fils et il s'était couché sur son lit, il avait enlacé les couvertures, embrassé les coussins. Il avait enfin des nouvelles de son cher fils. Il était allé chercher une photographie de Paul-Émile figée dans un cadre et il en avait embrassé la vitre une bonne dizaine de fois. Son fils avait donc renoncé à la guerre et il était allé se mettre à l'abri à Genève. Quel bonheur, quel soulagement ! Le père s'était laissé envahir par une telle sensation de bonheur qu'il avait eu besoin de la partager avec quelqu'un. Mais il n'avait plus personne à qui parler. Alors il avait décidé d'aller chez la concierge et il était descendu tambouriner à la porte de sa loge pour annoncer la bonne nouvelle. Il l'avait arrachée à son bain, et sur le pas de la porte, il lui avait lu la carte à haute voix, parce qu'elle ne la lirait pas avec assez d'intonations et qu'elle gâcherait les beaux mots de son fils, et d'ailleurs elle avait le droit de regarder mais pas de toucher car on ne savait pas dans quel cambouis elle avait fourré ses mains auparavant.

— Bien à l'abri en Suisse ! s'était écrié le père après sa déclamation. Que pensez-vous qu'il y fait ?

— Je n'en sais rien, avait répondu la concierge, peu concernée, qui avait surtout envie de se débarrasser de l'importun.

— Dites quelque chose ! Allons ! Que peut-il bien faire à Genève ?

— Je connais quelqu'un qui connaissait quelqu'un qui vivait en Suisse et qui travaillait dans une banque, dit la concierge.

— Une banque ! avait hurlé le père en se tapant le front. Mais é-vi-dem-ment ! Il a sûrement un poste important dans une banque ! Voyez comme les Suisses sont des gens bien : ils n'ont pas de temps à perdre avec la guerre.

Et durant les semaines qui avaient suivi, il avait imaginé son fils faisant sensation dans un bureau feutré d'une grande banque.

La seconde carte venait de lui parvenir. C'était une vue de la Place Neuve.

Cher petit Papa,

Je pense toujours fort à toi. Tout va bien.
Je t'embrasse fort.

Ton fils

Elle avait été glissée dans une enveloppe identique à la précédente, sans adresse, sans timbre. Il n'avait pas relevé ce détail la première fois, mais à présent il se demandait comment ces envois lui étaient parvenus. Paul-Émile était-il Paris ? Non, il serait venu le trouver directement. Et jamais il n'avait oublié de ne pas fermer la porte à clé, impossible donc qu'ils se soient manqués. Non, il en était sûr : son fils n'était pas à Paris, il était à Genève. Mais alors, qui avait déposé ces deux cartes dans sa boîte aux lettres, si ce n'était pas son fils ? Il n'en savait rien.

Tous les jours, il les relisait. Selon un rituel bien établi. C'était le plus beau moment de sa journée et il voulait prendre son temps, profiter de chaque seconde de lecture ; il devait être dans les meilleures conditions de concentration. Il lisait le soir, après le repas. Il allumait les lumières du salon, faisait siffler le train électrique qu'il n'avait pas rangé, et se préparait une tasse de chicorée. Il s'installait dans son fauteuil, ouvrait l'épais livre dans lequel étaient cachés ses deux trésors, puis il les regardait longuement. Il les contemplait. Il les embrassait. Il les aimait. Chaque fois, elles lui semblaient plus belles. Quelles magnifiques vues de Genève. Ô Place Neuve, ô lac Léman, ô ville dont il ne connaissait rien car il n'y avait jamais mis les pieds. Il se sentait presque là-bas lui aussi, avec son fils, battant le pavé des boulevards et humant l'odeur du lac. Il lisait toujours deux fois chaque carte, avant d'en analyser les textes. D'abord Paul-Émile lui écrivait : « *raconterai bientôt* ». Puis il n'était plus question que d'un laconique « *tout va bien* ». S'était-il passé un événement grave entre les deux envois ? Et qui donc avait déposé les enveloppes dans sa boîte aux lettres ? Devait-il rejoindre son fils à Genève ? Mais comment le retrouverait-il ? Et si, pendant ce temps, Paul-Émile venait à Paris, ils se rateraient, même s'il laissait la porte ouverte. Non, il devait attendre les prochaines nouvelles, ne pas se montrer impatient. Son fils était sain et sauf. Et il avait renoncé à la guerre. C'était le plus important. Surtout, ne pas désespérer.

21

Claude sortit de la bouche du métro, station Hyde Park Corner. Contemplant l'agitation de la rue, il huma l'air froid de Londres avec délice et il tendit les mains pour attraper quelques gouttes de bruine. Même la pluie lui avait manqué. Il se retourna et s'assura que Gros le suivait toujours, encombré par le monceau de cadeaux qu'il transportait, montant péniblement les escaliers qui menaient à l'air libre.

— Tu sais où c'est, Cul-Cul ? demanda Gros.

Claude, observant la rue, décida d'une direction en se fiant aux numéros des perrons. Ils longèrent Knightsbridge Road et les maisons en briques rouges ; c'était un beau quartier, et dans le crépuscule, ils regardèrent à travers les fenêtres que les arbres nus ne dissimulaient plus, épiant les intérieurs confortables, les hautes bibliothèques, les tablées que l'on préparait pour la fête. Claude vérifia l'adresse sur un morceau de papier et trouva bientôt l'immeuble, un bâtiment large de style victorien, divisé en trois maisons étroites mais hautes. C'était là. Son cœur palpita. En attendant Gros qui avançait plus lentement, il se regarda dans la vitre d'une voiture, prit une ample respiration et ajusta son gilet. Il avait changé : ses cheveux avaient poussé, et une fine barbe sombre tapissait ses joues. Il y avait si longtemps qu'ils ne s'étaient pas vus. Quasiment une année.

Gros le rejoignit enfin.

— Ils seront tous là ? s'enquit-il.

Claude soupira gentiment.

— Tu m'as déjà demandé. Stanislas m'a dit que Faron et Denis ne sont pas encore rentrés.

— Et t'es sûr que les autres seront là ?

— Oui.

— Et ils vont bien ?

— Oui, ils vont bien.

— Les petits Boches leur ont pas fait des sales trucs ?

— Ils vont bien.

Gros souffla d'aise bruyamment. Il avait répété exactement le même cirque à trois reprises dans le métro.

Ils franchirent la grille en fer forgé noir ; Claude s'arrangea une dernière fois devant la porte. Et il sonna.

Presque dix mois s'étaient écoulés depuis la fin de la formation du SOE. C'était Noël, et dans quelques jours, l'année 1943. Sur les onze stagiaires parvenus jusqu'à la dernière école de Beaulieu, ils étaient neuf à être devenus agents de la Section F : Stanislas, Aimé, Denis, Key, Faron, Gros, Laura, Claude et Pal. Frank et Jos avaient échoué à l'exercice final.

Ce fut Aimé qui ouvrit la porte, tout excité de retrouver ses camarades, découvrant le curé devenu homme et son énorme compagnon qui n'avait, lui, guère changé.

— Nom de Dieu ! Cul-Cul et Gros !

Il donna une accolade à Claude et distribua de grandes tapes sur les épaules de Gros, car les cadeaux empêchaient les deux hommes de se serrer dans les bras.

Le groupe n'avait jamais pu être réuni depuis Beaulieu. Certains s'étaient brièvement croisés entre deux missions, dans les bureaux de la Section F à Londres, mais c'était la première fois qu'ils étaient presque tous ensemble, pour fêter Noël dans l'appartement de Stanislas, ce Noël qu'ils n'avaient pu célébrer un an auparavant, alors qu'ils étaient en plein entraînement dans la solitude de l'Écosse.

Key accourut à son tour, traversant le hall d'entrée avec des flûtes remplies de champagne.

— Joyeux Noël ! cria-t-il aux nouveaux venus.

— Joyeux Noël, toi-même, mon petit Kiki ! répondit Gros, enjoué.

Derrière lui, Stanislas fit alors son apparition, un plateau de petits-fours dans les mains. Il avait maigri. Gros jeta ses cadeaux par terre et tous s'enlacèrent. Ils rirent. Ils étaient toujours les mêmes, mais ils avaient tellement changé. Et alors que Claude et Gros enlevaient leurs longs manteaux d'hiver, ils s'observaient. Ils s'étaient quittés stagiaires, ils étaient à présent agents du SOE, incorporés au grade de lieutenant au sein de la Section F. Après Beaulieu, certains étaient partis directement sur le terrain, d'autres avaient suivi encore une école de spécialisation, mais à ce jour, ils avaient tous effectué au moins une opération en France. Avec plus ou moins de succès, car l'année écoulée avait été mauvaise pour le SOE, marquée par les échecs, et, comme bon nombre d'agents de la Section F, ils avaient été rapatriés à Londres, le temps pour le commandement général du SOE de faire le point de la situation. L'Allemagne dominait la guerre.

Dans l'appartement, la sonnette retentit à nouveau. Gros, qui voulait absolument ouvrir, renversa une table basse dans sa précipitation. C'étaient Laura et Pal, magnifiques. Ils étaient maintenant presque tous réunis, après plusieurs mois de guerre. Key avait planifié des attentats qui n'avaient pas eu lieu, dans la région de Nantes où convergeaient de nombreux soldats de la Wehrmacht. Claude, au contact des réseaux, avait vécu la désillusion des Hommes, celle dont Doff avait parlé à Pal. Aimé avait découvert les difficiles antagonismes avec les Forces françaises libres, qui se méfiaient des Anglais et surtout de la Section F, qui n'était pas gaulliste. Laura, en mission en Normandie, avait manqué de se faire capturer par la Gestapo après que l'un de ses principaux contacts eut été arrêté : le réseau avait été partiellement démantelé par les Allemands. Mais à qui pouvait-on reprocher de parler sous la torture ? Stanislas s'était blessé lors de son premier parachutage, en mai, et à son retour à Londres, il avait été affecté aux quartiers généraux du SOE. Quant à Faron et Denis, ils étaient encore sur le terrain : Denis en tant que pianiste dans la région de Tours, et Faron en mission à Paris.

★

Dans l'appartement, il y eut les cris des retrouvailles, et tous se pincèrent les joues comme pour s'assurer qu'ils étaient bien indemnes. Puis, dans l'immense cuisine, ce fut la bruyante préparation du repas. C'était une coutume d'hommes qu'avait entretenue Stanislas avant la guerre : partir en week-end à la campagne avec des amis, boire, faire du tir au pigeon, et cuisiner ensemble pour resserrer les liens. Mais ses camarades de guerre, qui n'avaient jamais connu l'éducation d'Eton, étaient de bien lamentables commis. Claude et Pal, après avoir orchestré une bataille d'ustensiles et cassé un robot ménager, furent assignés au dressage de la table, argenterie et verres en cristal. Key, qui avait fait brûler la sauce, fut sommé de s'asseoir et de se contenter de regarder. Et pendant que les rares qui s'appliquaient, au milieu d'un brouhaha infantile, achevaient de préparer le menu sous la direction de Stanislas, Aimé à la volaille et Laura au vin, Gros, caché par le battant d'une armoire, la tête dans le frigidaire, goûtait la crème des gâteaux livrés plus tôt dans la journée par un pâtissier renommé, comblant les trous dans les pâtisseries en étalant équitablement la crème restante avec le dos d'une cuillère avant de piocher dans une autre.

Et ils dînèrent, dans la salle à manger de Stanislas, une belle pièce tapissée qui donnait sur une cour intérieure.

Ils dînèrent, élégants, bienheureux, se remémorant Wanborough Manor, Lochailort, Ringway, Beaulieu. Ils se racontèrent encore leur fugue, et l'exercice de guidage aérien de Gros et Claude saouls. Ils embellirent les récits ; la nostalgie leur faisait exagérer les détails.

Ils dînèrent, des heures durant. Ils mangèrent comme s'il y avait des mois qu'ils n'avaient plus mangé, peut-être des années. Ils mangèrent la volaille, les légumes verts, les pommes de terre, le cheddar trop fait, les gâteaux déjà déflorés ; et comme certains n'en avaient pas eu assez, ils pillèrent le garde-manger sous les vivats de Stanislas. Ils mangèrent tout, boudin, saucisses, fruits, conserves, légumes et confits. Sur le coup des trois heures du matin, ils se firent des œufs sur le plat, qu'ils mangèrent avec des biscuits sucrés. Ils allaient de la table en ébène aux canapés du salon, où ils s'installaient pour récupérer un peu, le bouton du pantalon discrètement ouvert, un verre d'alcool fort à la main pour aider à la digestion, puis ils repartaient manger, enhardis par les cris d'Aimé qui, installé derrière les fourneaux, achevait une improvisation.

À l'aube, Gros distribua ses cadeaux, d'affreux cadeaux comme à Beaulieu, mais des cadeaux pleins d'amour. Ainsi, à Key qui reçut une paire de chaussettes, Gros lança : « *Ce sont des chaussettes de Bordeaux ! Pas de la cagnotte !* » Key était originaire de Bordeaux, et dans sa tête, il bénit Alain Gros, l'homme le plus doux du monde. Laura, elle, reçut un pendentif doré, de mauvais goût mais choisi avec un soin infini. Émue, honteuse d'être venue les mains vides, elle enlaça Gros pour le remercier.

— Pas trop fort, sourit le bon géant, j'ai trop bouffé.

Elle le regarda dans les yeux, posa ses jolies mains sur ses énormes épaules.

— Je trouve que tu as minci.

— C'est vrai ? Ah, si tu savais comme je regrette d'avoir tant bouffé ce soir. Parce qu'en France, j'ai fait du bon petit régime. Pour être moins… moins comme je suis, quoi. Pas facile d'être ce qu'on est, ma petite Laura, tu sais hein ?

— Je sais.

— Eh ben, je me suis dit, quitte à avoir mal au ventre de trouille à cause des Boches, autant avoir mal au ventre en même temps de pas assez bouffer. Et comme ça, j'ai pris un peu de maigreur… C'est pour Melinda.

— Tu penses encore à elle ?

— Tout le temps. C'est comme ça quand on aime d'amour, on y pense tout le temps. Alors je veux être beau quand j'irai la voir.

Laura posa un doigt à l'endroit de son cœur.

— T'es déjà très beau dedans, lui chuchota-t-elle. Tu es certainement le meilleur des hommes.

Il rougit. Et il sourit.

— J'aimerais mieux être le plus beau des hommes.

Elle l'embrassa sur la joue pour lui signifier toute sa tendresse. Elle appuya ses lèvres longtemps, pour que le géant obèse ressente combien elle l'aimait. Gros avait fait du régime. Dieu sait ce qu'il avait vécu ces derniers mois ; l'angoisse, la difficulté, le froid, la fatigue, la peur. La peur. Et lui avait fait un régime. Un régime.

Lorsque le jour se leva, ils étaient affalés dans le salon, somnolents, béats. Ils osèrent parler des missions, un peu, mais ils n'en racontèrent que les anecdotes. Aimé avait réussi à embobiner un policier français sur le point de l'arrêter ; Laura et Gros s'étaient retrouvés par le plus grand des hasards dans la même villa du SOE au moment de repartir en bateau vers la Grande-Bretagne ; Stanislas avait failli manger un morceau de plastic dans l'obscurité – Gros rétorqua que le plastic n'était pas si mauvais qu'on pouvait le croire ; Key s'était retrouvé sans le vouloir dans le même hôtel qu'un autre agent avec qui il cherchait désespérément à entrer en contact. Ils ne parlèrent de rien d'autre, comme pour se protéger de la hantise de ce qu'ils avaient pu vivre en France. Les opérations avaient été difficiles, il y avait eu des pertes. Stanislas le savait mieux que quiconque, lui qui travaillait désormais au quartier général de la Section F. Récemment, deux agents avaient été réceptionnés à leur atterrissage en France non pas par la Résistance, mais par la Gestapo. Il y avait eu cette année peu de sabotages, peu de réussites. La suite de la guerre s'annonçait mal et Stanislas, plus au fait que les autres, était inquiet. Inquiet pour l'avenir de l'Europe, inquiet pour ses camarades, qui, il le savait, repartiraient bientôt en France. Il savait ce qui était arrivé à certains membres du groupe, en France. Il était le seul à savoir ce qui était arrivé à Gros.

22

Faron avait passé une semaine terré dans l'appartement sûr. À présent, il jugeait que tout danger était écarté, mais il ne pouvait pas continuer sa mission. Pas tout de suite du moins, c'était trop risqué. Il devait rentrer à Londres, faire son rapport, demander de nouvelles consignes. Il avait été suivi, juste avant Noël. L'Abwehr peut-être. L'incident s'était produit après qu'il eut essayé d'observer l'hôtel Lutetia, dans lequel les services de sécurité allemands avaient installé leur quartier général pour la France. Il s'était pourtant efforcé de passer pour un simple promeneur sur le boulevard Raspail, de ne jeter que quelques regards discrets après s'être attardé devant une boutique, puis il avait passé son chemin, innocemment. Mais, une demi-heure plus tard, près de l'Opéra, il avait repéré une présence derrière lui. La panique l'avait envahi lentement ; il aurait dû s'en rendre compte, il avait appris à faire attention aux signes. Sa distraction allait peut-être le perdre. Il avait pris d'amples inspirations pour se calmer. Surtout, ne pas montrer sa nervosité, ne pas courir, se contenter d'appliquer les méthodes. Il avait changé de trottoir, s'était engagé dans une rue au hasard, il avait accéléré discrètement le pas, et dans le reflet d'une vitrine, il avait constaté que l'homme le suivait toujours. Il avait les idées de plus en plus confuses, les protocoles de Beaulieu n'étaient soudain plus clairs : que devait-il faire si on l'arrêtait ? Devait-il prendre l'initiative d'entrer dans un hall d'immeuble désert et de tuer le poursuivant avec le petit couteau de commando qu'il gardait toujours dissimulé dans sa manche. Dans l'un des boutons de sa veste, il y avait sa pilule L. Et pour la première fois, il y avait songé. Si on le prenait, il se tuerait.

Il avait fini par contenir sa terrible angoisse ; son cœur battait fort et son crâne lui faisait mal. Recouvrant ses esprits, il avait pris la direction du boulevard Haussmann ; il avait marché vite, il avait distancé la silhouette derrière lui et s'était mêlé à la foule d'un grand magasin, avant de ressortir par une porte de service et de sauter dans un autobus qui l'avait conduit à l'autre bout de la ville. Inquiet, en pleine crise de paranoïa, il avait pénétré dans un immeuble au hasard et passé la nuit caché, dans un grenier, comme un vagabond, sans fermer l'œil, son couteau en main. Désormais, il ne sortirait plus sans son browning. Il avait rejoint son appartement sûr aux premières heures du lendemain, au lever du couvre-feu, affamé, épuisé, et il n'en avait pas bougé durant sept jours entiers.

À présent, il faisait le tri des différents documents amassés pendant ses mois parisiens. Il dissimula les plus importants dans une petite cache de sa valise et brûla les autres dans une corbeille en fer, après les avoir photographiés. Il avait été envoyé à Paris pour établir une liste des cibles potentielles de sabotage ou de bombardement, usines, centres de réparation de locomotives, ou lieux stratégiques. Le Lutetia constituait à ses yeux une cible de premier choix, mais particulièrement difficile à atteindre. S'il parvenait à y planifier un attentat, ce serait un grand coup. Pour la guerre et pour sa gloire. Après ça, on lui proposerait certainement des missions spéciales, suivies uniquement par l'état-major du SOE, le plus haut niveau de secret dans le secret. Il y aspirait. Il avait parfaitement conscience de ses aptitudes d'agent, largement supérieures à la moyenne. Les petits Claude et les gros Gros, les vieux Stanislas, ça lui faisait presque de la peine, ils n'étaient rien à côté de lui. Sa plus grande fierté, c'était d'avoir installé un appartement sûr en plein Paris, un trois-pièces au troisième étage d'un immeuble tranquille, avec deux issues : la porte d'entrée évidemment, mais également le balcon de la chambre, qui permettait d'accéder directement à une fenêtre de la cage d'escalier de l'immeuble voisin. En cas de danger, on pouvait s'enfuir jusqu'au boulevard en passant par le hall de l'immeuble d'à-côté ; tous les jours il s'en félicitait. Il considérait cet appartement comme un lieu de sécurité maximale, notamment car personne n'en connaissait l'existence, pas même Londres. Et le secret était l'une des règles élémentaires de la sécurité : moins les gens en savaient, moins ils risquaient de se compromettre, volontairement ou non. La Résistance était truffée de bavards pathétiques, courageux patriotes, certes, mais capables de jouer les vantards pour épater une femme. Quant aux plus silencieux, aux plus secrets combattants, ils ne résisteraient pas forcément à la torture. Lui-même en doutait, il n'avait que difficilement supporté les exercices de Beaulieu et les instructeurs en uniformes de SS. Oui, désormais, il le savait : si on le prenait, il se tuerait.

Personne à part lui ne connaissait la localisation de l'appartement sûr. Il le révélerait certainement aux chefs de la Section F une fois à Londres, l'endroit pouvant servir de lieu de repli pour des agents en difficulté. Mais il avait soigneusement évité de donner la moindre information à ses contacts parisiens, même à Marc, son opérateur radio, installé dans un appartement du onzième arrondissement dont la sécurité laissait à désirer, et à Gaillot, son principal interlocuteur, responsable d'un Réseau de résistance, et qui était d'ailleurs passé lui aussi par une formation du SOE. Faron aimait bien Gaillot ; c'était un homme d'une quarantaine d'années, efficace et secret, un peu comme lui, qui ne posait pas de questions inutiles, et dont les connaissances en matière d'explosifs étaient impressionnantes. Il ferait appel à lui pour l'attentat du Lutetia.

L'après-midi, Faron osa enfin quitter son appartement. Il se rendit chez Marc, son pianiste, pour demander des instructions à Londres.

*

Elle s'appelait Marie, elle avait vingt-cinq ans. Faron la retrouva à la fin d'une matinée brouillardeuse, près d'une librairie des abords de la gare Lyon-Perrache. Le SOE avait dirigé le colosse vers un réseau d'exfiltration vers la Grande-Bretagne ; un intermédiaire l'attendrait à Lyon pour le conduire jusqu'au village d'où opérait le comité de réception de la filière ; c'est là qu'un Lysander viendrait le chercher. Marie était l'intermédiaire. Elle récupérait les agents à Lyon et les emmenait à la campagne, dans une auberge utilisée comme refuge de la filière. Puis, le lendemain ou plusieurs jours après, selon la situation, elle les conduisait au village ; ils y étaient secrètement logés jusqu'au soir du départ.

Elle était jolie, bien faite, vive, coquette, fraîche, le regard intelligent. Elle plut immédiatement à Faron ; il y avait longtemps qu'il n'avait pas côtoyé de femme. Ils circulèrent d'abord en bus et, discrètement, il plaqua les pans de sa chemise pour qu'elle moule son corps et dévoile ses muscles. Ils continuèrent ensuite en bicyclette : et dans les montées il s'efforça de l'impressionner par ses coups de pédales rapides. Ils arrivèrent à l'auberge dans l'après-midi, et à peine Faron eut-il pris possession de sa chambre qu'il se dépêcha de prendre une douche, de se raser et de se parfumer. Il se remémora alors l'effet qu'avait eu la Section norvégienne sur lui et ses camarades, en plein entraînement écossais. Prêt, propre, Faron attendit assis sur son lit que Marie vienne le retrouver. En vain.

Elle frappa à la porte de sa chambre vers vingt et une heures. Il l'attendait depuis quatre heures. Il avait eu le temps de faire et refaire sa valise, il avait changé deux fois de chemise, vérifié le mécanisme de son browning à sept reprises, lu le début et la fin d'un livre, compté les motifs sur les rideaux, refait les lacets de ses chaussures, remonté sa petite pendule, ajusté et gominé neuf fois ses cheveux – il s'était laissé pousser les cheveux en France, son crâne rasé le rendait trop facilement identifiable –, serré et desserré sa ceinture, vérifié ses dents et son haleine trois fois, récuré ses ongles et procédé à trois contrôles anti-pellicules, époussetant le col de son veston à chaque fois qu'il avait trop secoué la tête, avant de vérifier dans son miroir de poche qu'aucune particule blanche ne traînait disgracieusement sur ses épaules. Finalement il s'était endormi, à demi affalé sur le lit, et les coups sur la porte le firent sursauter. Marie. Il essuya le filet de bave qui avait coulé de ses lèvres et formé une petite flaque visqueuse sur l'oreiller, et se précipita pour ouvrir la porte.

Marie, devant la porte, perçut la précipitation. Ce Faron la débecquetait. Il était laid, suffisant, elle n'avait aucune envie de venir le trouver dans sa chambre, mais comme elle ne l'avait pas vu depuis plusieurs heures, elle voulait s'assurer que tout allait bien. Le colosse ouvrit la porte et lui sourit, béat et mielleux. Il avait dû s'endormir après s'être coiffé car la gomina avait figé l'arrière de ses cheveux en une espèce de croûte sèche et rectangulaire. Et elle dut se pincer le bras pour réprimer un rire.

— Tout va bien ?
— Oui.

Il avait insisté longuement sur le *i*. Elle avait l'impression de parler à un attardé.

— Tu as bien mangé ?
— Non.

Elle comprit qu'il lui faisait du charme.

— *Non* quoi ? Tu as mal mangé ?
— Non, je n'ai pas mangé.

Il sourit. Il se trouvait langoureux et plein de classe.

— Et pourquoi n'as-tu pas mangé ?

Elle était à présent très agacée.

— Je ne savais pas que je devais aller manger.
— Mais je t'avais dit d'aller manger à la cuisine !

Il n'avait rien écouté ; oui, elle lui avait effectivement donné quelques consignes, la douche, la discrétion et tout et tout, mais il s'était perdu dans ses pensées d'amour et n'avait pas enregistré le moindre de ses mots.

— Bon. T'as faim ?
— Ouais.

— Alors descends à la cuisine, porte du fond avant la salle à manger. N'oublie pas de faire ta vaisselle quand t'as fini.

Il arbora de nouveau son sourire mielleux.

— On dîne ensemble ?
— N'y compte pas.

Elle tourna les talons, submergée par l'aversion physique que lui inspirait cet homme, sans même savoir pourquoi. Peut-être était-ce à cause de l'antipathie qu'il dégageait, de son air faux. Certes, il était impressionnant, puissant, le torse musclé, les biceps épais. Mais ses affreux cheveux gras, mal coupés, qui poussaient trop droit comme s'il s'était longtemps rasé le crâne, son nez trop grand, ses longs bras ballants, ses façons de porc la dégoûtaient. Et sa manière de parler, si désagréable, si brusque. Et ses intonations trop fortes. Elle pensait souvent à cet autre agent qu'elle avait rencontré par deux fois, en octobre et en décembre, au nom étrange : Pal. Elle n'oublierait pas son nom ; il était le contraire de ce Faron, plus jeune, vingt-cinq ans environ, comme elle. Bel homme, bien proportionné, intelligent, les yeux rieurs. Il avait une manière élégante de fumer. Faron suçait ses cigarettes d'une manière écœurante : lui commençait d'abord par en proposer une, puis il piochait dans son étui, un bel étui en métal, et gardait sa cigarette en main quelques instants, poursuivant la conversation. Il parlait bien, s'aidant de ses mains et faisant virevolter sa cigarette. Puis il la posait sur le coin des lèvres, juste avant de terminer une phrase, et il l'allumait dans un geste élégant, les yeux plissés, la tête légèrement inclinée vers le bas, aspirant une longue bouffée et recrachant lentement la fumée blanche, loin d'elle pour ne pas l'incommoder. Les deux fois, elle l'avait trouvé très impressionnant. Calme, posé, plaisantant gaiement, comme s'il ne craignait rien de la vie. Elle qui parfois avait si peur, peur pour elle et peur pour l'avenir, peur qu'il n'arrive plus jamais rien de bon, elle avait retrouvé confiance par sa seule présence. Quand elle l'avait regardé fumer, elle avait eu envie de se blottir contre lui. Quand Faron fumait, elle avait envie de vomir.

*

Faron descendit à la cuisine après s'être encore une fois apprêté. Il ne voulait pas rentrer en Angleterre sans avoir goûté à la petite Française. Il ramènerait du vin de la cuisine, frapperait à la porte de sa chambre, lui proposerait de boire, boire aidait toujours, et lorsqu'il sentirait que l'affaire serait bien partie, il jouerait son va-tout : la cigarette. Il avait développé une manière bien à lui de fumer, élégante et masculine : les femmes adoraient.

La cuisine baignait dans l'obscurité. Il se prépara un plateau avec du poulet et du pain. Il débusqua aussi une bouteille de vin, pour Marie. Il attendit un moment, debout, sans manger. Elle ne vint pas. Il s'octroya quelques bouchées de poulet ; il avait faim. Soudain, il rit tout seul, de bonne humeur à la perspective de l'accouplement proche. Pas de Marie toujours. Après une demi-heure, il prit son plateau, et monta dans sa chambre. Il cracha par terre pour conjurer le sort : si Marie le rejoignait dans sa chambre, c'était gagné pour se faire du bien.

Elle frappa à la porte un quart d'heure plus tard ; il jubila, excité. Elle était revenue à contrecœur : ils partaient dès le lendemain matin, et elle devait lui donner les consignes.

Il ouvrit la porte victorieusement et la fit entrer, mais elle ne fit qu'un pas dans la chambre, juste pour pouvoir fermer la porte et qu'on ne les entende pas.

— Bonsoir, bonsoir, dit-il avec gentillesse pour l'amadouer.

Il alluma une cigarette d'un air détaché, le coup de la cigarette faisait toujours son petit effet. Elle reçut la fumée en plein visage et toussa.

— Sois prêt à six heures demain matin.

— Six heures. Bien.

— Alors, bonne nuit.

— C'est tout ?

— Quoi *c'est tout* ?

— Je me disais que toi et moi on pourrait...

Elle eut une moue de dégoût.

— Jamais de la vie. Bonne nuit.

— Attends ! l'enjoignit Faron, dépité, qui voulait rattraper le désastre.

— Bonne nuit ! répéta Marie en tournant la poignée de la porte.

Il essaya de fumer plus fort, pour qu'elle le remarque. Fumer, sa dernière chance de la séduire. Il postillonna au lieu de souffler.

— Attends ! Tu veux fumer avec moi ?

— Bonne nuit !

Désespéré à l'idée de dormir seul, il décida, pour la retenir, de lui offrir une arme.

— Attends ! J'ai ça pour toi... En cas de danger.

Elle s'arrêta net et se tourna vers Faron. Celui-ci se précipita vers sa valise et sortit du double fond un petit revolver rangé dans un étui en cuir. Son revolver de secours.

— C'est pour toi, murmura-t-il. Tu pourrais en avoir besoin.

C'était un beau cadeau. Il espéra des baisers pour remerciements.

*

Dans sa chambre, elle passa la sangle en cuir autour de sa cuisse, l'attacha et y cala le revolver. Elle rabattit sa jupe. Elle se regarda dans un miroir, on ne voyait rien. Les yeux fixés sur son reflet, elle releva sa jupe et contempla son arme encore. Faron n'avait eu droit à rien, mais elle aimait décidément bien ces agents anglais. Elle se sentait partie prenante de l'effort de guerre grâce à eux. Pal déjà, lors de ses deux visites, lui avait remis à chaque fois une enveloppe à déposer dans une boîte aux lettres à Paris. Des messages codés pour un haut responsable des renseignements britanniques, lui avait-il dit. Elle avait frémi, elle s'était sentie galvanisée comme jamais, elle qui désormais faisait le courrier pour les services secrets britanniques. Elle était allée faire sa livraison dès le lendemain à Paris. C'était rue du Bac.

23

Ils disposaient de quelques semaines de permission, à Londres, et depuis leurs retrouvailles, le soir de Noël, ils ne s'étaient plus quittés. Les premiers jours de janvier enveloppaient l'Angleterre. Après la série d'échecs essuyés au fil des mois par la Section F, l'état-major du SOE voulait revoir ses objectifs pour la nouvelle année. Ils étaient en congé jusqu'en février au moins.

Pal, Key, Gros, Claude et Aimé, las des appartements de transit du SOE, décidèrent de se trouver un véritable chez-soi. Avoir une adresse, c'était ne plus être des fantômes. Ayant intégré le Service à un grade d'officier, ils touchaient un salaire de l'armée britannique qui leur permettait de vivre confortablement. Aimé tomba sous le charme d'un petit appartement sous les toits, dans le quartier de Mayfair. Pal, Key, Gros et Claude décidèrent d'emménager ensemble dans un grand meublé du quartier de Bloomsbury, pas loin du British Museum.

Stanislas vivait dans son appartement de Knightsbridge, et Laura, elle, était retournée chez ses parents à Chelsea, expliquant que son unité de la FANY avait bénéficié d'une permission. À la fin de son école du SOE, elle avait pu passer quelques jours avec sa famille ; elle avait dit qu'elle s'était engagée dans une unité qu'on enverrait bientôt en Europe, pour n'avoir pas à mentir complètement. Ce genre d'explication était autorisé au sein du Service : les agents étaient officiellement soldats de l'armée britannique, incorporés dans le Rôle général, et les membres britanniques du SOE, lorsqu'ils partaient en mission, disaient à leur famille qu'ils partaient à la guerre comme n'importe quel mobilisé ; personne n'imaginait qu'ils allaient être parachutés derrière les lignes ennemies, au cœur d'un pays occupé, pour combattre les Allemands de l'intérieur. D'ailleurs, au sein de la Section F, le colonel Buckmaster mettait un soin particulier à rassurer les proches des agents en mission lorsque c'était possible, leur écrivant régulièrement une lettre-type évasive, qui disait plus ou moins ceci : *Madame, Monsieur, ne vous inquiétez pas. Les nouvelles sont bonnes.*

Elle passait ses journées avec ses camarades, ses soirées avec Pal ; elle ne rentrait à Chelsea qu'à l'aube, juste avant le lever de Suzy, la bonne. Fatiguée, elle jetait sa robe sur une chaise et plongeait dans son lit. Et elle soupirait d'aise, heureuse. Elle avait retrouvé Pal. Il l'avait certainement aimée d'abord ; elle se souvenait bien de leur rencontre à Wanborough, et surtout du moment où il s'était battu avec Faron. Les stagiaires s'entraînaient ensemble depuis deux ou trois semaines seulement, et tous détestaient déjà Faron, certes impressionnant mais toujours crasseux et mauvais. Dans le mess, lorsque le colosse l'avait passé à tabac, Pal avait eu dans le regard un éclat brillant, comme si la force physique de Faron ne pourrait jamais rien contre sa force morale. Par la suite, il s'était souvent distingué durant les entraînements et, malgré son jeune âge, on prêtait attention à ce qu'il disait. Il avait déjà une certaine réputation dans le Service. Décidément, il avait tout pour plaire. Après leur première nuit à Beaulieu, elle s'était sentie obligée de jouer à l'amour galant : lui avait dit des mots d'amour, et elle s'était contentée de badiner. Ils ne s'étaient plus revus, et les mois de séparation avaient été insupportables ; si elle ne le revoyait plus ? Elle s'en était tellement voulu, elle y avait tant pensé. Il avait fallu attendre presque dix mois, dix mois maudits, jusqu'à leurs retrouvailles un peu avant Noël, ici, à Londres, dans les bureaux de la Section F. Quel bonheur de le retrouver alors ! Il était bien là, entier. Superbe. Dans une pièce déserte, ils s'étaient étreints longuement, ils s'étaient couverts de baisers, et deux jours durant, ils étaient restés enfermés dans une chambre du Langham, le palace de Regent Street. C'est ainsi qu'elle avait réalisé combien elle l'aimait : comme elle n'avait jamais aimé, et comme elle n'aimerait jamais plus. Mais la première nuit, étendue dans l'immense lit contre Pal endormi, elle avait été envahie par le doute : et si lui ne l'aimait plus ? Après tout, elle avait été la seule fille qu'il ait pu fréquenter durant les mois de formation du SOE ; elle n'avait été peut-être qu'un amour de circonstance, il avait certainement rencontré d'autres filles, à Londres, et sur le terrain. La détresse des missions l'avait sans doute poussé à chercher du réconfort féminin, et puis ils ne s'étaient rien promis. Ah, pourquoi ne s'étaient-ils pas juré fidélité avant de partir ! Non, il avait fallu qu'elle fasse l'imbécile, cette nuit-là, à Beaulieu. Il lui avait dit qu'il l'aimait, elle avait eu envie de lui répondre qu'elle l'aimait plus encore, mais elle avait retenu ses mots. Comme elle le regrettait désormais. Oui, sans doute avait-il rencontré de jolies brunes qui lui offraient plus de tendresse qu'elle. Peut-être se forçait-il à être là, avec elle ? C'est ça, il se forçait, il ne l'aimait plus. Il retrouverait ses conquêtes en France, et elle mourrait de chagrin et de solitude.

Elle avait fini par s'endormir avant de se réveiller en sursaut : il n'était plus dans le lit. Il se tenait, immobile, dans un coin de la chambre ; tracassé par la marche du monde, il regardait par la fenêtre, la main droite posée comme souvent sur sa poitrine musclée, à l'endroit du cœur, comme s'il voulait cacher sa cicatrice.

Elle s'était levée aussitôt et l'avait enlacé.

— Pourquoi ne dors-tu pas ? avait-elle demandé tendrement.

— Ma cicatrice...

Sa cicatrice ? Il était blessé ! Elle s'était précipitée dans la salle de bains, à la recherche de bandage et de désinfectant ; n'en trouvant pas, elle avait voulu se jeter sur le téléphone pour sonner grooms et concierges, mais lorsqu'elle était réapparue dans la chambre, il avait souri, amusé :

— C'était une métaphore... Je vais bien.

Ah, elle s'était trouvée sotte ! La plus grande des sottes, debout dans la chambre, figée ; elle n'était qu'une stupide amante servile et affligeante.

Attendri, il l'avait prise dans ses bras pour la réconforter.

— Me diras-tu comment tu t'es fait cette cicatrice ?

— Un jour, oui.

Elle avait fait la moue ; elle n'aimait pas aimer autant.

— Quand me diras-tu, enfin ? Tu ne m'aimes plus ? Tu as rencontré quelqu'un, hein ? Si c'est le cas, dis-le moi, je souffrirai moins de savoir...

Il avait posé un doigt sur ses lèvres. Et il avait murmuré :

— Je te dirai ma cicatrice, je te dirai tout. Je te dirai quand on se mariera.

Il l'avait embrassée dans le cou, elle avait eu un sourire éclatant et s'était serrée plus fort contre lui, fermant les yeux.

— Alors tu m'épouseras ?

— Bien sûr. Après la guerre. Ou pendant, si la guerre dure trop longtemps.

Elle avait ri. Oui, ils se marieraient. Dès la fin de la guerre. Et si la guerre ne finissait jamais, ils partiraient loin, ils iraient en Amérique, se mettre à l'abri du monde, et ils auraient la vie qu'ils méritaient. La plus belle que l'on puisse imaginer.

*

La permission à Londres avait des airs d'Espagne. Les agents en congé étaient à l'abri de l'Europe dans un univers feutré qui contrastait avec les situations vécues en France. Au sein du groupe, chacun vaqua à ses petites occupations. Le plus important était de ne pas trop songer au prochain départ pour la France ; l'insouciance faisait du bien.

Le matin, ils allaient courir dans Hyde Park, pour rester en forme. Puis ils passaient la journée à flâner ensemble, dans les magasins et les cafés. Dans les moments de désœuvrement, ils se rendaient en petites délégations discrètes à Portman Square, l'une des antennes de la Section F où Stanislas avait son bureau. Ils passaient lui rendre visite, bien que ce ne fût pas autorisé. Ils s'installaient dans le bureau de Stanislas, et ils y traînaient, à discuter de n'importe quoi et à boire du thé, persuadés de traiter d'affaires importantes. Les quartiers généraux du SOE n'étaient pas situés là mais aux numéros 53 et 54 de Baker Street, une adresse inconnue de la majorité des agents de terrain ; en cas de capture, ils ne pourraient jamais révéler la localisation précise du centre névralgique du Service. Portman Square, en fait, n'était qu'une antenne de la Section F – il en existait plusieurs – pour tromper la vigilance des chauffeurs de taxi et des agents allemands infiltrés dans la capitale, persuadés que Portman Square était le quartier général d'un centre clandestin français, sans savoir très bien de quoi il retournait.

Le soir, ils dînaient dehors, et terminaient souvent la nuit à Mayfair, entassés chez Aimé, à jouer aux cartes. S'il pleuvait trop, c'était le cinéma, même si leur niveau général d'anglais ne leur permettait pas de tout saisir du film. L'apprentissage de l'anglais était d'ailleurs devenu l'obsession première de Gros : savoir l'anglais et retrouver Melinda, la serveuse de Ringway. Il passait son temps dans la cuisine de l'appartement de Bloomsbury, plongé dans un épais livre de grammaire tout en mangeant des petits gâteaux secs, à répéter ses leçons, et lorsqu'il était seul, il s'entraînait à dire à haute voix : « *I am Alain, I love you.* » C'était sa phrase préférée.

Pal, avec son grade de lieutenant, son appartement, son compte dans une banque anglaise sur lequel était déposé chaque mois son salaire du gouvernement, se sentait devenir quelqu'un. Adolescent, il avait souvent songé à ce que seraient ses premiers pas dans la vie sans son père. Mais il n'avait rien imaginé de ce qu'il vivait à présent ; ni la guerre, ni le SOE, ni les manoirs, ni les missions, ni l'appartement de Bloomsbury. Il avait pensé à Paris, il se voyait habitant un gentil trois-pièces proche de la rue du Bac, pour que son père puisse venir facilement. Et son père se serait félicité de l'indépendance de son fils. Pal se demandait ce que dirait son père s'il pouvait le voir en cet instant ; le fils français était devenu lieutenant britannique. Il avait changé, physiquement, mentalement, au fil des mois dans les écoles du SOE, bien sûr, mais surtout durant ses deux missions. Wanborough, Lochailort, Ringway, Beaulieu n'étaient finalement qu'une longue macération : des agents avec des agents, des militaires avec des militaires. Mais sur le terrain, c'était différent : le quotidien, c'était un pays occupé et des résistants pour la plupart moins bien formés que lui ; son statut suscitait la déférence. Après Berne, lorsqu'il avait été seul, ses contacts dans la Résistance l'avaient regardé avec un immense respect, et il s'était senti important, indispensable. Comme jamais. Lorsqu'il avait conseillé des responsables, assisté à un entraînement clandestin ou expliqué l'utilisation des Sten, il avait entendu les murmures que déclenchait sa présence : c'était un agent anglais. Une fois, on lui avait demandé de parler à un petit groupe de résistants débonnaires et mal organisés, pour les encourager. Ah, comme il avait bien parlé ; il avait feint d'improviser, mais il avait longuement répété les mots dans sa tête, durant les heures qui avaient précédé. Et il avait galvanisé les troupes, lui, le mystérieux, l'invincible, la main de Londres et la main de l'ombre. Ah, ces modestes soldats, jeunes, vieux, en rang d'oignons face à lui, l'écoutant, émus. Il leur avait laissé entrevoir qu'il portait une arme à la ceinture. Ah, comme il avait su trouver les mots, leur prodiguer du courage, comme il s'était trouvé le plus formidable d'entre eux tous. Plus tard, de retour dans sa chambre d'hôtel, il avait été puni de son orgueil par un nœud dans le ventre, cette violente angoisse d'être démasqué, capturé, torturé, qui le saisissait souvent mais rarement aussi violemment. Il s'était senti plus bas que bas, plus insignifiant que les insignifiants, et il avait vomi de terreur pour la première fois.

En France, personne ne s'était douté de son âge. Il avait vingt-trois ans à présent, et il en paraissait certainement cinq ou même dix de plus. Ses cheveux avaient poussé, il les coiffait en arrière désormais, et il s'était laissé pousser une fine moustache qui lui allait particulièrement bien. Quand il parlait avec des interlocuteurs importants, comme des chefs de réseau, il se donnait un air grave qui le faisait paraître plus sérieux et plus expérimenté ; et lorsqu'il portait un complet-cravate, on lui donnait du *Monsieur*. À Nice, il s'était acheté un costume sombre, aux frais du SOE, mais sans en conserver la facture car il aurait été difficile de la justifier. Le service comptabilité voulait des explications pour chaque dépense, et au moment des comptes, au retour à Londres, la meilleure technique était de prendre des airs contrits et de parler de la Gestapo lorsqu'on ne parvenait pas à expliquer certains trous dans le budget. Pour étrenner son vêtement, Pal était allé plusieurs fois prendre le café et lire le journal au Savoy, juste pour le plaisir de se faire admirer.

Et puis il y avait eu Lyon, où il avait rencontré Marie, une intermédiaire de sa filière. C'était une jolie femme, plus âgée que lui, une femme pour Key. Mais il avait senti qu'il lui faisait une certaine impression, lui, l'homme nouveau. Pris dans son jeu de séducteur bien intentionné, il s'était même donné une manière de fumer, celle de Doff à vrai dire, car Doff avait beaucoup de classe. Il avait fumé comme Doff, par plaisir badin, sans arrière-pensée. Il s'était trouvé un peu ridicule, d'ailleurs. Mais, peu à peu, tout ceci était devenu stratagème pour amadouer cette Marie, amoureuse de lui, qu'il avait utilisée de manière éhontée, par deux fois, pour déposer les cartes postales de Genève chez son père, lui faisant croire qu'elle transportait là des documents secrets. La première fois avait été en octobre, puis en décembre, juste avant de rentrer ; alors qu'il se trouvait dans le sud de la France, il était repassé par son réseau pour rentrer en Angleterre, au lieu de choisir la filière espagnole, plus simple et plus directe, au mépris des règles de sécurité, juste pour retrouver Marie et lui faire accomplir encore sa petite besogne. Oui, il l'avait charmée, il lui avait menti ; sinon, elle n'aurait sans doute jamais accepté. Oui, tout cela n'avait été que ruse d'agent anglais, car la seule femme à laquelle il pensait depuis des mois, la seule femme qui comptait vraiment, c'était Laura. Il l'avait revue deux jours après son retour à Londres, dans un bureau de la Section F. Ils s'étaient isolés, quel bonheur de la retrouver, de la serrer contre lui. Il y avait eu de longs baisers. Puis elle le lui avait dit, enfin : les mots avaient résonné longtemps dans sa tête. La réponse à sa déclaration de Beaulieu. « *Je t'aime* », lui avait-elle murmuré dans le creux de l'oreille.

24

Au début de la troisième semaine de janvier, un Westland Lysander de la RAF se posa en pleine nuit sur la base du 161e escadron, basé à Tangmere, près de Chichester dans le West Sussex. À bord de l'avion, Faron, soulagé d'arriver en Angleterre, sifflotait. Il avait bien cru qu'on ne viendrait jamais le chercher ; les conditions climatiques avaient empêché le vol à plusieurs reprises. Il descendit de l'appareil, étirant son immense carcasse, empli soudain de joie. Toute la pression de la mission retombait enfin, une pression insupportable, une angoisse de bête traquée.

Le colosse regagna Londres en voiture. Aux premières heures

du lendemain, il fit son rapport à Portman Square, où il retrouva Stanislas. Il indiqua toutes ses cibles de sabotage, sauf le Lutetia. Pour le Lutetia, il attendrait ; il ne voulait pas qu'on lui vole sa gloire. Il ne mentionna pas non plus l'existence de son appartement sûr : il n'en parlerait qu'à des gradés importants, le menu fretin ne l'intéressait pas. On lui signifia alors le début de sa permission, et il fut dirigé vers un appartement de transit du quartier de Camden, avec pour cooccupant un grand agent yougoslave. C'est Stanislas qui l'y conduisit, par amitié ; Faron était toujours aussi désagréable, mais le doyen du groupe n'en faisait que peu de cas ; aussi lui proposa-t-il de rejoindre ses anciens camarades stagiaires pour une partie de cartes à Mayfair, le soir même.

*

Autour de la table, chez Aimé, les cartes n'importaient plus : tous les regards étaient accaparés par l'immonde coupe de cheveux qui coiffait le nouvel arrivant.

— Tu t'es laissé pousser les cheveux ? finit par demander Laura, brisant le silence des cartes.

— Comme tu vois. Indispensable pour être plus quelconque dans une foule. Je suis déjà grand, si encore je suis chauve, difficile de ne pas se souvenir de moi... Mais je dois dire que je suis content de ces cheveux, et puis je me suis trouvé une gomina française du tonnerre.

Il se mettait de la gomina ! Personne n'osa plus le regarder pour ne pas éclater de rire ; c'était un nouveau Faron. Ils étaient tous rentrés changés de leurs missions, mais Faron c'était en pire.

Laura s'efforça de faire survivre la conversation en y jetant quelques banalités, et Faron, disert, répondant avec entrain, agitait ses doigts sur ses cartes mais sans les regarder ; il aimait la voix de Laura, elle avait un timbre doux et sensuel qui lui faisait toujours de l'effet. Il avait bien senti qu'elle était séduite par sa nouvelle coupe de cheveux. Laura lui plaisait, depuis les premiers jours à Wanborough, mais il n'avait jamais cherché vraiment à la conquérir. À présent, c'était différent ; il lui fallait une femme. Pourquoi diable cette Marie n'avait-elle pas voulu de lui ? Il voulait une vraie femme, une femme à lui, qu'il puisse toucher quand bon lui semblerait. Pas les putes, pitié Seigneur, pas les putes qu'il faudrait à chaque fois payer pour un peu d'amour, comme un mendiant, comme un exclu, comme un rien du tout. Pas les putes, de grâce, pas cette humiliation. Grand séducteur, il alluma une cigarette.

Tous observaient ses façons. Il venait d'allumer une cigarette, et à présent il en suçait le mégot de la plus dégoûtante des manières, bruyamment. Ils ne purent garder leur sérieux plus longtemps et ils éclatèrent tous de rire. Pour la première fois, Faron comprit qu'on se moquait de lui. Il eut un pincement au cœur.

*

Les jours défilèrent. Une après-midi, déambulant avec Key sur Oxford Street, Pal découvrit, au hasard d'une vitrine, la veste en tweed dont il avait rêvé pour son père. Une veste de costume, magnifique, gris anthracite, parfaitement cintrée. Et il l'avait achetée. Sur-le-champ. Il avait bien hésité un peu sur la taille, mais au pire, on pourrait faire quelques retouches. D'ici une dizaine de jours, à la fin du mois, ce serait l'anniversaire de son père. Pour la deuxième fois d'affilée, il ne pourrait pas le lui souhaiter. En attendant les jours des retrouvailles, il enlaçait la veste, soigneusement rangée dans l'armoire de sa chambre, à Bloomsbury.

Le dimanche qui suivit, à la fin de la troisième semaine de janvier, à l'initiative de France Doyle, Laura invita Pal à déjeuner à la maison de Chelsea. Tenues chics, gigot et pommes de terre de plates-bandes. Le matin, avant de s'y rendre, dans la cuisine de Bloomsbury, le fils, soucieux de faire bonne impression, supplia Key de l'aider.

— Donne-moi des sujets de conversation, gémit-il.

Gros, avec eux autour de la table, plongé dans son livre d'anglais, opina du chef, déclamant sa grammaire à la cantonade :

— *Hello papy, hello grany, very nice to meet you, Peter works in town as a doctor.*

— Parle de la chasse, dit Key sans sourciller, les Anglais aiment la chasse.

— Je ne connais rien à la chasse.

— *How can I go to the central station ?* continuait l'arrière-fond sonore. *Yes no maybe please goodbye welcome.*

— Parle de voitures. Le père aime sûrement les bagnoles. Tu

lui parles de voitures, il va te parler de la sienne et là tu joues le type époustouflé.

— *My name is Peter and I am a doctor. And you, what is your name ?*

— Mais s'il me pose des questions sur la mécanique ? J'y connais rien.

— Improvise, on a suivi des cours pendant l'école.

— *Everyday I read the newspaper. Do you read the newspaper, Alan ? Yes I do. And you, do you ? Oh yes I do do. Do. Do. Do ré mi fa sol la si do.*

Key, agacé, donna un coup de pied sous la table à Gros pour qu'il cesse son vacarme. Gros cria, Pal rit et Key conclut :

— Écoute, si tu es capable de mener des opérations pour les services secrets du pays, tu sauras survivre avec les parents de Laura. Dis-toi que ce sont des SS et que tu dois t'en sortir.

Le repas se déroula à merveille. Pal s'entendait bien avec les Doyle, il leur faisait bonne impression. Il était poli et affable, bataillant pour ne pas perdre le fil de son anglais. France observait le couple amoureux que Pal formait avec sa fille, assise à sa gauche. Ils étaient discrets, mais certains signes ne trompaient pas. Et elle s'en doutait depuis longtemps. C'était donc pour lui que sa fille, tous les jours, s'apprêtait avec tant de soin. Oui, France écoutait à la porte de la salle de bains, en cachette, elle écoutait sa fille se faire belle pour sortir. La mère se sentait apaisée : en janvier dernier, quand Pal lui avait révélé le secret, elle avait eu tellement peur pour Laura qu'elle n'avait pas dormi plusieurs nuits d'affilée. Ces derniers mois, elle n'avait qu'aperçu Laura, partie en Europe deux fois, pour de longues périodes, prétendument avec la FANY. Elle avait eu envie de lui dire qu'elle était au courant, qu'elle savait tout pour les services secrets britanniques, qu'elle était inquiète mais fière, mais elle n'avait rien dit, c'était trop difficile. Durant les absences de Laura, elle et Richard avaient reçu des lettres de l'armée : « *Tout va bien, ne vous inquiétez pas* », y était-il écrit. Mais comment ne pas s'inquiéter ? songeait France en pensant à sa fille qui mentait pour de grandes causes. Mais les grandes causes de qui finalement ? Celles de l'humanité, celles de personne. Laura était revenue pendant l'été ; sombre, fatiguée, malade, la mine terrible. « *La FANY, le front, la guerre* », s'était justifiée Laura. La FANY. Elle mentait. Une nuit, alors que sa fille dormait profondément,

France Doyle l'avait contemplée dans son sommeil, assise à côté de son lit, partageant ce terrible secret ; sa fille mentait. France s'était sentie seule et terrifiée, et lorsque Laura était repartie, sa mère s'était souvent cachée dans un grand cagibi du deuxième étage pour sangloter. Et quand elle n'avait plus de larmes, elle restait encore dans l'immense placard, pudique, pour que ses yeux sèchent complètement ; les domestiques ne devaient se douter de rien, Richard encore moins. Puis Laura était revenue, un mois auparavant, c'était à la mi-décembre. Une autre permission, plus longue cette fois, et France lui avait trouvé meilleur teint : elle chantonnait souvent, et elle se faisait toujours jolie. Elle était amoureuse. Quel bonheur de la voir sortir dans ses jolies robes, heureuse. On pouvait être heureux et faire la guerre.

Ce dimanche-là, après le déjeuner, France Doyle se rendit dans le cagibi où, quelques mois plus tôt, elle avait régulièrement pleuré le destin de sa fille. Elle s'agenouilla, les mains jointes et les yeux fermés, envahie de ferveur, et elle remercia le Seigneur d'avoir placé sur la route de sa fille ce garçon brillant et audacieux qu'était Pal. Que la guerre les épargne, eux, les courageux. Que le Tout-Puissant les protège, les deux enfants. Que cette guerre ne soit que le point de départ de leur rencontre et que le Seigneur prenne sa vie à elle en échange de leur éternel bonheur. Oui, si tout se passait bien, elle irait aider les démunis, elle reconstruirait les toits des églises, elle financerait les orgues et brûlerait des centaines de cierges. Les vœux les plus inimaginables, elle les accomplirait, pourvu que le Ciel leur soit clément.

Mais ce que France Doyle n'avait pas remarqué, c'était que ni Pal ni Laura ne réalisaient combien ils s'aimaient mutuellement. Pendant leurs tête-à-tête par exemple, ils pouvaient converser pendant des heures, inépuisablement, passionnés, insatiables amants, comme si, à chaque fois, ils ne s'étaient plus vus depuis des années. Toujours, elle trouvait Pal brillant, passionnant, mais lui ne voyait rien, et, craignant qu'elle ne finisse par se lasser, multipliait les stratagèmes pour l'impressionner ; il fouillait les livres et les journaux pour rendre ses conversations plus intéressantes, et souvent, s'il jugeait ne pas en savoir assez, il s'en blâmait jusqu'au lendemain. Quand ils allaient dîner ensemble au restaurant, elle se préparait pendant des heures, elle arrivait resplendissante, portant de jolies robes du soir et des escarpins assortis ; il était à chaque fois subjugué, mais elle ne voyait rien. Elle se trouvait trop habillée et se traitait d'idiote en secret pour avoir passé l'après-midi dans la salle de bains de Chelsea à se pomponner, se soigner, se peigner, se farder, essayer des tenues, en changer, changer encore, sortir sa garde-robe entière, la jeter au sol, pester car rien ne lui allait, rien ne lui allait plus, elle était la plus vilaine du monde. C'est ainsi qu'empêtrés dans leurs simagrées, Laura et Pal ne se disaient pas combien ils s'aimaient. Lui n'osait plus, à cause de Beaulieu, car sa première tentative l'avait échaudé ; elle n'osait pas, encore honteuse de n'avoir rien répondu un an plus tôt. Et ils ne voyaient pas, même au cœur de la nuit, enlacés dans la chambre de Pal, ce que tous les autres autour d'eux avaient vu depuis longtemps.

*

À la fin de la semaine suivante, janvier toucha à sa fin et ce fut l'anniversaire du père. Ce jour-là, Pal ne se rasa pas ; c'était une journée de tristesse. Aux premières heures du matin, il sortit de l'armoire la veste en tweed qu'il avait achetée pour cette occasion, et, la portant sur lui, il la promena à travers la ville. Il l'emmena dans les lieux qu'il aimait fréquenter et il s'imagina une journée avec son père, venu lui rendre visite à Londres.

— C'est magnifique, lui dit son père. Tu mènes ta vie tambour battant !

— J'essaie, répondit modestement le fils.

— Tu n'essaies pas, tu réussis ! Regarde-toi ! Tu es lieutenant de l'armée britannique ! Appartement, salaire et héros de guerre... Quand tu es parti, tu n'étais encore qu'un enfant et aujourd'hui, tu es devenu quelqu'un d'exceptionnel. Au jour de ton départ, je t'ai fait ton sac, tu te souviens ?

— Je me souviendrai toujours.

— Je t'avais mis de bons vêtements. Du saucisson aussi.

— Et des livres... Tu y avais mis des livres.

Le père sourit.

— Les as-tu aimés ! C'était pour t'aider à tenir bon.

— J'ai tenu bon grâce à toi. Tous les jours, Papa, je pense à toi.

— Moi aussi, mon fils. Tous les jours, je pense à toi.

— Papa, je suis désolé d'être parti...

— Ne le sois pas. Tu es parti parce qu'il le fallait. Qui sait ce que je deviendrais si tu ne faisais pas la guerre ?

— Qui sait ce que nous serions devenus si j'étais resté avec toi.

— Tu ne serais pas devenu un homme libre. Tu ne serais pas devenu toi. Cette liberté, mon fils, elle est inscrite en toi. Cette liberté est ton destin. Je suis fier.

— Parfois, je n'aime pas mon destin, alors. Le destin ne devrait pas séparer les gens qui s'aiment.

— Ce n'est pas le destin qui sépare les gens. C'est la guerre.

— Mais la guerre fait-elle partie de notre destin ?

— C'est là toute la question…

Ils marchèrent ; ils allèrent jusqu'à la maison des Doyle, à Chelsea, puis ils déjeunèrent là où Laura avait amené Pal lors de leur première permission, après Lochailort. Le repas terminé, le fils offrit la veste à son père qui la trouva magnifique.

— Bon anniversaire ! chanta le fils.

— Mon anniversaire ! Tu n'as pas oublié !

— Je n'ai jamais oublié ! Je n'oublierai jamais !

Le père avait essayé le vêtement : la taille était parfaite, les manches tombaient bien.

— Merci, Paul-Émile ! Elle est superbe ! Je la mettrai tous les jours.

Le fils sourit, heureux que son père soit heureux. Ils avaient encore bu un café, et ils étaient repartis à travers Londres. Mais, bientôt, le père s'était arrêté sur le trottoir.

— Que fais-tu, Papa ?

— Je dois rentrer maintenant.

— Ne pars pas !

— Il le faut.

— Ne pars pas, j'ai peur sans toi !

— Allons, tu es un soldat maintenant. Tu ne dois pas avoir peur.

— J'ai peur de la solitude.

— Je dois partir.

— Je pleurerai, Papa.

— Je pleurerai aussi, mon fils.

Lorsque Pal recouvra ses esprits, il pleurait, assis sur un banc, dans un quartier du sud de la ville qu'il ne connaissait pas. Il grelottait. La veste en tweed avait disparu.

Il n'y avait plus eu de carte postale. Celle de décembre avait été la dernière. Plus de nouvelles depuis. Deux mois s'étaient écoulés, et pas le moindre signe. C'était février à présent, et son fils avait de nouveau oublié son anniversaire. C'était la deuxième année de suite.

Le père était si triste : pourquoi Paul-Émile n'avait-il pas envoyé une carte postale pour son anniversaire ? Une belle vue de Genève, même sans texte, juste la carte. Cela aurait suffi à tromper ce sentiment de solitude et de désarroi. Son fils n'avait sans doute pas le temps ; la banque, c'était du travail, il croulait certainement sous les responsabilités. Son fils, ce n'était pas n'importe qui, et peut-être possédait-il même déjà la signature. Et puis c'était la guerre. Sauf en Suisse. Mais les Suisses étaient des gens très occupés, et son fils, débordé, n'avait pas vu les semaines passer.

Mais le père ne parvenait pas à se convaincre. Même le plus grand des banquiers n'avait-il pas une once de temps pour formuler quelques vœux d'anniversaire à son père ?

Sans cesse, il relisait ses deux trésors. Rien n'indiquait que son fils ait été fâché contre lui. Alors pourquoi plus de cartes ? Chaque jour d'attente le faisait dépérir un peu plus. Pourquoi son fils ne l'aimait-il plus ?

Un soir du début février, ils étaient tous chez Stanislas. Key, Laura, Claude et Faron jouaient aux cartes dans la salle à manger. Aimé traînait dans le salon. Gros, lui, était sorti en catimini de l'appartement pour répéter ses leçons d'anglais. Il était dans le jardinet qui entourait l'immeuble, profitant de la lumière d'un lampadaire et de la cache qu'offrait un bosquet bien taillé. Il faisait glacial, mais au moins était-il certain d'être tranquille ;

il ne voulait pas qu'on se moque de lui. Il s'entraînait à bien dire ses *I love you*. Il faudrait qu'il se décide à aller voir Melinda, mais il ne se jugeait pas encore prêt, à cause de l'anglais. Entre autres. Il trouvait aussi qu'il fallait du courage pour aimer, et il ne savait pas s'il était suffisamment courageux. Il cessa ses exercices lorsqu'il entendit du bruit : on venait depuis l'appartement. Il se tapit dans le buisson pour qu'on ne le voie pas. C'étaient Stanislas et Pal.

Ils firent quelques pas, nostalgiques. Gros retint sa respiration pour écouter.

— T'as l'air triste, dit Pal.

— Un peu, répondit Stanislas.

Silence.

— On va repartir, c'est ça ?

Stanislas hocha la tête. Presque soulagé.

— Comment le sais-tu ?

— J'en sais rien. Je m'en doute. On s'en doute tous.

Dans le buisson, Gros sentit un pincement dans son cœur.

— Stan, faut pas te biler, dit Pal. On savait bien que ça arriverait...

— Alors pourquoi on a fait ça ? s'insurgea le vieux pilote.

— Fait quoi ?

— Se lier ! On n'aurait jamais dû se lier autant ! Et on aurait pas dû se retrouver après Beaulieu... Tout est de ma faute... Ah ! Dieu ! Dans ma solitude, à Londres, comme j'avais hâte de vous retrouver, comme vous m'avez tous manqué. Mais pourquoi nous ai-je tous réunis ? Je suis le pire des égoïstes ! Que je sois maudit !

— Tu nous as aussi manqué, Stan. On est amis, et les amis se manquent. D'ailleurs, on est plus que des amis. On se connaît depuis un an et demi à peine, mais on se connaît comme personne. On a vécu ensemble ce qu'on ne vivra jamais avec d'autres probablement.

Stanislas gémit, effondré.

— On est pire que des amis : on est une famille !

— Il n'y a pas de mal, Stan.

— Vous auriez dû passer votre permission dans un appartement de transit, à boire et à consommer des putains. Pas à vivre la vraie vie, pas à faire comme s'il n'y avait pas de guerre, pas à faire comme si nous étions des Hommes ! Ne l'as-tu pas compris ? Nous ne sommes pas des Hommes !

Les deux hommes se dévisagèrent longuement. Une affreuse bruine se mit à tomber. Stanislas s'assit par terre, à même le petit chemin pavé qui menait du trottoir à l'immeuble. Pal s'assit à côté de lui.

— Vous ne reviendrez pas tous, dit Stanislas. Vous ne reviendrez pas tous, et moi je vais rester ici, sur mon sale cul d'infirme. Vous ne reviendrez pas tous. C'est un miracle d'avoir pu être tous réunis en décembre... Il y a sans cesse des morts !

— Denis, c'est ça ?

— Peut-être. Je l'ignore. Nous n'avons plus de nouvelles de lui. Vous ne reviendrez pas tous, Pal. Tu comprends ? Tu comprends ? Ces visages qu'on a vus ce soir, Key, Claude, Laura, toi... vous ne reviendrez pas tous ! Alors que dois-je faire, moi ? Ne rien vous dire ? Vous enfermer dans une cave ? Vous supplier de vous enfuir, de partir en Amérique et de ne plus jamais revenir.

— Tu n'es pas responsable de nous.

— Mais qui est responsable de vous, alors ? Vous êtes pour la plupart des gamins. Je pourrais être votre père à tous. Qu'allez-vous devenir ? Des morts ? Mourir, ce n'est pas un avenir ! Je vous ai vus à Wanborough, le premier jour : des enfants, vous étiez des enfants ! Et j'ai été épouvanté. Des enfants ! Des enfants ! Et puis je vous ai vus grandir, devenir des Hommes formidables. Fiers, courageux, valeureux. Mais à quel prix ? Celui des écoles de la guerre. Vous étiez des enfants, vous êtes devenus des Hommes, mais vous l'êtes devenus en apprenant à tuer.

Et Stanislas, serrant les poings de rage et de désarroi, étreignit Pal. Et le garçon, pour le réconforter, passa sa main dans ses cheveux blancs. « *Si j'avais eu un fils*, lui murmura Stan, *si j'avais eu un fils, j'aurais voulu que ce soit toi.* » Et il sanglota. Sa seule certitude est qu'il vivrait, lui qui ne pouvait plus aller se battre. Il vivrait des années encore, des dizaines d'années, il vivrait dans la honte des épargnés, et il verrait la terrible marche du monde. Mais bien qu'ignorant ce qu'il adviendrait de l'Humanité, il pouvait être serein, car il les avait rencontrés, Key, Faron, Gros, Claude, Laura, Pal : il les avait côtoyés, ceux qui étaient peut-être les derniers des Hommes, et il n'oublierait jamais. Bénis soient-ils, bénie soit la mémoire de ceux qui ne reviendraient jamais. C'étaient leurs derniers jours. Des jours de deuil. Chez lui, les miroirs masqués, il s'assiérait par terre, il déchirerait ses chemises, et il ne mangerait plus. Il n'existerait plus. Il ne serait plus rien.

— On s'en est bien tiré jusque-là, murmura Pal. Ne pas désespérer, ne pas désespérer.

— Tu ne sais rien.

— Je ne sais rien de quoi ?

— Gros.

— Quoi Gros ?

— Durant sa seconde mission, Gros a été capturé par la Gestapo.

— Quoi ?

Le cœur du fils palpita douloureusement.

— Torturé.

Pal gémit en pensant à Gros.

— Je n'en savais rien.

— Personne ne sait. Gros ne le raconte pas.

Il y eut soudain un silence pendant lequel Pal supplia le Seigneur de ne jamais recommencer une telle atrocité. Pitié, Seigneur, pas Gros, pas Gros, pas le bon Gros. Que le Seigneur épargne Gros et prenne sa vie à lui, le fils mauvais, le fils indigne, celui qui a abandonné son père.

— Et que s'est-il passé ? demanda ensuite Pal.

— Ils l'ont libéré. Figure-toi que ce con a réussi à les berner et à les persuader qu'il n'avait rien à se reprocher. Ils l'ont libéré, plates excuses et tout ça, et lui en a profité pour voler des documents dans les bureaux de la Kommandantur.

Pal rit.

— Ah, le con !

Ils se sourirent un instant. Mais bientôt le soleil ne se lèverait plus comme avant ; ils redevinrent graves.

— Et il va repartir ?

— Pour le moment, le bureau de sécurité n'a pas donné son aval.

Gros, caché, avait fermé les yeux, se rappelant la souffrance. Oui, il avait été arrêté. La Gestapo. Il avait reçu des coups mais il avait tenu bon ; il était parvenu à les convaincre qu'il n'avait rien à se reprocher, et il avait finalement été libéré. À son retour à Londres, il l'avait évidemment mentionné dans son rapport, mais il ne l'avait dit à personne de ses amis. Sauf à Stanislas, qui l'avait appris à Portman Square. Pourquoi Stanislas avait-il tout raconté à Pal ? Il en éprouvait tant de honte ! Honte d'avoir été pris, honte d'avoir été battu sauvagement pendant des heures. Et il ne se trouvait pas courageux pour autant ; s'il n'avait rien dit pendant les interrogatoires, s'il n'avait pas craqué pour que cesse l'horreur, ce n'avait pas été par courage, mais parce que s'il avait parlé, il aurait été certainement condamné à mort ensuite. La décapitation. Ils faisaient ça, les Allemands. Et il avait songé que, s'il mourait, il ne reverrait pas Melinda, et il ne connaîtrait alors jamais l'amour. Aucune femme ne lui avait jamais dit qu'elle l'aimait. Il ne voulait pas mourir sans avoir connu l'amour. Ç'aurait été mourir sans avoir vécu. Et dans le sous-sol terrifiant de la Kommandantur, il était parvenu à rester tellement muet qu'ils l'avaient libéré.

Lorsque Pal et Stanislas retournèrent dans l'immeuble, Gros s'agenouilla derrière son buisson et supplia Dieu qu'on ne le batte plus jamais.

*

La peur envahit peu à peu les stagiaires à mesure qu'approchait leur départ. Ils furent convoqués à Portman Square où ils reçurent les instructions de leur mission. Bientôt aurait lieu le ballet vers les maisons de transit des environs de l'aérodrome de Tempsford. Et tous s'efforcèrent de profiter pleinement des derniers jours. Laura et Pal sortaient tous les soirs : ils allaient dîner, puis au spectacle ou au cinéma. Ils rentraient tard à l'appartement de Bloomsbury, souvent à pied malgré le froid de février, main dans la main. Key et Claude dormaient déjà ; Gros, dans la cuisine, exerçait son anglais. Dans leur chambre, Laura et Pal s'efforçaient de rester des amants discrets. Aux premières heures de l'aube, Laura rentrait à Chelsea.

La menace planait : le retour en France, le retour parmi les pères. La menace d'exister. Faron, nerveux, se montrait de plus en plus imbuvable. Durant l'un des derniers soirs, qu'ils passèrent tous ensemble à l'appartement de Bloomsbury, il se moqua copieusement de tout le monde. Après qu'une altercation eut été évitée de justesse avec Key, le colosse partit dans la cuisine pour échapper aux remarques qui fusaient à son encontre. Claude lui emboîta le pas. Étrangement, Claude était le seul pour qui Faron avait du respect, presque de la crainte. Peut-être parce qu'au fond, tous le considéraient comme le bras de Dieu. Et dans la cuisine, le curé le vilipenda.

— Tu pourras pas rester un con toute ta vie, Faron !

Le colosse aux cheveux gras essaya d'éviter la conversation en fouillant dans les placards. Il se remplit la bouche avec des biscuits de Gros.

— Tu veux quoi, Faron ? Que tout le monde te déteste ?

— Tout le monde me hait déjà.

— Parce que tu le mérites !

Faron avala lentement avant de répondre, attristé :

— Tu le penses vraiment ?

— Non… Et puis, j'en sais rien ! Quand je t'entends parler aux gens…

— Merde, c'était de l'humour ! Faut décompresser un peu, on est là pour ça. Bientôt on repartira en France, faut pas l'oublier.

— Faut être un homme bon, Faron, c'est ça qu'on ne doit pas oublier…

Il y eut un très long silence. Le visage de Faron se fit grave, sérieux, et lorsqu'il parla sa voix était cassée :

— J'en sais rien, Claude. On est des soldats, et les soldats n'ont pas d'avenir…

— Nous sommes des combattants. Les combattants se soucient de l'avenir des autres.

Le regard de Claude s'apaisa. Ils s'assirent autour de la table de la cuisine et Claude ferma la porte.

— Qu'est-ce que je dois faire ? demanda Faron au curé.

Faron fixait Claude dans le fond des yeux jusqu'à voir son âme. Un jour, il lui montrerait, il leur montrerait à tous : il n'était rien de ce qu'ils pensaient, il n'était pas un salaud. Et Claude comprit que le colosse demandait l'absolution.

— Va faire le bien. Sois un Homme.

Faron acquiesça et Claude fouilla dans sa poche. Il en ressortit une petite croix.

— Tu m'as déjà donné ton chapelet à Beaulieu…

— Prends celle-là aussi. Porte-la autour du cou, porte-la sur ton cœur. Porte-la vraiment, car je ne vois pas ton chapelet.

Faron prit le crucifix et lorsque Claude ne le regarda plus, il le baisa avec dévotion.

*

152

Quelques jours plus tard, le bureau de sécurité du SOE avalisa le retour de Gros en France, et celui-ci reçut son ordre de mission. Malheureux de quitter les siens, il fit sa valise, sans y mettre sa chemise française, sa préférée ; il regrettait de ne pas être allé trouver Melinda. Après les embrassades d'usage, il quitta Londres pour une maison de transit. Dans la voiture, en route vers Tempsford, il songeait, déprimé, que si les Allemands le prenaient, il dirait qu'il était le neveu du général de Gaulle pour être bien certain qu'on le tue. À quoi bon vivre si personne ne vous aime ?

Les autres reçurent à leur tour leur ordre de départ. Ils se séparèrent sans cérémonie pour rendre leurs retrouvailles plus vraisemblables. « *À bientôt* », se dirent-ils, narguant le destin. Et, peu après Gros, ils quittèrent tous Londres ; Claude, Aimé, Key, Pal, Laura et Faron, dans cet ordre. Au début mars 1943, le Commandement général avait fixé ses consignes et ses objectifs pour l'année à venir, et tous avaient disparu, emmenés dans les ventres des Whitley.

Aimé avait confié les clés de sa mansarde de Mayfair à Stanislas.

Gros, Claude, Key et Pal avaient laissé une clé de l'appartement de Bloomsbury sous le paillasson. Ils ne pouvaient de toute façon pas la prendre avec eux ; c'était une clé de fabrication anglaise, ce qui pourrait les trahir. Les agents ne devaient rien emporter avec eux qui soit de fabrication anglaise : vêtement, bijou, ou accessoires divers. La clé resterait donc dissimulée dans le cadre en fer du paillasson, attendant le retour de l'un des colocataires. Et, en leur absence, le loyer serait versé directement par la banque au bailleur.

Pal était parti juste après Key. Il avait passé sa dernière nuit londonienne dans les bras de Laura. Ils n'avaient pas dormi. Elle avait pleuré.

— Ne t'inquiète pas, lui avait-il murmuré pour la consoler. On se retrouvera ici, bientôt. Bientôt.

— Je t'aime, Pal.

— Je t'aime aussi.

— Promets-moi de m'aimer toujours.

— Je promets.

— Promets mieux ! Promets plus fort ! Promets de toute ton âme !

— Je t'aimerai. Tous les jours. Toutes les nuits. Les matins et les soirs, à l'aube et au crépuscule. Je t'aimerai. Toute ma vie. Toujours. Les jours de guerre et les jours de paix. Je t'aimerai.

Et pendant qu'elle le couvrait de baisers, Pal avait supplié le destin de protéger celle qu'il aimait. Maudite guerre et maudits hommes ; que le destin lui arrache jusqu'à sa dernière goutte de sang, pourvu qu'il l'épargne, elle. Il s'offrait au destin pour Laura comme il s'était offert au Seigneur pour Gros. Quelques jours plus tard, un bombardier le parachutait au-dessus de la France.

Plusieurs semaines s'écoulèrent. À la fin mars, Denis le Canadien, dont on n'avait eu aucune nouvelle, rentra à Londres, sain et sauf.

*

Les mois défilèrent. Ce fut le printemps, puis l'été. Resté dans la plus pesante des solitudes, Stanislas s'en allait souvent déambuler dans les parcs de Londres, drapés de verts à présent ; les fleurs violettes des grandes allées lui tenaient compagnie. Dans son bureau de Portman Square, il suivait l'avancée de ses camarades. Sur une carte de France, il plantait des punaises de couleur représentant leurs positions. Tous les jours, il priait.

27

C'était un bel été. C'était août. Il faisait chaud. Les rues de Paris, baignées de soleil, charriaient des passants de bonne humeur dans leurs vêtements légers. Sur les boulevards, les arbres aux feuilles brûlantes embaumaient. C'était un bel été.

Immobile à sa fenêtre, dans son bureau étroit du Lutetia, Kunszer s'agaçait. Contre lui-même. Contre ses pairs, contre ses frères. Frères allemands, qu'êtes-vous en train de devenir ? songeait-il. Il tenait à la main la note de Berlin reçue dans la matinée : la situation empirait de jour en jour. Le SOE était devenu redoutable. Comment pouvait-il en être ainsi ? À la fin de l'année dernière, il était persuadé que le Reich gagnerait la guerre. En quelques mois la situation s'était inversée : au début février, il y avait eu Stalingrad, puis l'invasion de la Sicile par les Alliés. Peut-être ces victoires avaient-elles galvanisé ces maudits agents anglais. Car, désormais, les soldats allemands avaient peur en France ; des officiers étaient assassinés, des convois attaqués, et les trains étaient devenus des cibles récurrentes. Ils avaient sous-estimé les services secrets anglais et les résistants ; il avait fallu renforcer les procédures de sécurité à l'intention des officiers et escorter les moindres convois. Comment les agents britanniques parvenaient-ils si facilement en France ? L'Abwehr, malgré ses agents en Angleterre, n'arrivait pas à savoir d'où les membres du SOE partaient pour rejoindre la France ; qu'ils percent ce mystère, et ils emporteraient la partie certainement ! Ils en étaient tous conscients, et à présent, dans les plus hautes sphères de l'armée, on voulait savoir ; Hitler lui-même voulait des réponses. Mais l'Abwehr ne les lui apporterait certainement pas. Le Service n'en avait plus les moyens ; il était déchu, rongé par la concurrence avec la Gestapo.

Kunszer se servit une tasse de café mais ne la but pas. La Gestapo. Il détestait la Gestapo. Maudits soient les nazis. Maudits soient Hitler, Himmler et sa police secrète, tous tellement obnubilés par leurs satanées épurations ethniques qu'ils allaient en perdre la guerre. Parfois, lorsqu'il rencontrait des officiers de la Gestapo, il les traitait de *sales Boches*, en français, très vite, pour que personne ne le comprenne. C'était sa petite revanche. Mais bientôt la Gestapo supplanterait l'Abwehr, il le savait. Himmler haïssait Canaris, le chef de l'Abwehr, et il ne cessait de l'accabler auprès du Führer. Si Canaris tombait, l'Abwehr tomberait. Non, il n'aimait pas la Gestapo, il n'aimait ni ses méthodes ni ses officiers, souvent peu instruits. Il n'aimait pas les gens peu instruits. Écraser les Britanniques, mater la résistance armée qui s'en prenait aux soldats de la Wehrmacht, c'était son devoir, mais ceux qui s'en prenaient à la Gestapo, il s'en fichait pas mal. D'ailleurs la Gestapo était rarement prise pour cible. Alors que les soldats, oui. Des soldats courageux, des gamins pour la plupart, pleins d'avenir, et qui avaient dû renoncer à leurs rêves pour défendre la patrie. De fiers patriotes. Les meilleurs. Et il ne pouvait pas tolérer qu'on s'en prenne aux fils de l'Allemagne, des enfants encore, et qui n'avaient rien fait pour mériter leur sort.

Kunszer avait la confiance de Canaris. Quelques années auparavant, Canaris avait fait de l'Amérique l'une de ses priorités ; il y avait installé un important réseau d'agents et l'avait envoyé à Washington. C'était en 1937, et cette année-là, il n'y eut pas un télégramme qui fut émis depuis une ambassade sans qu'il ne fût au courant de son contenu. Il était rentré en Allemagne en 1939, pour la guerre, tandis que le Réseau américain avait mal tourné : démantelé en 1940 par le FBI, partiellement remonté avec des agents issus de la Gestapo, des ignares peu entraînés et incapables, il avait été anéanti à nouveau par les agents fédéraux américains. Et pour de bon cette fois. La Gestapo, décidément, ne servait à rien.

Dès l'occupation de Paris, il y avait reçu des responsabilités. Il était assigné au Gruppe III de l'Abwehr-Paris, la section chargée du contre-espionnage ; le Gruppe I était chargé du renseignement, et le Gruppe II des sabotages en pays ennemi et de la guerre psychologique. L'installation au Lutetia s'était faite en juin 1940. Durant les deux années qui avaient suivi, ils avaient maté la Résistance. Il en allait autrement à présent.

Wilhelm Canaris avait fêté ses cinquante-six ans le premier jour de janvier ; Kunszer lui avait écrit un petit mot pour l'occasion. Il aimait bien Canaris, le « *vieux* » comme on l'appelait dans le Service, car il devait bien y avoir dix ans qu'il avait les cheveux tout blancs.

Comment frapper le SOE ? Il n'en savait plus rien. Il était découragé. Parfois, il se demandait s'ils gagneraient la guerre. Il ferma la porte de son bureau et posa un disque sur son gramophone. La musique l'apaisait.

28

Dans la campagne, Faron courait. Il était heureux. Il courait sur la petite route à toutes jambes ; il irait jusqu'à la cabane, en bordure des bois. Il y avait laissé une paire de jumelles. Le jour touchait à sa fin, mais il faisait encore clair. Il aimait ces fins de journées d'été, il aimait ces premières heures du soir encore irradiées de soleil et de chaleur. Il aimait sa vie.

Il courait dans les hautes herbes à présent, caché de la route par de lourds arbres fruitiers ; il portait son habituel costume et, cachée dans son veston, une Sten à crosse rétrac-table. Il riait.

Il atteignit l'orée du bois qui dominait la grande route et les champs, et il ralentit la cadence pour ne pas déchirer son complet dans les branches basses. Il ne lui fallut ensuite qu'une minute pour rejoindre la cabane, derrière une rangée de hauts chênes, une vieille cabane de chasse en bois vermoulu. D'un coup d'œil par le carreau cassé, il s'assura qu'elle était vide et il entra. Les jumelles étaient sous une latte. Il les porta à ses yeux et par la fenêtre sans vitre, à travers les branchages épais qui le dissimu-laient des hommes, il suivit le trait gris de la route, au loin, et il arrêta son regard sur la colonne de fumée qui s'élevait de l'amas de voitures, satisfait.

Sur la butte, tapis dans les herbes, au-dessus de la petite route, ils avaient attendu, fébriles. C'était une longue ligne droite ; avertis depuis presque une minute par la corne de brume d'un éclaireur posté en amont, ils avaient vu le convoi venir de loin. Malgré la tension qui lui nouait les entrailles, Faron avait souri : son information s'était révélée exacte, le gradé et son convoi avaient bien emprunté cette route pour quitter la région. Il avait déclenché l'attaque en lançant sa grenade.

Ils étaient sept, et sept grenades avaient été jetées presque simultanément sur les deux voitures : la voiture du gradé, et son escorte. Escorte minable, elle n'avait rien vu venir. Faron et ses six hommes s'étaient mis à couvert le temps de la déflagration, puis ils avaient ouvert le feu sur les deux voitures ; la première était couchée sur l'aile, la seconde était intacte mais immobilisée. Ils avaient mitraillé sans discontinuer, et les voitures, qui n'étaient pas blindées, avaient été transpercées par la mitraille. Le déluge de Sten avait duré au moins trente secondes. Une éternité.

Derrière les arbres, Faron jubilait. Ah, ç'avait été une belle embuscade ; il était fier de sa petite troupe, les six meilleurs hommes du réseau qu'il entraînait. Il y a quelques mois encore, ils ne savaient rien faire, et aujourd'hui, ils s'étaient battus comme des lions. Il était fier d'eux, fier de lui. Ils avaient tout fait comme il leur avait appris : les positions, la détermination, la communication. Au son de la corne de brume, ils avaient armé les Sten, dégoupillé les grenades, serrant fort la cuillère. Puis, lorsqu'il avait jeté la sienne, tous l'avaient imité. Explosion formidable. Et ils avaient ouvert le feu, ne laissant aucune chance aux assaillis. Lui, tireur d'élite, était en charge d'abattre les chauffeurs, pour qu'ils ne puissent pas fuir ; une rafale avait suffi, la première voiture ayant été presque retournée par le souffle des grenades ; simultanément, quatre tireurs avaient mitraillé les carrosseries, sans répit, visant les hommes mais tirant partout, comme il l'avait ordonné. Difficile d'être précis avec les Sten, il ne fallait pas lésiner sur les munitions. Pour Faron, le clou du spectacle avait été son tireur d'appoint, qui avait rempli son rôle à merveille. Le tireur d'appoint était l'une de ses inventions de guerre : son rôle était de rester prêt au tir mais de ne rien faire, attentif à ses camarades : si l'une des Sten s'enrayait, ou lorsqu'un camarade changeait ses chargeurs, le tireur d'appoint prenait immédiatement le relais, et ainsi le feu ne cessait jamais. L'ennemi ne disposait d'aucun répit pour contre-attaquer. Et lorsque la Sten arrêtée pouvait reprendre sa tâche, le tireur d'appoint rapprêtait aussitôt son arme au tir. Faron était enchanté du rendement ; c'était une technique améliorée, une méthode de son cru et, un jour, il l'enseignerait à Lochailort. Il s'y voyait bien instructeur. Il était un grand soldat.

Ils ne s'étaient vu opposer aucune résistance. Les Allemands avaient tous péri, assis sur leur banquette en cuir. Et s'il en était un qui respirait encore, il ne tarderait pas à se vider de son sang. Faron avait hésité à redescendre la butte pour achever un éventuel survivant ; il avait vite renoncé. Cela n'en valait pas la peine. S'approcher des voitures, ç'aurait été risquer de se prendre une balle si l'un des occupants, animé par la force du désespoir, était parvenu à dégainer son Luger. En fait, Faron avait espéré qu'au moins une de ses victimes survivrait à l'attaque. Car ce n'était pas le nombre de morts qui était important, et, dans ce cas précis, il était même insignifiant : quelques militaires, fussent-ils haut gradés, ce n'était rien sur une armée d'un million d'hommes. Tuer n'était d'ailleurs pas le but de ces opérations ; il fallait créer un contexte de terreur générale, non pas pour la poignée de malheureux dans le convoi, mais pour tous les soldats allemands sur sol français. Alors, s'il y avait un survivant, c'était même mieux. Il raconterait la surprise, l'horreur, la panique, l'impuissance, les cris, la détermination des assaillants, les camarades morts et qui, une minute plus tôt, plaisantaient gaiement, là, juste sur le siège à côté. Et en entendant les propos du rescapé, prononcés sur un lit d'hôpital qui serait son seul horizon pour les prochains mois, et davantage peut-être, tous seraient frappés du message de Faron : la mort, la souffrance, les blessures atroces, voici ce qui les attendait, eux qui avaient osé violer la France. Et ils n'y seraient nulle part en sécurité.

Faron avait donc sonné le repli sans prendre plus de risques. L'opération avait été une réussite, et ses hommes en seraient galvanisés. Des soldats confiants étaient des soldats plus forts. Ils avaient dévalé la butte par son flanc opposé, et ils étaient partis en courant. « *Je vous rejoins où vous savez !* » avait crié Faron à ses combattants, qui s'engouffraient dans la camionnette où les attendait déjà l'éclaireur à la corne de brume. Le colosse avait continué sa course jusqu'à la cabane, au mépris des règles de sécurité. Mais il voulait voir.

Il souriait à présent, ne lâchant pas ses jumelles, se délectant de la tôle calcinée et mitraillée. Il crut même percevoir un cri désespéré, et il rit d'aise. « *Je suis devenu un Homme, Claude. Regarde ça...* » dit-il à haute voix. Il avait un impressionnant palmarès de sabotages à son actif. Il avait déjà fait sauter plusieurs trains. Ah, quelle excitation ! Bien sûr, il avait peur. Mais c'était une peur formidable, une peur apaisante, pas une vraie peur, pas une peur de trouillard. Il avait tué. Plus qu'il ne pensait. Il avait tué des hommes dans les trains, dans les voitures, dans les camions. Il avait aussi assassiné des officiers allemands, après avoir observé leurs habitudes. Le SOE exigeait en règle générale de constituer une équipe de plusieurs personnes pour perpétrer un assassinat, mais lui avait opéré tout seul. Il avait observé la routine ; la routine était la faiblesse. Un officier de passage pour quelques jours dans une ville s'évertuait, comme pour combattre la solitude de sa vie de guerrier nomade, à aller manger dans le même restaurant, midi et soir, et à des horaires toujours réguliers. Cette précision était, à ses yeux, la grande faille des Allemands. Alors il les attendait, patiemment, au coin d'une rue déserte, sachant que l'officier, esclave de sa routine, passerait bientôt devant lui. Et il tuait en silence. Souvent au couteau ; il aimait le couteau. Il était aussi passé par Paris, sans pourtant en avoir reçu formellement l'ordre. Initiative personnelle. Il était resté quelques jours dans son appartement sûr, uniquement pour retourner encore une fois aux abords du Lutetia. Le Lutetia, bientôt. Ce n'était pas impossible. Il y songeait sans cesse, ses moindres instants étaient dédiés à l'échafaudage d'un mode opératoire. Avant la fin de l'année, il le ferait sauter. Et il deviendrait le plus grand des héros de la guerre.

Dans sa cabane, Faron ressentait de la joie. À contrecœur, il dut repartir : les Allemands, alertés, fouilleraient bientôt le bois. Il n'aimait pas devoir fuir ; il aimait regarder. Il n'aimait fuir devant personne. Qu'ils viennent, qu'ils viennent le chercher. Il y a longtemps qu'il n'avait plus peur.

*

Des bombardements. Les Alliés pilonnaient l'Europe, le plus souvent aidés par des agents au sol.

Key, lors de son parachutage en février, avait rejoint la Suisse. Il était allé, dans la région de Zurich, observer des usines au nord de la ville, soupçonnées de participer à l'effort de guerre allemand. À la mi-mars, la RAF avait bombardé les usines d'armement d'Oerlikon. Puis il y avait eu Rennes, et Rouen, où il avait été rejoint par un certain Rear. Dans les premiers jours d'avril, les usines Renault de Boulogne-Billancourt étaient visées à leur tour par l'US Air Force, car on y construisait des tanks pour la Wehrmacht.

Claude, lui aussi, avait opéré comme agent au sol en prévision de frappes aériennes. À la fin mars, il avait été envoyé à Bordeaux et avait participé à la préparation de bombardements.

*

Gros, dans le Nord-Ouest, faisait la navette entre les différentes villes où étaient stationnées d'importantes garnisons de la Wehrmacht. Son tempérament sympathique et gouailleur lui valait de nombreuses amitiés, notamment parmi les soldats allemands qu'il croisait dans les cafés. Il leur parlait de la guerre comme de la plus grande des banalités, haussant les épaules en prenant un air benêt. On l'aimait bien. Il était de ces gens braves et fidèles qu'on apprécie de côtoyer, sans craindre qu'ils ne fassent de l'ombre auprès des femmes. Gros était chargé de la propagande noire, celle diffusée auprès de l'ennemi, à son insu. Gros orientait ses interlocuteurs sur les sujets de musique – les Allemands savaient apprécier la musique –, puis il leur conseillait quelques bonnes stations radio germanophones que l'on pouvait capter dans la région. La musique y était entraînante, les intermèdes de qualité ; et il se blâmait de ne pas parler suffisamment l'allemand pour en apprécier la saveur. Oui, il avait hâte que toute l'Europe ne parle plus qu'allemand ; le français était une bien vilaine langue. Et Gros faisait la promotion de *Radio-Atlantik* ou de *Soldatensender Calais*, des radios allemandes pour les soldats allemands, aux programmes choisis et divertissants, et diffusant, outre de la musique, des informations de premier ordre, reprises par les autres stations allemandes. Et même l'auditeur le plus soupçonneux ne décelait pas les fausses informations qu'il assimilait, noyées parmi les vraies. Et il était loin d'imaginer que son nouveau programme préféré était émis depuis un studio de Londres.

*

Elle opérait comme pianiste dans le Nord. Elle n'aimait pas le Nord, une sale région, une région triste, sombre. En fait elle n'aimait pas la France, elle préférait nettement la Grande-Bretagne, plus civilisée, plus harmonieuse. Et puis elle aimait les Anglais, elle aimait ce caractère doux-amer, moitié irascible et moitié bonne pâte. Elle était dans le Nord depuis des mois, enfermée dans un petit appartement, souvent seule, relayant sans relâche les communications entre Londres et deux réseaux locaux ; elle n'avait de contact qu'avec chacun des responsables des réseaux, ainsi que trois agents du SOE. Cinq personnes en tout. Elle s'ennuyait. Au moins, lorsqu'elle communiquait avec Londres, il y avait toujours un autre agent avec elle, posté à la fenêtre, guettant les véhicules suspects dans la rue ; car l'Abwehr quadrillait les villes avec des véhicules dotés d'un système de radiogoniométrie, repérant les émetteurs radio par triangulation. Des pianistes s'étaient déjà fait prendre. Émettre était un art difficile ; cela prenait du temps, mais il fallait que l'émission soit suffisamment brève pour ne pas être localisée.

Souvent, lorsqu'elle était seule le soir, elle regardait par la fenêtre, comme elle avait vu Pal le faire. Elle y restait longuement, toutes lumières éteintes pour garder les rideaux ouverts et se laisser absorber par les halos de la nuit. Puis elle coiffait ses longs cheveux blonds, faisant glisser dessus une jolie brosse en crin. Elle fermait les yeux. Elle aurait tellement voulu qu'il soit contre elle, et que cette brosse soit sa main. Maudite soit cette solitude qui l'envahissait tous les soirs, lorsqu'elle se couchait. Pour oublier, elle pensait à l'Amérique.

*

Pal était retourné dans le sud de la France ; il connaissait bien les réseaux de la région à présent. Les mouvements de résistance s'étaient unis : ils s'étaient bien organisés. Il avait retrouvé différents agents du SOE ; le travail ne manquait pas. Il avait préparé le parachutage de matériel. Les livraisons se faisaient en plusieurs étapes, en général par série de douze, quinze ou dix-huit conteneurs, renfermant chacun un stock de matériel standard, traité par les stations d'emballage. Ainsi une première série de douze conteneurs comptait une quarantaine de fusils-mitrailleurs Bren, mille cartouches et quarante-huit chargeurs vides pour chacun d'eux, des fusils et cent cinquante cartouches pour chacun, une cinquantaine de Sten, trois cents cartouches et quatre-vingts chargeurs vides, des pistolets avec munitions, des grenades, de l'explosif, des détonateurs, du ruban adhésif en quantité et environ dix milles cartouches Parabellum 9 mm et 303.

Les Alliés avaient ouvert un front en Italie, ils progressaient rapidement ; lorsqu'ils arriveraient dans la région, tout soutien serait utile et l'une des principales tâches de Pal avait été de former les combattants au maniement des armes. Il avait expliqué certaines tactiques de combat et enseigné l'utilisation des explosifs simples, mais lui-même n'était pas tout à fait à l'aise dans cette matière. Il redoutait ses propres leçons, et jurait à chacune que ce serait la dernière. Mais il fallait être en mesure d'attaquer le plus possible, d'effrayer, d'isoler. Il aimait instruire, il aimait être le détenteur du savoir : il espérait que ses élèves posaient sur lui les mêmes regards qu'il avait posés sur les instructeurs des écoles du SOE.

Une fois par mois, lorsque la situation le lui permettait, il disparaissait quelques jours. Deux jours. Jamais plus. Si on lui posait des questions, même un autre agent du SOE, il prenait cet air à la fois mystérieux et agacé qu'il tenait du métier et qui mettait un terme à toute discussion sans paraître ni grossier, ni embarrassé. Chacun avait ses consignes. Le secret était le secret. Les gens, d'ailleurs, parlaient trop. Pas les agents britanniques, mais les résistants. Il avait averti les responsables de réseaux : leurs hommes se montraient trop bavards, souvent malgré eux. Une allusion à un ami proche, une confidence à un conjoint, et c'est tout le réseau qui pouvait être compromis. Il fallait que les cellules de résistance soient petites, que personne ne connaisse personne, au moins chez les exécutants. Il fallait évincer des rangs les bavards, les incapables et les mythomanes.

Il partait donc. De Marseille ou de Nice, il prenait le train jusqu'à Lyon. Depuis son renvoi en France, en février, il y était déjà allé six fois. Il retrouvait Marie. C'était risqué, contraire aux consignes de sécurité qu'il martelait pourtant à tout va, mais il devait le faire, car Marie, un peu amoureuse, continuait à lui servir de courrier jusqu'à Paris. Ainsi Pal égrenait-il sa pile de cartes postales de Genève, écrivant à son père. Il lui disait que tout allait bien.

Les rendez-vous avec Marie étaient fixés par téléphone. Une simple conversation, les mots n'avaient pas d'importance : s'il téléphonait, cela signifiait qu'il viendrait le lendemain. Ils avaient trois lieux de rencontre possibles, et dans la conversation, Pal, glissant l'une des phrases convenues, lui indiquait lequel. Et ils se retrouvaient, ils marchaient un peu ensemble, ils allaient déjeuner ; il jouait de son charme, de ses secrets, de son statut. Puis, dans une ruelle, il faisait mine de l'embrasser et glissait la précieuse enveloppe dans son sac. « *Toujours au même endroit* », lui murmurait-il. Elle acquiesçait, aimante, subjuguée, docile. Elle ne savait pas ce que contenaient ces enveloppes, mais au vu de la cadence, ce devait être de haute importance. Il devait se passer des événements de premier ordre, elle le savait. D'ailleurs, épluchant les journaux, constatant les bombardements, elle se demandait si Pal en était à l'origine. Peut-être même était-ce lui qui en avait donné l'ordre dans ses messages. Était-elle la cheville ouvrière qui déclenchait ces déluges de feu ? Elle en frissonnait d'excitation.

Il continuait ses mensonges. Il lui faisait croire à l'effort de guerre, glissant parfois une phrase inachevée pleine de sous-entendus. Elle frémissait, il le savait. Bien sûr, son propre comportement le répugnait, mais au moins, s'il lui faisait perdre son temps, il ne lui faisait courir aucun risque. Elle était une gentille Française, avec des papiers en règle, et les cartes postales ne contenaient qu'un texte anodin ; de surcroît, elles n'étaient même pas datées. Si on la contrôlait, si on la fouillait, elle n'aurait aucun problème. Lui dire la vérité alors ? Non, elle ne comprendrait pas. Il n'aimait pas l'utiliser, il n'aimait pas lui mentir, mais il devait continuer à entretenir le mystère pour être certain qu'elle ferait toujours le facteur.

29

Il comptait ses cartes. Huit. Il en avait reçu huit en tout. Huit cartes postales de Genève. Depuis février, il en avait reçu six. Une par mois, rythme impeccable. Les plus beaux mois de sa vie. Elles arrivaient toujours de la même façon : dans une enveloppe, sans timbre ni adresse, qu'une main anonyme déposait dans sa boîte aux lettres. Mais qui ? Paul-Émile ? Non, si Paul-Émile venait régulièrement à Paris, il serait venu le trouver directement. Son fils, certainement, ne quittait pas Genève, et il avait bien raison.

Le père était heureux comme il ne l'avait plus été depuis le départ de son garçon ; toutes ces cartes, c'était comme si son Paul-Émile était près de lui. Il mangeait davantage désormais, il avait meilleure mine, il avait repris un peu de poids. Souvent, il chantait dans l'appartement. Dehors, il sifflotait.

Les cartes étaient magnifiques. Bien choisies. Genève était telle qu'il se l'était toujours imaginée : une belle ville. Quant au texte, il était succinct et plus ou moins identique à chaque fois. Jamais signé, mais il reconnaissait l'écriture.

Cher Papa,
Tout va bien.
À très vite.
Je t'embrasse.

Tous les soirs, après le dîner, il les relisait, toutes, dans l'ordre chronologique. Puis il les empilait, en les tapotant pour qu'elles soient bien alignées, et il les remettait dans leur cachette. Sous la couverture d'un grand livre couché au-dessus de la cheminée. Sur la couverture cartonnée, il posait le cadre doré dans lequel rayonnait la plus récente photo de son fils. Il posait le cadre bien au milieu du livre, pour appuyer dessus, à la manière d'une presse, afin que les cartes jamais ne se déforment. Fermant les yeux, il imaginait Paul-Émile, banquier émérite, déambulant en costume de prix dans les couloirs de marbre d'une très grande banque. Il était le plus beau des banquiers, le plus fier des hommes.

30

Dans la chaleur niçoise de la mi-août, Pal avait rejoint Rear à son hôtel : il revenait de Lyon, où il avait retrouvé Marie pour lui remettre une nouvelle enveloppe. Dans la petite chambre qui rappelait furieusement Berne, Pal contemplait, amusé, Rear, moite de sueur, qui jouait avec un appareil photo miniature, nouvelle production des stations expérimentales du SOE. Pal sourit ; rien n'avait changé.

Les deux hommes s'étaient retrouvés par hasard au cours d'une opération associant deux réseaux, et ils s'étaient donné rendez-vous à Nice pour le plaisir de se revoir.

— J'ai entendu parler de toi, dit Rear sans lâcher son occupation. Les réseaux sont impressionnés par ton travail.

— Bah. On fait ce qu'on peut.

— J'ai aussi rencontré un de tes colocataires... un grand roux.

Le visage de Pal s'illumina.

— Key ? Ah, ce bon Key ! Comment va-t-il ?

— Bien. Un bon agent lui aussi. Sacrément efficace !

Pal acquiesça, content de ces bonnes nouvelles. Le plus dur, c'était de ne rien savoir sur personne, et parfois il songeait que Stanislas avait eu raison. Ils n'auraient pas dû se lier. Il essayait de pas trop y penser. Penser, c'était mauvais.

— Des nouvelles d'Adolf ? demanda-t-il.

— Doff ? Il va pas mal. Il est en Autriche maintenant, je crois.

— Il est schleu ?

— Plus ou moins.

Ils pouffèrent. *Heil Hitler, mein Lieber !* murmura joyeusement le fils, brandissant le bras en de discrets saluts nazis pendant que

Rear était occupé à remettre en place l'objectif minuscule qu'il avait réussi à dévisser dans un geste maladroit. Mais il n'y parvint pas : il l'avait cassé. Pour se consoler, il s'empara d'une petite bouteille de liqueur qu'il avait mise au frais dans le lavabo. Il attrapa un verre à dents, le remplit au tiers et le tendit à Pal, avant de boire directement au goulot.

— T'es au courant pour cette nuit ? demanda Rear après deux lampées.

— Cette nuit ? Non.

— C'est du secret défense...

— Secret défense ! jura Pal en mimant de se coudre les lèvres.

Rear rentra les épaules comme pour protéger ses mots, sa voix se fit à peine audible et Pal dut se rapprocher pour entendre.

— Cette nuit a eu lieu l'Opération Hydra. Les Boches sont furieux, d'ailleurs ils feront certainement tout pour que personne n'en parle.

— L'opération Hydra ?

— Un sacré bordel...

Rear eut un sourire.

— Raconte !

— *On* savait où se trouvait la base de développement de missiles de l'armée allemande. Du matériel de pointe, de quoi gagner la guerre peut-être.

— Et ?

— Dans la nuit, des centaines de bombardiers partis du sud de l'Angleterre ont rasé la base. Des centaines d'avions, tu imagines ? Je crois qu'il n'y aura plus de missiles.

Pal jubila.

— Ça alors ! Merde ! Bien joué !

Il dévisagea Rear.

— Et t'étais au courant ? demanda-t-il.

Rear eut un sourire malin.

— Peut-être...

— Comment ça se fait ?

— Doff. Il avait quelque chose à voir là-dedans. Un soir où il avait picolé, il m'a raconté toute l'opération. Quand Doff picole, il parle. Crois-moi, si les Boches l'attrapent, ils n'auront qu'à lui filer du bon pinard et il fera tomber tout le Service.

Les deux agents rirent. Jaune. C'était grave. Mais c'était Doff. Rear poursuivit :

— J'ai eu confirmation ce matin que l'opération avait été une réussite.

— Comment ?

— Te préoccupe pas de ça. Je devrais même pas t'avoir dit le nom de cette opération. Tu fermeras ta gueule, hein ?

— Juré.

Rear s'amusa du pouvoir qu'il avait encore sur ce jeune homme qui ne tarderait pas à devenir bien meilleur agent que lui-même ne le serait jamais. Il pouvait bien lui donner quelques informations confidentielles, Hydra avait déjà eu lieu. Ils burent à nouveau, à la proche fin de la guerre.

— Quelle est la suite de ta mission ? interrogea Rear.

Pal sourit, car il en avait terminé.

— Je suis rappelé à Londres pour prendre des nouvelles consignes. Mes réseaux ici sont armés et entraînés. Une permission ne me fera pas de mal...

— Septembre à Londres... La meilleure saison, fit Rear, rêveur.

Ils se congratulèrent. La guerre se portait bien. Ils avaient confiance. Rear épongea la sueur qui dégoulinait de son front et ils sortirent dîner.

31

Kunszer raccrocha le combiné, délicatement. Puis il souleva le téléphone et le jeta contre le sol, dans un accès de colère. Il s'assit sur sa chaise en cuir, et enfouit son visage dans ses mains : aucune nouvelle de Katia.

On frappa à la porte, il se dressa sur ses jambes, par réflexe. C'était Hund, son voisin de bureau. Hund ne s'appelait pas Hund, mais Kunszer l'avait baptisé ainsi à cause de sa mauvaise manie de venir fouiner dans les bureaux des autres, le nez en l'air, comme un épagneul à la recherche d'un faisan. Hund avait été attiré par le bruit : il glissa le museau par l'entrebâillement de la porte et avisa le combiné qui gisait au sol.

— Peenemünde, hum ? fit tristement Hund.

— Peenemünde, acquiesça Kunszer pour que le chien ne se doute de rien.

Hund referma la porte, et Kunszer pesta, à mi-voix : « *Peene-münde toi-même ! Sale Boche !* »

Août était un mois de malheur. La nuit précédente, la RAF avait mené un terrible raid sur Peenemünde, la base secrète dans laquelle la Wehrmacht et la Luftwaffe développaient les fusées V1 et V2 qui devaient pleuvoir sur Londres et tous les ports du sud de l'Angleterre. Mais Peenemünde avait été détruite en grande partie et c'en était fini des missiles. Six cents bombardiers avaient participé à l'opération, selon la Luftwaffe. Six cents. Comment diable les Britanniques avaient-ils su ? Comment avaient-ils pu être si précis ? Et pendant ce temps, pis encore que Peenemünde, l'opération Zitadelle, lancée à Koursk contre l'Armée rouge par l'*Oberkommando der Wehrmacht*, était un échec. Les Allemands s'y enlisaient et, si les Soviétiques gagnaient, la route vers Berlin leur serait grande ouverte. Seigneur, que feraient-ils à Berlin ? Ils mettraient la ville à feu et à sang. Au début du mois, déjà, il avait fallu évacuer les civils de Berlin et de la Ruhr, à cause des bombardements. La RAF, l'US Air Force ; ils ne cessaient jamais leur ballet diabolique. Ils visaient les familles, les femmes, les enfants, délibérément. Qu'y pouvaient-ils, les enfants, les pauvres petits, s'il y avait la guerre ?

Kunszer sortit une photographie de sa poche, et la contempla. Katia. Les Anglais n'étaient pas des Hommes : cinq jours et cinq nuits de bombardements incessants sur Hambourg. Des tonnes de bombes larguées, la ville rasée. C'était un crime. Ah, s'il avait pu prévoir, il aurait dit à Katia de partir. Pourquoi l'Abwehr n'avait-elle rien su de cette opération ? Ils avaient pourtant infiltré Londres en haut lieu. S'il avait su, il aurait pu prévenir son aimée ; sa Katia chérie, pourquoi n'était-elle pas partie, loin ? En Amérique du Sud. Elle aurait été bien au Brésil. Maintenant il n'avait plus de nouvelles.

Il contempla encore la photographie et l'embrassa. Il eut d'abord honte. Mais il n'avait plus que ça. C'était embrasser du carton, ou ne plus embrasser, jamais. Il embrassa encore.

Bombarder Peenemünde faisait partie des usages de la guerre, mais raser Hambourg... Tout ce que Kunszer savait, c'était que les Alliés avaient baptisé l'attaque sur Hambourg *Operation Gomorrah*. Gomorrhe. Il se leva, attrapa un vase vide sur sa table et le retourna : il en tomba une clé en fer. Il alla ouvrir les battants supérieurs de sa grande armoire, soigneusement verrouillée.

À l'intérieur, il y avait des livres. Certains étaient interdits. Il ne supportait pas que l'on ait pu brûler des livres ; il y avait les combattants ennemis, que l'on pouvait terrasser par tous les moyens. Et il y avait ce à quoi l'on ne pouvait jamais toucher : les enfants et les livres. Contemplant les volumes, il se saisit de sa vieille Bible. Il en tourna les pages, et s'arrêta soudain. Voilà, il avait trouvé. Il ferma la porte de son bureau à clé, tira les rideaux. Et le dos à la lumière voilée par le feutre, il récita :

> *Alors l'Éternel fit pleuvoir du ciel sur Sodome et sur Gomorrhe du soufre et du feu. Il détruisit ces villes, toute la plaine et tous leurs habitants, jusqu'aux plantes de la terre. La femme de Lot regarda en arrière, et elle devint une statue de sel. Abraham se leva de bon matin, pour aller au lieu où il s'était tenu en présence de l'Éternel. Il porta ses regards du côté de Sodome et de Gomorrhe, et sur tout le territoire de la plaine, et il vit s'élever de la terre une fumée, comme la fumée d'une fournaise.*

32

Elle regardait l'enveloppe que Pal venait de lui remettre. Dans sa chambre, à Lyon, chez ses parents, elle tenait l'enveloppe et la fixait, sans plus savoir qu'en faire.

Ils s'étaient vus la veille. Comme à chaque fois, elle s'était faite belle, dans l'espoir de plaire au jeune agent. Comme à chaque fois, il l'avait emmenée déjeuner. Elle aimait se retrouver seule avec lui. Cette fois-ci, ils avaient mangé à l'ombre d'une terrasse ; elle avait mis ses plus coquets vêtements d'été, elle s'était fardée, elle avait sorti ses jolies boucles d'oreilles, celles des grandes occasions. Pendant le repas, elle avait fait jouer ses mains trop en avant sur la table, trop proches de lui, pour qu'il les touche et qu'il les prenne. Il n'avait rien fait. Pire : il avait éloigné les siennes. Après le café, ils avaient fait quelques pas ensemble. Et il y avait eu le rituel : il avait feint de l'embrasser ; discrètement, il avait glissé l'enveloppe dans son sac, et lui avait murmuré : « *Toujours au même endroit.* » Elle lui avait souri, tendrement, et elle s'était accrochée à lui pour qu'il l'embrasse vraiment, mais une fois encore, il était resté impassible. Pourquoi ne l'embrassait-il pas ? Ce jour-là, elle en avait été furieuse. Toujours le même cirque, mais de baisers, jamais ! Elle avait pris la lettre à contre-cœur, effort de guerre oblige. Mais elle s'était juré que, la prochaine fois, elle ne le ferait plus gratuitement, même pour les beaux yeux de la France. Il devrait la toucher un peu, ou lui promettre de l'avancement. Et ce ne serait pas cher payé pour les risques qu'elle prenait ! Elle avait pris la lettre quand même, docile comme une servante, elle ne s'était pas rebellée, et lorsqu'il était parti, elle s'était détestée ; elle s'était trouvée laide, laide comme une postière. Elle avait ruminé son affront toute la nuit durant. Elle avait hésité à ouvrir l'enveloppe, elle n'avait pas osé : elle l'avait plaquée contre une lampe, mais elle n'avait rien vu transparaître. Et plus elle avait repensé à Pal, plus elle lui en voulait d'avoir été éconduite. Elle était amoureuse. Il n'avait pas le droit de la traiter ainsi, il était un salaud.

Assise sur son lit, elle eut le sourire de la vengeance. Cette lettre, finalement, elle ne la livrerait pas. Elle ne livrerait plus. Du moins tant qu'il ne voudrait pas d'elle.

33

Aux premiers jours de septembre, Pal était déjà de retour à Londres. Le voyage avait été rapide ; il n'avait que brièvement transité par l'Espagne. Toujours dans ce même hôtel. Une après-midi, il avait vu arriver l'immense silhouette nerveuse de Faron. Agité, comme toujours. Désœuvrés, ils avaient passé du temps ensemble. Pal trouvait que, finalement, Faron n'était pas un mauvais bougre. Étonnamment, le colosse, rappelé par Londres pour son rapport de mission, ne semblait pas content de bénéficier d'un peu de repos : il aurait voulu enchaîner, avait-il dit, il aurait voulu être envoyé directement à Paris. Au lieu de cela, il avait dû traverser la moitié du pays pour aller se terrer en Espagne et rentrer chez les Rosbifs, perte de temps, d'argent et d'énergie : à l'heure qu'il était, il aurait déjà fait sauter quelques trains. Il ne supportait pas de devoir se plier aux ordres de

Londres comme un bon petit chien. Il se considérait supérieur aux autres agents et il voulait plus de reconnaissance. Il avait d'ailleurs mis au point de nouvelles méthodes de combat dont on parlerait bientôt dans les écoles de formation, mais il ne les dévoilerait que si l'État-major cessait de le faire aller et venir comme une girouette. Aller et venir, c'était bon pour les Claude et les Gros, peu sûrs d'eux, tandis que lui évoluait dans une dimension supérieure ; faire des rapports à des bureaucrates et traîner à Londres, où il s'emmerdait prodigieusement, ça ne le faisait pas rire du tout.

Au cœur de la nuit, le Hudson de la RAF se posa sur le sol anglais. À l'instant où les roues touchèrent le sol, Pal se sentit envahi par une douce quiétude. Il revenait après sept mois passés à des missions diverses en France, sans interruption. Il était épuisé : le Sud, toujours le Sud. Il n'était envoyé que dans le Sud, et plus il y allait plus il devrait y retourner pour retrouver ses contacts, c'était un cercle sans fin. Il avait envie d'être envoyé une fois à Paris. Juste une fois. Il y avait exactement deux ans qu'il était parti de Paris, deux ans qu'il n'avait plus revu son père. Il lui semblait que tout avait tellement changé. Sur son torse, plus large, la cicatrice s'était amenuisée.

Dans une annexe de l'aérodrome, on servit à Pal et Faron un repas chaud. Puis une voiture les emmena vers Londres. À peine installés sur le siège en cuir, ils s'endormirent, Faron songeant au Lutetia, et Pal à Laura : il espérait qu'elle était rentrée elle aussi, il n'en pouvait plus de ne plus l'étreindre.

Lorsque Pal rouvrit les yeux, la voiture roulait dans la banlieue de Londres. Faron dormait encore, le visage écrasé contre la vitre. Le chauffeur les conduisait à Portman Square pour le bilan de leurs séjours français. C'était la fin de l'aube, une aube bleue comme celle de ce jour de janvier, un an et demi plus tôt, où lui et les autres stagiaires étaient arrivés à la gare de Londres au retour de l'école de Lochailort. Il fut envahi par les souvenirs.

— Déposez-moi à Bloomsbury, ordonna-t-il alors au chauffeur.

— Je dois vous conduire à Portman Square...

— Je sais, mais je dois faire un crochet par Bloomsbury. Je rejoindrai Portman Square en métro ensuite. Vous n'aurez pas d'ennuis, je vous le promets.

Le chauffeur hésita un instant. Il ne voulait ni désobéir aux ordres, ni contrarier ce jeune agent. Et que dirait le géant aux airs peu commodes qui dormait sur la banquette ?

— Où, à Bloomsbury ? demanda-t-il.

— À côté du British Museum.

— Je vous attendrai. Faites vite.

Pal hocha la tête d'un geste rapide sans le remercier. C'est ainsi que Rear aurait fait.

*

Devant la porte de l'appartement de Bloomsbury, Pal souleva le paillasson, fébrile. La clé était bien là, dissimulée dans les rainures du cadre métallique. Il déverrouilla la serrure et poussa lentement le battant de la porte. Il ferma les yeux un instant, il voyait Gros et Claude en grande conversation, Laura qui l'attendait, il entendait du bruit, de la joie. Il alluma la lumière du hall : tout était désert. Les géraniums de Claude avaient séché, et la poussière s'était accumulée sur les meubles. Il y avait longtemps que personne n'était venu ici. Déçu et attristé, il parcourut les pièces, lentement, plein de nostalgie. Dans la cuisine, vide de tout, il retrouva un paquet des biscuits secs de Gros, à moitié vide. Il en mangea un. Puis il se dirigea vers les chambres, toutes sombres et désespérément inoccupées. Il retrouva son lit, s'y coucha, et respira ses draps pour retrouver l'odeur de Laura. Laura, elle lui manquait tellement. Mais même les odeurs s'étaient enfuies. Mélancolique, il visita la chambre de Gros, trouva son livre d'anglais dans la table de nuit. Il l'ouvrit au hasard, et sans même regarder la page, il répéta comme une prière : « *I love you.* » Pauvre Gros. Qu'était-il devenu ? Perdu dans ses pensées, Pal sembla alors déceler une présence dans l'appartement. Le chauffeur ?

— Il y a quelqu'un ? tonna-t-il.

Pas de réponse.

— Faron ? essaya-t-il encore.

Silence. Puis il entendit des pas sur le parquet et, dans l'encadrement de la porte, il vit apparaître Stanislas, le sourire aux lèvres.

— Agent Pal... Vous avez l'air en forme.

— Stan !

Pal se rua sur son vieux camarade et l'enlaça.

— Stan ! Mon bon Stan ! J'ai l'impression que ça fait si longtemps !

— Ça fait longtemps... Sept mois. Sept longs mois. J'ai compté chaque jour. Chaque jour de malheur que Dieu m'a imposé de vivre dans l'angoisse de vous savoir loin, je l'ai compté.

— Ah Stan, comme je suis content de te revoir !

— Et moi donc ! Ne devais-tu pas aller directement à Portman Square pour un débriefing ?

— Si. Mais je voulais venir ici...

— Je m'en doutais... J'ai trouvé ton chauffeur, et Faron qui pestait. Je leur ai dit de partir. Je t'emmènerai.

Pal sourit.

— Comment vas-tu ?

— Ah, si tu savais comme je déteste rester à Londres et vous savoir là-bas. J'ai prié, Pal, j'ai prié tous les jours.

— T'es toujours dans les bureaux ?

— Oui, mais j'ai pris du grade.

— Quel genre de grade ?

— Beaucoup.

— Combien beaucoup ?

Stanislas eut une moue espiègle.

— Ne pose pas de questions auxquelles je ne pourrais pas répondre.

Ils rirent. Puis il y eut un silence.

— Stan, dis-moi si...

Pal n'osait pas demander des nouvelles. Il se fit violence.

— Comment vont les autres ?

— Ça va.

— Et Laura ? Est-ce que Laura... Dis-moi Stan, est-ce que Laura... ?

— Rassure-toi, Laura va bien. Elle est dans le Nord.

Le fils poussa un soupir de soulagement. Il remercia le destin de ses bons auspices et se rassit sur le lit de Gros, le cœur battant.

— Et les autres ? A-t-on des nouvelles ?

— Key, Claude, Gros vont bien. Ils font même du bon boulot.

Pal battit des mains, soulagé, rêveur. Il les imaginait, en cet instant, au sommet de leur art. Ah, ses bons petits camarades, comme il les aimait !

— Et ce vieux roublard d'Aimé ? En forme aussi, je suppose.

Le visage de Stanislas se referma. Il posa les mains sur les épaules du fils.

— Aimé est mort.

D'abord, Pal ne réagit pas. Puis ses lèvres, et son corps tout entier, se mirent à trembler. Ils avaient perdu Aimé, le père. Une larme coula sur sa joue, une deuxième, et bientôt vinrent les sanglots.

Stanislas s'assit sur le bord du lit et posa son bras sur l'épaule de son jeune camarade.

— Pleure, mon fils, pleure, va. Tu verras comme ça fait du bien.

Aimé était mort après un accrochage avec une patrouille, alors qu'il s'apprêtait à perpétrer un sabotage ferroviaire. En France, les opérations du SOE battaient leur plein.

*

Quelques jours passèrent. Pal et Faron s'installèrent ensemble à Bloomsbury, Faron occupant la chambre de Key, même si Stanislas estimait que ses camarades auraient mieux fait de se contenter des foyers de transit du SOE, pour éviter les fantômes.

Rapidement, les deux hommes s'ennuyèrent ; ils étaient seuls, ils ne savaient pas quoi faire. Londres sans le reste du groupe, ce n'était pas vraiment Londres. Pal s'occupa l'esprit en marchant, au hasard. Il marchait de l'appartement jusqu'à Portman Square et il retrouvait Stanislas pour déjeuner. Une après-midi, il alla même jusqu'à Chelsea. Il voulait donner à France Doyle des nouvelles de sa fille.

En le voyant, elle ne put s'empêcher d'éclater en sanglots.

— Oh Pal, j'espère que vous ne m'apportez pas une mauvaise nouvelle.

Elle le serra contre elle. Il y avait des mois qu'elle se rongeait les sangs, même si elle recevait régulièrement ces stupides lettres de l'armée, *ne-vous-inquiétez-pas-tout-va-bien*. Le fils la tranquillisa :

— Laura va bien. Je viens vous rassurer, Madame.

Ils s'installèrent dans un boudoir du premier étage pour être tranquilles. Ils burent du thé, se regardèrent beaucoup mais parlèrent peu. Il y avait trop à dire. Pal s'en alla à la toute fin de l'après-midi, déclinant une invitation à dîner : il ne fallait pas que Richard le voie, il ne fallait pas qu'il reste trop ici. C'était mauvais pour lui, pour France, et de surcroît strictement interdit.

Après son départ, France resta dans le boudoir, immobile, longtemps. Elle pensait à sa fille, à Pal, et pour garder le moral elle songea à l'avenir. Ils pourraient se marier, ils en avaient l'âge. Elle organiserait tout ; elle avait tant d'idées. La cérémonie aurait lieu dans le Sussex, les parents de Richard y possédaient un manoir, une magnifique propriété qu'ils mettraient certainement à leur disposition. Ils seraient unis dans la chapelle voisine, par le vicaire, l'évêque peut-être. L'évêque sûrement, Richard ferait une généreuse donation. Puis les invités, conduits dans les jardins des grands-parents, seraient émerveillés par la fête et le faste. On aurait dressé sur l'impeccable pelouse d'immenses tentes blanches. Buffets froids, buffets chauds, produits de la terre et produits de la mer, gastronomie française partout et foie gras dans toutes ses déclinaisons. Photographes, souvenirs pour chacun. On pourrait même tourner un film. S'il faisait beau, on mettrait du parquet près de la grande fontaine, face à l'étang et aux cygnes, et l'on y danserait jusqu'au matin. Ce serait l'été. L'été prochain peut-être. Pal et Laura seraient magnifiques.

34

Elle connaissait le chemin par cœur désormais. Elle arrivait de la gare de Lyon, avec sa bicyclette, et rejoignait le Quartier latin par le boulevard Saint-Germain, en longeant la Seine. Elle aimait la Seine.

C'étaient les beaux jours de l'automne, elle portait une robe légère, et dans une sacoche en toile, sur son porte-bagages, l'enveloppe que Pal lui avait confiée un mois plus tôt. Elle avait cédé ; elle avait décidé de la livrer malgré tout. Elle ne pouvait pas la garder pour elle, juste pour se venger de Pal : c'était la guerre, et la guerre en avait peut-être besoin. Elle savait bien que, dans l'enveloppe, les mots, sans doute anodins, formaient des codes insoupçonnables annonçant un bombardement, ou apportant une information de premier ordre. Ne pas apporter cette lettre, c'était être une traîtresse ; c'était peut-être même compromettre le cours des opérations de résistance. Alors elle avait cédé. Mais la prochaine fois que Pal viendrait, elle le menacerait, elle exigerait d'accomplir des tâches plus importantes. Elle pouvait faire bien plus que cette ridicule besogne qu'il lui assignait. Elle avait des tas de qualités, elle était discrète, fiable, et elle avait même une arme. Tout en pédalant, boulevard Saint-Germain, elle effleura le haut de sa cuisse droite, couvert par sa robe, là où étaient accrochés l'étui et le petit pistolet que Faron lui avait remis.

*

Kunszer avait passé une partie de l'après-midi à regarder la photographie de sa Katia. Il l'avait encadrée à présent, pour qu'elle ne s'abîme pas. Toute la journée, il avait béni sa petite Katia et maudit les Anglais. Il avait fait tout ce qu'il pouvait faire pour s'occuper, et à présent, il étouffait dans son bureau. Il ne supportait plus le Lutetia. Il voulait sortir, marcher un peu. Marcher lui ferait du bien. Il prit le boulevard Raspail, et descendit jusqu'au carrefour Saint-Germain. Il défit sa cravate, ouvrit le premier bouton de son col. Il flâna à Saint-Germain, profitant de l'ombre des arbres ; il s'était trop couvert, septembre était doux. Il suait.

Il trouva une terrasse et s'y installa. Il avait soif. Il commanda une boisson fraîche, et se laissa aller à contempler les passantes. Il pensait à Katia. Il se sentait seul.

*

Marie venait de déposer l'enveloppe dans la boîte aux lettres. Sa tâche accomplie, elle se hâta de remonter sur son vélo. Elle s'engagea à nouveau sur le boulevard Saint-Germain, en direction de la Tour Eiffel. Il y avait toujours du monde sur le boulevard, il était facile de se fondre dans la foule. Pal le lui avait dit.

*

À la terrasse, il observait l'agitation du boulevard. C'était une bonne distraction. Une très jolie jeune femme passa devant lui, sur une bicyclette. Elle avait vingt-cinq ans peut-être, elle ressemblait à Katia. Kunszer sentit son cœur battre plus vite, plus fort ; il avait envie de lui courir après, envie de l'aimer, ne serait-ce que pour oublier sa Katia. Il parlait français sans le moindre accent, il pouvait l'aborder. Elle ne saurait jamais qu'il était un sale Allemand. Ils pourraient aller au cinéma ensemble. Il avait envie de se sentir beau encore. Il se leva de sa chaise, il voulait s'offrir à cette jeune Française.

Un vent léger traversa alors le boulevard. Il fit à peine frémir les feuilles des platanes. Mais se mêlant à l'élan de la bicyclette, il souleva durant une fraction de seconde la robe de Marie. Et Kunszer, qui n'avait pas quitté la jeune femme des yeux, aperçut alors le canon d'une arme.

35

Pal et Faron dînaient chez Stanislas, sur Knightsbridge Road. Autour de la table en chêne, trop grande pour eux trois, ils épuisèrent tous les sujets de conversation, pour ne pas parler de la guerre. Et lorsqu'ils les eurent tous passés en revue, même la mode ou les prévisions météorologiques en Irlande, il fallut bien qu'ils y viennent.

— Quoi de neuf chez les gradés ? osa demander Faron.

Stanislas mâcha longuement le morceau de dinde qu'il avait en bouche, tandis que ses deux convives le dévisageaient. Pal et Faron avaient compris que Stanislas occupait depuis quelque temps de très importantes fonctions au sein de l'État-major, mais ils ne savaient rien de plus. Ils ignoraient qu'il avait désormais son bureau au quartier général du SOE, au très secret 64 Baker Street, d'où étaient gérées l'ensemble des opérations des sections, qui s'étendaient à présent de l'Europe jusqu'à l'Extrême-Orient.

— La guerre, juste la guerre, finit par répondre Stanislas.

Il se replongea aussitôt dans son assiette pour ne pas avoir à soutenir le regard de ses deux jeunes camarades.

— On a besoin de savoir, dit Faron. On a le droit de savoir un peu, merde ! Pourquoi est-ce qu'on est jamais au courant de rien ? Pourquoi est-ce qu'on doit se contenter d'aller effectuer des missions sans savoir rien des plans généraux ? On est quoi ? De la chair à canon ?

— Dis pas ça, Faron, protesta Stanislas.

— Mais c'est la vérité ! Alors quoi, t'as un fauteuil en cuir, tu t'assieds confortablement avec un verre de scotch et tu encercles au hasard des noms de ville sur les cartes pour y envoyer des gamins se faire tuer.

— Tais-toi, Faron ! hurla Stanislas, se dressant de sa chaise et pointant un doigt furieux dans sa direction. Tu ne sais rien ! Rien du tout ! Tu ne sais pas combien ça me ronge de vous savoir là-bas et moi ici ! Tu ne sais rien de ma souffrance ! Vous êtes comme des fils pour moi !

— Alors comporte-toi en père ! lui asséna Faron.

Il y eut un silence. Stanislas se rassit. Il tremblait de colère, contre lui, contre ces gamins auxquels il s'était attaché, contre cette maudite guerre. Il savait qu'ils repartiraient bientôt, il ne voulait pas se brouiller avec eux. Il fallait de bons souvenirs. Il se décida alors à leur dire un tout petit peu de ce qu'il savait. Rien de compromettant. Juste pour qu'ils voient en lui le père qu'il voulait être pour eux.

— Il y a eu une conférence à Québec, dit-il.

— Et ?

— Le reste n'est que des rumeurs.

— Des rumeurs ? répéta Faron.

— Des bruits de couloir.

— Je sais ce que signifie une rumeur. Mais de quoi parle-t-on ?

— Churchill aurait discuté avec Roosevelt. Ils auraient décidé d'amasser des hommes et des armes en Angleterre, en prévision de l'ouverture d'un front en France.

— Alors ils vont débarquer, dit Faron. Quand ? Où ?

— Là, tu m'en demandes trop, sourit Stanislas. Peut-être quelques mois. Peut-être au printemps. Qui sait...

Pal et Faron restèrent songeurs.

— Le printemps prochain, répéta Faron. Alors ils se décident enfin à rappliquer pour botter le cul des Allemands.

Pal regardait dans le vide. Il n'écoutait plus. Quelques mois. Mais combien ? Et comment allaient réagir les Allemands à l'ouverture d'un front en France ? À quelle vitesse se ferait la progression des armées alliées ? Les Russes avaient remporté la bataille de Koursk, ils allaient marcher sur Berlin. On s'attendait à une bataille terrible. Et qu'allait-il se passer lorsque les Alliés atteindraient Paris ? Y aurait-il un siège de la ville ? Peu à peu, ressassant les scénarios possibles, Pal fut envahi par une sourde crainte : le jour où les Alliés s'apprêteraient à reprendre la capitale, les Allemands feraient un carnage, ils ne se laisseraient pas prendre, ni eux, ni la capitale. Ils la détruiraient plutôt que de la perdre, ils la raseraient, ils la mettraient à feu et à sang. Qu'allait-il arriver à son père ? Qu'allait-il devenir si les Allemands infligeaient à Paris ce que les Alliés avaient fait subir à Hambourg ? Ce soir-là, en rentrant à Bloomsbury, Pal décida qu'il devait emmener son père loin de Paris.

*

Une dizaine de jours s'écoulèrent. Aucun des autres camarades du groupe ne rentra à Londres. C'était la mi-septembre. Stanislas était loin de se douter combien ses révélations occupaient les pensées de Faron et Pal. Faron était conforté dans ses projets ; faire tomber le Lutetia serait une opération majeure pour faciliter l'avancée des troupes alliées en France. Plus de coordination possible pour le Renseignement allemand. Croix de guerre assurée. Pal, lui, craignait pour son père. Il devait aller le chercher, le mettre à l'abri. Il devait faire en sorte qu'il ne lui arrive rien.

Les deux agents voulaient repartir au plus vite et converger vers Paris, mais pas pour les mêmes raisons. Pour leur plus grande satisfaction, la Section F ne tarda pas à décider de les renvoyer en mission car l'Europe était en ébullition. Faron était dirigé vers Paris, pour des bombardements. Pal, de nouveau dans le Sud. Il s'en fichait. Il n'irait pas dans le Sud. Il irait à Paris.

Ils passèrent quelques journées à Portman Square pour recevoir les consignes et les ordres. Le soir, ils se retrouvaient à Bloomsbury. Faron avait l'air impassible malgré le retour en France ; Pal s'efforçait de rester maître de lui-même. L'avant-dernière nuit avant les maisons de transit, Pal, frappé d'insomnie, se leva, errant dans l'appartement. Il découvrit Faron, assis à la table de la cuisine, en grande méditation : il lisait le livre d'anglais de Gros et mangeait ses biscuits devenus trop secs.

— J'ai été un sale type, hein ? demanda d'emblée Faron.

Pal fut un peu pris de court.

— Bah. On a tous nos moments de faiblesse…

Faron semblait préoccupé, plongé dans d'intenses réflexions.

— Alors ils vont débarquer, hein ? fit Pal.

— Faut pas en parler de ce débarquement.

Pal ne releva pas. Faron semblait troublé.

— T'as peur ? interrogea le fils.

— J'en sais rien.

— Quand je suis parti de France pour rejoindre le SOE, j'ai écrit un poème…

Comme Faron ne réagissait pas, Pal disparut dans sa chambre un instant et en revint avec un morceau de papier. Il le tendit à Faron, qui grogna ; il n'avait besoin ni de poésie ni de personne, mais il l'empocha tout de même.

Il y eut un long silence.

— Je vais passer par Paris, finit par dire Pal, qui savait que Faron y serait.

Le colosse leva la tête, soudain intéressé :

— Paris ? C'est ta mission ?

— Plus ou moins. Disons que je dois m'y rendre.

— Pourquoi donc ?

— Le secret, camarade. Le secret.

Pal avait volontairement révélé une partie de ses intentions à Faron : en cas de problème à Paris, il aurait certainement besoin de lui. Et Faron songea que Pal ne serait pas de trop pour son attentat sur le Lutetia. C'était un très bon agent. Aussi lui révéla-t-il sa planque.

— Retrouve-moi à Paris lorsque tu y seras. J'ai un appartement sûr. Quand viendras-tu ?

Pal haussa les épaules.

— Dans les jours qui suivront mon arrivée en France, j'imagine.

Faron lui donna l'adresse.

— Personne ne connaît cet endroit. Pas même Stanislas, si tu vois ce que je veux dire.

— Pourquoi ?

— Chacun ses secrets, camarade. Ne l'as-tu pas dit ?

Les deux hommes se sourirent. C'était la première fois depuis leur séjour à Londres qu'ils se souriaient. Peut-être la première fois depuis qu'ils se connaissaient.

Plus tard cette même nuit, alors que Pal s'était endormi, Faron se leva et s'enferma dans les toilettes. Il lut le poème de Pal. Et il éteignit la lumière parce qu'il sanglotait.

★

Le lendemain fut leur dernière journée à Londres. Ils avaient passé deux semaines en Angleterre. Pal annonça son départ à France Doyle, puis il passa l'après-midi avec Stanislas.

— Bon vent, lui dit sobrement Stanislas, lorsqu'ils se quittèrent.

— Salue bien les autres de ma part quand tu les verras.

Le vieux pilote promit.

— Surtout Laura… précisa encore Pal.

— Surtout Laura, répéta Stanislas avec douceur.

Pal regrettait tant de n'avoir pas retrouvé Laura. Il avait passé la majeure partie de sa permission à l'attendre à Bloomsbury, fidèlement, plein d'espoir, sursautant à chaque bruit. À présent, il était triste.

De retour à l'appartement, il trouva Faron, qui s'agitait dans l'appartement, à moitié nu. Au bout d'un moment, celui-ci vint trouver Pal dans le salon.

— J'ai besoin de la salle de bains…

— Fais donc. Je n'en ai pas besoin.

— Je dois l'occuper longtemps.

— Tout le temps que tu veux.

— Merci.

Et Faron partit s'enfermer. Assis dans la baignoire pleine, un miroir de poche dans la main, il se rasa de près et se nettoya longuement. Puis il se coupa les cheveux, les lava soigneusement, et ne les gomina pas. Il s'habilla d'un costume blanc et de chaussures en toile, blanches aussi. Une fois prêt, il accrocha à son cou la croix de Claude au moyen d'une cordelette, puis, face à son miroir, il serra le poing et se frappa le torse, violemment, en cadence, scandant la marche militaire du pardon ultime. Il se battait la coulpe. Il demandait pardon au Seigneur. En dévisageant son reflet, il récita la poésie de Pal. Il l'avait apprise par cœur.

Que s'ouvre devant moi le chemin de mes larmes,
Car je suis à présent l'artisan de mon âme.
Je ne crains ni les bêtes, ni les Hommes,
Ni l'hiver, ni le froid, ni les vents.
Au jour où je pars vers les forêts d'ombres, de haines et de
peur,
Que l'on me pardonne mes errements et que l'on me
pardonne mes erreurs,
Moi qui ne suis qu'un petit voyageur,
Qui ne suis que la poudre du vent, la poussière du temps.
J'ai peur.
J'ai peur.
Nous sommes les derniers Hommes, et nos cœurs, en rage, ne
battront plus longtemps.

Depuis le matin, Faron était envahi par un pressentiment.
Il fallait que le Seigneur lui pardonne ce qu'il avait fait, qu'il l'aide
à rester fier jusqu'à son dernier souffle. Car il savait à cet instant
précis qu'il allait bientôt mourir.

*

Pal vit revenir Faron dans le salon deux heures plus tard,
métamorphosé, sa valise à la main.
— Au revoir, Pal, lui dit le colosse d'un ton cérémonial.
Le fils le regarda, étonné.
— Où vas-tu ?
— M'accomplir. Merci pour ta poésie.
— Tu ne veux pas dîner ?
— Non.
— Tu prends ta valise ? Tu ne reviens plus ici ?
— Non. On se voit à Paris. Tu as retenu l'adresse.
Pal acquiesça, sans comprendre. Faron lui serra vigoureuse-
ment la main et s'en alla. Il avait à faire, il devait partir. Il avait à
honorer le rendez-vous le plus important du monde.

*

Il parcourut quelques cimetières, demandant pardon aux
morts, puis il parcourut la ville, et il distribua de l'argent aux

démunis, qu'il n'avait jamais aidés. Enfin, il se fit déposer à Soho, chez les putains. En janvier, revenant à Londres et retrouvant le groupe, éconduit par Marie et moqué par Laura, il avait dû aller aux putes. Dans les chambres de passe, il en avait cogné quelques-unes, sans raison, ou parce qu'il était en colère contre le monde. Et Faron demanda pardon aux putains qu'il croisa, au hasard. Il n'avait plus sa posture de combattant fier ; il était courbé, repentant, les yeux baissés vers le sol, la tête inclinée. Pénitent, il psalmodiait, baisant la croix qui pendait à son cou : « *Que l'on me pardonne mes errements et que l'on me pardonne mes erreurs, Moi qui ne suis qu'un petit voyageur, Qui ne suis que la poudre du vent, la poussière du temps. Pardonne-moi, Seigneur... Pardonne-moi, Seigneur...* »

Dans une ruelle, il croisa une fille qu'il avait giflée ; elle le reconnut malgré son accoutrement de fantôme blanc.

— Emmène-moi ! hurla-t-il, à moitié fou, dans son anglais haché.

Elle refusa. Elle avait peur.

— Emmène-moi, je ne te ferai rien.

Il se mit à genoux et lui tendit des billets, suppliant.

— Emmène-moi, et sauve-moi.

Il y avait beaucoup d'argent. Elle accepta. En la suivant dans l'immeuble sordide devant lequel elle se tenait, il soliloqua en français.

— Me pardonnes-tu ? Me pardonnes-tu ? Si tu ne me pardonnes pas, qui me pardonnera ? Si tu ne me pardonnes pas, le Seigneur ne me pardonnera pas. Et il le faut, il le faut pour que je meure bien !

La fille ne comprenait rien. Ils entrèrent dans la chambre, deuxième étage. Une toute petite chambre sale.

Faron lui demanda encore pardon pour les coups. Oui, si elle trouvait la force de lui pardonner, il pourrait partir en France en paix. Il avait besoin d'être en paix, au moins le temps de faire sauter le Lutetia. Ensuite le Tout-Puissant pourrait faire de lui ce qu'il voudrait pour qu'il expie sa vie de malheur. Que le Seigneur le fasse juif, le châtiment suprême. Oui, lorsque la Gestapo le prendrait, il jurerait sa judéité.

Ils restèrent debout. Elle, apeurée, et lui, marmonnant comme un fou.

— Dansons ! s'écria-t-il soudain.

Il avisa un tourne-disque. La fille portait une vilaine robe noire en mauvais tissu qui étouffait son corps mal fait. Il la trouva belle. Il plaça l'aiguille sur le sillon, la musique envahit la chambre. Elle resta immobile ; c'est lui qui s'approcha. Il la prit délicatement dans ses bras, puis ils joignirent leurs mains et ils dansèrent, lentement, les yeux fermés. Ils dansèrent. Ils dansèrent. Et il la serra fort. Et plus il la serrait contre lui, plus il suppliait le Seigneur de lui pardonner ses péchés.

Au même instant, dans l'appartement de Bloomsbury, pendant que Faron dansait une dernière fois, Pal, torse nu devant le miroir de la salle de bains, enfonçait la pointe de son canif dans sa cicatrice pour la raviver. Il grimaça de douleur. Il ne cessa que lorsqu'une goutte de sang perla. Du sang pourpre, presque noir. Il le laissa couler un peu et en macula ses doigts. Et il bénit son sang, parce que c'était le sang de son père. Son père, qu'il avait cru si loin pendant deux longues années, était depuis toujours à ses côtés ; il n'avait cessé de couler en lui. Et pendant qu'il se marquait à nouveau de la marque des fils infâmes, il maudit la guerre. Peu importait le SOE, peut importait sa mission : sa seule obsession désormais serait d'emmener son père loin de Paris et de le mettre à l'abri.

36

Quinze jours pour rien. Kunszer pestait, mâchonnant un mégot éteint. Dans la rue, il observait discrètement l'entrée de l'immeuble, rue du Bac. Quinze jours passés à surveiller cet homme pour rien. Quinze jours à le suivre, inlassablement, et toujours, à midi, le même cirque : l'homme quittait son travail, prenait le métro pour rentrer chez lui, inspectait sa boîte aux lettres, et repartait aussitôt. Que diable pouvait-il bien attendre ? Les lettres de la fille ? Il ne devait pas savoir qu'on l'avait arrêtée. La boîte aux lettres était toujours vide, et l'homme menait la vie la plus ennuyeuse qui puisse être ; il ne se passait rien, rien de rien. Jamais rien. Kunszer donna un coup de pied dans le vide, rageur. Il n'avait aucune piste, et jusqu'ici, il avait perdu son temps, à attendre, à filer. Il avait même passé des nuits entières à surveiller cette boîte aux lettres ; si cet homme était un important agent du SOE, comme le prétendait la fille, il aurait dû trouver au moins un indice compromettant. Mais il n'avait rien. Devait-il l'arrêter et le torturer lui aussi ? Non, ça ne serait pas utile. Et il n'aimait pas torturer. Dieu, qu'il n'aimait pas ça ! La fille lui avait suffi, et d'ailleurs elle n'avait pas beaucoup parlé. Courageuse. Ah, il en dormait encore mal ! Il avait fallu que les coups pleuvent pour qu'elle parle enfin ; il avait eu l'impression de battre sa Katia, tant la fille lui ressemblait. Elle n'avait parlé que des lettres ; son rôle était apparemment de livrer des messages d'un agent britannique, et dans cette boîte aux lettres uniquement. C'était tout ce qu'elle avait révélé d'utile. Il n'en savait pas plus sur la présence d'éventuels agents à Paris. Les rares noms qu'elle avait donnés étaient des inventions, il le savait. Lui cachait-elle des éléments importants ? Il en doutait. Elle n'était qu'une petite main, un pion. Les agents des services secrets s'assuraient que leurs exécutants en sachent le moins possible. Que diable préparait le SOE à Paris ? Un attentat d'envergure ? La fille connaissait certainement des résistants, mais à présent, les résistants, il s'en fichait : il voulait les Anglais, il voulait ceux qui avaient bombardé Hambourg. Les résistants, il les laissait aux macaques de la Gestapo, ou à Hund, du Gruppe III. La fille ne parlerait pas plus, il le savait ; c'était une courageuse. Ou une idiote. Il la gardait tout de même au frais au Lutetia, pour l'épargner un peu, car lorsqu'il en aurait fini, il la donnerait à la Gestapo, rue des Saussaies. Et ils lui feraient tant de mal.

L'homme ressortit de l'immeuble, la mine déçue, et Kunszer l'observa attentivement. Observer, il ne faisait que ça. Il n'y avait rien dans la boîte aux lettres, Kunszer le savait, il était allé la fouiller avant que l'homme n'arrive. Il regarda la petite silhouette se diriger vers le boulevard Saint-Germain, et il se demanda qui diable il pouvait bien être, hormis un fonctionnaire ridicule. Il n'avait rien d'un agent britannique, il ne se retournait jamais, ne vérifiait rien, n'avait jamais l'air inquiet. Il le suivait depuis des jours, sans beaucoup de discrétion parfois, et il ne l'avait jamais remarqué ! Soit il était le meilleur des espions, soit il n'avait rien à se reprocher. Ses journées étaient d'une monotonie rare : il partait tous les matins à la même heure, prenait le métro jusqu'au ministère. Puis, à midi, il faisait le chemin inverse, fouillait sa boîte aux lettres, et repartait à son travail. Une routine assommante au possible, Kunszer n'en pouvait plus.

Plusieurs fois, il était retourné voir la fille dans sa cellule.

— Qui est cet homme ? avait-il demandé à chaque fois.

Toujours la même réponse :

— Un important agent de Londres.

Il n'y croyait pas une seconde ; ce n'était pas ce type qui avait préparé l'opération sur la base de Peenemünde. Pourtant, il avait la conviction que la fille n'avait pas menti : elle était venue plusieurs fois jusqu'à cette boîte aux lettres. Elle était venue armée, et elle y avait été envoyée par les services secrets britanniques. Mais ce n'était pas pour cet homme, ça n'avait pas de sens. Quant à savoir qui lui avait remis ces lettres, c'était tout le nœud de la question. Elle n'avait rien répondu de valable. Pendant le premier interrogatoire, il avait perdu ses nerfs car la fille se refusait à parler.

— Qui vous a donné ces lettres, bon sang ? s'était-il mis à crier.

Quelle horreur de hurler sur sa petite Katia, sa petite chérie, comme s'il hurlait sur un chien mal dressé qui se refusait à exécuter une pirouette ridicule. Elle ne savait plus, un grand blond, puis un petit brun, il s'appelait Samuel, ou Roger, elle ne l'avait vu qu'une fois, il laissait les lettres dans le boîtier électrique d'un immeuble. Kunszer l'avait contemplée, affecté : elle était courageuse, comme sa Katia. Alors il avait répété les questions, pour lui donner une chance d'éviter les coups. Mais il avait dû frapper. Il lui avait donné du *vous*, il l'avait regardée avec amour, sa Katia ressuscitée, il l'avait secrètement chérie ; et puis il lui avait donné des coups, des gifles, du bâton, comme à un animal désobéissant. Mais c'était lui l'animal. Voilà ce qu'ils avaient fait de lui, ces maudits Anglais qui avaient rasé Hambourg, qui avaient exterminé les femmes et les enfants, voilà ce qu'ils avaient fait de lui. Un animal. Et la malheureuse avait hurlé qu'elle n'avait même pas lu les lettres. Il la croyait. Si au moins elle les avait lues, elle aurait pu sauver sa vie.

Kunszer suivit l'homme du regard jusqu'à ce qu'il tourne sur le boulevard et disparaisse. Il ne le filerait pas cette fois, il ne voulait plus faire inutilement un énième trajet jusqu'au ministère des minables. Il le laissa partir. La police française n'avait rien sur lui ; il était un inconnu, un sans-histoire, un rien de rien. L'agent de l'Abwehr attendit encore quelques minutes, immobile, pour être certain que l'homme avait bien disparu, puis il pénétra à son tour dans la cour de l'immeuble. Il jeta encore un œil à l'intérieur de la boîte aux lettres : vide, bien sûr. Il songea alors à aller visiter l'appartement de l'homme ; il ne l'avait pas encore fait, c'était sa dernière piste. Mais il ne monta pas immédiatement : il se sentait observé. Il leva les yeux vers les fenêtres des étages ; rien. Il se retourna discrètement et remarqua que la porte de la loge de la concierge était entrebâillée et que, de derrière, une ombre l'épiait.

Il se dirigea vers la loge et la porte se referma aussitôt. Il frappa, et la concierge ouvrit, l'air de rien. Elle était d'une laideur rare, mal soignée, crasseuse, désagréable.

— C'est pourquoi ? demanda-t-elle.

— Police française, répondit Kunszer.

Il se trouva stupide d'avoir précisé *française*. Les policiers français ne se présentaient pas ainsi, il n'avait pas été crédible. Il n'avait pas voulu s'identifier officiellement, la police française faisait toujours plus bonasse. La femme ne se formalisa pas ; il parlait sans le moindre accent et sans doute ne s'était-elle jamais fait contrôler.

— Vous m'observiez ? interrogea-t-il.

— Non.

— Que faisiez-vous alors ?

— Je veille sur les passages dans l'immeuble. À cause des maraudeurs. Mais j'ai tout de suite vu que z'en étiez pas un.

— Naturellement.

Il profita de l'occasion pour demander à la concierge des informations sur l'*homme*.

— Vous le connaissez ? questionna-t-il en déclinant son nom.

— C'est sûr. Des années qu'il habite ici. Plus que vingt ans, même.

— Et que pouvez-vous me dire sur lui ?

— Il a des ennuis ?

— Contentez-vous de répondre.

La concierge soupira et haussa les épaules.

— Un brave type sans histoire. Mais qu'est-ce que la police lui veut ?

— Pas vos affaires, répondit Kunszer, agacé. Il vit seul ?

— Seul.

— Il n'a pas de famille ?

— Femme morte…

La concierge parlait comme un télégramme. Kunszer s'agaça plus encore. Elle était molle, elle parlait lentement, alors que son temps à lui était compté.

— Quoi d'autre ? martela-t-il.

Elle soupira.

— Il a un fils. Mais pas là.

— *Pas là* quoi ? Il est où ?

Elle haussa les épaules encore, peu concernée.

— Parti.

C'en était trop ; Kunszer l'attrapa par la chemise et la secoua. Il ressentit du dégoût de toucher ses vêtements sales.

— Vous voulez des ennuis ?

— Non, non, gémit la grosse femme laide, surprise d'être ainsi molestée, se protégeant le visage des mains. Son fils est parti à Genève.

— Genève ? (Il la lâcha.) Depuis quand ?

— Deux ans environ

— Qu'y fait-il ?

— Dans la banque. Il est dans la banque. En Suisse, on fait de la banque vous savez bien, quoi.

— Son nom…

— Paul-Émile.

Kunszer se détendit. Voilà de bonnes informations. Il aurait dû secouer cette grosse concierge quinze jours plus tôt.

— Quoi d'autre…

— Le père a reçu des cartes postales de Genève. Au moins quatre ou cinq. Il me les a lues. Le fils dit que tout va bien.

— Il est comment ce fils ?

— Un bon gamin. Poli, bien élevé. Normal, quoi.

Kunszer regarda la femme avec mépris ; il n'en tirerait rien de plus. Il s'essuya les mains sur sa propre robe pour lui signifier tout son dégoût.

— Je ne vous ai jamais parlé. Vous ne m'avez jamais vu. Sinon je vous fais fusiller.

— Vous avez le droit de faire ça, vous autres ? Saleté ! Vous faites comme les Allemands.

Kunszer sourit.

— Nous faisons pire. Pas un mot donc !

La femme acquiesça, la tête basse, honteuse, humiliée. Et elle disparut dans sa loge.

Kunszer, ragaillardi par ces nouvelles informations, monta discrètement à l'appartement, au premier étage. Il sonna ; aucune réponse. Il s'en doutait, simple mesure de précaution. Il hésita entre forcer la serrure ou aller chercher les clés chez la concierge ; il savait qu'elle ne parlerait pas, c'était une faible. Chercher les clés, c'était mieux ; il ne fallait pas que l'homme s'aperçoive que quelqu'un s'était introduit chez lui. Mais avant de redescendre, sans savoir pourquoi, Kunszer appuya sur la poignée de la porte, juste comme ça. À sa grande surprise, la porte n'était pas fermée à clé.

*

Pour sa propre sécurité, il avait inspecté les lieux, la main sur la crosse de son Luger : vides. Pourquoi la porte était-elle ouverte s'il n'y avait personne ? Il entreprit alors une fouille méthodique de chaque pièce, à la recherche de n'importe quel indice qui pourrait l'éclairer ; il avait du temps, le fonctionnaire ne reviendrait qu'en fin d'après-midi.

L'appartement était poussiéreux, il y régnait une immense tristesse. Dans le salon, on avait installé un train électrique d'enfant. Kunszer passa chaque recoin au crible, minutieusement ; il ouvrit les livres, jeta un œil dans la chasse d'eau, derrière les meubles. Rien. De nouveau, le découragement l'envahit ; toute cette affaire n'avait pas de sens. Que devait-il faire ? Donner encore des coups à la fille ? L'envoyer au Cherche-Midi, en face du Lutetia, où l'on torturait de la pire des façons ? L'envoyer rue des Saussaies pour qu'on massacre son beau visage dans les salles d'interrogatoire du cinquième étage ? Il eut envie de vomir.

Il s'assura de n'avoir laissé aucune trace de son passage, puis, au moment de s'en aller, traversant une dernière fois le petit salon, il remarqua au-dessus de la cheminée un cadre doré. Comment avait-il pu ne pas la voir ? La photographie d'un jeune homme. Le fils certainement. Il s'approcha, observa l'image, la prit en main, puis souleva le livre sur lequel elle avait été posée. Lorsqu'il l'ouvrit, neuf cartes postales en tombèrent : des vues de Genève. C'étaient les fameuses cartes postales. Il les lut plusieurs fois ; le texte était insignifiant. Un code ? Les mots étaient souvent les mêmes ; si tel était le cas, ce ne devait pas être un message d'importance. Kunszer releva qu'il n'y avait ni timbre, ni adresse. Comment ces cartes étaient-elles parvenues ? Étaient-ce les lettres qu'avait livrées la fille ? Était-ce pour ces misérables morceaux de papier qu'elle venait jusqu'ici, armée ? Quel rapport avec les agents anglais ?

Il empocha l'une des cartes, au hasard. Elles n'étaient pas datées, aucune chronologie n'était possible. Il sortit ; sur le palier, il alluma une cigarette, satisfait. Et il songea qu'au lieu du père, il fallait peut-être se pencher sur le fils.

37

Dans le Nord, la mission de Laura s'achevait ; elle n'attendait plus que l'ordre d'exfiltration de Londres pour rentrer chez elle. Elle en avait tellement hâte. Retrouver Pal, elle ne pensait plus qu'à ça. Sa tâche solitaire de pianiste l'avait éprouvée, la solitude l'avait marquée, plus que l'angoisse des unités de radiogoniométrie de l'Abwehr et la peur de la Gestapo. Elle voulait rentrer à Londres, elle voulait Pal ; elle voulait le serrer contre elle, elle voulait entendre sa voix. Elle était si lasse de la guerre ; elle voulait cesser. Oui, elle voulait partir loin avec Pal, se marier et fonder une famille. Ils se l'étaient promis : si la guerre ne finissait pas, ils partiraient en Amérique, et la guerre semblait ne jamais vouloir se terminer. L'Amérique, elle y pensait jour et nuit.

Alors que son retour n'était plus qu'une question de jours, Baker Street communiqua un message destiné à Hervé, l'agent du SOE qui dirigeait la mission. Elle le déchiffra et ne put s'empêcher de pleurer. Elle ne rentrait plus : elle devait se rendre à Paris, un agent avait besoin d'un opérateur radio.

— Que se passe-t-il ? demanda Hervé, qui faisait le guet à la fenêtre.

Il laissa tomber le rideau et s'approcha de la table où elle était installée. Elle éteignit l'émetteur, passa la main sur ses joues pour essuyer ses larmes ; Hervé lut le message qu'elle venait de transcrire.

— Je suis désolé, dit-il. Je sais à quel point tu avais hâte de rentrer.

— On est tous dans le même cas, s'étrangla-t-elle.

Ses larmes coulaient malgré elle.

— Je te prie de m'excuser, dit-elle.

— De quoi ?

— De pleurer.

D'un geste paternel, il passa sa main dans ses cheveux.

— T'as le droit de chialer, Laura.

— Je suis si fatiguée.

— Je sais.

Hervé, qui n'était pourtant pas homme à s'émouvoir facilement, ressentit un pincement au fond de son cœur : elle lui faisait
de la peine, cette jolie blonde ; quel âge pouvait-elle avoir ? Vingt-
cinq ans au plus. Toujours appliquée, toujours agréable à vivre.
Lui-même avait une fille, plus ou moins de son âge ; elle vivait
avec sa femme et leur jeune fils, près de Cambridge. Il n'aurait
jamais supporté que sa fille fasse la guerre, cette guerre qui les
éprouvait tous. Et quelques jours plus tôt, il avait même été
heureux à l'annonce de la fin de mission de Laura ; elle allait
rentrer saine et sauve. Mais à présent, qu'allait-elle devenir, à se
promener jusqu'à Paris avec un émetteur radio qui remplissait une
valise ? Un simple contrôle dans une gare et elle serait démasquée.

Il fallut à Laura de longues heures pour retrouver un peu de
son calme. Elle avait peur ; elle n'avait jamais été envoyée seule
en mission. En sa qualité d'opératrice radio, elle avait toujours
été accompagnée d'un ou plusieurs agents. Traverser seule une
partie de la France, cette idée la terrifiait.

Quelques jours passèrent ; le réseau fournit à Laura de
nouveaux faux papiers ainsi qu'un laissez-passer pour quitter la
zone interdite du Nord. À la veille de son départ, elle rangea ses
quelques affaires dans une valise en cuir, l'émetteur radio tenant
dans une autre. Hervé vint la trouver dans sa chambre.

— Je suis prête, lui dit-elle, au garde-à-vous.

Il sourit :

— Tu ne pars que demain.

— J'ai peur.

— C'est normal. Essaie de rester la plus naturelle possible,
personne ne fera attention à toi.

Elle hocha la tête.

— Tu as une arme ?

— Oui. Un colt dans mon sac.

— Très bien. Tu as ta pilule L ?

— Aussi.

— Ce n'est qu'une précaution…

— Je sais.

Ils s'assirent côte à côte sur le lit de Laura.

— Tout va bien se passer, on se reverra très vite à Londres, lui dit Hervé, posant amicalement sa main sur la sienne.

— Oui, à Londres.

Sur la base du message de Londres, Hervé donna encore une fois les consignes de mission à la jeune femme. Il avait organisé son voyage à Paris avec des résistants, qui l'emmèneraient en camionnette jusqu'à Rouen. Elle y passerait la nuit. Elle prendrait le premier train du lendemain jusqu'à Paris. Ou celui du surlendemain ou du jour suivant si les règles de sécurité l'imposaient ; ne surtout pas monter dans le train si elle pressentait le moindre danger ou si elle remarquait une fouille ou un contrôle préalables. Mais dans tous les cas, elle devait arriver avant midi dans la capitale ; peu importait le jour, mais avant midi. Une fois arrivée, elle devrait se rendre directement à la bouche de métro de la station Montparnasse ; un agent du SOE l'y attendrait et la prendrait en charge. Elle devrait attendre que l'agent l'approche ; elle-même ne devait rien entreprendre. Il lui dirait : « *J'ai vos deux livres, ça vous intéresse toujours ?* » et elle répondrait : « *Non, merci, un seul suffit.* » L'agent l'introduirait ensuite auprès de son contact, un certain Gaillot, à Saint-Cloud. En cas de problème à Paris, Gaillot serait son moyen d'extraction.

Hervé fit répéter les instructions à Laura, et lui donna deux mille francs. Le lendemain, elle partit dans la camionnette des résistants, un couple de maraîchers de la région de Rouen. Elle avait le cœur en miettes.

38

En pleurs et en sueur, il déménageait tout son appartement pour la troisième fois. Il renversait les meubles, soulevait les tapis, sortait les livres de la bibliothèque, fouillait encore les poubelles. Il manquait une carte postale. Comment diable était-ce possible ?

Tous les soirs, il les avait recomptées, amoureusement. Et puis, cinq soirs plus tôt, il en avait manqué une. C'était le mercredi soir. Son soir préféré. Il avait d'abord cherché sans inquiétude, entre les pages du livre. Rien. Il avait ensuite regardé par terre, dans la cheminée. Rien toujours. Alors, pris de panique, il avait cherché dans tout l'appartement. En vain. Le lendemain, atterré, il avait refait pas à pas le chemin jusqu'au ministère, et il avait fouillé son bureau. Dans le doute. Mais il savait qu'elles n'avaient jamais quitté la rue du Bac. Jamais. Alors il avait fouillé tout l'appartement, minutieusement, dans les moindres recoins. Partout. Il n'en avait pas dormi. Et il avait recommencé encore. Et en ce cinquième soir, après une ultime recherche désespérée, il avait la certitude que la carte n'était plus dans l'appartement. Où était-elle alors ?

Épuisé, il s'affala sur un fauteuil qui avait migré dans l'entrée pour la durée des opérations ; il rassembla ses esprits. Il voulait comprendre. Et soudain, il se frappa le front : quelqu'un était venu chez lui ! Il avait été cambriolé ! Et il n'avait rien remarqué ! Que lui avait-on pris d'autre ? Il y avait à présent un tel désordre dans l'appartement qu'il ne saurait plus dire ce qui manquait ou non. Il avait laissé la porte ouverte, pendant deux ans. Deux ans que Paul-Émile était parti, deux ans qu'il n'avait plus tourné la clé dans la serrure. Deux ans déjà. Il fallait bien qu'il se fasse cambrioler un jour. Un pauvre bougre sans doute, à la recherche de nourriture : la ration de viande était tombée à 120 grammes. Le père espérait qu'au moins ce méfait permettrait au voyou de manger à sa faim. Il avait certainement pris de l'argenterie aussi, il la revendrait à bon prix. Mais pourquoi avoir volé une carte postale ? Ça ne se mange pas, les cartes postales.

Le lendemain, en partant au travail, le père frappa à la loge de la concierge. Elle lui ouvrit, elle avait très mauvaise mine. Et en le voyant, elle eut un air affolé, comme s'il était un fantôme.

— Pas le temps pour vous ! s'écria-t-elle, paniquée.

— J'ai été cambriolé, lui dit-il tristement.

— Ah.

Elle avait l'air tout à fait indifférente à sa mésaventure. Elle voulut refermer la porte, mais le père l'en empêcha en avançant le pied.

— Ça veut dire qu'on m'a volé des objets, expliqua-t-il. C'est un crime, comprenez-vous ?

— Désolée pour vous.

— Savez-vous si d'autres appartements ont été cambriolés dans l'immeuble ?

— Crois pas, non. Maintenant vous m'excuserez, j'ai à faire.

Elle repoussa le pied du père, claqua la porte et poussa le loquet, laissant le pauvre homme décontenancé et furieux à la fois. Ah, la sale petite laideronne ; il la trouvait plus boulotte encore que d'habitude. Il décida qu'elle n'aurait plus jamais d'étrennes. L'après-midi même, il irait déposer plainte au poste de police.

39

Octobre débutait. C'était un samedi. Devant Notre-Dame, Faron avait retrouvé Gaillot, le résistant. Ils déambulaient parmi les piétons, comme de rien, profitant du soleil d'automne. La journée était belle.

— Content que tu sois de retour, ça faisait longtemps, dit Gaillot pour engager la conversation.

Faron hocha la tête. Gaillot lui trouva un air nouveau : il semblait apaisé, calme, heureux. C'en était presque étrange.

— Et la guerre ? demanda-t-il.

— Ça avance, répondit le colosse, évasif.

Gaillot esquissa un sourire : Faron ne parlait jamais. Il avait l'habitude à présent, et il ne se laissa pas démonter pour autant :

— Bon, dit-il, en quoi puis-je t'être utile ? Si tu m'as contacté, ce n'est pas uniquement pour le plaisir de me voir, je suppose.

— Pas uniquement.

Faron regarda autour de lui avant de poursuivre. Il entraîna Gaillot à l'écart.

— Combien pourrais-tu me fournir d'hommes ? Des bien entraînés. Et il me faudrait aussi du plastic. Beaucoup.

— C'est pour une grosse opération ?

Faron acquiesça, l'air grave. Il ignorait encore comment il allait s'y prendre pour faire tomber le Lutetia, le mode opératoire dépendrait des ressources dont il disposerait. Gaillot serait sa principale source d'approvisionnement en explosif ; il était impensable de demander un parachutage de matériel sur Paris au SOE, et puis personne ne savait pour le Lutetia. Il n'en informerait Portman Square que lorsque tout serait en place. L'État-major ne pourrait alors plus refuser.

— Faut voir, dit Gaillot. Laisse-moi regarder. Je vais faire de mon mieux. Il te faudrait combien de personnes ?

— J'en sais rien précisément.

— T'es seul sur le coup ? Je veux dire… de chez les Rosbifs.

Faron se retourna rapidement, soudain nerveux. Voilà le genre de mot qu'il ne fallait pas prononcer en public. Il évita néanmoins de réprimander Gaillot, pour ne pas le vexer ; il était en position de demandeur.

— On sera deux ou trois probablement. J'ai un pianiste qui doit arriver ces jours-ci, et un troisième gars qui ne devrait plus tarder.

— Compte sur moi, dit Gaillot en serrant la main du colosse.

— Merci, camarade.

Ils se séparèrent.

Faron repartit vers les Halles. Puis il bifurqua en direction des grands boulevards, et marcha pendant une heure et demie à travers la ville, dans toutes les directions, pour s'assurer de ne pas être suivi. Il procédait toujours ainsi après une prise de contact.

Pour le moment, il était seul à Paris, il avait été parachuté sans opérateur radio. Il n'aimait pas se trouver ainsi sans lien avec Londres. En attendant, sa consigne était de passer par Gaillot en cas de problème, mais Gaillot, malgré toutes ses qualités, n'était pas du SOE, et Faron attendait impatiemment que son pianiste arrive. Avant que Faron ne quitte Londres, on l'avait prévenu, à Portman Square, que Marc, son opérateur à Paris, avait été envoyé dans un réseau de l'Est. Faron avait regretté qu'on le sépare de Marc ; il avait confiance en lui, c'était un bon agent. Dieu sait qui Londres allait lui envoyer. Il avait encore attendu le remplaçant, à midi, au métro Montparnasse. Mais il n'était pas venu, du moins n'avait-il vu personne qui aurait pu être un opérateur radio. Car telle était la consigne : attendre le pianiste à midi, devant la bouche de métro, et entamer la conversation : « *J'ai vos deux livres, ça vous intéresse toujours ?* — *Non merci, un seul suffit.* » Et répéter ce cirque tous les jours jusqu'à ce qu'ils se retrouvent. Il avait horreur de ces consignes qui suscitaient une routine dangereuse. Tous les jours, au même endroit, à la même heure, à attendre, ça attirait l'attention. Il prenait soin de toujours changer son apparence et de se fondre dans le décor ; tantôt devant un kiosque, tantôt dans un café, tantôt sur un banc ; tantôt avec des lunettes, tantôt avec un chapeau. Il n'aimait pas cela ; et s'il considérait que son opérateur n'était pas de confiance, il l'enverrait dormir chez Gaillot, pour ne pas compromettre la sécurité de sa planque. L'attentat sur le Lutetia primait sur tout.

Faron revint en métro dans le troisième arrondissement, où se trouvait son appartement sûr. Il descendit un arrêt trop tôt, volontairement, et marcha. Juste devant son immeuble, il s'arrêta devant un kiosque, acheta le journal, regarda une dernière fois autour de lui, et pénétra enfin dans l'immeuble.

C'était au troisième étage. Arrivé sur le palier du premier niveau, il sentit une présence derrière lui ; quelqu'un le suivait en essayant de dissimuler le bruit de ses pas. Comment ne l'avait-il pas senti plus tôt ? Sans se retourner, il monta plus vite les dernières marches et saisit son stylet dans sa manche. Sur le palier, il fit soudain volte-face et s'arrêta net. C'était Pal.

— Crétin ! siffla Faron entre ses dents.

Le fils lui sourit et lui donna une tape amicale sur l'épaule.

— Content de te voir, vieux cinglé.

*

Deux jours plus tôt, Pal avait été une nouvelle fois parachuté dans le Sud, pour rejoindre un maquis. Il avait été réceptionné par un dénommé Trintier, le chef du maquis, mais il n'était pas resté avec lui : prétextant se sentir en danger, il avait dit vouloir disparaître quelques jours ; et il était parti pour Paris, sans en avertir Londres. C'était dans ses plans dès l'instant où il était monté dans le Whitley, à Tempsford. Il trouverait bien une explication à fournir ensuite à Portman Square : il dirait qu'il s'était senti repéré et qu'il avait préféré faire le mort. Car son absence n'était l'affaire que de quelques jours et Londres ne se formaliserait pas d'une précaution qui pouvait être salutaire pour l'agent comme pour le SOE. Pal avait fixé un autre rendez-vous à Trintier et au maquis, il s'était fait conduire jusqu'à Nice, et il avait pris le train jusqu'à Paris. Paris. Depuis deux ans, il en avait rêvé. Gare de Lyon, il avait tremblé de bonheur. Il rentrait chez lui.

Comme convenu avec Faron à Londres, Pal était allé à l'appartement sûr. Il avait frappé, mais personne n'avait ouvert ; le colosse n'était pas là. Le fils avait attendu son retour sur le boulevard, puis il lui avait emboîté le pas lorsqu'il l'avait vu au kiosque à journaux.

*

Ce n'était pas tout à fait le soir, mais ils dînèrent. Comme des soldats, de boîtes de conserve qu'ils ne prirent pas la peine de vider dans une assiette, l'esprit tourmenté. Ils étaient dans la minuscule cuisine. L'appartement était exigu : un salon, une chambre, une salle de bains et un petit couloir central. La plus grande pièce était le salon, bien meublé. La chambre, meublée de deux matelas, donnait sur un balcon. C'était l'issue de secours : on pouvait, depuis le balcon, atteindre une fenêtre de la cage d'escalier de l'immeuble voisin.

Les deux hommes, mâchonnant dans la quasi-obscurité, ne parlèrent que lorsqu'ils eurent fini de manger.

— Alors, qu'est-ce que tu mijotes ici ? s'enquit Faron.

— Moins on en sait, mieux on se porte. C'est pour ça que je ne te pose même pas la question.

Faron ricana. Il proposa une pomme à son camarade de guerre.

— T'es seul ici ? demanda Pal.

— Seul.

— T'as pas de pianiste ?

— Pas encore. J'en avais un, il est ailleurs maintenant. Marc qu'il s'appelait, un bon gars. Londres m'en a envoyé un autre.

— Quand arrive-t-il ?

— J'en sais rien. Nous avons rendez-vous à midi devant la bouche du métro Montparnasse. Pas de date précise, j'y vais tous les jours jusqu'à ce que ce soit le bon. J'aime pas trop de genre de combine.

— Et comment reconnaît-on un type qu'on n'a jamais vu ?

Faron haussa les épaules et le fils prit un air faussement sérieux :

— Peut-être qu'il aura un S-Phone dans les mains.

Ils rirent. Faron avait décelé, dès l'instant où il l'avait vu, combien Pal était nerveux malgré tous ses efforts pour le cacher.

*

Au même moment, rue du Bac, le père irradiait de bonheur. Dans sa penderie, il essayait ses costumes et ses cravates, fébrile. Il devrait être impeccable. À la fin de l'après-midi, de retour de ses courses du samedi, il avait découvert le message de son fils, derrière la porte. Paul-Émile était à Paris. Demain ils se retrouveraient.

40

Le lendemain matin, dimanche, le fils se réveilla avant l'aube. Il avait à peine dormi, angoissé et excité à la fois : il allait retrouver son père. Il n'avait cessé d'y penser. Dans le Whitley jusqu'en France, dans la camionnette jusqu'à Nice, dans le train jusqu'à Paris. Il allait retrouver son père après deux longues années d'errances et de guerre.

La veille, à peine arrivé à la gare de Lyon, il était allé directement rue du Bac. Son cœur avait explosé dans sa poitrine. Il avait marché, contenant son empressement. Cédant parfois à son élan, il s'était mis à courir, avant de se raviser aussitôt : il ne fallait pas se faire remarquer. En marchant, il riait tout seul, ivre de joie et d'excitation, il avait esquissé quelques pas de danse, il avait jeté dans la besace d'un mendiant l'aumône exagérée des gens qui se croient chanceux. Il murmurait : « *Papa, petit Papa, je suis rentré, je suis là.* » Dans les derniers mètres du boulevard Saint-Germain, il avait accéléré le pas et, rue du Bac, il était devenu cheval fou. Devant la porte de l'immeuble, il avait été à nouveau agent britannique ; sérieux, inquiet, les sens en alerte. Il avait pris les précautions d'usage, il avait observé autour de lui. Personne ne l'avait vu, il avait flotté jusqu'au premier étage ; il s'était arrêté devant la porte, il avait pris une ample respiration et tourné la poignée, victorieux. Mais la porte était fermée à clé. Il en avait été stupéfait : son père avait fermé à clé ! Pourquoi ? Il avait promis, la porte resterait ouverte, toujours, le jour et la nuit. Que s'était-il passé ? Pal s'était laissé envahir par la panique ; son père n'était peut-être plus en France ? Non, son nom figurait toujours à côté de la sonnette. C'était pire alors : son père était peut-être mort ! Sa respiration s'était faite difficile, sa tête s'était mise à tourner ; que devait-il faire ? Il avait vacillé, il avait été bruyant, il avait révélé sa présence aux voisins ; par le judas, on pouvait le voir. Il avait rapidement recouvré ses esprits ; son père était sans doute sorti, tout simplement. Et après deux ans, il était normal qu'il ne laisse plus la porte ouverte. Fallait-il aller trouver la concierge ? Lui demander la clé ? Non, personne ne devait savoir qu'il était ici. Il devait trouver son père, l'emmener avec lui immédiatement, prendre le train jusqu'à Lyon, puis ils gagneraient Genève, loin des Allemands qui ne tarderaient pas à raser Paris. Oui, il conduirait son père à Genève par la filière qu'il avait mis en place lors de sa première mission. Il y serait bien à l'abri, le temps que la guerre se termine. Pal, qui ne voulait pas rester plus longtemps devant la porte, à attendre, vulnérable, avait alors arraché une page du calepin qu'il avait en poche et y avait inscrit un message à l'intention de son père, un peu à la manière de ce qu'il avait appris à Beaulieu, mais en plus simple. Pour que son père comprenne.

Porte fermée à clé ? Rien sous le paillasson ? Demain, 11 heures. Comme après l'algèbre, le vieux charpentier.

Le message serait limpide.

Porte fermée à clé ? Rien sous le paillasson ? Seuls eux deux savaient que la porte ne devait pas être fermée à clé et que cette décision avait été prise après avoir hésité à laisser la clé sous le paillasson. S'il doutait de l'écriture, le père aurait la certitude que le message était de son fils, sans qu'il soit besoin de signer.

Pal ne reviendrait pas à l'appartement, c'était trop dangereux. D'où le message codé pour le lieu du rendez-vous. *Comme après l'algèbre, le vieux charpentier.* Au collège, il avait rencontré de grandes difficultés avec les mathématiques. Ses notes d'algèbre avaient été épouvantables, au point que ses parents l'avaient envoyé prendre des cours particuliers chez un ancien professeur de lycée à la retraite, Stéphane Charpentier, un vieil homme désagréable. Il avait détesté ces leçons, et Charpentier lui faisait horreur. Son père, son père chéri, pour l'encourager, l'attendait en bas de l'immeuble, chaque semaine, pendant toute l'heure que durait la leçon. Et il l'emmenait ensuite boire un chocolat chaud dans une boulangerie du bout de la rue de l'Université. *Comme après l'algèbre, le vieux charpentier,* c'était à la boulangerie, le père saurait. Après l'avoir relu plusieurs fois, Pal avait embrassé le message et l'avait glissé sous la porte, priant de toute son âme pour que son père se porte bien et le trouve. Il était redevenu fantôme, il était reparti et, sans endroit où aller jusqu'au lendemain onze heures, il avait décidé de se rendre à l'appartement sûr de Faron.

C'était donc l'aube. Aujourd'hui il retrouverait son père. Allongé sur le matelas à même le sol de l'appartement de Faron, Pal repensait à son message. Son père saurait, il en était persuadé. Son père comprendrait immédiatement. Et si quelqu'un d'autre que lui le lisait, il n'en saisirait rien, c'était trop sibyllin, c'était leur inviolable langage secret, celui d'un père et d'un fils, ce langage que même les spécialistes de l'Abwehr ne pourraient jamais décoder, car pour le comprendre, il aurait fallu être là, dans cette boulangerie, à boire lentement le chocolat délicieux, à regarder son père, à l'écouter parler et à le trouver le plus merveilleux des hommes.

Pal resta un long moment éveillé dans son lit ; il se forçait au repos, il ne voulait pas avoir les traits fatigués pour retrouver son père. Pour s'occuper, il songea à sa toilette. Il faudrait qu'il se rase bien, qu'il se parfume. Il faudrait qu'il soit le plus beau des fils.

Il attendit encore que Faron, qui dormait sur le matelas voisin, se lève et disparaisse dans la salle de bains. Il espérait que le colosse partirait rapidement de l'appartement, il ne voulait pas avoir de comptes à lui rendre, pas ce matin, lui qui s'apprêtait à devenir clandestin parmi les clandestins, violant les règles de sécurité du Service en allant retrouver son père pour le mettre à l'abri du monde. Mais Faron resta à l'appartement jusqu'à neuf heures. Ils burent un café dans la cuisine. Faron avait mis des lunettes et avait coiffé ses cheveux de côté, l'un de ses déguisements.

— Qu'est-ce que tu fais aujourd'hui ? demanda-t-il à Pal.

— Je pense devoir aller hors de la ville. Probablement pour la nuit. Ou plus.

La réponse était embrouillée mais Faron renonça à poser plus de questions.

— Bon. Il faut que je file, je dois retourner attendre ce maudit pianiste jusqu'à midi. Je reviendrai ensuite ici. Tu y seras encore ?

— Je ne sais pas.

— On se revoit ?

— Je n'en sais rien.

— Pas de conneries, hein ?

— Pas de conneries.

Faron fouilla dans sa poche et en sortit une clé.

— La clé d'ici. Je sais pas ce que tu fabriques, mais à mon avis, tu seras content de pouvoir revenir ici, si jamais…

Pal empocha la clé.

— Merci, Faron. Je te revaudrai ça.

Faron mit son manteau et quitta l'appartement.

— Fais ta vaisselle avant de partir, dit-il encore au fils.

*

Le père n'avait presque pas fermé l'œil de la nuit, trop occupé à se blâmer. Pourquoi avait-il fermé la porte à clé ? Paul-Émile était venu, et il avait trouvé porte close malgré ses promesses. Mais il fallait bien la fermer, cette porte, puisqu'on lui volait les cartes postales. Maintenant il fermait à clé. Il avait trouvé le message en rentrant des commissions : c'était comme un code, il l'avait lu plusieurs fois mais avait compris aussitôt : *Rendez-vous demain onze heures, devant la boulangerie, celle de l'époque du vieux Charpentier.* Mais pourquoi son fils n'avait-il pas attendu son retour ? Et pourquoi un message codé ? Avait-il des ennuis ? Le père s'était rongé les sangs et, pour s'occuper l'esprit, il avait rangé les commissions dans le frigidaire. C'était un hasard magnifique que le frigidaire soit plein pour accueillir son fils ; et il avait décidé de ne plus manger jusqu'au lendemain pour être sûr de ne rien manger que son fils aurait voulu manger aussi. Il avait une belle ration de viande, ils feraient un bon déjeuner. Il avait consacré la fin de l'après-midi et toute la soirée à ranger et nettoyer l'appartement ; au fond, il avait été presque soulagé que son fils ne soit pas rentré tant le désordre était insupportable. Il aurait pu le croire négligent.

Le père avait attendu que la pendule sonne huit heures pour se lever. Il ne voulait pas précipiter le temps. Il était neuf heures à présent. Deux heures. Dans deux heures, il retrouverait son fils, après l'avoir attendu pendant deux ans.

Pal arriva en avance. Il s'assit sur un banc en face de la boulangerie, sur un large trottoir du bord de Seine. Il attendit, les jambes serrées et les mains sur les genoux. L'enfant attendait que son père vienne le chercher. Mais s'il ne venait pas ? Que deviendrait-il s'il ne venait pas ? Nerveux, le fils alluma une cigarette qu'il éteignit aussitôt ; il ne voulait pas que son père le voie fumer. Il attendit encore, enfant sage. Puis soudain il l'aperçut : son cœur se mit à battre vite et fort. C'était son père. C'était son père.

Papa, père chéri ! aurait-il voulu crier. Le voilà qui arrivait vers lui. Il le voyait marcher, il le voyait descendre la rue, il reconnaissait sa démarche.

Papa, père chéri ; ils s'étaient promis de se retrouver, et ils se retrouvaient. Pal remarquait à présent que son père était très élégant, il avait mis un costume pour l'occasion. Il sentit des vagues de larmes l'envahir : son père s'était fait beau car il allait revoir son fils.

Papa, père chéri ; comme il aimait son père, sans le lui avoir dit jamais.

Papa, père chéri ; il y avait deux ans qu'ils ne s'étaient pas vus. Deux ans de vie perdue. Le fils était devenu un homme désormais, il avait traversé de difficiles épreuves. Mais la pire de toutes avait été l'éloignement d'avec son père. Il avait cru qu'il ne le reverrait jamais.

Papa, père chéri ; il avait pensé à lui tous les jours. Tous les jours et toutes les nuits. Il n'en avait pas dormi parfois. Dans la boue et le froid des entraînements, dans la terreur des missions, il n'avait fait que penser à lui.

Le père ralentit la cadence : c'était son fils. Debout, devant ce banc. C'était son fils, digne, altier, droit comme un prince. Comme ses traits avaient changé ; il l'avait quitté enfant, il était devenu un homme. Il le trouva plus beau encore, puissant. Il fut saisi d'une émotion et d'une joie folles, démesurées, inimaginables. Ils se retrouvaient. Il eut envie de pleurer, mais il se retint car les pères ne pleurent pas. Il avança encore, son fils l'avait vu.

Il voulut lui faire un signe, il n'osa pas. Alors il lui sourit d'amour. Il tâta dans sa poche le petit sachet de bonbons qu'il lui avait acheté. Il n'aurait pas dû acheter des bonbons, c'était pour les enfants, son fils était devenu le plus beau des hommes.

*

Le fils avançait aussi à présent, il allait dans la direction de son père. Il avait rêvé de cet instant, mais il ne savait pas s'il devait courir ou crier.

*

Ils s'arrêtèrent un instant à quelques mètres l'un de l'autre, et ils se dévisagèrent, rayonnants de bonheur, les mains maladroites. Ils firent les derniers pas très lentement, pour ne rien gâcher. Ils ne parlèrent pas. Les mots, à cet instant, n'avaient plus de sens. Puis, ils se jetèrent l'un contre l'autre, ils se serrèrent dans les bras, tête contre tête, les yeux fermés ; ils s'embrassèrent, ils ne se lâcheraient plus jamais. Pal retrouva le parfum de son père. Il serra plus fort encore. Son père avait maigri, il sentait ses os sous ses doigts. Ils restèrent tendrement silencieux pour pouvoir dire tous les mots qu'ils n'osaient pas prononcer.

Ce ne fut que longtemps plus tard qu'ils desserrèrent leur étreinte, pour se contempler.

— Je t'ai apporté des bonbons, murmura le père.

*

Ils marchaient le long des berges, au hasard. Ils avaient tant à se raconter. Dans un petit square désert, ils s'assirent sur un banc, l'un contre l'autre.

— Raconte-moi ! Raconte-moi ! suppliait le père. Qu'as-tu fait durant ces deux années ?

— C'est compliqué, Papa.

— J'ai reçu tes cartes ! Quelles cartes ! Ma-gni-fiques ! Alors, comment ça se passe à Genève ?

— Je n'y étais qu'une fois mais...

Le père qui écoutait à peine l'interrompit ; il trouvait son fils magnifique dans son costume.

203

— Dis-moi, as-tu une amoureuse ?

— Heu… Oui.

— Magnifique ! C'est important d'avoir une amoureuse ! Et beau comme tu es, les filles doivent se battre pour toi.

Le fils rit.

— Comment s'appelle-t-elle ?

— Laura.

— Laura… Laura… Magnifique !

— Elle travaille à la banque elle aussi ?

— Non, Papa.

Pal se demanda pourquoi son père lui parlait de banque. Mais son père ne lui laissait pas de répit, le submergeant de questions.

— Et alors, que fais-tu à Paris ?

— Je suis venu te voir.

Le père sourit, quel fils magnifique il avait !

— Il y a un grand vide à la maison depuis que tu es parti !

— Tu m'as beaucoup manqué, Papa.

— Et toi donc ! Je ris moins souvent. Je pense plus à la guerre. Avec toi c'était plus facile.

— Moi aussi, Papa. Je pense plus à la guerre. Et mes cartes ? As-tu aimé mes cartes ?

Le visage du père s'illumina plus encore.

— Magnifique ! Ma-gni-fique ! Genève ! Genève ! Quelle ville ! Je suis si heureux que tu sois allé te mettre à l'abri là-bas, finalement. Et alors, comment ça se passe à la banque ?

Pal contempla son père, amusé.

— Je ne suis pas vraiment à Genève. Et je ne travaille pas dans une banque. Mais ça n'a pas d'importance.

— Pas à la banque ? Ça alors… Pas à la banque… Ne m'avais-tu pas dit que tu travaillais à la banque ? Ou peut-être que non… Je ne sais plus très bien.

Le père, tourmenté, essaya de repenser aux textes des cartes postales.

— Papa, dit Pal, je suis venu te chercher.

Le père n'écoutait plus qu'à moitié. Il pensait bruyamment :

— Pas la banque… Peut-être c'était dans la troisième carte… Non pas la troisième… Peut-être plutôt la suivante… Ou peut-être que pas du tout, en fait.

Le fils lui pressa la main pour capter son attention.

— Papa…

— Oui ?

— Si on partait à Genève…

Le père irradia.

— Genève ? Hourra ! Des vacances à Genève. Magnifique ! Il faut que je demande à mon chef pour prendre des vacances. Pourquoi pas décembre ? C'est très beau Genève en décembre. Le jet d'eau gèle sûrement, ce doit être une somptueuse sculpture de glace. Quand la concierge saura ça… Mieux encore, nous ferons des photos ! Elle sera morte de jalousie ! Ah, cette vieille méchante ! Figure-toi que nous avons été cambriolés (il avait complètement oublié d'expliquer à son fils adoré qu'il avait laissé la porte ouverte, comme il avait promis, mais qu'ils avaient été cambriolés deux semaines plus tôt et qu'il avait dû se résoudre à boucler la porte lorsqu'il n'était pas là, car désormais les cambrioleurs dérobaient même les cartes postales). Eh bien, la concierge n'en avait rien à fiche ! Alors j'ai décidé que plus d'étrennes ! C'est une méchante femme.

Pal ressentit une légère panique l'envahir. Son père ne comprenait pas.

— Papa, j'aimerais partir vite. Très vite.

Le père arrêta net son flot de paroles et dévisagea son fils, perplexe.

— Pourquoi vite ?

— Cet après-midi, dit Pal sans répondre à la question.

Le père se décomposa.

— Partir aujourd'hui ? Mais tu viens d'arriver… On se retrouve à peine. Que se passe-t-il, mon fils ?

Pal s'en voulait d'avoir abordé le sujet si brusquement. Mais il n'avait pas le choix, il avait déjà couru beaucoup de risques. Il fallait qu'ils s'en aillent cet après-midi. Ce soir, ils seraient à Lyon. Demain à Genève. Ici, ensemble, ils pouvaient être pris à tout instant. Ah, il voulait déjà être demain, se promenant sur les rives du Léman avec son père, libres. Le fils regarda autour de lui, l'endroit était désert. Ils étaient seuls. Il s'autorisa alors à être plus explicite.

— Papa, on sera en sécurité à Genève.

— En sécurité ? On est pas bien ici ? C'est la guerre, mais la guerre ça arrive tout le temps. Quand il n'y aura plus celle-là, il y en aura une autre. La guerre, c'est la vie.

Le père, tout heureux encore un instant auparavant, avait à présent la mine déconfite d'incompréhension.

— Il faut partir, Papa. Il faut quitter Paris. Maintenant. Demain nous serons à Genève. Il ne pourra plus rien nous arriver...

— Non, non. On ne part pas sans dire au revoir aux gens, qu'est-ce que c'est que ces manières ! Des vacances, d'accord. Mais quitter Paris ? Non, non. Et notre appartement ? Et nos meubles ? Et la concierge ? Y as-tu pensé ?

— Nous recommencerons une vie à Genève, Papa. Nous serons bien. L'important, c'est d'être ensemble.

— T'ai-je dit que nous avons été cambriolés, mon chéri ? Et la concierge, cette affreuse, n'en avait cure. « *Ah* », a-t-elle simplement dit en apprenant la nouvelle. Mon sang n'a fait qu'un tour ! Si elle pense qu'elle aura des étrennes, celle-là.

— Papa ! cria Pal.

Comme le père avait tourné la tête, le fils lui attrapa le visage pour qu'il le regarde, pour qu'il comprenne. Il vit alors que les joues du petit homme étaient couvertes de larmes.

— Papa, il faut quitter Paris.

— Pourquoi es-tu venu, si c'est pour partir ? demanda le père.

— Mais c'est pour partir ensemble ! Pour être ensemble ! Peu importe où nous allons pourvu que nous soyons ensemble ! Parce que tu es mon père et que je suis ton fils !

— Paul-Émile, il ne fallait pas venir...

Pal, épuisé, nerveux, traqué, ne savait plus ce qu'il devait faire.

— Ne nous fâchons pas, mon garçon, mon si beau garçon... Viens, rentrons à la maison.

— Je ne peux pas. C'est dangereux. C'est trop dangereux. Il faut que nous partions. Ne comprends-tu pas ? Il faut que nous partions !

Le fils était désespéré : il se demandait s'il n'avait pas rendu son père un peu fou en l'abandonnant. Et comme il ne savait plus quoi faire pour convaincre son père, il trahit le secret. Lui qui avait été l'un des meilleurs agents, l'un des plus discrets, il était rattrapé par les démons de la solitude. Les fils n'abandonnent pas les pères. Les fils qui laissent leurs pères ne seront jamais des Hommes. Et il finit par parler car c'était à ses yeux le seul moyen pour que son père puisse saisir l'enjeu de la situation.

— Papa, quand je suis parti... il y a deux ans... tu te souviens ?

— Oui...

— Papa, je suis allé à Londres. Je ne suis pas allé à Genève, je n'ai pas travaillé à la banque. Je suis un agent des services secrets britanniques. Je ne peux pas rester ici, on ne peut pas se voir ici. La guerre avance, il va se passer des événements graves... Je ne peux rien te dire... Mais je crains le pire si les Alliés progressent jusqu'à Paris... Et cela va se produire... Des combats terribles, Papa... Sans doute les Allemands raseront la ville. Il n'y aura, bientôt, ici, plus que des ruines.

Le père n'écoutait plus. Il s'était arrêté sur *services secrets britanniques*. Son fils, son beau fils, son merveilleux fils était agent des services britanniques. Son fils était un héros de la guerre. Il y eut un très long silence. Peut-être une heure. Puis ce fut le père qui parla le premier. Résigné.

— Sois tranquille, mon enfant, je partirai avec toi.

Pal soupira de soulagement.

— Merci, Papa.

— Au début ce sera difficile, mais on sera ensemble.

— Oui, Papa.

— Et puis Genève, c'est une belle ville. Les grands palaces et tout et tout.

Silence encore.

— Mais partons demain. Je t'en supplie, Paul-Émile, demain. Que j'aie le temps de retourner à l'appartement, de dire au revoir à nos meubles, à nos chambres, de préparer une valise. Demain, ce n'est rien. Demain c'est un tout petit mot. Un souffle, à peine. Viens déjeuner demain à midi. Viens revoir au moins une fois l'appartement. Nous y ferons un dernier déjeuner. De la bonne viande, comme tu aimes. Nous partirons ensuite.

Pal n'eut pas besoin de réfléchir. Il pouvait bien attendre un jour de plus. Il viendrait à midi à l'appartement, rue du Bac. Il pouvait bien y passer puisqu'ils n'y reviendraient plus ensuite. Ils seraient dans le train de quatorze heures pour Lyon. Le mardi, son père serait à Genève.

— Va pour le déjeuner, sourit Pal. Nous partirons demain.

Ils s'enlacèrent.

★

Assis au volant de sa voiture, dans une rue perpendiculaire aux Champs-Élysées, Kunszer jouait avec la carte postale. L'analyse n'avait rien donné. Les spécialistes de l'Abwehr étaient formels. C'était une simple carte postale, sans code, sans message, sans encre sympathique. Une quinzaine de jours s'étaient écoulés depuis sa visite de l'appartement de la rue du Bac ; il n'avait pas eu d'autres pistes. L'homme avait porté plainte pour cambriolage quatre jours après qu'il était passé. Quatre jours. Objets volés ? Une carte postale, était-il inscrit sur la déclaration. Cela n'avait aucun sens... À moins que... Une pensée lui traversa l'esprit et soudain tout s'éclaircit. Comment ne l'avait-il pas compris plus tôt ! Il s'empressa d'esquisser un schéma sur un morceau de papier pour confirmer son hypothèse : une fille de la Résistance, armée, déposait pour le compte des services secrets britanniques des cartes postales insignifiantes chez un bonhomme inoffensif. Ces cartes, cela ne faisait aucun doute, avaient été écrites par le fils. Donc le fils était un agent anglais. C'était évident ! Un agent anglais qui avait commis l'imprudence d'écrire à son père, pour lui donner quelques nouvelles ! Il lui fallait absolument mettre la main sur ce fils, mais où donc pouvait-il être ? Il avait utilisé la fille comme courrier depuis Lyon, il pouvait se cacher n'importe où en France. À ce jour, il n'avait que deux certitudes : le père n'était au courant de rien, et la fille lui avait tout dit. Il l'avait fait transférer à la Gestapo, 11 rue des Saussaies. Elle y avait été interrogée, encore ; pauvre petite Katia chérie. Il ne voulait pas penser aux coups. Il avait téléphoné une ou deux fois à la Gestapo, pour savoir si elle avait parlé, mais c'était surtout pour prendre de ses nouvelles. Il avait appris qu'il y avait eu une descente chez ses parents, à Lyon, et les parents avaient été arrêtés à leur tour, sans motif. La Gestapo faisait ça parfois. Il songea alors que si la fille ne savait rien, sa seule piste était le père. Ce père, c'était la faiblesse du fils.

Kunszer fut interrompu dans sa réflexion par la portière qui s'ouvrit : il retrouvait l'un de ses informateurs. Comme à chaque fois, il le prenait ici en voiture et il roulait au hasard, le temps de la discussion. Il démarra.

— J'espère que vous avez des informations valables, dit Kunszer à l'homme qui venait de s'asseoir à côté de lui.

Ce dernier, nerveux, ôta son chapeau, déférent.

— Il y a des agents anglais à Paris, répondit Gaillot.

41

Pal rentra à l'appartement sûr sans prendre beaucoup de précautions. Il était troublé. Rien ne s'était passé comme il l'avait imaginé. Que devrait-il faire demain si le père refusait encore de partir ? Le laisser face à son propre sort ? L'emmener de force ? Rester avec lui pour le défendre ? Il n'en savait rien ; il avait été formé pour résister aux Allemands, mais on ne lui avait pas appris comment se révolter contre son père.

Il tourna la clé dans la serrure et poussa la porte. Il entendit la voix de Faron qui accourut vers lui : il lui parlait, mais le fils n'écoutait pas, embrumé par ses pensées ; il comprit vaguement que Faron lui disait de se méfier du couvre-feu, qu'il ne fallait pas rentrer si tard, que la nuit était faite pour les maraudeurs et que les maraudeurs se faisaient arrêter. Pal regarda alors sa montre, et il réalisa qu'il était tard. Il avait marché pendant des heures. En ce moment précis, lui et son père auraient déjà pu être à Lyon. Ils ne partiraient que demain, d'ici là, que le Seigneur les protège.

Faron lui tapota les épaules.

— Ça va, Pal ?

— Ça va.

Le colosse semblait guilleret.

— Le pianiste est là... Bon sang, ça va te faire une surprise...

— Ah, répondit simplement Pal.

— Comment ça *ah* ? Dans le salon, il est dans le salon. Va voir... Va voir !

Pal se dirigea vers le salon sans réfléchir. Il ne voulait voir personne, mais Faron avait l'air d'y tenir. Il entra dans la pièce.

Elle était assise sur le canapé, impatiente. Le pianiste, c'était Laura.

*

Ils s'embrassèrent plus qu'ils n'avaient jamais pensé pouvoir s'embrasser. Quelle joie, quelle joie de se retrouver si soudainement. Ils rirent heureux, et ils se couvrirent encore de baisers comme s'il n'y en avait pas eu assez ; de longs baisers, des plus courts, des baisers collés et des baisers volés. Ils revivaient.

Faron leur laissa la chambre et s'installa sur le canapé du salon. Et ils passèrent la nuit l'un contre l'autre. Ils ne prirent guère le temps de dormir, dormir n'était pas important. Ils vécurent cette nuit-là leurs plus beaux instants. Laura riait sans cesse, et Pal lui répétait « *Tu vois comme je t'aime ! Tu vois comme j'ai tenu mes promesses !* » Et elle se blottissait contre lui, elle le serrait du plus fort qu'elle pouvait. Il n'y avait plus de guerre.

— Laura, il faut faire des projets, Gros dit que rêver, c'est vivre.

Elle battit des mains, la tête posée contre sa poitrine.

— Faisons des projets ! Faisons-en vite !

Contemplant une ombre au plafond qui ressemblait à la carte de l'Europe, ils décidèrent de partir.

— Regarde, voilà où nous pourrions aller. La Suède. Tout en haut, tout au Nord. Les lacs, les grandes forêts, et surtout personne.

— Pas le Nord, supplia Laura. Le Nord, c'est trop Nord.

— Pas le Nord. Alors où veux-tu aller ? Dis-moi, et je te suivrai. Je te suivrai n'importe où.

Elle l'embrassa. Dans un angle du plafond, ils trouvèrent la carte du monde, puis celle de l'Amérique.

— Je veux aller en Amérique ! s'écria-t-elle. Partons en Amérique ! Partons vite, je crois que la guerre ne finira jamais.

Ils fixèrent l'Amérique.

— Je veux la Californie pour le soleil, dit Laura, ou plutôt Boston, pour les universités. Oui, Boston. Mais parfois, il fera froid.

— Lorsqu'il fera froid, nous serons ensemble.

Elle sourit.

— Alors ce sera Boston. Raconte-moi, Pal, raconte-moi quand nous serons à Boston.

Le fils prit une voix profonde de conteur.

— À Boston, nous serons heureux. Nous vivrons dans une maison en pierres rouges, avec nos enfants et notre chien. Georges.

— Georges, c'est un de nos enfants ?

— Non, c'est le chien. Un gentil chien, plein de poils et de tendresse. Lorsqu'il sera trop vieux et qu'il mourra, nous l'enterrerons dans le jardin. Et nous le pleurerons comme nous avons pleuré les Hommes.

— Ne parle pas de la mort du chien, c'est trop triste ! Parle des enfants ! Seront-ils beaux ?

— Ce seront les plus beaux enfants du monde. Nous serons une belle famille, une grande famille. Il n'y aura plus de guerre et plus d'Allemands.

Il y eut un silence.

— Pal ?

— Oui ?

— Je veux partir.

— Moi aussi.

— Non. Je veux vraiment partir. Désertons ! Désertons ! Nous en avons déjà assez fait ! Nous avons donné deux ans de notre vie, il est temps de la reprendre.

— Et comment donc ?

— En partant d'ici. On reprend une filière, on dit que notre couverture a été grillée et on rentre en Angleterre. Nous irons à Portsmouth sans prévenir personne, on prendra le paquebot pour New York. Nous avons nos économies à la banque, nous avons largement assez d'argent pour des billets. Assez même pour nous installer là-bas.

Pal réfléchit un instant. Pourquoi ne partirait-il pas ? À cause de son père. Jamais il ne laisserait son père. Mais il serait en sécurité à Genève. Ou alors il pourrait venir avec eux en Amérique. Il lui offrirait le billet d'ailleurs, paquebot première classe ! Ce serait un si beau cadeau ! Un cadeau pour rattraper les deux anniversaires qu'il avait manqués. Oui, ils partiraient tous ensemble, ils iraient se cacher en Amérique. Pour s'aimer. Mais si son père ne voulait pas partir ? Demain, il lui proposerait Genève ou l'Amérique. Il devrait choisir. C'était peut-être ça, la révolte.

Pal regarda Laura dans le fond des yeux. Elle avait des yeux magnifiques.

— Je dois partir demain, lui dit-il. Pour deux ou trois jours, c'est impératif. Quatre jours au plus et je suis de retour ici. Alors nous déciderons de notre départ.

Voilà, il irait trouver son père demain, et il lui dirait que ce serait soit Genève, soit l'Amérique.

— Reviens-moi vite ! supplia Laura.

— Promis.

— Promets-moi encore. Promets de m'aimer, comme tu me l'as promis à Londres. C'était tellement beau, je me souviendrai toujours des mots. Pour toujours.

— Je t'aimerai. Tous les jours. Toute ma vie. Toujours. Les jours de guerre et les jours de paix. Je t'aimerai.

— Tu as oublié : *Toutes les nuits. Les matins et les soirs, à l'aube et au crépuscule.*

Il sourit, elle n'avait rien oublié des mots. Pourtant il ne les avait prononcés qu'une seule fois. Il se reprit :

— Toutes les nuits. Les matins et les soirs, à l'aube et au crépuscule. Les jours de guerre et les jours de paix. Je t'aimerai.

Ils s'enlacèrent encore, longuement, et ils s'endormirent enfin. Heureux.

42

Le père préparait le déjeuner. Il avait déjà bouclé sa valise, une toute petite valise, avec le minimum nécessaire : brosse à dents, pyjama, bon roman, saucisson pour la route, sa pipe et quelques vêtements. Il regrettait de partir comme un voleur. Mais il le fallait, Paul-Émile le lui avait dit. Sur le mur, la pendule affichait onze heures.

*

Si le fils était l'un des agents du SOE à Paris, il irait voir son père. Kunszer en avait l'intime conviction. À cause des cartes postales, et parce que c'était sa seule piste. Gaillot avait dit avoir noué contact avec un certain Faron, un agent particulièrement dangereux qui préparait un attentat d'envergure sur Paris. Il n'avait pas d'informations précises sur ce Faron, qui était d'une méfiance rare, mais, s'il trouvait le fils, il pourrait certainement remonter la cellule terroriste et empêcher l'attentat. Le temps comptait, des vies étaient en jeu. Depuis la veille, il s'était posté avec deux autres agents dans une voiture, en face de la porte de l'immeuble, rue du Bac. Ce n'était plus qu'une question de temps. Il doutait que ce Paul-Émile soit déjà dans l'appartement ; mais s'il tardait trop à se montrer, il perquisitionnerait.

Kunszer scrutait les rares passants : il avait vu la photo du fils, il se souvenait parfaitement de son visage.

★

Pal remontait la rue du Bac. Il avait sa valise avec lui. Il regarda sa montre. Onze heures passées de deux minutes. Dans trois heures, ils seraient dans le train. Il avait hâte. Il accéléra le pas et atteignit l'entrée de l'immeuble. Il pensait à Laura ; il reviendrait la chercher, ils partiraient pour de bon. Il en avait assez du SOE. La guerre, ce n'était plus pour lui.

Il franchit la porte sans prendre d'autres précautions qu'un rapide coup d'œil dans la rue : tout était calme. Longeant le couloir étroit qui menait aux escaliers et à la cour intérieure où se trouvaient les boîtes aux lettres, il s'arrêta un instant, juste devant la loge de la concierge et huma l'air, retrouvant l'odeur familière de l'immeuble. Il entendit soudain des pas pressés derrière lui.

— Paul-Émile ?

Il se retourna dans un sursaut. Derrière lui, venait de rentrer à son tour dans l'immeuble un bel homme, longiligne, élégant. Armé d'un Luger, il le tenait en joue.

— Paul-Émile, articula de nouveau l'homme. J'avais désespéré de vous rencontrer un jour.

Qui était-il ? La Gestapo ? Il n'avait pas le moindre accent. Pal regarda autour de lui : il n'avait aucune possibilité de s'enfuir. Il était enfermé dans le couloir étroit. Il y avait la porte du débarras, à quelques pas, mais le débarras ne menait nulle part. La cour intérieure ? C'était un cul-de-sac. S'élancer dans les escaliers et gravir les étages ? Cela ne servirait à rien, l'autre ne le raterait pas ; l'entrée principale était la seule issue. Le désarmer ? Il était trop loin de lui pour tenter quoi que ce soit.

— Restez calme, dit l'homme. Je suis de la police.

Deux hommes en costume surgirent alors derrière l'homme au Luger, qui leur parla en allemand. C'étaient des Allemands. Pal, dévoré par la peur, essaya de réfléchir au mieux : il fallait coopérer, feindre l'étonnement. Surtout ne pas montrer sa panique, ce n'était peut-être qu'un contrôle de routine. Peut-être était-ce pour le travail obligatoire, il était dans la tranche d'âge. Oui, c'était sans doute le STO. Surtout, ne pas paniquer. Ne pas éveiller les soupçons. On lui demanderait de se présenter demain au commissariat, mais demain il ne serait plus là. Surtout garder son calme : il savait comment faire, il était entraîné pour ça.

Les deux costumes approchèrent de Pal, qui resta immobile.

— Que se passe-t-il, Messieurs ? demanda-t-il d'un ton parfaitement détaché.

Sans répondre, ils le saisirent par les bras, sans violence, le fouillèrent – il n'avait rien sur lui – et l'emmenèrent vers l'homme au Luger. Celui-ci désigna le débarras donnant sur le couloir et ils y poussèrent le fils avant d'obstruer l'ouverture de la porte en se plaçant devant. Pal sentit ses jambes trembler, il essaya de se contenir.

— Mais enfin, que me voulez-vous ? répéta le fils, perdant un peu de sa contenance.

Le premier homme rengaina son arme et entra dans le débarras à son tour.

— Paul-Émile, je suis l'agent Werner Kunszer, Gruppe II de l'Abwehr. Je crois savoir que vous êtes un agent britannique.

Ce Kunszer, dont le français était impeccable, avait l'air placide mais déterminé.

— Je ne comprends pas, Monsieur, répondit Pal.

Sa voix avait déraillé, il ne parvenait plus à lutter contre la panique. L'Abwehr, son pire cauchemar. Il était pris par l'Abwehr. Et comment ce Kunszer savait-il son nom ? Ce n'était pas possible, c'était un mauvais rêve. Qu'avait-il fait, Seigneur qu'avait-il fait ? Qu'allait-il lui arriver et qu'allait-il arriver à son père ?

— Je me doutais que vous nierez, dit Kunszer d'un ton résigné.

Pal resta muet et Kunszer eut une moue. Il savait que le temps comptait. Quand aurait lieu l'attentat ? Quelle cible ? Pal était-il envoyé en éclaireur par d'autres agents ? Allaient-ils le rejoindre ici ? L'appartement du père était-il un lieu de rencontre clandestin ? Il devait avoir des réponses, très vite, maintenant. Plus le temps de retourner au Lutetia, de réfléchir ou de frapper. Il fixa Pal dans les yeux et poursuivit son monologue, la voix toujours calme.

— Je ne vous torturerai pas, Paul-Émile. Je n'essaierai même pas, car je n'en ai ni le temps, ni l'énergie. Mais si vous parlez, j'épargnerai votre père. C'est votre père, n'est-ce pas, qui habite ici, au premier étage ? Un petit bonhomme, charmant d'ailleurs, à qui vous avez écrit de jolies cartes postales. Si vous parlez, il ne me verra pas, ni moi, ni personne. Il vivra sa vie, tranquillement. Sans jamais de problème. Jamais de problème, vous m'entendez ? Et s'il a le moindre besoin, ne serait-ce qu'une ampoule qui ne fonctionne plus, je ferai en sorte qu'elle soit changée.

Kunszer laissa planer un long silence. Pal ne parvenait plus à respirer. Qu'avait-il fait, Seigneur qu'avait-il fait en venant ici ? L'Allemand reprit :

— Mais si vous ne parlez pas, cher Paul-Émile, si vous ne parlez pas, je jure sur ma vie d'aller chercher votre père, votre gentil petit père. Je jure de lui infliger les pires souffrances qu'un homme puisse subir, pendant des jours entiers, des semaines. Je lui enverrai le feu et le diable, je lui enverrai la Gestapo et les plus épouvantables bourreaux, puis je l'enverrai dans un camp en Pologne, où il mourra lentement, atrocement, de froid, de faim, et de coups. Je le jure sur ma vie : votre père, si vous ne parlez pas, ne sera même plus un être humain. Il ne sera même plus une ombre. Il ne sera plus rien.

Pal tremblait de terreur. Il sentait ses jambes fléchir. Il eut envie de vomir, il se retint. Pas son père. Qu'on le brise lui, mais pas son père. Tout, mais pas son père.

— Oui. Oui... Je suis un agent anglais.

Kunszer hocha la tête.

— Ça, je le sais déjà. Je sais aussi que vous êtes plusieurs à Paris. Ici. Maintenant. Je sais qu'une grosse opération se prépare : on veut des hommes et du plastic, hum ? (Il sourit un instant puis redevint grave.) Ce que je veux savoir, Paul-Émile, c'est où se trouvent les autres agents. C'est la seule réponse qui puisse sauver votre père.

— Je suis seul. Je suis venu seul. Je vous le jure.

— Vous mentez, dit calmement Kunszer en lui assénant aussitôt une énorme gifle en pleine figure.

Pal lâcha un cri et Kunszer fut parcouru d'un frisson de dégoût ; il n'aimait décidément pas frapper.

— Vous mentez, Paul-Émile, et je n'ai pas de temps pour cela. Vous avez déjà fait trop de mal. Je dois vous empêcher de continuer. Dites-moi où sont les autres.

Pal se mit à sangloter. Il avait envie de son père. Mais son père, c'était fini. Il avait voulu que tous soient saufs, il devait à présent décider du sort de Faron, de Laura et de son père. Il devait dire qui vivrait et qui mourrait. Il n'y aurait pas de Genève, il n'y aurait pas d'Amérique.

— J'ai peu de temps, Paul-Émile... s'impatienta Kunszer.

— Je voudrais réfléchir...

— Je connais ces ruses. Personne n'a de temps. Ni vous. Ni moi. Personne.

— Prenez-moi, emmenez-moi dans vos camps. Déchirez-moi comme du papier !

— Non, non. Ce ne sera pas vous, ce sera votre père. Il sera torturé jusqu'à ce qu'il n'ait plus de larmes. Plus de larmes, m'entendez-vous ? Puis ce sera les camps de Pologne jusqu'à la mort.

— Je vous en supplie, emmenez-moi ! Emmenez-moi, moi !

— Je vous emmènerai de toute façon, Paul-Émile. Mais vous pouvez sauver votre père. Si vous parlez, il ne subira jamais le moindre mal. Jamais. Son sort est entre vos mains. Il vous a donné la vie. À vous de la lui rendre. Donnez-lui la vie, ne lui donnez pas la mort. S'il vous plaît.

Pal pleurait.

— Choisissez ! Choisissez, Paul-Émile !

Pal ne répondit rien.

— Choisissez ! Choisissez !

Kunszer lui asséna une série de gifles.

— Choisissez ! Choisissez !

Pal ne répondait pas et Kunszer continua de frapper, comme un animal. Il était un animal. Ils avaient fait de lui un animal. Il frappa de toutes ses forces, avec ses paumes, avec ses poings. Pal, recroquevillé sur lui-même, poussait des cris. Et Kunszer frappait encore ; il se voyait battre cet enfant.

— Choisissez ! Choisissez ! Dernière chance ! Choisissez de sauver votre père, au nom du Ciel ! Choisissez de sauver celui qui vous a donné la vie ! Dernière chance ! Dernière chance !

Des coups encore. Plus fort.

— Choisissez ! Choisissez !

Pal hurlait. Que devait-il faire ? *Seigneur, si vous existez, guidez-moi*, songeait le fils pendant que coulait le sang et pleuvaient les coups.

— Choisissez ! Dernière chance ! Dernière chance, entendez-vous ?

— Je choisis mon père ! s'écria alors Pal, en pleurs. Mon père !

Kunszer cessa les coups.

— Jurez ! supplia le désespéré. Jurez de protéger mon père. Jurez ! Nom de Dieu, jurez !

— Paul-Émile, je vous le jure. Si vos informations sont exactes, bien entendu.

Pal s'effondra sur le sol humide. Tétanisé. Le visage en sang.

— Elles sont exactes. Troisième arrondissement. Il y a un appartement sûr.

Kunszer aida le fils à se redresser. Il lui tendit un calepin et un crayon. Sa voix se fit plus douce.

— L'adresse. Écrivez l'adresse.

Le fils s'exécuta.

— Votre père vivra, lui murmura Kunszer à l'oreille. Vous avez eu le courage des fils. Vous êtes un bon fils. Que Dieu vous garde.

Les deux autres agents se saisirent sans ménagement de Pal, le menottèrent et l'emmenèrent. Dans la voiture qui le conduisait vers le Lutetia, la tête appuyée contre la vitre, il espéra simplement que, dès la fin de la guerre, Buckmaster écrirait à son père, chaque fois qu'il le pourrait :

Cher Monsieur, ne vous inquiétez pas. Les nouvelles sont bonnes.

Dès la fin de la guerre et pour toujours.

Et il songeait à ce qui l'avait toujours taraudé : le plus grand péril des Hommes, c'était les Hommes. C'était lui. Et il pleurait, il pleurait toutes les larmes de son corps. Il était redevenu enfant.

*

Onze heures trente. Dans le troisième arrondissement, l'Abwehr avait déjà cerné l'immeuble. Les étages étaient pris ; des agents allemands firent sauter d'un coup de bélier la porte de l'appartement sûr. À l'intérieur, se trouvaient Faron et Laura.

*

Rue du Bac, le père, plein d'amour, s'affairait pour préparer le déjeuner. Il ne fallait pas rater ce déjeuner. Leur dernier déjeuner.

Midi sonna. Il s'empressa d'aller se faire beau avant l'arrivée de son fils. Il se peigna, il se parfuma. Il avait beaucoup réfléchi :

il était heureux de partir pour Genève. Il n'avait pas été gentil hier, il s'excuserait auprès de son fils. Il lui donnerait sa montre gousset en or. Son fils, un agent britannique. Il n'en revenait pas. Il sourit de bonheur. Il était le père le plus fier du monde.

Puis ce fut midi et demi. Paul-Émile n'était toujours pas là. Le père s'assit sur une chaise, bien droit pour ne pas faire de plis à son costume. Et il attendit. Il ignorait qu'il allait vivre encore longtemps.

*

Par la vitre de la voiture, Pal regardait Paris une dernière fois. Car il allait à la mort. Il repensait à sa poésie, pour se donner du courage. Mais il ne la connaissait plus par cœur. Et songeant à ce qu'ils n'allaient plus devenir, il pleurait.

TROISIÈME PARTIE

43

Elle pleurait.

Le ciel était noir, envahissant, la lumière de l'après-midi était réduite à une sombre obscurité. Au loin, les nuages laissaient tomber leur rideau d'eau, mais il ne pleuvait pas encore sur la propriété. L'orage approchait ; bientôt, les éléments se déchaîneraient. Elle était magnifique dans sa robe noire, ses perles de nacre aux oreilles ; l'immense Gros, en costume sombre, l'abritait avec un large parapluie ; elle pleurait.

Elle pleurait toutes les larmes de son corps. Déchirée par la douleur, folle de chagrin, dévorée par un insurmontable désespoir. Pour toujours, il ne serait plus là.

Elle pleurait. Jamais elle n'avait eu aussi mal ; un chagrin destructeur, supplice des supplices, supplice suprême car elle savait qu'il ne cesserait jamais. Le temps passerait, mais elle n'oublierait pas. Elle ne l'oublierait jamais. Il n'y aurait plus d'homme, il n'y aurait plus personne. Le temps passerait, mais elle ne cesserait jamais de l'aimer.

Elle pleurait, et il lui semblait qu'elle ne pourrait jamais reprendre son souffle ; elle était épuisée, mais elle pleurait toujours, tantôt effondrée, tantôt pleine de rage. Dieu de merde, Dieu de rien du tout, Dieu des Boches et de la misère. Qu'avons-nous fait pour provoquer à ce point votre courroux ?

Sur la pelouse de la propriété des grands-parents Doyle, dans le Sussex, devant ce manoir en pierre grise qui aurait dû accueillir le mariage de Laura et Pal, tous pleuraient la mort du fils et de Faron.

C'était décembre. Deux mois s'étaient écoulés depuis l'assaut de l'Abwehr dans l'appartement sûr du troisième arrondissement. Ils étaient réunis autour de la fontaine, Stanislas, Gros,

Claude, Laura, France, Douglas « *Rear* » Mitchell et Adolf « *Doff* » Stein.

Fin octobre, on avait eu confirmation de leur exécution, à la prison du Cherche-Midi. Mais Laura avait tenu à attendre les retours et les permissions de chacun pour les rassembler. Doff et Rear, prévenus par Stanislas qu'ils connaissaient de Baker Street, s'étaient joints à la cérémonie.

Ils étaient là, silencieux, droits et dignes dans le froid, minuscules devant l'immense maison. Minuscules devant la douleur. Minuscules devant le monde. Il n'y avait pas de corps, il n'y avait pas de tombe, il n'y avait que les vivants et leurs souvenirs, en demi-cercle face à la fontaine, là-même où auraient dû danser les convives du mariage ; maudite vie et maudits rêves. Tourné vers le grand étang comme pour disperser ses paroles jusqu'aux confins de la terre, Claude récitait des prières à mi-voix. Il murmurait, pour ne pas accabler les incroyants. Il y avait longtemps qu'il ne les blâmait plus.

*

C'était Stanislas qui avait annoncé la mort des deux agents à Laura. Depuis, tous les jours, elle repensait à Faron, qui l'avait sauvée ; sans cesse elle revivait ce jour maudit d'octobre à Paris.

Ils étaient dans la cuisine de l'appartement sûr. Il devait être midi. Pal était parti un peu avant onze heures, particulièrement élégant. Elle préparait à manger, elle espérait qu'il repasserait, qu'ils déjeuneraient ensemble. Le matin, il avait eu l'air étrange ; peut-être la fébrilité du retour à Paris. Qu'importe, ils allaient partir ensemble ; dans deux jours il viendrait la chercher. Deux jours. Elle comptait les secondes. Elle pensait à leur maison de Boston, à leurs futurs enfants, leurs si beaux enfants. Au chien Georges aussi. Elle riait toute seule en repensant au nom du chien. Elle espérait que Pal accepterait de le nommer autrement. Georges, ce n'était pas un nom de chien. Ou alors, ils n'auraient pas de chien du tout ; on s'attache aux chiens et ensuite ils meurent.

Faron était venu dans la cuisine, attiré par les bonnes odeurs, lui qui souvent se contentait de son menu *boîte-de-conserve-à-même-la-gamelle*. Faron avait l'air différent, elle ne savait pas vraiment en quoi. Peut-être sa coupe de cheveux. Non, c'était autre chose.

— Tu sembles changé, lui avait-elle dit en remuant lentement le contenu de sa casserole.

Il avait haussé les épaules.

— J'ai de nouvelles préoccupations.

— Une femme ?

— Non. Une opération.

Elle avait ri.

— J'aurais dû m'en douter. Qu'est-ce que c'est ?

— Je ne peux pas te dire…

Elle avait eu une moue amusée.

— Vas-y, raconte ! Je suis ton opératrice radio après tout. Et quelle opératrice ! La meilleure !

Il avait souri. Et il s'était absenté un instant pour revenir avec un dossier en carton dont il avait éparpillé les documents sur la table de la cuisine.

— Le Lutetia, dit-il. Je vais le faire sauter.

Elle avait écarquillé les yeux.

— C'était prévu ça ?

— T'inquiète. On préviendra Londres en temps voulu.

Il avait montré un plan du bâtiment pour étayer ses explications.

— Ils sont relativement bien parés contre un attentat de l'extérieur. Baies vitrées protégées avec des panneaux de bois, grillages devant la porte d'entrée, tour de garde… Il faudrait donc que ça se fasse depuis l'intérieur, peut-être passer par la brasserie, ouverte au public, ou alors se déguiser en employé de l'hôtel, et déposer les charges là où ça fait mal. Au rez-de-chaussée, ou, mieux, dans le sous-sol. Et faire descendre tout le bâtiment.

— Et on s'y prend comment ?

Il avait soupiré.

— J'en sais rien encore. Le mieux serait d'avoir des complices à l'intérieur. C'est faisable, les employés sont tous des Français. Mais il nous faut au moins 300 kilos d'explosif.

Elle avait regardé attentivement les photos, les notes et les schémas. Le travail de Faron était impressionnant. Elle avait posé une main sur son épaule et il s'était senti heureux.

Puis soudain, l'horreur ; des bruits sourds et un épouvantable fracas contre la porte. On essayait de l'enfoncer.

— Nom de Dieu ! avait crié Faron en se précipitant vers l'entrée.

L'épais renfort en bois qu'il avait lui-même fixé avait empêché la porte de céder du premier coup, mais il savait que cette barricade était éphémère. Il l'avait installée lorsqu'il était seul ; en cas d'assaut, il aurait le temps de fuir par la deuxième issue, qui rendait son appartement si sûr. Mais ils étaient deux cette fois.

Deuxième coup contre la porte. Au prochain choc, verrous, renfort et charnières sauteraient. Des hurlements furieux en allemand tonnaient dans le couloir. Faron s'était alors saisi du browning qu'il gardait à la ceinture ; il avait hésité à tirer à travers la cloison. Ça ne servirait à rien. La situation était désespérée. Il s'était retourné vers Laura :

— Va dans la chambre. Passe par le balcon comme je t'ai montré hier !

— Et toi ?

— Va ! On se retrouve plus tard.

— Où ça ?

— Métro Maison-Blanche, sur le quai, à seize heures.

Elle s'était enfuie. Elle avait traversé la chambre ; par le balcon, elle avait atteint sans difficulté la fenêtre de la cage d'escalier de l'immeuble voisin, elle était descendue dans l'entrée et elle était sortie sur le boulevard. Trois étages plus haut, la porte de l'appartement venait de céder : les agents allemands en faction sur le trottoir, accaparés par l'assaut et ne se doutant pas que les deux immeubles pouvaient communiquer, n'avaient prêté aucune attention à la jolie jeune femme qui se fondait parmi les badauds et disparaissait sans se retourner.

Faron n'était pas parti. La porte avait cédé au troisième coup de bélier. Il attendait, calme, dans le corridor. Il n'avait pas eu le temps de ranger les plans de l'attentat. Tant pis. Il avait su qu'il mourrait, il l'avait su à Londres. Il était prêt. Et pour ne rien perdre de son courage, il psalmodiait la poésie de Pal.

> *Que s'ouvre devant moi le chemin de mes larmes,*
> *Car je suis à présent l'artisan de mon âme.*

Il n'était pas parti. Dans sa main droite, la croix de Claude avait remplacé le browning. Si les Allemands étaient là, c'est qu'ils savaient que l'appartement était occupé ; s'ils le trouvaient vide, ils boucleraient le quartier, et ils les prendraient sans peine tous les deux. Lui et Laura. Il ne voulait pas qu'ils attrapent Laura. Pas Laura. Ils ignoraient sans doute qu'ils étaient plusieurs et s'ils le trouvaient seul dans l'appartement, ils ne la chercheraient pas. Du moins pas tout de suite. Elle aurait le temps de s'enfuir, loin.

> *Je ne crains ni les bêtes, ni les Hommes,*
> *Ni l'hiver, ni le froid, ni les vents.*

Il n'était pas parti. Sa vie contre celle de Laura. Oui, il l'avait aimée. Qui ne serait pas tombé amoureux de Laura ? Ils l'étaient tous, sans le savoir peut-être. Depuis Wanborough Manor, ils l'aimaient. Si douce, si jolie. Que lui feraient les Allemands s'ils la prenaient ? Ce qu'ils faisaient à tous ; ils lui infligeraient de telles souffrances que la mort serait une délivrance. Personne n'avait le droit de toucher à Laura. Oui, depuis deux ans, il l'aimait.

> *Au jour où je pars vers les forêts d'ombres, de haines et de peur,*
> *Que l'on me pardonne mes errements et que l'on me pardonne mes erreurs,*
> *Moi qui ne suis qu'un petit voyageur,*
> *Qui ne suis que la poudre du vent, la poussière du temps.*

Il n'était pas parti. Il était resté devant la porte, il avait serré fort la croix de Claude contre lui. Il l'avait embrassée, avec ferveur, avec dévotion ; il avait fermé les yeux. *Aide-moi, Seigneur,* avait-il murmuré, *protège-moi qui ai péché et qui vais mourir.* Il aurait voulu prier mieux, mais il ne connaissait aucune prière. Il n'avait que le poème du fils. Il continuait de le réciter ; qu'importent les mots, le Seigneur comprendrait. *Je m'en remets à toi à présent.* Ah, il avait été si mauvais : avec les siens, avec tout le monde ; puisse sa mort l'absoudre de ses méfaits. Et le renard de Gros ? Le Seigneur l'accueillerait-il malgré l'assassinat du renard ? Il voyait encore le visage de Gros lorsqu'il avait pénétré dans le dortoir avec la carcasse, ce visage d'incompréhension, de terreur et de tristesse. Voilà les sentiments qu'il inspirait. Que le

Seigneur lui pardonne ; à l'époque du renard, il n'était pas encore un Homme. Et il avait embrassé la croix, il avait pensé à Claude, très fort, parce qu'il avait peur.

J'ai peur.
J'ai peur.
Nous sommes les derniers Hommes, et nos cœurs, en rage, ne battront plus longtemps.

La porte avait cédé.

*

Elle avait compris en arrivant au métro Maison-Blanche. La station était fermée : la défense passive l'avait transformée en abri pour les bombardements aériens. Faron, héros de guerre, l'avait sauvée des flammes de l'Enfer.

Perdue, paniquée, elle s'était enfuie, guidée par son instinct de survie. Elle ne savait pas comment contacter Gaillot, Faron ne lui en avait pas encore parlé. Elle savait qu'il vivait à Saint-Cloud, mais comment retrouver un homme dont elle ne connaissait même pas la véritable identité. Elle avait d'abord pensé rejoindre Hervé et le Réseau du Nord, mais cela lui paraissait si loin. Elle avait finalement gagné Rouen, puis la maison du couple de maraîchers qui l'avait emmenée quelques jours plus tôt. Ils habitaient en bordure de ville, elle se souvenait de l'adresse ; ils étaient gentils, des quinquagénaires dévoués et sans enfants. Elle était parvenue à regagner leur maison, le soir. Mais dans quel état.

Ils avaient été épouvantés en la trouvant devant leur porte ; elle était épuisée et terrorisée. La femme s'était occupée longuement d'elle, elle lui avait fait prendre un bain et lui avait donné à manger. Restée un moment seule dans la cuisine, Laura avait entendu la femme murmurer à son mari, dans le couloir : « *Seigneur, c'est presqu'une enfant encore ! Ils nous les envoient de plus en plus jeunes.* »

Le mari avait contacté Hervé, qui leur avait demandé de lui amener Laura pour qu'il l'exfiltre vers Londres. Le couple l'avait conduite dans sa camionnette, au milieu de cageots de pommes. Et pendant le trajet, la femme lui avait dit : « *Ne reviens plus en France. Oublie ce qui s'est passé ici.* »

À Londres, Laura avait été prise en charge par le SOE. Elle avait été interrogée, plusieurs fois. Elle était effondrée ; qu'était-il arrivé à Faron ? Et Pal ? Pourvu qu'il ne revienne pas à Paris, pourvu qu'il ne revienne pas à l'appartement ; il aurait été informé de la descente de l'Abwehr, il se serait caché, rentrerait directement à Londres, ils se retrouveraient. Elle avait été pleine d'espoir. Stanislas, qui venait la visiter tous les jours chez ses parents, où elle était retournée, ne parvenait à obtenir aucune information. Puis, fin octobre, ils avaient appris l'épouvantable nouvelle.

*

Dans le grand salon du manoir, ils regardaient par les baies vitrées la pluie qui balayait à présent la propriété. France apporta du thé et ils s'installèrent dans les profonds fauteuils.

— Comment avez-vous connu Pal ? demanda Claude à Rear et Doff.

— On était ensemble. Pour sa première mission, répondit Doff.

Il y eut un silence. Puis Rear, de sa voix chaude et lente, raconta. Il raconta, ému, Berne, et les premiers jours de Pal en tant qu'agent. Et chacun parla des bons moments passés avec lui.

Silence encore.

— Devrait-on aller chercher Laura ? demanda France.

— Laissons-la tranquille, suggéra Key. Je crois qu'elle a besoin d'être un peu seule.

Elle était dehors. La cérémonie était terminée depuis longtemps. Elle se tenait encore devant la fontaine, lieu du dernier hommage, abandonnée, plus belle que jamais. Seul le fidèle porteur de parapluie, le visage plein de larmes, était resté pour la protéger de la tempête. Une bourrasque fit s'échapper une mèche de ses cheveux attachés, mais elle ne bougea pas. Ses mains étaient appuyées sur son ventre. Elle leva les yeux vers le ciel tourmenté. Elle était enceinte.

44

Le SOE ne s'expliquait pas les raisons de la capture de Pal et Faron ; encore moins la présence de Pal à Paris alors qu'on l'avait parachuté dans le Sud, ni la localisation de l'appartement qui n'avait pas été validée par l'état-major de la Section F. Le service de contre-espionnage avait été saisi de l'affaire ; on soupçonnait une éventuelle trahison. Il y avait de nombreux agents doubles dans la Résistance, à la solde des Allemands, et c'était de mauvais augure. Les prochains mois seraient décisifs : les Alliés, en France, auraient plus que jamais besoin de l'appui des réseaux que le SOE s'était évertué à mettre sur pied pendant quatre longues années par le biais de ses sections françaises. Or, si la Section F avait enchaîné les réussites durant la majeure partie de l'année 1943, novembre et décembre étaient marqués par de graves échecs : dans la Loire, en Gironde et en région parisienne, la Gestapo avait démantelé d'importants réseaux, procédé à des arrestations massives et mis la main sur de grandes quantités d'armes. Pour ne rien arranger, de violentes tempêtes s'abattaient depuis plusieurs semaines sur le sud de l'Angleterre, empêchant la plupart des sorties aériennes, et partant, l'approvisionnement des réseaux en matériel. L'année s'achevait dans les pires conditions.

Depuis la fin du mois d'août et dans le plus grand secret, Stanislas, à Baker Street, participait en qualité d'officier d'état-major aux préparatifs de l'offensive des Forces alliées en France : l'opération Overlord. Le Débarquement. Il avait intégré un groupe baptisé SOE/SO, rassemblant le SOE et l'OSS, les services secrets américains. En prélude au Débarquement, ils préparaient une opération conjointe qui faciliterait l'entrée des troupes alliées en territoire français. À l'époque, Stanislas avait proposé le nom de Faron pour les commandos spéciaux.

Le vieux pilote était très occupé par sa nouvelle affectation : la complexité d'Overlord était inimaginable : dans les bureaux, les visages inquiets se penchaient sur les cartes, perplexes, certains doutant du bien-fondé d'un débarquement. Ne pouvait-on pas user l'ennemi en continuant les pilonnages aériens, moins

coûteux en vies humaines ? Lorsqu'il rentrait chez lui, à Knightsbridge Road, il ne cessait d'y penser, et il en était ainsi jusqu'au
lendemain. Les Alliés n'avaient pas le droit à l'erreur et, en
France, les Sections F et RF seraient plus qu'indispensables au
bon déroulement du Débarquement ; les réseaux devraient
empêcher l'arrivée des renforts allemands, et fourniraient certainement de précieux renseignements stratégiques. Stanislas savait
déjà quel serait l'avenir de ses jeunes camarades, mais sans
pouvoir en parler à qui que ce soit.

Key prendrait part à un groupe interallié, avec l'OSS, pour une
mission dans le Nord-Est, en soutien aux troupes américaines.

Claude le curé allait prochainement être envoyé dans le sud de
la France, en remplacement de Pal. Il s'y préparait à Portman
Square ; son parachutage aurait lieu ces prochaines semaines.

Gros, lui, avait été assigné à un groupe de propagande noire.

Quant à Laura, en raison de la mort de Pal, elle n'avait reçu
aucun ordre de mission pour le moment ; elle devait subir une
évaluation psychiatrique avant de pouvoir repartir sur le terrain,
c'était la procédure. En attendant, elle ne voulait plus vivre à
Chelsea ; elle voulait être proche des siens, proche de ceux qui
lui rappelaient Pal, proche de Gros, Claude, Key, Stanislas. Elle
avait demandé à s'installer à Bloomsbury, dans la chambre de Pal.
Dans l'appartement, ç'avait été le branle-bas de combat : les trois
colocataires, aidés par Doff et Stanislas, avaient récuré les
moindres recoins pour bien l'accueillir. On avait accroché de
nouveaux rideaux, nettoyé jusqu'au fond des placards, et Claude
avait remplacé ses plantes fanées.

Lorsqu'elle arriva devant l'immeuble, Key, Gros et Claude
l'attendaient sur le trottoir. Key avait donné les consignes :
il faudrait bien se tenir maintenant qu'il y avait Laura. Ne plus
se promener en sous-vêtements, ne plus raconter d'histoires
salaces, ne plus laisser traîner de cendriers pleins de mégots dans
le salon, et surtout, ne jamais parler de Pal. Sauf si elle-même en
parlait.

Elle défit ses lourdes valises dans la chambre de son bien-aimé ;
Gros resta auprès d'elle, la contemplant depuis l'encadrement de
la porte.

— Tu n'es pas obligée de dormir ici, lui dit Gros. À cause des
mauvais souvenirs. Prends ma chambre si tu veux, ou celle de
Claude. Celle de Claude est plus grande.

Elle sourit, le remercia, puis s'approcha de lui et blottit sa tête pleine de chagrin contre son énorme épaule.

— Quels mauvais souvenirs ? murmura-t-elle. Il n'y a pas de mauvais souvenirs, il n'y a que la tristesse.

★

De la tristesse. Il n'y avait plus que ça. Ils en étaient tous accablés.

Gros, en plus de sa propre douleur, portait celle de Laura ; il ne supportait pas de la voir ainsi dévastée. Devant les autres, elle donnait le change ; elle ne s'effondrait jamais. Mais la nuit, seule, n'ayant plus besoin de jouer la comédie pour personne, elle ne dormait pas. Gros le savait, il occupait la chambre voisine, et depuis son lit, il percevait le sanglot discret, presque silencieux, mais rempli d'une tristesse insurmontable ; le chant de la détresse. Alors Gros se levait, posait la tête contre la paroi qui séparait les deux pièces, grelottant dans le froid. Et il pleurait aussi, ivre de chagrin. Parfois, il allait la rejoindre ; il frappait tout doucement puis venait s'asseoir contre elle. Elle aimait que Gros vienne la trouver, au cœur de la nuit, pour l'aider à survivre à son désarroi. Mais, à chaque fois qu'il grattait à la porte pour s'annoncer, elle frémissait : pendant une fraction de seconde, elle pensait que c'était Pal qui venait la retrouver, comme à Wanborough, comme à Lochailort, comme toujours.

Une après-midi que Gros était seul avec Claude, il lui demanda :

— Tu crois que je porte de la poisse ?

— La poisse à qui ?

— À tout le monde ! À Grenouille, à Aimé, à Pal, à Faron. Tu crois que c'est de ma faute ? Moi, je pense qu'il faudrait que je sois mort. Dis-lui à ton petit Dieu, dis-lui de me tuer. Ton petit Dieu de merde, là. À cause de moi, les gens meurent.

Gros pensait aussi à Melinda. Il y pensait toujours. Il n'irait jamais la voir, il le savait, et il avait eu beaucoup de chagrin, pendant longtemps, à cause de sa solitude éternelle. Le chagrin avait passé avec les mois ; les chagrins s'estompent, mais la tristesse reste. Son rêve s'était éteint aussi ; adieu, doux mariage, et adieu, belle auberge française où il ferait la cuisine et elle le service.

Claude passa son bras autour de l'épaisse nuque du géant.

— Dis pas ça, Gros. C'est une chance de te connaître. Pour nous tous. Et tu sais que Pal t'adorait. Alors, dis pas ça. Pal est mort à cause de la guerre, à cause des Allemands. Allons écraser les Allemands, Gros. Au nom de nos morts. C'est tout ce qu'il nous reste à faire.

Gros haussa les épaules. Il ne savait plus. Gagner la guerre ou la perdre, le résultat était similaire : on mourrait quand même.

— J'ai plus de rêve, Cul-Cul. Une fois, j'ai expliqué à Pal que sans rêve, on meurt, comme les plantes. Comme Grenouille.

— On va te retrouver un rêve.

— J'aimerais être père. Avoir des enfants, une famille. Une famille, ça te protège ; il peut rien t'arriver quand tu as une famille.

— Alors tu deviendras père. Un père formidable.

Gros serra l'épaule de son ami, pour le remercier de son réconfort. Mais père, il ne le deviendrait sans doute jamais – tel était le destin des éternels solitaires.

45

Il descendit dans les cuisines du Lutetia et demanda du champagne à un serveur qui l'aimait bien : comme il parlait français sans accent, il était moins allemand que les autres. Il demanda du demi-sec, sans seau, sans rien, juste la bouteille. Il mit des « *s'il vous plaît* » partout. Dehors, il faisait gris, sombre ; Kunszer trouvait que décembre était le mois le plus laid de la création. Il avait d'ailleurs inventé un juron de circonstance : *Scheissigdezember*. En un mot. L'employé revint avec la bouteille ; Kunszer le remercia.

Il faisait ça presque chaque semaine. Depuis novembre. Il mettait sa bouteille dans un sac en papier qu'il remplissait de tout ce qu'il pouvait trouver au Lutetia, des denrées de luxe surtout, confit d'oie et foie gras, et il s'en allait. Il faisait le trajet à pied, solennel. Marche des vaincus, marche des repentis, marche des hantés qui n'oublient plus. Depuis le Lutetia, il descendait jusqu'au carrefour Raspail - Saint-Germain. Marche épouvantable, épuisante, marche christique, ô Saint-Germain du calvaire ; il portait ses victuailles comme la lourde croix en bois, et il regrettait presque que les passants ne le cinglent pas à son passage. Ainsi allait-il rue du Bac chaque semaine retrouver le père pour lui apporter des provisions.

*

Kunszer avait fêté ses quarante-quatre ans en novembre. Il ne s'était jamais marié, il avait rencontré sa Katia sur le tard. Elle, n'avait que vingt-cinq ans. Elle aurait toujours vingt-cinq ans désormais. Souvent, il avait songé qu'il l'épouserait après la guerre. Pas pendant, il ne fallait pas se marier pendant une guerre. À présent, il était marié avec l'Abwehr, avec le Reich. Mais ils divorceraient bientôt.

Quarante-quatre ans. Il avait fait le calcul des années : il avait passé plus de temps à être un soldat qu'à être un homme. Mais depuis novembre, il ne voulait plus être soldat. Un mois avant son anniversaire, les révélations de Paul-Émile avaient permis l'arrestation de ce Faron, le redoutable agent britannique dont Gaillot avait parlé, dans un appartement du troisième arrondissement ; dans la cuisine, il avait découvert un dossier sur le Lutetia. Ils avaient planifié un attentat sur le quartier général de l'Abwehr ; il était intervenu à temps.

Depuis l'appartement, le colosse avait été directement transféré à la prison du Cherche-Midi, tout près du Lutetia, où des spécialistes de l'interrogatoire de la Gestapo se chargeraient d'abord de lui. Kunszer ne torturait pas, et d'une manière générale on n'aimait guère torturer au Lutetia ; on laissait faire d'abord la Gestapo, avenue Foch, rue des Saussaies ou au Cherche-Midi, et ce n'est qu'ensuite qu'on transférait le détenu au Lutetia pour l'entendre, souvent en mauvais état. Kunszer avait lui-même donné l'ordre de conduire Faron au Cherche-Midi, il ne pourrait rien en tirer sans l'avoir préparé ; c'était toujours ainsi qu'il procédait. Sauf pour cette jolie résistante, celle qui ressemblait tant à sa petite Katia, qu'il avait arrêtée sur son vélo. Il l'avait emmenée au Lutetia pour lui épargner la Gestapo. Et comme elle n'avait pas parlé, il avait fallu qu'il la frappe lui-même, lui qui ne savait pas frapper. Il avait dû rassembler tout son courage. En la giflant, il avait lâché des petits cris. Ses premiers coups avaient presque été des caresses. Il n'osait pas. Pas Katia. Il avait finalement tapé plus fort. C'était trop dur. Alors il avait demandé qu'on lui apporte un bâton, ou n'importe quoi, pour ne pas avoir à la toucher de ses propres mains. Oui, avec un bâton, ça irait mieux. C'était moins réel.

À peine arrivé au Cherche-Midi et démenotté, le colosse s'était suicidé avec une pilule. Il avait pourtant été fouillé. Kunszer se tenait lui-même près de lui, en escorte ; il avait été inattentif un instant. Le temps de réaliser, le colosse était déjà étendu au sol. Contemplant l'immense corps gisant, Kunszer s'était dit que cet homme était un lion.

Le même jour, Paul-Émile avait été emmené au Cherche-Midi pour y être interrogé par les tortionnaires professionnels. Mais il n'avait plus prononcé une parole, et son supplice avait duré trois semaines. Fin octobre, il avait été décapité. Enfin, avait songé Kunszer, presque soulagé.

Kunszer avait été frappé par sa dernière conversation avec le fils, dans son bureau du Lutetia. Il y repensait souvent. C'était quelques jours avant l'exécution. Bien qu'il eût suffi de traverser la rue, Paul-Émile avait été amené à l'hôtel dans une Traction noire de la Gestapo. Il était dans un sale état. C'était un beau jeune homme, on l'avait défiguré, broyé. Il marchait à peine. Dans le bureau, ils étaient seuls, assis face à face. Le fils l'avait dévisagé, voûté, tuméfié, et il avait dit :

— Pourquoi me faites-vous ça, moi qui vous ai tout dit ?

Kunszer n'avait même pas eu le courage d'affronter son regard. Paul-Émile, c'était un beau prénom. Il était si jeune. Il ne se rappelait plus de son âge. Dans les vingt-cinq ans.

— Je ne décide pas de tout, s'était-il justifié.

Silence. Il avait contemplé le corps déformé.

— Vous n'avez pas parlé, hein ?

— Ce que j'avais à dire, je vous l'ai dit. Je vous ai donné la femme de ma vie contre mon père, et maintenant vous voulez plus encore. Mais comment pourrais-je vous donner plus ?

— Je sais, mon petit.

Pourquoi l'avait-il appelé *mon petit* ? Et qui était cette femme ? Il n'avait arrêté que le colosse dans l'appartement.

— Que puis-je pour vous ? demanda Kunszer.

— Je vais mourir, hein ?

— Oui.

Silence. Il avait regardé les lèvres du jeune homme. Parler

devait le faire souffrir : elles étaient bleues, boursouflées et maculées de sang séché.

— Votre promesse, vous vous en souvenez ? avait demandé Pal.

— Oui.

— Vous la tiendrez ? Vous protégerez mon père ?

— Oui, Monsieur.

Il avait dit *Monsieur* pour oublier qu'il n'aurait pas le temps de vivre. S'il avait rencontré une Katia dans ses jeunes années, il aurait peut-être eu un fils de son âge aujourd'hui.

— Merci, souffla le fils.

Kunszer l'avait dévisagé encore. Son remerciement était sincère. Seul ne comptait plus que son père.

— Voulez-vous écrire à votre père ? Tenez, j'ai du bon papier ici. Écrivez-lui ce que vous voulez, je ne lirai pas, et j'irai lui porter la lettre. Voulez-vous que je vous laisse seul un instant pour mieux écrire ?

— Non, merci. Ni lettre, ni solitude. Voulez-vous vraiment me rendre service ?

— Oui.

— Faites en sorte que mon père ne sache jamais que je suis mort. Jamais. Un père ne doit jamais savoir que son fils est mort. Ce n'est pas dans l'ordre de la vie. Comprenez-vous ?

L'Allemand avait hoché la tête, grave.

— Parfaitement. Comptez sur moi. Il ne saura jamais rien.

Ils étaient restés silencieux. Kunszer avait proposé une cigarette, de l'alcool, un repas. Pal avait refusé.

— Il est temps que je meure. Après ce que j'ai fait, il est grand temps que je meure.

Kunszer n'avait pas insisté et il avait fait appeler les gardes. Juste avant que ceux-ci ne pénètrent dans le bureau, il avait chuchoté au fils, sur le ton de la confidence :

— Il n'y avait pas de femme. Dans l'appartement, il n'y avait pas de femme. Il n'y avait qu'un homme. Il s'est suicidé peu après son arrestation en avalant une pilule. Il est mort en soldat, fier. Il n'a pas été torturé. Il n'a pas souffert. Et il n'y avait pas de femme. S'il y en avait une, elle nous a échappé.

Pal avait eu un sourire d'ange. Et il avait supplié le ciel de protéger Laura pour toujours. En France, en Angleterre, en Amérique. Qu'elle s'en aille, loin. Qu'elle retrouve l'amour. Qu'elle soit heureuse. Qu'elle ne soit pas triste pour lui, qu'elle l'oublie vite, qu'elle ne porte pas le deuil. Il était un traître, elle devait savoir. Pourtant il l'aimait tellement ; il aimait Laura, il aimait son père. C'était de l'amour, mais un amour différent. Comment imaginer qu'un seul mot pouvait désigner autant de sentiments ?

— Vous n'avez rien à vous reprocher, lui avait encore soufflé Kunszer. Vous avez choisi votre père.

Il l'avait pris alors par les épaules, et le fils avait songé que c'était le signe paternel, celui de son propre père à son départ de Paris, celui du docteur Calland lors de son recrutement au sein du SOE, celui du lieutenant Peter à la fin de l'école de Beaulieu. Et Kunszer avait continué :

— Tous les fils choisiraient leur père ! J'aurais fait comme vous ! Vous avez été un grand soldat ! Quel âge avez-vous, Monsieur ?

— Vingt-quatre ans.

— J'en ai vingt de plus. Vous avez été un plus grand soldat que je ne le serai jamais.

Deux hommes de la Gestapo étaient entrés dans le bureau et avaient emmené Pal, à jamais. Lorsqu'il était passé devant lui, Werner Kunszer, droit comme un *i*, avait exécuté un salut militaire. Et il était resté ainsi, à l'honorer, plusieurs minutes. Peut-être même plusieurs heures.

*

Une semaine après la mort de Paul-Émile, Kunszer était allé voir le père. C'était novembre ; le jour de son quarante-quatrième anniversaire. Pourquoi diable était-il retourné voir ce père ? C'est depuis cette visite qu'il ne s'aimait plus.

Il était presque midi et demi, lorsqu'il avait pénétré dans l'immeuble, rue du Bac. En passant devant le débarras, il avait eu un frisson de dégoût. Il était monté au premier étage, il avait frappé à la porte. Et le père avait ouvert. Kunszer était mal à l'aise ; pour l'avoir espionné pendant des semaines, il savait tout de lui, mais le père ne le connaissait pas.

— C'est pour quoi ? avait demandé le petit Monsieur.

Kunszer avait été frappé par la tristesse de la situation : le père avait beaucoup maigri, et l'appartement semblait en grand désordre. Il avait eu une hésitation avant de répondre :

— Je viens de la part de votre fils.

Le père avait eu un immense sourire et il avait couru chercher une valise, attrapant au passage son manteau et son chapeau.

— Voilà, je suis prêt ! J'ai attendu, mon Dieu, j'ai attendu ! J'ai même cru qu'il ne viendrait plus jamais. C'est vous qui m'emmenez ? Vous êtes son chauffeur ? Comment allons-nous à Genève ? Seigneur, quel soulagement de vous voir ! J'ai cru que nous ne partirions jamais ! Paul-Émile m'attend à la gare ?

Kunszer, décontenancé, s'était excusé :

— Je suis navré, Monsieur, je ne viens pas vous chercher.

— Ah ? Nous n'allons pas à Genève ?

— Non. Mais votre fils m'a chargé de venir vous donner de ses nouvelles.

Le visage du père s'était rallumé.

— Des nouvelles ? Magnifique ! Ma-gni-fique !

Kunszer avait été effleuré par l'idée d'annoncer au père la mort de son fils, et y avait aussitôt renoncé. À cause du père, à cause de la promesse faite au fils.

— Je viens vous dire que votre fils va bien. Très bien même.

— Mais pourquoi n'est-il jamais venu me chercher ?

— C'est compliqué.

— Compliqué ? Compliqué ? Qu'est-ce qu'il y a de compliqué ! Lorsqu'on promet à son père de partir avec lui, on vient le chercher, non ? Où est-il encore parti, pour l'amour du Ciel ?

Kunszer, qui s'était rappelé la carte de Genève, avait répondu sans réfléchir :

— Il est à Genève.

— À Genève ?

— Oui. Je viens vous dire que votre fils a dû retourner à Genève pour des affaires urgentes. Il est très occupé. Mais il reviendra bientôt.

Le visage du petit père s'était décomposé.

— Je suis si déçu. S'il est allé à Genève, pourquoi ne m'a-t-il pas emmené ?

— L'urgence de la guerre, Monsieur.

— Et quand reviendra-t-il alors ?

— Je suppose très vite.

Le père semblait faible et mal nourri. Pourtant, une agréable odeur de cuisine embaumait l'appartement.

— Vous mangez ? s'était inquiété Kunszer.

— Parfois j'oublie.

— Pourtant ça sent bon chez vous. Vous cuisinez ?

— Je cuisine pour mon Paul-Émile. Tous les midis, je rentre vite de mon travail. Je pars plus tôt, je rentre plus tard. C'est qu'on a rendez-vous avec Paul-Émile pour déjeuner. Rendez-vous à midi précis, il ne faut pas être en retard car le train est à quatorze heures.

— Le train ? Où allez-vous ?

— Mais à Genève, enfin !

— À Genève ? répéta Kunszer qui ne comprenait plus rien. Comment diable comptez-vous vous rendre à Genève ?

— Je ne sais pas. Je ne sais plus. Mais nous allons à Genève, ça c'est sûr, c'est ce que Paul-Émile a dit. Les jours où il ne vient pas, je suis si triste que je n'ai plus faim. La tristesse, ça vous coupe l'appétit.

C'était tous les jours.

— Alors vous ne mangerez pas aujourd'hui ?

— Non.

— Mais il faut manger quand même ! Il reviendra bientôt.

Kunszer s'était détesté de parler ainsi, de distribuer sa poudre d'espoir. Mais que pouvait-il faire d'autre ? La souffrance, quelle saloperie ; il ne voulait plus infliger de souffrance à ce petit homme.

— Voulez-vous déjeuner avec moi ? avait alors proposé le père. Je vous parlerai de mon fils.

Kunszer avait hésité une seconde. Puis il avait accepté par pitié.

Le père l'avait fait entrer dans l'appartement ; c'était devenu un sordide capharnaüm, l'endroit n'était plus tenu. À côté de la porte, la valise était prête pour le départ.

— Comment connaissez-vous mon fils ? avait demandé le père.

Kunszer n'avait su que répondre ; il ne pouvait pas dire qu'ils étaient amis, ç'aurait été le summum du cynisme.

— Nous sommes collègues, avait-il répondu sans vraiment réfléchir.

Le père s'était légèrement animé.

— Ah, vous êtes aussi un agent des services secrets britanniques ?

Kunszer avait eu envie de sauter par la fenêtre.

— Oui. Mais il ne faut pas le dire.

Le père avait souri, un doigt sur la bouche.

— Bien sûr, bien sûr. Vous autres, vous êtes des gens magnifiques. Ma-gni-fiques !

Après le déjeuner, Kunszer avait proposé de mettre un peu d'ordre dans l'appartement.

— N'avez-vous pas de femme de ménage ?

— Non. Avant je le faisais moi-même, ça m'occupait. Maintenant je n'ai plus trop le cœur à ça.

Kunszer avait déniché un balai, de vieux torchons, un seau d'eau et du savon, et il avait fait le ménage. L'agent de l'Abwehr faisait le ménage chez le père de l'agent anglais qu'il avait fait exécuter.

Lorsqu'il était parti, le père lui avait pris les deux mains, reconnaissant.

— Je ne sais même pas comment vous vous appelez.

— Werner.

Le père avait trouvé que Werner était un drôle de nom pour un Anglais mais il n'avait rien dit pour ne pas le froisser.

— Reviendrez-vous, Monsieur Werner ?

Il devait dire non, il avait voulu dire non. Il ne reviendrait plus, plus jamais, car il ne supportait pas ce face-à-face, et moins encore l'insupportable mensonge. Mais la raison tardant à répondre, c'est son cœur qui avait parlé.

— Bien sûr. À très vite.

Le père avait souri, tout content ; qu'il était bon, cet ami de Paul-Émile qui venait rompre sa solitude.

Et dans son bureau du Lutetia, l'après-midi de ce jour maudit de novembre, Kunszer, atterré, s'était juré de tenir sa promesse à Paul-Émile : chaque semaine, il irait s'occuper de son père, il lui apporterait de quoi vivre. Ce père deviendrait son père et lui deviendrait son fils. Jusqu'à ses derniers jours, s'il le fallait.

46

Ce fut janvier 1944 à Londres.

Il y avait, tout à côté du British Museum, un café où elle allait tous les jours. Ils avaient passé tant de temps ensemble, ici, assis l'un contre l'autre sur cette banquette, ou joignant leurs mains de part et d'autre de cette table ; elle l'avait trouvé si beau dans son costume gris. Tous les jours, Laura allait en pèlerinage sur les lieux de leur amour ; elle retournait dans les restaurants, dans les théâtres, elle refaisait leurs promenades. Parfois, elle portait les mêmes robes. Au cinéma, elle prenait deux billets. Et elle restait des heures dans ce café, à relire des poèmes qu'il lui avait écrits. Elle laissait passer le temps, en espérant que passe le chagrin.

Cette année, Laura allait avoir vingt-quatre ans. Stanislas, quarante-sept ; Gros, vingt-neuf ; Key, vingt-six, et Claude, vingt et un ans. Il y avait deux ans et demi qu'ils avaient rejoint le SOE ; ils avaient tant changé. Tout avait changé. Laura entrait dans son troisième mois de grossesse. Personne n'était au courant, et, sous les vêtements d'hiver, on ne décelait encore rien. Mais il faudrait bientôt qu'elle l'annonce. Elle fit de Gros son premier confident. Elle l'emmena dans le petit café du British Museum ; ils burent du thé pendant des heures, jusqu'à ce qu'elle trouve le courage de murmurer :

— Gros, je suis enceinte...

Le géant ouvrit de grands yeux.

— Enceinte ? Mais de qui ?

Elle éclata de rire. C'était la première fois qu'elle riait depuis bien longtemps.

— De Pal.

Le visage de Gros s'illumina.

— Ça alors ! Enceinte de combien ?

— Trois mois.

Il compta dans sa tête. Trois mois, ça remontait à cet octobre de malheur. Ils étaient à Paris quand ils avaient fait l'enfant. Il ne savait pas si c'était très beau ou très triste.

— Gros, qu'est-ce que je dois faire ? demanda Laura, des larmes dans les yeux. Je porte le fils d'un mort.

— Tu portes le fils d'un héros ! Un héros ! Pal, c'était le meilleur d'entre nous.

Gros se leva de sa chaise pour s'asseoir sur la banquette, à côté d'elle, et il la serra fort contre lui.

— Faudra que t'en parles à Stan, murmura-t-il. Faut plus que tu fasses d'opérations.

Elle hocha la tête.

— Mais cet enfant n'aura pas de père...

— On sera tous son père. Key, Stan, Claude. Moi aussi je serai son père. Pas son vrai père, tu comprends ce que je veux dire. Mais son père un peu, parce que je l'aimerai comme mon propre enfant.

Et Gros, empli soudain d'une force extraordinaire, sentit que son cœur se remettait à battre ; oui, il jurait de les protéger, elle et son enfant, de les protéger toujours. Ils ne connaîtraient jamais la peur, ni la détresse, ni la haine, parce qu'il serait là. Toujours. Il le chérirait comme personne, cet orphelin pas encore né, il lui donnerait jusqu'à sa vie, lui qui n'aurait sans doute jamais de descendance. Cet enfant, ce serait son rêve désormais. Et sur la banquette du café, Gros serra Laura un peu plus fort pour être sûr qu'elle comprenne tous ces mots qu'il n'osait pas dire.

47

C'était janvier 1944 à Paris.

Kunszer était mélancolique. Il savait qu'ils allaient perdre la guerre. Ils ne tiendraient probablement pas une année de plus. Ce n'était plus qu'une question de temps. Il n'aimait plus le Lutetia. Pourtant, c'était un bel hôtel. Des salons superbes, des chambres-bureaux confortables, une histoire magnifique ; mais depuis qu'ils s'y étaient installés, il y avait trop d'uniformes, trop de bottes, trop de raideur germanique. Il aimait l'hôtel, mais il n'aimait pas ce qu'ils en avaient fait.

C'était janvier ; ça pouvait tout aussi bien être février, avril, ou août, cela n'avait plus d'importance. Le premier jour de l'année, il était descendu de bonne heure au Salon des oiseaux où était installé le standard téléphonique, passant devant la chambre 109, la suite qu'occupait Canaris lorsqu'il était à Paris. Il avait posé ses mains contre la porte, ultime prière pour son supérieur admiré qui tomberait bientôt. Il en était certain. Au standard, il avait demandé à une opératrice d'envoyer un message à l'attention de l'amiral ; il lui adressait respectueusement ses meilleurs vœux d'anniversaire. Canaris avait cinquante-sept ans. Le *Vieux*, comme on l'appelait dans le Service, car cela faisait longtemps qu'il avait les cheveux blancs. Il lui écrivait par sympathie. Parce qu'il savait que cette année serait difficile. La plus difficile sans doute.

Il était déprimé. Sa Katia lui manquait. Il errait dans les salons, dans les salles à manger. Il avait besoin de parler. Et lorsqu'il ne trouvait personne, pas même ce sale fouineur de Hund, il allait dans l'ancien salon de correspondance, devenu la salle de repos des gardes du bâtiment, et il soliloquait devant eux. Sur le temps qui passait, sur leur dernier repas, sur n'importe quoi, afin de ne pas dire ce qu'il avait envie de dire, afin de ne pas faire ce qu'il avait envie de faire. Il voulait serrer les petites sentinelles contre lui et leur hurler son désarroi : « *Frères allemands, qu'allons-nous devenir ?* » Et si, parfois, il trouvait encore en lui la force du cynisme, il se disait à lui-même : « *Werner Kunszer, c'est la dernière fois que tu t'engages avec les services secrets, c'est la dernière fois que tu fais la guerre.* »

48

Dans le courant du mois, Baker Street émit les nouvelles consignes. Tous l'ignoraient encore, mais ce serait leur dernière mission en France.

Denis le Canadien, qui n'avait jamais rejoint le groupe, avait fait un bref aller-retour à Londres ; il était à présent dans une maison de transit en attendant de rejoindre un réseau du Nord-Est.

Claude allait partir pour l'un des maquis du Sud.

Gros serait parachuté début février dans le Nord. Il devait rejoindre une cellule de propagande noire, chargée d'embrouiller l'esprit des Allemands en leur faisant croire qu'il y aurait bientôt un débarquement allié en Norvège.

Key avait intégré un groupe interallié ; Rear également. Tous deux s'apprêtaient à suivre une formation spéciale, dans les Midlands, avant leur départ en mission.

Doff, qui venait parfois passer la soirée à Bloomsbury, avait été identifié par la Gestapo à Bordeaux, en novembre. Il avait réussi à disparaître et à rentrer sain et sauf en Angleterre. Le bureau de sécurité du SOE avait décidé de ne plus l'envoyer en France ; il avait donc rejoint au début du mois la Section de contre-espionnage du Service. Le Contre-espionnage était plus actif que jamais en cette période. Il s'agissait d'empêcher que des espions ennemis parviennent à percer le secret du Débarquement, en diffusant notamment de fausses informations par l'intermédiaire des agents de l'Abwehr arrêtés en Grande-Bretagne. Ceux-ci se voyaient contraints de continuer à émettre avec Berlin. Ainsi, le SOE arrosait-il l'Abwehr de messages qu'il dictait lui-même aux espions captifs. La technique était bonne, mais si les Anglais l'employaient, ils pouvaient être certains que les Allemands en faisaient autant.

Laura se décida à informer Portman Square de sa grossesse, puis, un soir, elle réunit ses camarades de guerre dans le salon de Bloomsbury. « *Je suis enceinte de Pal* », leur annonça-t-elle, les yeux embués de larmes. Et Stanislas, Key, Rear, Doff, Claude et Gros l'étouffèrent sous leurs embrassades ; le fils était ressuscité. Gros, très fier d'être déjà au courant de la nouvelle, raconta à tout le monde comment il avait su garder sa langue.

Et les agents, émus, firent tous des projets pour l'enfant. C'était à qui lui apprendrait à lire, à pêcher, à jouer aux échecs, à tirer et à manier les explosifs. Plus tard dans la soirée, Laura vint trouver Key dans sa chambre. Il faisait sa gymnastique.

— J'avais un peu peur de votre réaction, lui confia-t-elle.

Il se leva, torse nu, les muscles gonflés. Il enfila une chemise.

— Pourquoi ?

— Parce que Pal est mort.

— Mais ça signifie que les Allemands n'ont pas gagné. C'est tout Pal ça : ne jamais se laisser vaincre. Tu l'as tellement aimé...

— Je l'aime encore.

Key sourit.

— Un enfant de lui, ça veut dire que vous ne vous quitterez jamais. Même si un jour tu rencontres un autre homme...

— Il n'y aura jamais d'autre homme, le coupa-t-elle sèchement.

— J'ai dit *un jour*. T'es encore jeune, Laura. On peut aimer plusieurs fois, différemment.

— Je ne crois pas.

Key l'enlaça pour lui donner du courage et pour couper court à une conversation qu'il ne voulait pas avoir.

— Qu'en disent tes parents ?

— Je ne les ai pas encore prévenus.

Key posa les yeux sur le ventre de Laura ; si on ne savait pas on ne voyait pas.

— Je ne suis pas encore prête à leur dire, ajouta-t-elle.

Key hocha la tête, il comprenait.

*

Les services administratifs du SOE envoyèrent Laura à Northumberland House pour une évaluation psychiatrique – simple routine en raison des récents événements. Ils envisageaient de l'intégrer à Baker Street. En entrant dans le bureau où elle avait été convoquée, elle ne put réprimer un sourire. Devant elle, se tenait celui qui l'avait recrutée : le docteur Calland.

Il la reconnut immédiatement ; il ne se rappelait plus son prénom, comme souvent, mais il se souvenait parfaitement de cette jolie jeune femme. Elle avait embelli.

— Laura, se présenta-t-elle, pour lui éviter de devoir lui demander son prénom.

— Ça alors...

— Le temps a passé. J'ai le grade de lieutenant désormais.

Calland eut une moue impressionnée ; il la fit asseoir et parcourut rapidement un document sur son bureau.

— Une évaluation, hein ? dit-il.

— Oui.

— Que s'est-il passé ?

— La sale guerre, Monsieur. Un agent est mort en septembre. C'était mon... fiancé. Nous... enfin, je suis enceinte de lui.

— Comment s'appelait-il ?

— Paul-Émile. Nous l'appelions Pal.

Calland dévisagea Laura, et aussitôt les souvenirs lui revinrent. Sa volée de stagiaires était la dernière qu'il avait recrutée, avant d'être assigné à d'autres tâches ; c'était un écrivain, d'ailleurs, qui lui avait succédé. Et parmi les prénoms de ces stagiaires, un seul lui était resté en mémoire : Paul-Émile. Le fils. Il se souvenait de la poésie, une poésie qu'il avait inventée sur son père, alors qu'ils se promenaient ensemble sur une avenue. Il se souviendrait toujours.

— Paul-Émile... répéta Calland.

— Vous le connaissiez ? demanda Laura.

— Je les connais tous. Je vous connais tous. Parfois, j'oublie un nom, mais le reste, je n'oublie pas. Je n'oublie pas que ceux qui sont morts le sont en partie à cause de moi.

— Ne dites pas ça…

Cette après-midi-là, il n'y eut pas d'évaluation ; Calland jugea l'exercice inutile. La jeune femme se portait bien ; elle était courageuse. Et pendant tout l'entretien, ils ne parlèrent que de Pal. Elle raconta leur rencontre, les écoles de formation, leur nuit à Beaulieu ; elle raconta combien ils s'étaient aimés à Londres. Elle ne quitta Northumberland House que le soir, alors que leur rendez-vous était censé durer une heure tout au plus.

Jugée apte à servir, Laura fut transférée au quartier général de Baker Street ; on l'affecta au service du Chiffre, les communications cryptées, pour la Section F. Elle retrouva, dans un bureau voisin du sien, les Norvégiennes de Lochailort.

*

Une dizaine de jours plus tard, Claude prit le départ pour la France. Puis ce furent les premiers jours de février ; Overlord aurait lieu dans quelques mois à peine. Pour la Section F, le début de l'année s'annonçait aussi mauvais que la fin de la précédente : les tempêtes avaient duré jusqu'à la mi-janvier, perturbant gravement les opérations aériennes, tandis que dans le Nord de la France, des agents parachutés venaient d'être réceptionnés par la Gestapo. La Gestapo était redoutable, et son service de radiogoniométrie, particulièrement efficace. En prévision d'Overlord, le commandement général du SOE allait bientôt déclencher l'opération Ratweek : l'élimination des cadres de la Gestapo à travers l'Europe ; mais la Section F n'était pas concernée.

Ce fut ensuite au tour de Key et Rear de quitter Londres. Avant de rejoindre un groupe commando près de Birmingham, dans les Midlands, ils furent envoyés à Ringway pour un bref stage de remise à niveau, car la technique de parachutage avait été légèrement modifiée. À présent, on sautait avec un *sac de jambe* : le matériel de mission était rangé dans un sac en toile, attaché à la jambe du parachutiste par une corde de plusieurs mètres de long. Au moment du saut, la corde se tendait, le sac pendant dans le vide ; dès qu'il touchait le sol, la corde s'assouplissait, et l'agent était ainsi averti que l'atterrissage était imminent.

Gros, enfin, fut appelé pour le départ. Il se prépara à l'immuable rituel, qui était presque devenu une routine : un dernier passage à Portman Square, puis le départ vers une maison de transit où il resterait jusqu'au décollage du bombardier, depuis l'aérodrome de Tempsford, le moment exact dépendant de la météo. Il ne craignait pas de repartir, mais il appréhendait de laisser Laura seule ; comment les protéger, elle et l'enfant, s'il n'était pas là ? Il y avait certes Stanislas, mais il ne savait pas si le vieux pilote saurait aimer l'enfant comme lui-même en avait décidé ; c'était important de l'aimer déjà. Il se rassura en songeant qu'il y aurait aussi Doff à Londres ; Gros l'aimait bien. Il lui faisait souvent penser à Pal, en plus âgé. Doff devait avoir dans les trente ans.

À la veille de quitter Londres, préparant sa valise dans sa chambre de Bloomsbury, Gros donna ses dernières indications à Doff ; il était des leurs à présent.

— Fais bien gaffe avec Laura, mon petit Adolf, déclara Gros, solennel.

Doff acquiesça, amusé par le géant. Laura entamait son quatrième mois de grossesse.

— Pourquoi tu ne m'appelles jamais Doff ?

— Parce qu'Adolf, c'est un beau prénom. C'est pas parce que Hitler-du-cul t'a piqué ton prénom qu'il faut en changer. Tu sais combien y a d'hommes dans la Wehrmacht ? Des millions. Alors crois-moi, tous les prénoms du monde sont dedans. Pour un peu que t'ajoutes les collabos et la Milice, notre compte est définitivement bon à tous. Est-ce qu'il faut qu'on s'appelle par des noms que personne n'a salis, comme Pain, Salade ou Papier de chiotte ? T'aimerais que ton gamin s'appelle *Papier de chiotte*, toi ? *Papier de chiotte, mange ta soupe ! Papier de chiotte, as-tu fait tes devoirs ?*

— On t'appelle bien Gros...

— Ça, c'est pas pareil, c'est un nom de guerre. T'es comme Denis et Jos, tu pouvais pas savoir... T'étais pas avec nous à Wanborough Manor.

— Tu mérites pas qu'on t'appelle Gros.

— C'est un nom de guerre, je te dis.

— Quelle différence ?

— Après la guerre, c'est terminé. Tu sais pourquoi j'aime bien la guerre ?

— Non.

— Parce que, quand ça s'arrêtera, on aura tous une deuxième chance d'exister.

Doff dévisagea l'obèse avec empathie.

— Prends soin de toi, Gros. Reviens-nous vite, l'enfant aura besoin de toi. Tu seras un peu son père...

— Son père ? Non. Ou alors son père secret, qui veille dans l'ombre. Mais rien de plus. Tu m'as bien regardé, moi ? Je ne serai pas un père, je serai un animal de cirque, avec mes affreux cheveux et tous mes doubles mentons. Mon faux enfant aura toujours honte de moi. Et on peut pas être un père qui fait honte, on ne fait pas ça à un enfant.

Il y eut un silence. Gros regarda Doff : c'était un bel homme. Et il soupira, plein de regrets. Il aurait aimé être comme lui. Ç'aurait été plus facile avec les femmes.

49

Il assistait depuis deux jours à une importante réunion au Lutetia entre des responsables des antennes espagnole, italienne et suisse de l'Abwehr. Deux jours enfermés dans le Salon chinois, emportés dans leurs intenses débats ; deux jours qu'il passa à bouillonner intérieurement d'impatience : pourquoi diable n'avait-il pas reçu sa commande ? Ce n'est qu'à la fin de l'ultime séance que le responsable de l'antenne suisse dit à Kunszer :

— Werner, j'allais oublier : j'ai votre paquet.

Kunszer fit semblant d'avoir oublié sa requête du mois dernier. Et il suivit son collègue jusqu'à sa chambre, fébrile.

Le paquet était une enveloppe en kraft, petite mais épaisse. Kunszer, pressé, l'ouvrit dans l'ascenseur : elle contenait des dizaines de cartes postales de Genève, vierges.

*

Chaque semaine depuis novembre, inlassablement, Kunszer allait trouver le père, avec ses victuailles et son champagne. Et il mangeait avec lui, pour s'assurer qu'il se nourrissait aussi. La cuisine pourtant embaumait toujours ; le père, tous les midis, préparait le déjeuner pour son fils. Mais il n'y touchait jamais, il s'y refusait : le repas du fils, si le fils ne venait pas, n'était pas mangé. Alors les deux hommes, silencieux, se contentaient des provisions froides. Kunszer, lui, touchait à peine à la nourriture, s'affamant de bon cœur : il voulait qu'il y ait des restes et que le père mange encore. Ensuite, il glissait discrètement de l'argent dans le sac à provisions.

Les week-ends, le petit homme ne sortait plus de chez lui.

— Vous devriez vous aérer un peu, lui répétait Kunszer.

Mais le père s'y refusait.

— Je ne voudrais pas rater Paul-Émile. Pourquoi ne me fait-il plus signe ?

— S'il le pouvait, il le ferait. La guerre, vous savez, c'est difficile.

— Je sais... soupirait-il. Est-il un bon soldat ?

— Le meilleur.

Lorsqu'ils parlaient de Pal, le visage du père prenait quelques couleurs.

— Avez-vous combattu à ses côtés ? demandait le père à chaque fin de repas, comme si le même jour se répétait sans cesse, empêchant le calendrier de s'égrener.

— Oui.

— Racontez-moi, suppliait le père.

Et Kunszer racontait. N'importe quoi. Pourvu que le père se sente moins seul. Il racontait de fantasques exploits, en France, en Pologne, partout où le Reich avait installé ses soldats. Paul-Émile terrassait les colonnes de blindés et sauvait ses camarades ; la nuit, au lieu de dormir, s'il ne lançait pas des obus de DCA dans le ciel, il œuvrait comme bénévole dans les hospices pour grands blessés. Le père était éperdu d'admiration pour son fils.

— Ne voulez-vous pas sortir un peu ? proposait Kunszer à chaque fois qu'il terminait son sempiternel récit.

Le père refusait toujours. Et Kunszer insistait.

— Cinéma ?

— Non.

— Concert ? Opéra ?

— Non deux fois.

— Promenade ?

— Non, merci.

— Qu'aimez-vous ? Le théâtre ? Je peux vous avoir ce que vous voulez, tout, tout, Comédie-Française si cela vous plaît.

Les comédiens venaient souvent dîner à la brasserie du Lutetia. Si le père avait envie de les rencontrer, ou s'il voulait assister à une représentation privée, il le lui obtiendrait. Oui, ils joueraient pour lui, dans son salon, si tel était son désir. Et s'ils refusaient de venir, il ferait fermer leur théâtre minable, il leur enverrait la Gestapo, et il les déporterait tous en Pologne.

Mais le père ne voulait rien d'autre que son fils. Début janvier, il avait expliqué à son unique visiteur :

— Vous savez, une fois je suis sorti. Juste pour faire d'inutiles commissions. Et j'ai fermé la porte à clé, malgré ma promesse, mais c'était à cause des voleurs de cartes postales car on m'avait volé une carte envoyée par Paul-Émile que j'avais mal cachée sans doute. Bref, ce jour-là j'ai raté mon fils. Je m'en voudrai toujours, je suis un si mauvais père.

— Ne dites pas ça ! Vous êtes un père formidable ! s'était écrié Kunszer, pris d'une soudaine envie de se faire sauter la cervelle avec son Luger car le voleur, c'était lui.

Le lendemain, il passait commande de cartes postales de Genève auprès de l'antenne suisse de l'Abwehr.

*

Dès qu'il eut pris possession de son stock de cartes, Kunszer se mit à écrire au père, se faisant passer pour Paul-Émile. Il avait conservé la carte volée et il s'en inspirait, imitant l'écriture. Il recopiait d'abord les phrases sur des brouillons, des centaines de fois s'il le fallait, consciencieux, pour que la calligraphie soit vraisemblable. Puis il enfermait les cartes dans une enveloppe vierge qu'il déposait dans la boîte aux lettres en fer de la rue du Bac.

Cher petit Papa adoré,

Je suis désolé de ne pas encore être revenu à Paris. J'ai beaucoup à faire, tu comprendras sûrement. Je suis certain que Werner s'occupe bien de toi. Tu peux lui faire toute confiance. Moi, je pense à toi tous les jours. Je viendrai bientôt. Très vite. Le plus vite possible.

Ton fils

Kunszer signait *ton fils* car il n'avait pas le courage de l'imposture suprême : écrire le nom du mort, Paul-Émile. Dans son souvenir d'ailleurs, aucune des cartes qu'il avait vues n'avait été signée. Parfois, il ajoutait même : *Post-Scriptum : Mort aux Allemands.* Et il riait tout seul.

Courant février, Canaris, accablé par Himmler et d'autres officiers supérieurs du Sichereitsdienst, privé des derniers signes de confiance d'Hitler, quitta la direction de l'Abwehr. Kunszer, persuadé que le Service allait être prochainement démantelé, se consacra de moins en moins à son travail pour le Reich et de plus en plus à ses cartes postales : son obsession, désormais, était de réaliser des imitations parfaites de l'écriture de Paul-Émile. Il y passait ses journées, et sa réussite à cet exercice donnait le ton de son humeur générale. Début mars, la cadence fut d'une carte postale par semaine ; imitation parfaite, à en duper les graphologues de l'Abwehr. Et lorsqu'il allait trouver le père, celui-ci rayonnait en exhibant, heureux comme jamais, la carte qu'il venait de recevoir de son fils adoré.

Mars, déjà. L'inexorable attaque alliée se rapprochait ; il y aurait cette année un débarquement dans le nord de la France, ce n'était plus un secret pour personne. Restait à savoir où et quand, tous les services de l'armée étaient sur les dents. Lui s'en fichait ; l'Abwehr, c'était fini. Au Lutetia, il lui semblait que, comme lui, tous faisaient semblant d'être occupés, faisant claquer leurs bottes, courant des mess au standard et du standard aux bureaux, s'affairant à s'affairer. La guerre, eux l'avaient déjà perdue. Mais pas Hitler, pas Himmler ; pas encore.

Parfois Hund passait dans son bureau.

— Tout va bien, Werner ?

— Tout va bien, répondait le faussaire sans lever la tête, penché sur son bureau au-dessus d'une énorme loupe.

Hund aimait bien Kunszer, il le trouvait plein de zèle. Voilà un homme qui ne compte pas ses heures pour le Reich, sans cesse au travail, songeait-il en voyant son pupitre débordant d'écritures.

— Ne vous surmenez pas trop, ajoutait encore le gentil chien.

Mais Kunszer ne l'écoutait plus. S'il avait l'air épuisé, c'est à cause de son éprouvante comédie. Que devenait-il ? Il avait l'impression de perdre pied avec la réalité. Dans le miroir de l'ascenseur, il se faisait des grimaces et des salamalecs.

Bientôt, ce serait le printemps. Il aimait tant le printemps.

C'était la saison de sa Katia ; elle ressortait ses jupes des armoires, la bleue était sa préférée. Il se réjouissait de l'arrivée du printemps, mais il n'avait plus guère le goût de vivre. Vivre était une farce. Il voulait Katia. Le reste n'importait plus. S'il était encore à Paris, c'était pour le père.

À la mi-mars, la production de cartes postales atteignit la cadence de deux par semaine.

50

À Chelsea, la nouvelle de la grossesse divisa le ménage des Doyle, déjà mis à rude épreuve par la guerre. Laura s'était décidée à l'annoncer à ses parents ; elle était enceinte de cinq mois, elle ne pouvait plus le cacher.

C'était un dimanche après-midi. Stanislas et Doff l'avaient conduite en voiture, pour la soutenir. Ils avaient attendu dans une rue parallèle, en fumant. Elle était revenue le visage ruisselant de larmes.

Richard Doyle avait très mal pris la nouvelle ; il ne voulait pas entendre parler d'un bâtard dans la famille, le bâtard d'un mort qui plus est. Un bâtard, une sale affaire : on parlerait d'eux en mauvais termes, peut-être même perdrait-il la confiance de ses banquiers. Un bâtard. Les domestiques sans cervelle faisaient des bâtards dans leurs mansardes avec des hommes qu'elles ne reverraient plus ; ensuite elles finissaient putains pour pouvoir élever l'avorton. Non, Richard Doyle trouvait que sa fille n'était pas sérieuse de s'être fait mettre enceinte par le premier venu.

Lorsqu'elle avait entendu les paroles de son père, Laura s'était levée, le visage fermé.

— Je ne reviendrai plus jamais ici, avait-elle dit calmement.

Et elle était partie.

— Un bâtard ? avait hurlé France au départ de Laura. Le fils d'un soldat courageux, oui !

Richard avait haussé les épaules. Il connaissait le monde des affaires ; c'était un monde difficile. Cette histoire de bâtard lui ferait du tort.

Depuis ce dimanche-là, Richard et France ne dormaient plus

ensemble. France songeait souvent que, si Richard avait été un homme bon, elle lui aurait révélé le secret de Pal et de sa fille, mais il ne méritait pas de savoir combien sa fille honorait son nom ; et parfois, dans des accès de fureur, elle songeait qu'elle aurait préféré que Richard meure et que Pal vive.

Laura ne venant plus à Chelsea, France se mit à lui rendre visite à Bloomsbury. Laura y vivait seule depuis le départ de Gros, Claude et Key, mais Stanislas et Doff veillaient sur elle. Ils l'emmenaient dîner, faire les magasins, et ils achetaient sans cesse des cadeaux pour le futur enfant, qu'ils entassaient dans la chambre de Gros. Ils avaient décidé que la chambre de Gros deviendrait la chambre du bébé. Gros en serait certainement enchanté ; il irait dormir avec Claude, qui avait la plus grande chambre et serait sûrement d'accord.

France Doyle aimait venir à l'appartement de Bloomsbury, surtout les week-ends. Pendant qu'elle bavardait avec sa fille dans le salon, Doff et Stanislas s'affairaient à préparer la chambre de l'enfant, à grand renfort de peinture et de tissus. Les deux hommes étaient souvent retenus à Baker Street, mais ils s'arrangeaient pour se libérer lorsque Laura était en congé, pour qu'elle ne reste pas seule.

*

Après Ringway, Key et Rear renouèrent avec les entraînements intensifs dans les Midlands, avec leur groupe commando. Dans un immense manoir qui ressemblait à une ferme, ils suivirent une formation de pointe dans le domaine du tir et du déminage.

*

Dans le sud de la France, Claude avait rejoint son maquis. C'était la première fois qu'il voyait un maquis ; il fut frappé par la jeunesse des combattants ; il se sentit moins seul. Ils étaient bien organisés, très déterminés ; ils avaient souffert de la rudesse de l'hiver, mais l'arrivée prochaine du printemps et des beaux jours les revigorait. À la tête du maquis, un trentenaire un peu chien fou, qu'on appelait Trintier, fit bon accueil à Claude ; bien que ce dernier eût dix ans de moins que lui, il s'en remit à son autorité. Ils passèrent ensemble de longues heures, isolés, à travailler sur les consignes de Londres. L'objectif, en soutien à Overlord, était de freiner la remontée vers le nord des unités allemandes.

*

Gros vivait désormais dans un petit immeuble, tout proche de la mer, dans une petite ville du nord-est de la France. Il avait rejoint un groupe d'agents au sein duquel il était le seul à mener des activités de propagande noire, parfois aidé de quelques résistants. Pour la première fois depuis le début de la guerre, il pensait à ses parents. Il se sentait mélancolique. Sa famille venait de Normandie, ses parents habitaient dans les faubourgs de Caen : il se demandait ce qu'ils étaient devenus. Il était triste. Pour se donner du courage, il pensait à l'enfant de Laura et il se disait qu'il était peut-être né pour veiller sur cet enfant.

Il se sentait seul, la clandestinité l'angoissait. Il avait besoin de tendresse. Il avait entendu dire par les autres agents qu'il y avait un bordel dans une ruelle proche, fréquenté par des officiers allemands. Ils s'étaient tous demandé s'il ne fallait pas y planifier un attentat. Gros, lui, s'était demandé s'il ne fallait pas aller y chercher un peu d'amour. Que dirait Laura si elle savait qu'il se livrait à ce genre d'activité ? Une après-midi, il céda au désespoir : il avait tant besoin d'amour.

*

Le 21 mars, jour du printemps, Kunszer convoqua Gaillot au Lutetia. Il le fit venir dans son bureau. Il y avait longtemps qu'il ne l'avait pas vu.

Gaillot fut ravi d'être reçu au quartier général, c'était la première fois ; et cette joie n'étonna pas Kunszer. Si Gaillot s'était offusqué de devoir pénétrer au vu et au su de tous dans les bureaux de l'Abwehr, il l'aurait épargné ; car, au moins, ç'aurait été un bon soldat. Si au premier contact, trois ans plus tôt, Gaillot s'était refusé à collaborer, s'il avait fallu le menacer et le contraindre, il l'aurait épargné, car au moins ç'aurait été un bon patriote. Mais Gaillot n'était rien d'autre qu'un traître à sa patrie. Sa patrie, sa seule patrie, il l'avait trahie. Et, pour ce motif, Kunszer détestait Gaillot : il représentait à ses yeux le pire de ce que la guerre pouvait produire.

— Je suis si excité d'être là, déclara Gaillot, frétillant, en entrant dans le bureau.

Kunszer le dévisagea sans répondre. Il ferma la porte à clé.

— Comment se passe la guerre ? demanda le visiteur pour combler le silence.

— Très mal, nous allons la perdre.

— Ne dites pas ça ! Il faut garder espoir !

— Savez-vous, Gaillot, ce qu'ils vous feront lorsqu'ils auront gagné la guerre ? Ils vous tueront. Ce qui sera toujours moins dur que ce que nous-mêmes leur avons infligé.

— Je partirai avant.

— Et ou donc ?

— En Allemagne.

— L'Allemagne... pfff. Mon petit Gaillot, l'Allemagne, ils la raseront.

Gaillot resta muet, abasourdi. Il fallait que Kunszer y croie. Il se ranima lorsque l'Allemand lui tapota l'épaule comme un vieil ami.

— Allons, Gaillot. Pas d'inquiétude à avoir, nous vous mettrons à l'abri.

Gaillot sourit.

— Trinquons. Au Reich, proposa Kunszer.

— Oui, trinquons au Reich ! hurla Gaillot comme un enfant.

Kunszer installa son visiteur dans un fauteuil confortable, puis il se tourna vers son bar. De dos au Français, il versa de l'eau dans un verre, illusion d'un quelconque alcool, et y ajouta le contenu d'une fiole opaque : une matière blanche et granuleuse qui ressemblait à du sel. Du cyanure de potassium.

— Santé ! s'écria Kunszer en apportant le verre à Gaillot, qui n'avait rien vu.

— Vous ne buvez pas ?

— Plus tard.

Gaillot ne se formalisa pas.

— Au Reich ! répéta-t-il une dernière fois avant de vider son verre d'un trait.

Kunszer observa sa victime enfoncée dans le fauteuil, elle lui faisait pitié. Il allait peut-être avoir des convulsions ; puis son corps serait paralysé, ses lèvres et ses ongles deviendraient violets. Avant que son cœur ne cesse de battre, Gaillot serait conscient pendant quelques minutes, figé comme une statue. Une statue de sel.

Le Français, livide, semblait déjà immobilisé, il respirait difficilement. Alors Kunszer ouvrit son armoire secrète et en sortit sa Bible. Et au traître qui mourait lentement, il lut les versets de Sodome et Gomorrhe.

51

C'était le printemps. La campagne du SOE en France, en préambule à Overlord, battait son plein. Le Débarquement était prévu pour le 5 mai. En quatre ans, le Service avait constitué, formé et armé des Réseaux de résistance à travers toute la France, à l'exception de l'Alsace. Mais à six semaines de l'offensive alliée, ils manquaient de tout, car la météo exécrable des derniers mois avait fortement perturbé les ravitaillements. La priorité du SOE était à présent de les approvisionner en armes et en munitions avant l'ouverture du front normand : depuis janvier, la RAF, désormais appuyée par l'US Air Force, avait déjà effectué plus de sept cents sorties, contre une centaine pour le dernier trimestre de l'année 1943.

*

Le maquis se préparait à la tempête. L'une des premières opérations que dirigea Claude avec son réseau fut le sabotage d'un dépôt de locomotives. Minutieux, il fit placer une charge sous chacune des machines : l'opération dura plus d'une heure. Mais les minuteries des détonateurs ayant été mal coordonnées, il en résulta des explosions en chaîne qui semèrent le chaos parmi les soldats allemands dépêchés sur place, ce qui valut au curé d'être considéré par les résistants comme un chef de guerre au génie innovateur.

Malgré quelques autres opérations réussies, menées avec Trintier, Claude était préoccupé : ils étaient mal équipés. Ils avaient de quoi tenir un peu, mais les munitions partaient vite. Il avait déjà passé commande auprès de Londres, mais les livraisons étaient encore trop rares et incomplètes, car les réseaux du nord du pays avaient la priorité. On prépara donc des réserves d'armes, on ordonna de tirer peu ; il ne fallait rien gaspiller.

Les maquisards connaissaient la plupart des armes, sauf les pistolets-mitrailleurs Marlin : Claude les initia à leur maniement. Le curé leur recommanda d'utiliser les Marlin plutôt que des Sten aussi souvent que possible, car ils étaient à la fois plus précis et plus économes en munitions. Le maquis avait également reçu, à l'automne, des armes lourdes : des lanceurs antichar PIAT.

— Comment on utilise ces machins ? demanda Trintier à Claude pendant une inspection du matériel.

Claude prit un air embarrassé : il n'en avait pas la moindre idée.

— Je suppose qu'on vise... et...

Trintier rit jaune. Claude, empirique, lui suggéra de faire ses propres essais. En revanche, lorsque de simples combattants lui posèrent la même question, le curé, qui ne voulait pas perdre la face, répondit en prenant des airs importants et affairés : « *On est la guérilla, oui ou merde ? La guérilla, c'est le fusil. Concentrez-vous sur vos fusils et ne venez pas m'emmerder avec toutes vos questions !* » Puis il demanda à son pianiste d'envoyer d'urgence un message à Londres pour obtenir, en plus des armes, un instructeur ou n'importe qui d'autre capable de former au plus vite les hommes de Trintier à utiliser ses PIAT.

*

À Londres, Stanislas, au sein du groupe SOE/SO, préparait intensément les opérations associant les services alliés. Si la période creuse du SOE en France s'était achevée en février, grâce notamment à la reprise des vols de ravitaillement, il fallait à présent faire face aux vifs débats qu'engendrait la question du support aérien au SOE ; l'Intelligence Service anglais, l'Office of Strategic Service (OSS) américain et d'autres entités des services secrets *professionnels* alliés, voyaient d'un mauvais œil le ballet incessant des avions qui ne faisait qu'attirer l'attention de la Gestapo et mettait en danger les agents de tous les services secrets opérant sur le terrain, tout ça, selon eux, pour appuyer les agents amateurs du SOE et quelques résistants mal aguerris.

Les états-majors alliés comptaient sur la Résistance, mais ils ne savaient pas dans quelle mesure les réseaux seraient efficaces. Ceux du Sud étaient particulièrement bien organisés ; depuis les maquis, ils infligeaient déjà des pertes humiliantes aux Allemands.

Pour l'ensemble de la France (Sections F et RF), le SOE, qui avait livré les armes et suivi les réseaux par l'intermédiaire de ses agents – et parfois même formé certains responsables de groupes résistants dans les différentes écoles du Service –, estimait à plus de cent mille le nombre de combattants clandestins qu'il pouvait actionner en France.

Souvent, à Baker Street, Stanislas descendait dans les bureaux du Chiffre de la Section F ; il allait observer Laura, en secret. Il la regardait s'affairer, sans qu'elle le vît, absorbée par son travail. Stanislas trouvait que son deuil l'avait rendue plus belle encore. Son ventre était bien rond à présent, elle était enceinte de six mois. Une fois, il l'avait accompagnée chez le médecin ; la mère et l'enfant se portaient bien. La naissance était prévue pour début juillet.

Stanislas veillait sur Laura, inlassablement. Il n'y avait plus que lui et Doff à Londres, et il arrivait à présent que Doff dût s'absenter de la capitale. Alors, tous les soirs, Stanislas rentrait avec Laura de Baker Street jusqu'à Bloomsbury. Et s'il avait des réunions qui devaient se poursuivre tard, il s'interrompait le temps de l'aller-retour et revenait au quartier général après l'avoir raccompagnée, sans que celle-ci ne se doute qu'il n'avait pas terminé sa journée. Souvent ils dînaient ensemble, à Bloomsbury, au restaurant, ou parfois à l'appartement de Knightsbridge. Stanislas lui proposait alors de passer la nuit chez lui, il y avait de la place, mais elle refusait toujours : elle devait apprendre à vivre seule, puisque tel était son destin. Car malgré tous les efforts que Stanislas et Doff déployaient, ils ne pouvaient rien contre le désarroi qui accablait Laura.

Pal était mort depuis cinq mois ; elle pleurait toujours, toutes les nuits. Elle pleurait un peu moins et dormait un peu plus, mais elle pleurait toujours ; à présent que l'appartement de Bloomsbury était désert, elle n'avait plus à se préoccuper qu'on l'entende. Elle pleurait dans le salon, serrant contre elle le roman que Pal lui avait lu à Lochailort et qu'elle avait retrouvé dans sa chambre ; elle ne l'ouvrait pas, elle ne l'ouvrirait plus, elle n'en avait plus la force, mais le serrer contre elle la réconfortait. Elle en respirait la couverture et elle se souvenait des mots. Elle se souvenait de Pal qui lui lisait, elle se souvenait d'eux. Elle se souvenait de la plupart de leurs moments heureux, avec précision et force détails. Parfois aussi, elle rêvait à ce qu'ils seraient devenus ; à l'Amérique, à

Boston, à leur maison et à leur enfant ; elle pouvait se promener dans les pièces, humer le joli jardinet. Pal était là, il y avait son père aussi ; il lui avait tant parlé de son père. Dans la maison d'Amérique, il y avait une chambre pour le père.

Dans les nuits anglaises, pendant que Laura pleurait son désespoir, terrée dans son salon, Adolf « Doff » Stein, dans le sud du pays, traquait les derniers agents infiltrés de l'Abwehr Gruppe II, à la recherche des bases alliées de l'opération Overlord. À la fenêtre de sa chambre d'hôtel, il se demandait ce qui arriverait à son peuple de misère. Qu'allaient-ils devenir et qu'allait devenir le monde ?

Au même moment, à Knightsbridge, s'il était rentré chez lui, ou dans son bureau de Baker Street, s'il s'apprêtait à travailler toute la nuit, Stanislas pensait à Claude et Gros, ses deux fils sur le terrain en France, et il priait pour qu'ils survivent.

*

Les semaines s'écoulèrent. Ce fut avril, puis mai. Le lancement d'Overlord fut repoussé au 5 juin, pour laisser un mois supplémentaire à la fabrication de barges de débarquement. Le SOE en profita pour achever de préparer les réseaux : les opérations conjointes de la RAF et de l'US Air Force, en soutien au SOE en France, ne connurent plus de répit. Les envois de matériel et d'agents étaient devenus une mécanique bien huilée, presque routinière. Pour le seul second trimestre de 1944, on allait approcher les deux mille sorties aériennes. Key, Rear et d'autres agents de groupes interalliés, leurs entraînements achevés, attendaient impatiemment de partir en France, rongeant leur frein dans les maisons de transit du Service.

52

Le 6 juin 1944, avec un jour de retard en raison des conditions météo, les Alliés lancèrent l'opération Overlord, qu'ils préparaient depuis dix mois. Radio-Londres émit sans interruption des messages à l'intention des réseaux pour qu'ils entrent en action.

Dans l'obscurité de l'aube, le cœur battant, Gros et Claude, chacun à une extrémité du pays, se lancèrent dans la bataille avec leurs compatriotes, la Sten en bandoulière. Ils avaient peur.

*

En préambule au Débarquement, le groupe SOE/SO avait lancé ses troupes dans la guerre. Rear fut envoyé dans le Centre. Key fut parachuté avec des agents de l'OSS en Bretagne. Ils étaient en uniformes. C'était une étrange impression, après deux ans de clandestinité, de porter soudain un uniforme de l'armée britannique. Le commando, très entraîné, devait progresser rapidement ; ils étaient chargés de neutraliser les installations de la Luftwaffe dans la région.

*

La Résistance, galvanisée par la bataille proche, s'enflamma. Et tandis que les armées britannique, américaine et canadienne s'apprêtaient à déverser un million de soldats sur les plages de Normandie, tandis que le SAS britannique, finalement préféré au SOE pour faire tourner la tête du Renseignement allemand, parachutait des centaines de soldats en chiffon là où n'aurait pas lieu le Débarquement, les réseaux, aux abords des villes ou depuis les maquis, sabotèrent les lignes de chemins de fer pour empêcher les troupes allemandes de se déplacer dans le pays.

Dans le bureau de Kunszer, la radio hurlait. Il était calme. Dans les couloirs, il entendait l'effervescence ; la panique envahissait le Lutetia. L'assaut sur la France était donné.

Il avait peur. Mais il y avait longtemps maintenant qu'il se préparait à avoir peur. Il descendit chercher du champagne dans les cuisines de l'hôtel, puis il se rendit rue du Bac.

*

Le soir était tombé sur Londres. Les plages de Normandie connaissaient d'intenses combats. Sur les ondes, la BBC diffusait l'appel du général de Gaulle à la Résistance. Au même moment, au Saint-Thomas Hospital, dans le quartier de Westminster, avec quelques semaines d'avance, Laura était en train de donner naissance à son enfant. Dans la salle d'accouchement, sa mère était à ses côtés ; dans le couloir, Richard Doyle faisait les cent pas.

Tous les quarts d'heure, une infirmière venait chercher France Doyle ; le téléphone. C'était Stanislas, à Baker Street, aussi anxieux de l'issue de l'accouchement que de celle d'Overlord.

— Tout va bien ? demandait-il sans cesse à France.

— Rassurez-vous, tout se passe très bien.

Stanislas soupirait. Au septième appel, elle put le rassurer définitivement.

— C'est un garçon, lui dit-elle.

À l'autre bout du combiné, le vieux Stanislas était trop ému pour parler. Il était un peu grand-père.

53

Le Débarquement embrasa la France ; les réseaux se montraient bien plus efficaces que ce que les états-majors alliés avaient prévu : les réseaux du SOE, guidés par Londres, les réseaux de la France libre, guidés par Alger, mais aussi tous les civils qui prenaient part à l'effort de guerre par des actes de sabotage spontanés à travers tout le pays.

En Normandie et dans les régions alentour, les Résistants constituaient une force de combat à part entière. Key et son groupe disposaient d'une impressionnante quantité de matériel ; ils distribuèrent des vivres et des uniformes parmi la population, créant de petites factions de combattants qu'ils entraînèrent sommairement. La consigne du SOE était de déstabiliser les unités allemandes par des sabotages ou d'incessants accrochages ; il fallait les affaiblir, miner le moral des soldats, puis laisser les armées alliées achever le travail. Ainsi, une méthode de combat efficace consistait à stopper une colonne allemande en déclenchant une fusillade, puis, dès que les véhicules étaient immobilisés et que les soldats se déployaient à l'assaut des résistants, une escadrille de la RAF ou l'US Air Force surgissait soudain des nuages et pilonnait la colonne, lui infligeant souvent de lourdes pertes.

Dans le Sud, les réseaux s'employaient à ralentir la montée des renforts du Reich vers le front, sabotant les lignes téléphoniques, les voies de chemin de fer et les dépôts d'essence, ou provoquant des confrontations directes, attaques et guet-apens. Mais les colonnes allemandes, harcelées par d'insaisissables combattants, laissaient éclater leur fureur sur la population. Le pire s'était produit en juin, quelques jours après le Débarquement. La 2ᵉ SS Panzer Division *Das Reich*, partie de la région de Bordeaux pour rejoindre le front normand, s'arrêta dans le village d'Ouradour-sur-Glane, après des accrochages avec les FFI. Les villageois furent rassemblés sur la place du village ; les hommes furent fusillés, les femmes et les enfants enfermés dans l'église et brûlés vifs. Il y eut plus de six cents morts.

*

Claude et Trintier dirigeaient conjointement les opérations. La RAF avait enfin parachuté des armes, du matériel et de la nourriture, mais pas suffisamment. Dans les conteneurs, le SOE avait ajouté des brassards aux couleurs de la France que Claude distribuait aux combattants. Mais qu'importaient les brassards, il fallait plus d'armes. Claude était inquiet ; Londres était obnubilé par le soutien aux réseaux du Nord, le maquis avait essuyé des pertes, et les réserves de munitions fondaient dramatiquement. Pour ne rien arranger, dans l'euphorie de la guerre, les combattants parlaient ouvertement avec les civils ; parfois, ils se montraient dans les villages avec leurs armes et leurs brassards, attirant les regards. Si les Allemands trouvaient le maquis, ils ne pourraient pas tenir ; ils seraient tous massacrés. Les soirs, le curé faisait le point avec Trintier, à l'abri d'une tente.

— On a mal géré notre stock, dit le maquisard, inquiet lui aussi.

— Il faut se montrer plus discrets. Moins de guets-apens, plus de sabotages... il faut tenir bon jusqu'au prochain ravitaillement. Ah, si Pal était venu mettre de l'ordre dans tout ça...

— Tu connais Pal ? demanda alors Trintier.

Claude le dévisagea, stupéfait.

— Évidemment que je le connaissais... Mais...

— *Connaissais* ? le coupa Trintier. Il est mort ?

— Oui. En octobre.

— Merde. Désolé, vieux. On en savait rien, ici...

Claude se dressa, tremblant presque. Si lui-même se trouvait dans ce maquis, c'est parce que Pal ne s'y était jamais rendu.

— Nom de Dieu ! Mais comment est-ce que tu connais Pal ? demanda le curé.

— Connaître est un grand mot. À la fin septembre, septembre dernier, on m'avait envoyé un agent pour renforcer et former le maquis. C'était lui. Pal. Un chic type. Mais il n'est resté qu'une nuit. On l'a réceptionné, tout comme il faut, et puis, le lendemain de son parachutage, il est reparti.

Claude se frappa le front, effaré ; Pal était donc passé par le maquis avant Paris ! Londres n'en savait rien : lors de sa préparation à Portman Square, on lui avait dit que Pal n'était jamais venu ici. Voilà qui levait une zone d'ombre : à l'époque, il n'y avait pas d'opérateur radio au maquis, et par conséquent le SOE ignorait ce qui s'était passé après le parachutage ; Stanislas avait émis l'hypothèse que Pal avait peut-être manqué le comité de réception et s'était replié sur Paris. Mais apparemment, il n'en était rien.

— Mais alors tu l'as vu ? s'enquit Claude. Je veux dire : vraiment vu, tu es sûr que c'était lui.

— En tout cas il s'appelait Pal. Pour sûr. Mais peut-être que c'est un autre que le tien ? Quoique c'est pas un nom très commun. Un jeune gars, ton âge, quelques années de plus. Bel homme. Vif.

— Ça ne peut être que lui. Il a donc bel et bien été réceptionné...

— Comme je te dis. J'y étais, avec quelques autres gars à moi. À peine atterri, il voulait déjà repartir. Il voulait aller à Paris.

Claude soupira, perdu.

— Pourquoi diable à Paris ?

— Pas la moindre idée. Il a dit qu'il soupçonnait d'être suivi, qu'il se sentait pas en sécurité, ou quelque chose comme ça. En tout cas, il a demandé à être dirigé vers Paris. Le lendemain, je l'ai fait passer par Nice, et il a pris le train, je crois. Qu'est-ce qui lui est arrivé ?

— Capturé. Mais personne ne sait comment. Le SOE le parachute dans le Sud, et quelques jours après il est pris... À Paris... Mais attends... Tu es sûr qu'il a parlé de Paris ?

— Oui.

— Certain ?

— Tout à fait certain. Il voulait aller à Paris.

Claude était perplexe : cela n'avait pas de sens. Pourquoi Pal, s'il se sentait menacé en arrivant dans le maquis, avait-il précisé l'endroit où il voulait se mettre en sécurité ? Et qu'est-ce qui n'était pas sûr ? Le maquis ? Si tel était le cas, il aurait dû parler de Paris et s'arrêter à Lyon, ou n'importe où ailleurs, pour brouiller les pistes. Les pensées s'accélérèrent dans sa tête : y avait-il un traître dans le maquis qui avait provoqué la perte de Pal ? Pas Trintier, en tout cas, il avait toute confiance en lui.

— Qui d'autre savait que Pal voulait aller à Paris ?

Trintier réfléchit un instant.

— On était quatre dans le comité de réception, lorsqu'il a été parachuté. Mais seul Robert savait pour Paris. C'est lui qui l'a conduit à Nice, d'ailleurs.

— Robert... répéta Claude. Qui étaient les autres ?

— Aymon et Donnier.

Le curé nota les noms sur un morceau de papier.

*

Elle le berçait, doucement, dans le grand salon de la maison de Chelsea. C'était le milieu de la nuit, une nuit de la fin juin ; tout était calme, il n'y avait plus eu de bombe depuis l'après-midi. Les fenêtres ouvertes laissaient entrer la douceur de l'été et l'odeur des tilleuls de la rue. Elle trouvait qu'elle avait le plus beau garçon du monde ; elle l'avait appelé Philippe.

Depuis la naissance de son fils, elle ne pleurait plus, mais ses insomnies n'avaient pas cessé. Il y avait des heures qu'elle le contemplait, perdue dans ses réflexions. Comment allait-elle l'élever, seule ? Et comment grandirait-il sans père ? Elle laissa ses pensées divaguer un peu. Pas trop. Elle avait un fils, c'était le plus important ; il fallait être heureuse à présent.

France Doyle descendit de sa chambre pour rejoindre sa fille.

— Tu ne dors pas ?

— J'ai pas sommeil.

À l'initiative de sa mère, Laura s'était installée à Chelsea, pour se reposer. Richard n'en pensait rien. Mais il était grand-père, c'était important d'être grand-père.

— Tu nous as fait un bel enfant, chuchota France.

Laura hocha la tête.

— Pal pourrait être fier.

Il y eut un long silence ; l'enfant se réveilla brièvement et s'endormit à nouveau.

— Pourquoi n'irais-tu pas à la campagne ? proposa timidement France. Toi et Philippe y seriez en sécurité.

Depuis le Débarquement en Normandie, Londres était assailli par les fusées allemandes V1 tirées depuis les côtes françaises ; l'opération sur Peenemünde n'avait pas pu empêcher l'utilisation de bombes volantes. Les fusées tombaient de jour comme de nuit ; elles frappaient trop vite pour que la population ait le temps de rejoindre les abris ou les bouches de métro. Tous les jours, il y avait des dizaines de civils tués dans la capitale. Mais Laura, résignée, refusait de partir.

— Je dois rester à Londres, répondit-elle à sa mère. Je ne me suis pas terrée jusqu'à aujourd'hui, je ne vais pas me laisser impressionner maintenant. Il y a longtemps que les Allemands ne m'impressionnent plus.

France n'insista pas ; elle était pourtant tellement inquiète. Elle était lasse de la guerre. Installée près de sa fille, elle veilla Philippe avec elle.

Les deux femmes n'avaient pas remarqué la silhouette au volant d'une voiture garée devant l'entrée de la maison depuis des heures. Il était là tous les soirs ; Stanislas, son browning à la ceinture, venait monter la garde. Il faisait ça pour lui, pour se rassurer ; il ne se remettrait jamais d'avoir envoyé ses enfants à la mort. Il voulait veiller sur les vivants. Alors, si une fusée V1 devait détruire la maison, cette maison-là justement, il voulait mourir lui aussi. C'était sa façon à lui de lutter contre les fantômes.

*

Dans la chaleur de juillet, les combats redoublèrent d'intensité. Les Alliés progressaient, Caen fut libéré le 9 juillet par l'armée britannique au prix d'intenses bombardements, et les troupes franco-américaines prévoyaient de débarquer en août en Provence, à partir de l'Afrique du Nord.

Malgré l'enthousiasme des combattants, les maquis du Sud passaient un mois difficile : la plupart manquaient d'autant plus d'armes que, à mesure que les combats prenaient de l'ampleur, les volontaires se pressaient pour rejoindre les organisations de résistance. Il y avait aussi les antagonismes politiques, qui prenaient parfois le pas sur la guerre. Il arrivait que des Français libres ou des communistes refusent d'être dirigés par le SOE, alors qu'ils avaient été armés par lui : chacun attendait les consignes de son propre camp, les FFI voulant l'aval d'Alger et les FTP celui du Parti avant de tirer avec des armes livrées par les Anglais. Mais les infrastructures de communication ayant été détruites par ces mêmes réseaux, il était difficile de demander ou recevoir des ordres.

Claude s'inquiétait ; les renforts tant réclamés n'arrivaient pas. D'un tempérament habituellement si calme, il en venait à piquer des colères noires contre son opérateur radio, qui n'y pouvait rien. Trintier était plus placide ; il disait au curé de ne pas s'en faire. Et au cours d'une embuscade, il essaya avec succès un lanceur antichar, lui qui ne s'en était jamais servi auparavant.

Au fil des opérations et de la vie du maquis, Claude observait attentivement les combattants. Pal avait-il été livré à l'Abwehr ? Y avait-il un traître parmi eux ? Était-ce Aymon ? Robert ? Ou Donnier ? Il ne soupçonnait pas Trintier ; pour sûr. Et les autres ? Il avait mené plusieurs repérages sur des dépôts d'essence avec Aymon, et Aymon avait une personnalité sombre ; était-ce une raison pour le soupçonner ? Robert, qui vivait dans un village proche du maquis, semblait être un bon patriote ; il faisait partie de l'équipe qui avait saboté le dépôt de locomotives, et plus d'une fois, il avait transporté des combattants dans sa camionnette. Cela suffisait-il à dissiper d'éventuels soupçons ? Quant à Donnier, c'était un éclaireur de talent, qui n'avait jamais failli. Claude songeait à le disculper déjà ; mais toute cette histoire de traître le rongeait, sa confiance dans les combattants s'effritait ; c'était mauvais signe.

54

Seul dans son bureau, il dansait avec sa femme en carton. Il perdait la tête. La pendule sonna midi ; l'avancée du temps l'avait surpris une fois de plus. Il embrassa la photo, éteignit le gramophone, et rangea Katia dans un tiroir. Il se hâta de sortir du Lutetia : il allait rue du Bac. Il s'y rendait presque tous les jours à présent.

C'était la mi-juillet, il faisait un temps magnifique ; il marchait en manches de chemise. Il longea le boulevard Raspail par le trottoir de droite, comme toujours ; mais quand il marchait boulevard Saint-Germain, c'était toujours sur le trottoir de gauche, à l'opposé de celui où il avait arrêté Marie. Il accéléra le pas pour rattraper son retard.

— Vous avez mauvaise mine, Werner, dit le père en lui ouvrant la porte avant même qu'il n'ait sonné.

Le père l'avait attendu l'œil sur le judas. Kunszer entra ; l'appartement sentait bon le rôti.

— Les journées sont longues, Monsieur, dit l'Allemand avec l'air de s'excuser.

— Faut dormir, Werner. La nuit il faut dormir. Où logez-vous, d'ailleurs ?

— J'ai une chambre.

— Où ça ?

— Rue de Sèvres.

— C'est pas loin, ça.

— Non.

— Alors ne soyez pas en retard pour déjeuner, Werner ! Le rôti est trop cuit. Les Anglais ne sont jamais en retard.

Kunszer sourit : le père avait repris du poil de la bête. Depuis peu, ils mangeaient même les plats qu'il préparait pour son fils. L'assaut normand avait ragaillardi le petit homme ; on disait la fin de la guerre proche, son Paul-Émile lui reviendrait bientôt.

— Pal va très bien, dit le père en installant son éternel invité à table. J'ai encore reçu deux nouvelles cartes. Voulez-vous les voir ?

— Avec joie.

Le père saisit le livre sur la cheminée, et en sortit les deux trésors qu'il lui tendit.

— Quand reviendra mon fils ? Vous m'aviez dit qu'il arrivait bientôt.

— C'est imminent, Monsieur. Une question de jours.

— De jours ! Quel bonheur ! Ça veut dire que nous allons enfin pouvoir partir !

Kunszer se demanda à quoi bon partir, puisque les Allemands allaient bientôt quitter Paris.

— Au plus deux ou trois semaines, rectifia-t-il pour avoir un peu de marge.

C'était le temps qu'il estimait nécessaire pour que les Alliés atteignent Paris.

— Je ne pensais pas qu'il y avait tant à faire à Genève, dit le père.

— C'est une ville hautement stratégique.

— Ça, je n'en ai jamais douté. Une belle ville Genève, y êtes-vous déjà allé, Werner ?

— Hélas non.

— Moi si. Des tas de fois. Une ville magnifique. Ah, les promenades au bord du lac, les sculptures de glaces sur le jet d'eau l'hiver.

Kunszer hocha la tête.

— Mais Paul-Émile n'a-t-il pas le temps de juste passer me chercher ? C'est l'affaire de deux jours...

— Le temps est précieux, surtout en ce moment.

— Ah, ça ! C'est la débandade pour les Allemands, hein ?

— Oh oui.

— Et c'est mon fils qui gère tout ça ?

— Oui. Le Débarquement en Normandie, c'était son idée.

— Ah, magnifique ! Ma-gni-fique ! s'exclama le père, gai et plein d'entrain. Quelle belle idée il a eue ! C'est mon fils tout craché ! C'est drôle, un temps j'ai cru qu'au lieu de faire la guerre, il était dans la banque.

— La banque ? Où ça ?

— Mais à Genève aussi, pardi ! Je vous le répète sans cesse, Werner, vous n'écoutez donc jamais ?

Kunszer écoutait attentivement mais n'avait toujours rien compris à cette histoire de banque à Genève, qu'il avait déjà entendue de la bouche de la concierge lors de son enquête pour démasquer Pal.

Le père disparut dans la cuisine pour chercher le rôti. Sa valise était toujours prête, avec la brosse à dents, le saucisson, la pipe, le roman. Il ne l'avait pas touchée. Il y avait maintenant plus d'un mois que le Débarquement avait eu lieu. Son fils allait arriver d'une minute à l'autre. Le train pour Lyon était à quatorze heures, il le lui avait dit.

*

Le groupe de Key collaborait étroitement avec des SAS qui venaient de se faire parachuter dans la région, avec des jeeps. Tandis que les Américains avançaient sur Rennes, ils sillonnaient les routes la nuit, arrosant d'un déluge de feu les patrouilles allemandes qu'ils croisaient. Key ressentait une grande tension, mais la situation avait changé. Les organisations de résistance se montraient peu à peu à visage découvert ; lui-même ne quittait plus son uniforme. La guerre secrète était pratiquement révolue, mais il fallait se contenter d'accrochages, faire peur, affaiblir. Surtout ne pas tenir tête aux unités allemandes, lourdement équipées et capables de facilement venir à bout de combattants statiques. Dans le Vercors, des Français libres assiégés par des divisions SS avaient été épouvantablement massacrés.

Claude, pleinement conscient lui aussi de la situation, essayait de contenir les ambitions de Trintier et des maquisards, qui projetaient de mener des assauts hasardeux alors que les embuscades devaient être simples et courtes. Lui-même privilégiait les sabotages, y compris sur les axes routiers. Il fallait tenir bon jusqu'au débarquement allié dans le Sud.

Un matin, alors que le curé, couvert de sueur au retour d'un repérage, faisait sa toilette, Trintier vint le trouver. L'opérateur radio avait reçu un message de Londres ; un parachutage de matériel avait été annoncé pour le matin même, et Trintier était parti le récupérer avec quelques-uns de ses hommes. La RAF et l'USAF n'hésitaient plus, à présent, à larguer hommes et matériel en plein jour à présent.

— Comment ça s'est passé ? demanda Claude.

— Très bien. On a reçu le matériel qu'on avait commandé.

— Tout ?

— Armes, munitions… Absolument tout.

— À la bonne heure !

Trintier sourit, espiègle.

— Qu'est-ce qui te fait rire ? interrogea le curé.

— Londres nous a finalement envoyé l'instructeur pour les lanceurs PIAT.

Claude soupira. La demande datait de plus de deux mois ; c'était les aléas de l'organisation de Baker Street. Ils avaient eu le temps d'apprendre tout seuls.

— Et où est-il ce grand malin ?

Trintier l'emmena près d'une baraque où le nouvel arrivant prenait le soleil, la chemise moite collant à son énorme corps.

— Belle région, expliquait l'homme à un jeune combattant intimidé par cet imposant agent des services secrets britanniques.

Claude éclata de rire. Cet homme avait certainement toutes les qualités du monde mais pas celles d'un instructeur PIAT.

— Gros !

Le géant interrompit sa conférence et bondit.

— Cul-Cul !

Ils se précipitèrent dans les bras l'un de l'autre.

— Mais qu'est-ce que tu fous là ? demanda Claude.

— J'étais au nord, pour le Débarquement, mais maintenant les Américains font du bon boulot. Alors on m'a envoyé ici.

— T'es passé par Londres ? T'as des nouvelles des autres ?

— Non. J'y suis pas retourné depuis février. Ça me manque. Ils m'ont mis directement dans un avion. Un Datoka… Un machin des Amerloques, quoi.

— Un Dakota, corrigea Claude.

— Ouais. Pareil. Ben, ils m'ont embarqué là-haut et ils m'ont jeté ici. Tu sais Cul, je crois qu'on va la gagner cette guerre.

— J'espère… mais pendant que tout le monde s'amuse au nord, ici on est au courant de rien.

— T'inquiète pas. Les Américains s'apprêtent à débarquer en Provence. Je viens en renfort pour mater les petits Boches. Et je viens faire l'instructeur sur le lanceur antichar, c'était dans mes consignes aussi.

Claude éclata de rire, imaginant les catastrophes qui pouvaient arriver si Gros utilisait un PIAT.

— Tu sais utiliser ça toi ?

— Ben, j'ai appris, figure-toi. Fallait écouter en cours, au lieu de penser au petit Jésus !

— On a eu un cours sur ces engins ?

Gros leva les yeux au ciel, feignant le désespoir.

— Et voilà, tu sèches les cours pour faire de la messe et après t'es perdu ! On a vu ça en Écosse. Heureusement, maintenant, Gros est avec toi.

Et Gros tapota la tête de Claude comme celle d'un enfant.

Gros en était à troisième mission d'affilée ; il était fatigué. Il pensait souvent à l'Angleterre, aux écoles du SOE, à ses camarades, tout ce grâce à quoi il existait un peu. Grâce à la guerre il était devenu Gros dit Alain, et non plus Alain dit *le gros*. Il avait souffert durant les entraînements, plus que les autres, mais il s'était retrouvé au sein d'une famille ; c'était ce qui l'avait fait tenir. Même ses missions pour le SOE n'étaient qu'un moyen de rester parmi eux, sans quoi il aurait renoncé depuis longtemps. Ils étaient tout ce dont il avait toujours rêvé ; des amis fidèles, des frères humains. Longtemps, il avait cru que seuls les chiens pouvaient être fidèles, et puis il y avait eu Pal, Laura, Key, Stanislas, Claude et les autres ; il ne l'avait jamais dit à personne, mais c'est en faisant la guerre qu'il avait trouvé que la vie était belle. Grâce à eux, grâce au SOE, il était devenu quelqu'un. Après le Débarquement, en rejoignant le réseau, en Normandie, il était passé non loin de Caen, tout près de chez lui, de chez ses parents. Il avait eu envie de les revoir, de leur dire combien il s'était accompli. Il était parti de chez lui en qualité de gros lard, et il était aujourd'hui foudre de guerre. Dans les moments les plus euphoriques, il songeait qu'il n'était peut-être pas aussi médiocre que certains l'avaient pensé.

Le soir de son arrivée au maquis, Gros partit avec Claude, Trintier et une poignée d'hommes pour un attentat sur un train de transport de troupes. La nuit tombant tard, ils partirent en plein jour et choisirent un endroit bien à l'abri des arbres pour installer les charges le long des rails. Trintier se chargea de dérouler le câble du détonateur jusque sur une butte proche, derrière laquelle il se tapit ; c'est lui qui déclencherait l'explosion. En amont, un éclaireur et sa corne de brume. Dispersés autour du lieu de l'opération, deux groupes de tireurs, en protection ; l'un d'eux était formé de Gros, Claude et d'une jeune recrue apeurée, tous armés de Sten et de Marlin.

— Pas trop lourd la mitrailleuse ? chuchota Gros au garçon, pour le détendre en engageant la conversation.

— Non, M'sieur.

— Comment tu t'appelles ?

— Guignol. C'est pas mon vrai nom, mais c'est comme ça qu'on m'appelle, par moquerie.

— C'est pas de la moquerie, rétorqua Gros d'un ton savant, c'est un nom de guerre. C'est important un nom de guerre. Tu sais comment on m'appelle moi ? Gros.

Le garçon ne pipa mot. Il écoutait attentivement.

— Eh bien, c'est pas de la moquerie, reprit Gros, c'est une particularité, parce que j'ai une maladie qui me fait comme ça, tu peux pas savoir, t'étais pas à Wanborough Manor avec nous, mais en tout cas, c'est devenu mon nom de guerre.

Dans l'obscurité qui tombait, Claude donna une tape de réprimande à Gros qui venait de divulguer par inadvertance l'un des lieux d'entraînement hautement secrets du SOE. Mais le garçon n'avait rien compris.

— Tu veux du chocolat, petit soldat ? proposa alors le géant.

Le garçon hocha la tête. Il était rassuré par la présence de cet imposant agent britannique. Un jour il raconterait. Il espérait qu'on le croirait : oui, il avait combattu aux côtés d'un agent anglais.

— Tu veux aussi du chocolat, Cul-Cul ?

— Non, merci.

Gros fouilla dans sa poche. Il en sortit une barre de chocolat qu'il sépara en deux morceaux ; le jour avait passablement diminué et à présent, dans les buissons où ils étaient tapis, il faisait trop sombre pour voir distinctement.

— Tiens, camarade, ça va te donner du courage.

Gros tendit un morceau de chocolat au garçon qui l'enfourna de bon cœur, reconnaissant.

— C'est bon, hein ? fit Gros.

— Oui, dit le jeune combattant qui mâchait avec beaucoup de peine.

Claude riait en silence : c'était du plastic.

Bientôt on entendit la corne de brume, puis le train qui approchait. Et à son passage entre les arbres, se déclencha une formidable explosion.

55

Juillet touchait à sa fin. Ils profitaient d'une après-midi de répit pour se promener dans Hyde Park, l'esprit tranquille malgré les V1 qui sapaient le moral des Londoniens. Ouvrant la marche, Laura poussait Philippe dans un landau ; restés plusieurs pas en arrière, Doff et Stanislas étaient en grande conversation. Ils avançaient lentement pour que la jeune femme ne les entende pas ; ils parlaient de la guerre, comme toujours. Laura n'avait pas encore repris son travail à Baker Street et les deux hommes étaient persuadés que, si elle ne les entendait pas, elle ignorerait tout des batailles en France, des pertes alliées et des fusées V1 qui menaçaient la ville. Ils ne tenaient pas compte des journaux, de la radio, des sirènes, des conversations dans les cafés ; ils s'imaginaient, naïfs, que s'ils chuchotaient, en arrière, Laura serait à l'abri de la fureur du monde.

Elle était rayonnante sous le soleil, vêtue d'une jupe blanche de tennis qui lui allait à ravir ; les volants dansaient à mesure qu'elle marchait, élégante. Elle savait tout de la guerre, et elle y pensait sans cesse. Elle pensait à Gros, à Key, à Claude. À Faron aussi, tous les jours ; elle revivait sa fuite de l'appartement. Et à Pal, à chaque seconde, condamnée à penser à lui toute sa vie. Elle songeait aussi au père, à Paris ; lorsque la guerre serait terminée elle irait à Paris, lui montrer son magnifique petit-fils, rieur. Comme elle, Philippe le consolerait de l'abominable chagrin. Et elle demanderait au père de lui parler de Pal, pendant des jours entiers, pour continuer à le faire vivre encore. Elle était lasse d'être la seule à le maintenir en vie ; les autres ne parlaient jamais de lui, pour ne pas lui faire de la peine. Elle voulait aussi que Philippe, un jour, connaisse l'histoire de son père.

Les trois promeneurs suivaient un chemin qui longeait les étangs ; le parc était désert. La population était terrorisée par les bombes volantes qui s'abattaient depuis la mi-juin sur Londres et le sud de l'Angleterre ; les V1, *die Vergeltungs Waffen* – les armes de la vengeance –, étaient l'un des derniers espoirs d'Hitler pour reprendre le contrôle de la guerre. Les V1 étaient lancées depuis des rampes installées le long des côtes de la Manche ; rapides, silencieuses, il en tombait à n'importe quelle heure du jour ou de la nuit, jusqu'à deux cent cinquante par jour, et parfois près de cent pour la seule ville de Londres ; les morts se comptaient déjà en milliers, et on évacuait les enfants dans les campagnes éloignées hors de portée des missiles. Un escadron de Spitfire passa bruyamment dans le ciel ; Laura n'y prêta pas attention ; Stanislas et Doff suivirent les avions du regard, inquiets.

Le Renseignement britannique ne parvenait pas à localiser l'emplacement des rampes des V1 : l'armée ne pouvait localiser les fusées que lorsqu'elles étaient déjà lancées au-dessus de la Manche. La DCA parvenait à en abattre certaines, mais la RAF, elle, était relativement impuissante face à ces attaques, bien différentes des hordes de bombardiers du Blitz : la chasse pouvait bien tirer sur les fusées en plein vol, mais l'explosion soufflait ensuite dangereusement les avions de combat. Plusieurs appareils avaient ainsi été perdus. Il existait cependant un moyen, spectaculaire et périlleux, pour éviter que les missiles ne tombent sur des zones habitées : certains pilotes de Spitfire parvenaient à dévier leur trajectoire en glissant leur aile sous un aileron de la bombe.

Laura s'écarta du chemin pour montrer à Philippe des canards sur un étang ; elle posa les yeux, amusée, sur Doff et Stanislas, qui avaient prudemment interrompu leur conversation. Elle savait très bien qu'ils parlaient d'Overlord. Elle remercia le Ciel d'avoir mis ces deux hommes dans sa vie et dans celle de Philippe. Sans eux, elle ne savait pas ce qu'elle serait devenue.

Stanislas observa les ondes calmes. Les Alliés avançaient inexorablement en France ; mais si les opérations militaires allaient mener assurément à la victoire, elles n'effaçaient pas pour autant les antagonismes entre les Alliés et les Français. Les relations étaient tendues. Les Français libres avaient été tenus à l'écart des préparatifs d'Overlord, et de Gaulle n'avait été averti de la date du Débarquement qu'au dernier moment. Il avait réalisé en même temps que la France ne serait pas assurée de pouvoir s'administrer elle-même après sa libération, et il était entré dans une colère noire contre Churchill et Eisenhower, refusant même, lors du lancement d'Overlord, le 6 juin, de prononcer son appel au rassemblement de toutes les forces de résistance sur les ondes radio. Il s'y était finalement résigné, le soir, tard. À présent, le problème était le sort des agents de la Section F du SOE après la guerre. La section SOE/SO était engagée dans d'âpres négociations avec la France libre sur le statut à accorder, après la libération, aux Français qui avaient combattu dans les rangs SOE ; la question avait été soulevée avant le Débarquement et elle était en suspens depuis des mois ; au grand désespoir de Stanislas, les discussions n'avaient pour l'instant abouti à rien. Certains envisageaient même de considérer les agents français du SOE comme des traîtres à la nation pour avoir collaboré avec une puissance étrangère.

Laura prit son fils dans les bras. De sa main libre, elle saisit une poignée de gravier et la lança dans l'eau ; les canards, croyant recevoir de la nourriture, se précipitèrent. Laura rit. Et les deux hommes en arrière sourirent.

Ils allèrent s'asseoir sur un banc pour poursuivre leur conversation.

— J'ai fait ce que tu m'as demandé, dit Doff.

Stanislas approuva de la tête.

— Le Contre-espionnage qui espionne, pesta Doff, tu veux qu'on me pende, hein ?

Stanislas esquissa un sourire.

— Tu n'as fait que consulter un dossier. Qui enquête ?

— Plus personne pour le moment. Dossier en suspens. Avec Overlord, on a d'autres priorités.

— Et qu'as-tu découvert ? interrogea Stanislas, nerveux.

— Pas grand-chose. Je pense que l'affaire va être classée. Ils ont été arrêtés, comme des dizaines d'agents. Soit ils ont commis une erreur, soit on les a dénoncés.

— Mais qui les aurait balancés ?

— Je l'ignore. Même pas forcément un salopard : un résistant arrêté et torturé, peut-être. Tu sais ce qu'ils leur font...

— Je sais. Et une taupe dans le Service ?

— Honnêtement, je n'en sais rien. Apparemment personne ne connaissait l'existence de l'appartement de Faron. Je vois donc difficilement comment une taupe...

— On connaît même pas toutes les planques des agents à Baker Street !

— Il a été parachuté seul ?

— Oui, un pianiste devait le rejoindre plus tard.

— C'est vrai. Mais, d'après Laura, Faron avait dit que c'était officiellement un appartement sûr. La Section F aurait dû être au courant.

— Quoi d'autre ?

— Pal était à Paris. Il n'avait rien à y faire, il avait été parachuté dans le Sud. Que diable faisait-il là ? C'était pas son genre de désobéir aux ordres...

Stanislas acquiesça.

— Il devait avoir une bonne raison d'aller à Paris, mais laquelle ?... Le dossier mentionne-t-il les interrogatoires de Laura ?

— Oui. Apparemment Faron avait préparé un attentat contre le Lutetia, dit Doff.

— Le Lutetia ?

— Comme je te dis, il aurait montré des plans à Laura. Y avait un attentat de prévu ?

— Non, pas que je sache...

— Selon l'ordre de mission, Faron avait été envoyé à Paris pour préparer des cibles en vue de bombardements.

— Peut-être un bombardement du Lutetia ? suggéra Stanislas.

— Non. Il préparait un attentat à l'explosif.

— Bigre.

— Qu'est-ce que tout ça signifie selon toi ? demanda Doff.

— Je n'en sais rien.

— Quand je le pourrai, j'irai à Paris pour enquêter, dit Doff. Est-ce que le père de Pal est au courant que son fils est...

— Non, je ne crois pas. Son père... Tu sais, pendant les écoles de formation, il en parlait souvent. C'était un bon fils ce Pal.

Doff acquiesça et baissa la tête, triste.

— Dès qu'on pourra le prévenir, on le fera, déclara-t-il.

— Il faudra le faire bien.

— Oui.

Ils n'avaient pas vu Laura qui venait vers eux, Philippe toujours dans ses bras.

— Vous parliez de Pal, hein ?

— On disait que son père n'était pas courant de son décès, expliqua tristement Stanislas.

Elle les dévisagea tendrement et s'assit entre eux deux.

— Il faudra aller à Paris alors, dit-elle.

Les deux agents acquiescèrent et passèrent les bras derrière elle, en signe de protection. Puis, sans qu'elle le remarque, ils se regardèrent mutuellement ; ils en avaient parlé plusieurs fois dans le secret de Baker Street. Ils voulaient comprendre ce qui s'était passé à Paris, ce jour d'octobre.

*

Assis à son pupitre, Kunszer fixait le téléphone, épouvanté par la nouvelle : Canaris, le chef de l'Abwehr, avait été arrêté par le contre-espionnage du Sicherheitsdienst. Depuis l'attentat contre Hitler, huit jours plus tôt, les hauts officiers allemands étaient tous surveillés ; on avait tenté de tuer le Führer en plaçant une bombe dans une salle de réunion du *Wolfsschanze*, son quartier général près de Rastenburg. La répression au sein de l'armée était terrible, les soupçons pesaient sur tout le monde, le Contre-espionnage avait mis les téléphones sur écoute. Et Canaris qui avait été arrêté. Faisait-il partie des conspirateurs ? Qu'adviendrait-il de l'Abwehr ?

Il avait peur. Pourtant, il n'avait pas participé à la conspiration, il n'avait rien fait, et c'était justement pour cette raison qu'il avait peur : il y avait des mois qu'il n'avait plus rien fait pour l'Abwehr ; si on se penchait sur son cas, on prendrait sa passivité pour de la trahison. Mais, s'il était inerte, c'est parce qu'il ne croyait plus depuis longtemps à la victoire allemande. Et maintenant, les Alliés avançaient en France ; dans quelques semaines, ils seraient aux portes de Paris. Bientôt la fière Allemagne fuirait, il le savait. Les armées se replieraient, et le Reich aurait alors tout perdu, ses fils et son honneur.

Il avait peur. Peur qu'on vienne l'arrêter pour haute trahison lui aussi. Mais jamais il n'avait trahi. Tout au plus avait-il eu ses propres opinions. Si ça ne tenait qu'à lui, il resterait barricadé dans son bureau du Lutetia, son Luger à la main, prêt à abattre les SS qui lui donneraient l'assaut, prêt à se faire sauter la cervelle lorsque les Britanniques qu'il avait tant combattus rentreraient en char dans Paris. Mais il y avait le père ; on n'abandonne pas son père. S'il sortait encore, c'était pour lui.

56

Les armées allemandes ne pouvaient plus rien contre l'inexorable avancée alliée, redoutablement appuyée par la Résistance. Dans les premiers jours d'août, les Américains prirent Rennes ; à la fin de la première semaine, la Bretagne entière était libérée. Puis les blindés de l'US Army entrèrent au Mans et, le 10 août, à Chartres.

Key et son groupe, qui en avaient terminé avec le Nord à présent libéré, furent déployés avec une unité de SAS dans la région de Marseille, en prévision du débarquement en Provence.

Dans le maquis, Claude poursuivait son enquête, à la recherche du conspirateur qui avait livré Pal aux Allemands. Mais si Pal avait été trahi par un maquisard, comment l'Abwehr était-elle parvenue à remonter jusqu'à l'appartement de Faron ? En le suivant ? Celui qui avait donné Pal était peut-être indirectement responsable de la capture de Faron. Il fallait trouver le coupable. Sur les quatre personnes à avoir réceptionné Pal à son atterrissage, Claude n'avait aucun doute sur Trintier, et ses investigations avaient mis Donnier hors de cause. Restaient Aymon et Robert. Après avoir longuement réfléchi à la question, ce dernier lui apparaissait comme le principal suspect, car rien ne le disculpait vraiment : Robert était chargé de faire la liaison entre le maquis et l'extérieur, il vivait dans un village proche et assurait notamment l'approvisionnement des combattants en nourriture ; il avait pu traiter avec les Allemands sans éveiller de soupçons. Claude avait longuement observé le comportement de Robert et Aymon ; ils étaient tous deux de braves résistants et de fiers patriotes. Mais cela ne voulait plus rien dire.

*

Le 15 août, l'opération Dragoon fut lancée ; les forces américaines et françaises débarquèrent en Provence depuis l'Afrique du Nord. Les réseaux, alertés la veille par un message de la BBC, participèrent aux combats.

De nombreux volontaires se pressèrent vers les maquis pour prendre les armes. Les Allemands n'opposaient que très peu de résistance. Dans les villages, se mêlant aux uniformes des soldats français et américains, les combattants de tous bords et de toutes factions exhibaient leurs insignes et leurs armes, pour marquer leur fierté de participer à la libération. Cet engouement populaire donna lieu aux premières tensions entre Claude et Trintier : Claude se méfiait de l'afflux de combattants de la dernière heure, il voulait que Trintier y mette un terme. Les nouveaux arrivants n'étaient pas formés, il n'y avait pas suffisamment de matériel, et surtout, il soupçonnait des collaborateurs, voyant le vent tourner, de se mêler aux maquisards. La France devrait les juger.

— C'est beau tous ces Français volontaires ! protestait Trintier. Ils veulent défendre leur pays.

— Il y a quatre ans qu'ils auraient dû s'y mettre !

— Tout le monde n'a pas la carrure d'un héros de guerre...

— C'est pas la question ! On va pas prendre des gens qui ne connaissent rien au combat. Ta responsabilité, c'est aussi que tes hommes survivent.

— Et qu'est-ce que je leur dis, moi, à ceux dont on ne veut pas ?

— Envoie-les dans les hôpitaux, où ils seront plus utiles qu'ici. Ou chez les FFI... ils ont toujours besoin de monde.

Après une journée particulièrement éprouvante et une énième dispute avec Trintier, Claude s'isola sur une petite butte ; il était de très mauvaise humeur. Il venait d'inspecter les vivres et le matériel : il manquait des outils et de la nourriture de la dernière livraison de la RAF. Il soupçonnait Robert, plus que jamais ; seul lui pouvait quitter le maquis avec du matériel. Si c'était lui, que devait-il faire ? Claude était nerveux, agacé. Après quelques minutes, Gros vint le trouver. Il faisait très chaud, et Gros lui apportait une bouteille d'eau. Claude le remercia.

— Elle est bien fraîche, dit-il en buvant au goulot.

— Je l'ai mise au ruisseau... J'aime bien cette butte. Ça me rappelle l'école.

— L'école ?

— Wanborough Manor, la butte où on fumait.

— Toi, tu fumais pas.

— P't-être, mais je jouais avec les mulots. J'aime pas trop fumer, ça me fait une toux... Tu sais, Cul-Cul, j'ai bien aimé les écoles.

— Arrête ! C'était horriblement difficile.

— Sur le moment, j'ai pas aimé. Mais maintenant que j'y pense, c'était pas si mal. On se levait tôt, mais on était tous ensemble...

Silence. Gros avait besoin de se confier, mais il sentait que Claude était en rogne. Pourtant il lui avait donné sa bouteille d'eau, celle qu'il se gardait bien au frais, sous une pierre du ruisseau.

— Tu t'es encore fâché avec Trintier ? demanda Gros pour apaiser son ami.

— Oui.

— Pourquoi ?

— Parce qu'il veut prendre tout le monde dans son foutu maquis, et que je veux pas.

— C'est vrai, on a pas trop de munitions...

— Bah, c'est pas le problème, on peut s'en faire livrer autant qu'on veut à présent que les Américains sont là. Mais moi, je veux pas que des collabos prennent le maquis pour se faire absoudre : les collabos devront payer pour ce qu'ils ont fait.

— C'est quoi absoudre ?

— Absoudre. C'est quand Dieu te pardonne.

— Et Dieu leur pardonnera ? Dieu doit pardonner à tout le monde, non ?

— Peut-être que Dieu leur pardonnera. Mais les Hommes, jamais !

Ils restèrent assis un long moment.

— Cul-Cul ?

— Oui.

— Est-ce que tu crois que Laura a eu son petit Pal ?

— On est en août… Oui, sans doute.

— J'aimerais bien le voir.

— Moi aussi.

Silence.

— Cul-Cul ?

— Quoi encore ?

Claude était nerveux, il se sentait mal, il voulait que Gros le laisse tranquille.

— Je suis fatigué, dit Gros.

— Moi aussi. La journée a été longue. Alors va te reposer un peu, je viendrai te chercher pour dîner.

— Nan, c'est pas ça… Je suis fatigué de la guerre.

Claude ne répondit rien.

— Tu as tué des Hommes, Cul-Cul ?

— Oui.

— Moi aussi. Je crois que ça nous hantera toute notre vie.

— On a fait ce qu'on devait faire, Gros.

— Je ne veux plus tuer…

— Va te reposer, Gros. Je viendrai te chercher plus tard.

Le ton était sec, désagréable. Gros se leva et s'en alla, triste. Pourquoi son petit Claude ne voulait-il pas discuter un peu avec lui ? Il se sentait seul ces derniers temps. Il partit s'allonger sous un pin centenaire. Il lui sembla percevoir le bruit des combats au loin. Peu avant le lancement de Dragoon, les Alliés avaient intercepté un message d'Hilter qui ordonnait à ses troupes de quitter le sud de la France et de se replier vers l'Allemagne. Les services de renseignement s'étaient arrangés pour que la consigne ne parvienne jamais aux garnisons de Provence ; surprises par le Débarquement, elles étaient à présent écrasées par les unités américaines et françaises. La domination du Reich sur la France s'écroulait ; et au même moment, à Paris, l'insurrection grondait.

57

Dans la pénombre derrière les rideaux tirés, terré dans son bureau du Lutetia, il fixait sa Katia. C'était le 19 août, les Américains étaient aux portes de la ville et les chars du général Leclerc ne tarderaient plus.

Le Lutetia était désert ; tous les agents de l'Abwehr avaient fui. Seuls quelques fantômes, errant en uniformes, profitaient des derniers luxes de l'hôtel. Champagne, caviar ; quitte à perdre la guerre, autant faire les choses bien. À la fenêtre, la tête pointant entre les deux pans de feutre, Kunszer scrutait le boulevard. Il savait qu'il était temps de partir. Rester, c'était mourir. C'était la fin de l'après-midi. Cela faisait bientôt un an qu'on lui avait pris sa Katia. Il saisit sa petite valise en cuir ; il y mit sa Bible et sa photo adorée. Il répéta ses gestes plusieurs fois pour retarder son départ. Le reste n'avait guère plus d'importance.

Il fit un dernier pèlerinage devant la chambre 109, celle de Canaris lorsqu'il venait à Paris. Il descendit à pied au rez-de-chaussée. Le standard, les mess, le restaurant, la plupart des pièces étaient vides ; l'Allemagne allait bientôt être déchue ; il était triste. Tout ça pour ça. Plus rien n'avait de sens, ni lui, ni personne, ni les Hommes, ni rien. Sauf les arbres peut-être.

Il se fit servir un dernier café ; il le but lentement, pour retarder l'échéance fatale. Lorsqu'il passerait la porte de l'hôtel, avec sa valise, il n'y aurait plus d'espoir. Il aurait tout perdu, il battrait en retraite, on lui donnerait du *Vae victis*, l'Allemagne serait battue. Sa Katia serait morte sous les bombardements alliés, sa Bible ne servirait plus qu'à la prière des morts, et sa photo ne serait que la marque du deuil.

En avalant la dernière gorgée, il lui sembla que les oiseaux ne chanteraient plus jamais. Puis il sortit du Lutetia. Il salua poliment le portier :

— Au revoir, Monsieur, lui dit-il.

Le portier ne lui rendit pas son salut ; serrer la main d'un officier allemand aujourd'hui, c'était risquer d'être fusillé demain.

— Je suis désolé pour tout ce merdier, ajouta Kunszer pour

converser un peu. Vous savez, ce n'était pas ce qui était prévu. Ou peut-être que si. Je ne sais plus. À présent que vous allez redevenir un peuple libre, je devrais vous souhaiter bonne chance pour votre nouvelle vie... Mais la vie, Monsieur, la vie est certainement la plus grande catastrophe que l'on ait conçue.

Et il s'en alla. Digne. Pour la dernière fois, il prit le chemin de la rue du Bac. Il monta au premier étage, il sonna à la porte. Était venu le temps redouté des *au revoir*.

Dans l'appartement, le père bouillonnait d'excitation :

— C'est vrai ce qu'on dit ? Les Allemands battent en retraite ? Paris sera bientôt libéré ?

Il n'avait pas vu la valise que Kunszer tenait à la main.

— Oui, Monsieur. Bientôt les Allemands ne seront plus rien.

— Alors vous avez gagné la guerre ! s'exclama le père.

— Sans doute. Et si nous ne l'avons pas gagnée, au moins les Allemands l'ont-ils perdue.

— Vous n'avez pas l'air content.

— Détrompez-vous.

Kunszer n'osa pas dire qu'il ne reviendrait plus ; le père paraissait si heureux.

— Et mon Paul-Émile, alors ? Il va revenir ?

— Bientôt, oui.

— Demain ?

— Un peu plus tard.

— Quand alors ?

— Il y a la guerre dans le Pacifique...

— Et ça se passe aussi depuis Genève ? interrogea le père, incrédule.

— C'est à Genève que tout se passe, Monsieur.

— Quelle ville. Quelle ville !

Kunszer, ému, regarda le père qu'il ne reverrait jamais plus. Il ne trouvait ni les mots ni le courage pour lui annoncer son départ.

— Monsieur, pouvez-vous me remontrer les dernières cartes de Paul-Émile ?

— Les cartes ? Les cartes. Mais bien sûr !

Le visage du père s'illumina. Il se dirigea vers la cheminée, saisit le livre, compta les cartes postales et les contempla longuement, subjugué.

— Ah, Genève, ah, mon fils ! Dire qu'il dirige cette guerre, c'est fou. Je suis si fier de lui, vous savez. Mon seul regret est que sa mère ne soit pas là pour voir... Au fait, quel grade a-t-il pour assumer toutes ces responsabilités ? Colonel au moins, non ? Colonel ! Tsss... C'est fou d'être colonel si jeune. Quel avenir il a devant lui ! Vous savez, après ça, il pourrait envisager la présidence, qu'en pensez-vous ? Pas tout de suite bien sûr, mais plus tard, pourquoi pas. Colonel. Il est colonel, c'est ça ? Hein ? Hein ?

Le père se tourna vers son interlocuteur, mais il n'y avait personne.

— Werner ? Où êtes-vous, mon ami ?

Pas de réponse.

— Werner ?

Il fit quelques pas jusqu'au couloir : la porte d'entrée était ouverte.

— Werner ? appela encore le père.

Il n'y avait plus que le silence.

Dans la rue, une silhouette courait sur le boulevard en direction de la gare de Lyon, une silhouette avec une valise. Kunszer s'enfuyait. Il n'était plus Allemand, il n'était plus Homme, il n'était plus rien. Canaris, son héros, avait eu la présence d'esprit, quelques mois plus tôt, de mettre sa famille en lieu sûr, hors d'Allemagne. Lui-même n'avait personne à mettre à l'abri ; plus de Katia, et pas d'enfants. Finalement, il était heureux de n'avoir pas eu d'enfants ; ils auraient eu tellement honte de leur père.

Sur le boulevard, Kunszer courait. On ne le reverrait plus. D'ici quelques jours, les Alliés libéreraient Paris. Les bombardements et la destruction de la ville tant redoutés par Pal n'auraient jamais lieu.

58

Fin août, dans Marseille libérée, Gros et Claude se promenaient sur le port, brassard tricolore au bras et arme à la ceinture.

— Respire l'odeur de la mer ! criait Gros.

Claude souriait.

Ils en avaient terminé. Ils allaient rentrer à Londres.

— C'est tout fini le SOE ? demanda Gros.

— J'en sais rien. Tant que la guerre n'est pas finie, le SOE n'est pas fini.

Gros hocha la tête.

— Et nous alors ?

— J'en sais rien non plus, Gros.

— J'ai envie de revoir Laura, j'ai envie de voir le bébé ! J'espère que c'est un garçon, comme Pal. Dis, Cul-Cul...

— Quoi ?

— Même si la guerre se termine un jour, tu pourrais continuer à m'appeler Gros ?

— Si tu veux...

— Promets, c'est important.

— Alors je promets.

Gros soupira de soulagement et se mit à courir, comme un enfant joyeux. De toute sa vie, il n'avait jamais ressenti pareille sensation ; il avait surmonté la formation du SOE, puis il avait survécu à ses missions, à un interrogatoire de la Gestapo. Il avait survécu aux coups, à la peur, à l'angoisse de la clandestinité ; il avait vu ce que s'étaient fait, entre eux, les frères humains, et il avait survécu aussi. Ç'avait sans doute été cela le plus difficile : survivre au désastre de l'humanité, ne pas renoncer et tenir bon. Les coups ne sont que des coups ; ils font mal, un peu, beaucoup, puis la douleur s'estompe. Pareil pour la mort ; la mort, ce n'est que la mort. Mais vivre en Homme parmi les hommes, c'était un défi de chaque jour. Et cette puissante sensation de bien-être que ressentait Gros aujourd'hui, c'était de la fierté.

— On est des hommes bons, hein, Cul-Cul ? cria le géant.

— Oui.

Puis le curé murmura encore : « *Nous sommes des Hommes.* » Et, pris de mélancolie, il sourit à son ami. Comment Gros, après tout ce qu'il avait accompli, pouvait-il encore douter de ce qu'il était ? Il s'assit sur un banc, et il contempla le géant qui lançait des cailloux sur les mouettes. Soudain, il sentit une main lourde sur son épaule, et se retourna vivement : derrière lui se tenait un bel homme en uniforme sombre. Key.

— Nom de Dieu ! lâcha Claude.

— Tu dis *nom de Dieu* maintenant ? sourit Key. Finalement la guerre t'a fait du bien.

Claude se leva d'un bond, et les deux hommes se donnèrent une longue accolade.

— Mais qu'est-ce que tu fais ici ? Et en uniforme ! Quelle classe !

Key pointa du doigt une terrasse où étaient attablés des soldats.

— Je suis avec des gars des groupes interalliés, venus du ciel pour botter le cul des derniers Allemands. On a été parachutés dans la région juste avant le Débarquement...

Key ne put terminer sa phrase car une immense masse arriva en trombe et se jeta sur lui, l'étreignant avec une affection inouïe.

— Key ! Key !

— Gros !

Gros contempla son ami tout en lui tenant fermement les deux épaules.

— T'as un uniforme, Kiki ! Tu es superbe dedans !

— Merci, Gros. Si tu en veux un, on en a plein. Figure-toi que nous, au SOE, avec nos parachutages de conteneurs, on est des minables à côté de certains : les SAS, mon pote, se font parachuter des voitures !

— Des bagnoles, t'entends ça, Cul-Cul ? Des bagnoles !

Ils rirent, fous de joie, et marchèrent un long moment sur la jetée, dans un flot ininterrompu de paroles. Qui était retourné à Londres depuis février ? Personne. Et Laura ? Et l'enfant ? On n'en savait rien. Ils avaient hâte de rentrer, hâte de revoir tous ceux qui leur avaient manqué, et ils se posèrent mutuellement toutes les questions qui leur brûlaient les lèvres. Ils passèrent l'après-midi ensemble, et à la fin de la journée, ils décidèrent de ne pas se quitter. Key laissa ses camarades et accompagna Gros et Claude au maquis pour la soirée. Le maquis était superbe, dans la douceur d'une fin de journée d'été, embaumé par les odeurs des pins, à l'abri du monde, avec pour seuls bruits les chants des cigales et des sauterelles.

— C'est pas mal, ici, dit Key.

— C'est notre petit coin de paradis ! déclara Gros, pas peu fier d'impressionner Key.

Claude fit visiter à Key les installations des maquisards, il lui présenta Trintier ; le Sud était libéré et de nombreux combattants étaient repartis, mais Trintier, fidèle, continuait à emmener ses hommes en patrouille, veillant sur la population et traquant d'éventuels collaborateurs.

Lorsqu'ils passèrent près du ruisseau, Gros plongea les mains dans l'eau et en sortit sa bouteille en fer.

— Tu veux de ma bonne eau, Kiki ? De l'eau bien fraîche, toute une journée dans le ruisseau. La meilleure eau de France.

Key but cérémonieusement quelques gorgées de cette eau si rare. Puis ils firent un feu, et ils chahutèrent. Au crépuscule, ils vidèrent des conserves dans des gamelles et mangèrent gaiement. Ils parlèrent ; et ils parlèrent encore. Claude trouva un peu d'alcool et ils trinquèrent. À la liberté de la France, à leur retour à Londres, à la fin de la guerre qu'ils espéraient proche et à la nouvelle vie qui pourrait commencer. Plus tard, Gros s'endormit près du feu, ronflant d'aise. Il se sentait bien à l'abri maintenant que Key était là ; cette nuit, c'était sûr, il ne ferait pas de cauchemar. Claude posa une couverture sur lui.

— Que va-t-on faire de lui maintenant ? murmura-t-il. *Notre coin de paradis* qu'il dit...

Key sourit.

— Bah. On s'en occupera bien...

Claude contempla le dormeur heureux :

— Key, il faut que je te dise...

— Quoi ?

— Pal... il était dans ce maquis avant d'aller à Paris.

— Et ?

— Il est arrivé ici, il disait qu'il se sentait en danger. Il a dit qu'il voulait aller à Paris... Et ensuite, il s'est fait capturer...

— Tu penses à un traître ?

— Oui.

— Qui ?

— J'avais plusieurs pistes, mais la plus sérieuse à mon sens est un type qui s'appelle Robert, un résistant du maquis. Il faisait partie du comité de réception à l'arrivée de Pal, c'est lui qui l'a conduit jusqu'à la gare de Nice. Il savait pour Paris. Et je crois qu'il trafique de drôles de combines avec les livraisons aériennes. Ça m'étonnerait pas qu'il fricote avec les Boches.

— Ce sont des accusations graves... Il faut être sûrs de nous.

— Je sais.

— Quelle est ton autre piste ?

— Aymon, un maquisard aussi.

Key eut un air songeur.

— Laissons-nous la nuit pour y réfléchir, proposa-t-il.

Les trois hommes passèrent la nuit ensemble, près du feu. Le lendemain matin, Claude et Key décidèrent d'approfondir leur enquête ; ils se débarrassèrent de Gros en lui confiant une tâche aussi longue qu'inutile, puis ils allèrent trouver Aymon. Key l'interrogea durant près d'une heure, assis face à face, le fixant dans les yeux ; dans son uniforme, il était très impressionnant.

— C'est pas lui, dit-il à Claude lorsqu'il en eut terminé. C'est un brave type, aucun doute.

— Je pensais la même chose.

— Passons à l'autre, ce Robert. Où peut-on le trouver ?

— Il n'habite pas ici. Dans un village proche.

— Allons l'interroger.

— Et si c'est pas lui non plus ?

— Alors nous poursuivrons notre enquête. Les traîtres ne doivent pas avoir de répit.

Le curé approuva.

Ils se mirent en route. Le village se trouvait à une heure à pied environ du maquis. En y arrivant, les deux hommes attirèrent les regards, à cause des revolvers, du brassard, de l'uniforme. Ils trouvèrent la maison, peu après la sortie du village ; c'était une petite bâtisse en pierre et en bois avec un atelier de mécanique attenant. Non loin de là, un groupe de trois habitations. Ils frappèrent à la porte ; un enfant d'une dizaine d'années leur ouvrit.

— Bonjour, mon garçon. Ton père est-il là ? demanda Claude.

— Non, M'sieur.

— Il est dans son garage ?

— Non, M'sieur.

— Tu es seul ici ?

— Oui, M'sieur.

— Ton père revient quand ?

— Plus tard, M'sieur. Vous voulez entrer ?

— Non, mon garçon. Nous reviendrons. Merci.

Claude et Key s'éloignèrent de quelques pas. Il faisait déjà chaud. Key pointa l'atelier du doigt.

— Il est mécano ton Robert ?

— Quelque chose comme ça.

Ils s'approchèrent de l'atelier et regardèrent par les vitres couvertes de poussière. L'endroit était désert.

— Allons jeter un œil, proposa Key.

— Pourquoi faire ?

— Pour jeter un œil.

Key regarda aux alentours ; il n'y avait personne. Et la maison, un peu à l'écart de la route, était à l'abri des regards. D'un bon coup de pied, Key fit voler la serrure. C'est ce qu'ils avaient appris à Beaulieu : on ne vient pas à bout d'une serrure avec une pince ou une épingle. On la casse. Tout simplement.

Des amas de tôles jonchaient l'intérieur. Ils ouvrirent quelques caisses et soulevèrent çà et là un chiffon plein de cambouis. Rien. Soudain, Claude interpella Key et lui montrant une pince coupante :

— C'est de l'outillage livré par Londres, ça.

Key, le regard sombre, acquiesça. Alors ils fouillèrent l'endroit, méticuleusement ; et ils trouvèrent des outils et des rations de nourriture. Il y avait là le matériel du SOE qui manquait dans les réserves du maquis.

— Eh bien, je crois qu'on a plus de doutes maintenant... murmura Claude.

*

La journée touchait à sa fin. Ils attendaient depuis des heures, tapis dans les fourrés. La femme de Robert était rentrée à midi, avec un autre enfant, âgé de cinq ou six ans. Mais Robert ne se montrait pas.

— Tu crois qu'il a su qu'on était là ? demanda Claude. On lui aura sûrement parlé de l'uniforme dans le village et il a pris peur.

Key pesta.

— Ça me ferait mal qu'il foute le camp en direction de Berlin avec une colonne de Boches.

Ils attendirent encore ; leurs jambes étaient engourdies par les crampes mais ils tenaient bon, au nom de Pal et de Faron, que Robert, le traître infâme, avait donnés. Et ce fut le crépuscule ; l'heure du dîner était déjà passée, mais une bonne odeur de cuisine venue de la maison embaumait encore l'atmosphère. Une camionnette arriva et se gara devant l'atelier.

— C'est lui, murmura Claude.

Une silhouette descendit du véhicule. Robert était un petit homme d'apparence sympathique, costaud et un peu dégarni ; il ne devait pas avoir plus d'une quarantaine d'années. Il sifflota gaiement, abaissa ses manches et lissa de ses mains le tissu froissé. Puis, au moment où il entra dans la maison, deux ombres surgirent derrière lui et le poussèrent violemment à l'intérieur. Sans qu'il pût réagir, il se retrouva au sol. Tournant la tête, il vit, dans l'encadrement de la porte, Claude, l'agent du maquis, et un autre jeune homme, large d'épaules et en uniforme.

— Claude ? Qu'est-ce qui se passe ? demanda Robert, un peu effrayé.

— Qu'est-ce que t'as fait, Robert ? Dis-moi que t'as une bonne explication ! hurla Claude.

— Mais de quoi tu parles ?

Key lui asséna un coup de pied dans le ventre et l'homme gémit de douleur ; sa femme accourut, suivie par ses deux enfants.

— Mais qui êtes-vous ? cria-t-elle, apeurée, la voix pleine de sanglots.

Les deux intrus avaient le regard sombre.

— Partez, Madame, dit Key d'une voix orageuse.

— Partez vous-même, bon sang ! répondit-elle.

Key lui attrapa le bras et le tordit.

— Barrez-vous avant que je vous fasse tondre par les FFI !

Les enfants étaient terrifiés, la femme les emmena hors de la maison ; pour passer la porte d'entrée, ils durent enjamber leur père, toujours au sol, qui tremblait de terreur. Dès qu'ils furent partis, Claude referma la porte ; il avait le visage convulsé par la haine et, d'emblée, il décocha un terrible coup de pied dans le dos de Robert, qui hurla.

— Pourquoi t'as fait ça ? demanda Claude. Au nom du ciel, pourquoi ?

— Parce qu'il le fallait ! cria Robert. À cause de la guerre !

— Parce qu'il le fallait ? répéta Claude, abasourdi.

Claude le noya sous les coups. Son corps tout entier était envahi par la rage ; les hommes qui avaient tué des Hommes n'étaient plus des hommes. Son cœur explosait de haine. Key se mit à frapper aussi ; l'homme s'était roulé en boule pour se protéger.

— Je suis désolé ! hurlait-il. Je suis désolé !

Ils tapaient de toutes leurs forces.

— Désolé ? Désolé ? cria Key. Mais à ce niveau, on ne peut plus être désolé !

Key le releva en l'attrapant par la chemise, qui se déchira en partie, et le frappa au ventre. Comme l'homme se pliait en deux, Key ordonna à Claude de le tenir. Claude le tint fort, et Key lui infligea une série de coups de poing dans le visage. Il lui cassa le nez, des dents. Key avait les phalanges couvertes de sang. Robert hurlait, et les suppliait d'arrêter.

— Saloperie de collabo ! Tu vaux moins qu'un chien ! vociférait Claude à son oreille, tout en le maintenant bien droit pour que Key puisse encore lui écraser les pommettes.

Lorsqu'ils jugèrent que Robert avait eu son compte, ils le traînèrent hors de la maison et le laissèrent gésir par terre, dans la poussière, le corps déformé. Claude trouva un bâton et le battit encore. Puis, ils allèrent chercher un bidon d'essence dans l'atelier, et retournèrent à la maison ; ils déversèrent l'essence sur le sol et sur les rideaux. Et Claude, à l'aide de son briquet, se chargea d'allumer l'incendie.

Ils sortirent rapidement et regardèrent la maison qui s'embrasait lentement dans la nuit.

— Pourquoi ? gémit Robert, baignant dans son sang et défiguré. Claude, pourquoi tu m'as fait ça ?

Claude fut ébranlé que sa victime l'appelle par son prénom. Non, il n'était pas Claude, il n'était pas le gentil curé. Il était le vengeur de Pal. Il faisait en sorte que tout ceci ne recommence jamais. Plus jamais.

— Ça, ce n'était rien, Robert. La France te jugera. Tu es responsable de la mort de deux grands soldats.

— Parce que j'ai volé quelques pinces et des boîtes de conserve ?

— La ferme ! Tu as livré Pal ! hurla Key. Avoue ! Avoue !

Enflammé par la colère, il appuya le canon de son revolver contre la joue de Robert.

— Avoue !

— Pal ? L'agent que j'ai conduit à Nice ? Mais je n'ai trahi personne. Je n'ai rien fait, jura le supplicié. J'ai fait du marché noir, oui. C'est tout.

Silence. Robert avait du mal à parler, mais il poursuivit.

— Oui, j'ai volé quelques conserves pour le marché noir. Pour gagner un peu d'argent, pour nourrir mes gosses. Mes gosses avaient tellement faim. Mais le maquis n'a pas crevé de faim, sinon j'aurais pas fait ça. Et j'ai pris des outils pour mon garage. Des outils qu'on utilisait pas, ou qu'on avait en double. Oui, c'était mal, mais pourquoi m'avoir fait ça ? Pourquoi brûler ma maison pour quelques conserves ?

Silence.

— J'ai servi mon pays, j'ai lutté contre les Allemands. J'ai lutté avec toi, Claude. J'ai lutté à côté de toi. On s'est fait confiance, tu te rappelles le dépôt de locomotives qu'on a fait sauter ensemble ?

Claude ne répondit pas.

— Tu te rappelles ? Je vous ai emmenés en camionnette. Je vous ai aidés à poser les charges. Tu te souviens ? Il fallait ramper sous les locomotives, pas facile, ça non, pas facile. Les locomotives sont basses, et moi qui suis un peu costaud, j'ai bien cru que j'allais rester coincé, tu te souviens ? On a ri après ça. On a ri.

Silence.

— Je vous rembourserai la nourriture, je vous donnerai de l'argent, je vous rendrai les outils, j'en rachèterai même d'autres. Mais pourquoi m'avoir fait ça... Vous êtes venus libérer la France, au péril de votre vie... Tout ça pour brûler la maison d'un voleur de boîtes de conserve. Tout ça pour ça ? C'est donc ça l'idéal qui vous a emmenés jusqu'ici ? Mais Seigneur ! Je suis un honnête Français. Un bon père et un bon citoyen.

Robert cessa de parler. Il n'en pouvait plus. Il avait tellement mal. Il avait envie de mourir tant il avait mal. Et sa maison qui brûlait. Il l'aimait cette maison. Où vivraient-ils maintenant ?

Il y eut un long silence. Le crépitement des flammes avait supplanté les bruits de la nuit. Key rengaina son arme. Par la fenêtre de la maison voisine où s'étaient réfugiés la femme et les enfants de Robert, terrifiés, il croisa le regard de l'enfant qui regardait son père, battu et humilié sous ses yeux.

La maison brûlait, les flammes s'élevaient haut dans le ciel. L'homme, couché dans la poussière, sanglotait. Claude se passa une main sur le visage. Robert était innocent.

— Qu'avons-nous fait, Key ? souffla-t-il.

— Je n'en sais rien. Nous ne sommes même plus des Hommes.

Silence.

— Il faut qu'on rentre, il faut partir. Partir et oublier.

Key acquiesça. Partir et oublier.

— Je me charge de nous trouver un avion pour Londres, dit-il. Va chercher Gros.

QUATRIÈME PARTIE

59

Plus personne ne l'aimait. Alors il était parti. Sur le pont du bateau qui l'emmenait à Calais, Gros regardait l'Angleterre qui s'éloignait. Le vent furieux de la fin d'automne lui battait le visage. Il était si triste. C'était la fin octobre 1944, et plus personne ne l'aimait.

*

Key, Gros et Claude étaient retournés à Londres au début du mois de septembre. À son arrivée, Gros avait été envahi par l'euphorie : quelle joie de retrouver les siens, Stanislas, Doff et Laura, quelle joie de serrer Laura contre lui. L'enfant était né le jour du Débarquement. Un garçon, prématuré d'un mois mais en pleine santé. Un petit Philippe. Et en le voyant pour la première fois, Gros avait su que désormais cet enfant serait sa raison de vivre ; son presque fils, son rêve. Quelle joie de voir l'enfant de Pal, de le porter dans ses bras ; quelle joie d'être tous ensemble dans le grand appartement de Bloomsbury. Quelle joie !

Septembre avait été un mois de victoire, Gros avait aimé ce septembre-là. Londres avait retrouvé toute sa quiétude, il n'y avait plus de fusées : grâce à la Résistance, les rampes de lancement installées sur le littoral français avaient été localisées et toutes détruites par la RAF. La France était un pays libre ; dans le courant du mois, les dernières villes avaient été libérées, et les armées alliées débarquées en Normandie et en Provence s'étaient rejointes à Dijon. Si la guerre en Europe n'était pas terminée et se poursuivait à l'Est et en Allemagne, la Section F, elle, avait achevé sa tâche. Le groupe SOE/SO était parvenu à un accord avec la France libre sur le sort des agents français du SOE : ils pourraient soit retourner à la vie civile en France sans être inquiétés, soit intégrer l'armée française à un grade identique à celui obtenu dans le Service.

Ils avaient donc contribué à terrasser les Allemands : ni leurs souffrances, ni leurs peurs n'avaient été vaines. Ils pouvaient être fiers, heureux. Mais ce n'était pas le cas. Et rapidement, Gros constata qu'il n'y avait plus de joie à Bloomsbury.

Claude et Key étaient sombres, tourmentés, l'âme déchirée ; ils ne riaient plus, ils ne sortaient plus. Personne ne savait pour Robert, personne ne devrait jamais savoir ; ils se muraient dans le silence de la honte. Lorsqu'ils se retrouvaient seuls dans une chambre et que Claude se hasardait à aborder le sujet, Key, pour couper court à la conversation, répétait que c'était aussi ça les aléas de la guerre, qu'on ne pouvait pas attendre mieux d'eux qui avaient passé deux ans dans des conditions épouvantables, qu'il ne fallait plus y penser, et que bientôt ils oublieraient.

— Mais nous avons haï ! se lamentait Claude.

— Nous nous sommes battus ! nuançait Key.

Claude en doutait : les ennemis sont mortels, mais pas la haine. Elle empoisonne le sang et se transmet des parents aux enfants, pendant des générations ; et alors plus rien ne cesse jamais, les combats sont vains. Qu'importe de tuer l'ennemi si l'on ne vient pas à bout de ses instincts de haine, terribles gorgones.

Gros ne comprenait pas ce qui se passait ; il se sentait si seul. Il avait tant rêvé à ce retour, mais il avait l'impression qu'on ne l'aimait plus. Claude l'évitait ; et lorsque Gros lui avait demandé pourquoi il était si triste, le curé n'avait jamais répondu. Une fois, il lui avait simplement dit : « *Tu ne pourrais pas comprendre, Alain* », et Gros avait eu le cœur brisé par le chagrin.

Stanislas était encore en charge de groupes interalliés pour les sections des pays de l'Est. Il n'avait guère de temps pour s'occuper de Gros. Doff non plus, encore occupé au Contre-espionnage.

Quant à Laura, d'ordinaire si radieuse, à mesure qu'avait avancé l'automne, elle avait été rattrapée par le calendrier, et par le premier anniversaire de la mort de Pal ; elle était triste. Le bon Gros trouvait que les dates et les calendriers sont de bien vilaines inventions qui ne servent qu'à accabler les gens de tristesse en rappelant que les morts sont morts, ce que tout le monde sait déjà. Il avait bien essayé de la divertir, de lui changer les idées, de l'emmener dans les boutiques, les cafés. Sans grand succès. Pourquoi ne retournaient-ils pas dans ce café, près du British Museum, où elle lui avait révélé sa grossesse ? Ah, il avait été si fier d'être dans le secret. Il lui avait aussi proposé plusieurs fois de s'occuper du petit Philippe, pour qu'elle en soit déchargée ; il s'en occuperait bien, il était un peu son faux-père. Mais il avait vu que Laura n'était pas à l'aise. D'ailleurs, elle ne confiait jamais l'enfant à lui seul, on le disait trop brusque, trop distrait ; elle n'était pas tranquille lorsqu'il le prenait dans ses bras. Ah, malheur, malheur de l'existence, lui qui avait rêvé de cet enfant pendant les mois de guerre ! Certains après-midi, quand il faisait doux, il avait accompagné Laura dans les parcs ; les arbres d'automne flamboyaient ; elle riait avec son fils dans les bras, magnifique, magnifiques tous les deux. Elle levait Philippe dans le ciel et l'enfant riait, comme sa mère. Et Gros les contemplait ; il était tenu à l'écart, lui, le gros-lard-de-rien-du-tout-juste-bon-à-pousser-le-landau. Il avait l'impression de n'avoir pas le droit d'exister pour cet enfant ; il souffrait. Pourquoi diable ses amis le haïssaient-ils, lui qui les aimait tant ! Gros avait l'impression que l'inexorable malédiction de la fin de la guerre le frappait : la guerre se terminait et bientôt il n'existerait plus !

Il avait essayé d'en parler à Claude, plusieurs fois, mais Claude n'était plus le même. Ils dormaient ensemble à Bloomsbury, Philippe occupant sa chambre désormais, mais Claude évitait Gros. Il attendait toujours que le géant s'endorme pour venir se coucher. Gros essayait de rester éveillé ; il se pinçait pour ne pas s'assoupir et pouvoir parler avec Claude lorsqu'il viendrait ; il voulait lui dire combien il était triste, que le groupe n'était plus comme avant et qu'il ne comprenait pas pourquoi. Pourquoi cette vie de joie qu'il avait espérée pendant toute la guerre était-elle devenue une vie d'ombres et de tristesse ? Et puis, une nuit d'octobre, tout avait basculé : il était minuit passé, tout l'appartement dormait, mais Gros avait tenu bon, il ne s'était pas endormi. Il avait fait semblant, feignant de ronfler. Claude était venu se coucher, et Gros avait bondi ; il avait allumé la lumière et raconté sa vie de malheur. Mais Claude s'était fâché ; c'était la première fois qu'il se fâchait contre Gros.

— C'est plus comme avant, Cul-Cul, avait dit Gros en s'asseyant sur son matelas.

Claude avait haussé les épaules :

— Toi non plus, t'es plus comme avant, Gros.

Gros avait été profondément blessé.

— Si ! Je suis pareil ! Tu trouves que j'ai changé ? Hein, dis ? J'ai changé, c'est pour ça que vous voulez plus de moi ? Qu'est-ce qui s'est passé, Cul-Cul, c'est parce qu'on a tué des hommes ?

Pas de réponse.

— C'est ça, Cul-Cul ? C'est parce qu'on a tué des hommes ? J'y pense tout le temps. Je fais des cauchemars. Toi aussi, Cul ?

Claude s'était mis en colère.

— Arrête avec tes questions ! Et arrête de m'appeler Cul, ou Cul-Cul, ou n'importe quoi d'autre ! Il faut tourner la page maintenant ! On a fait ce qu'on avait à faire, voilà ! On a choisi. On a choisi tout ça ! On a choisi de faire la guerre et de porter des armes ! On a choisi de se laisser guider par notre propre colère, pendant que d'autres ont choisi de rester chez eux, le cul par terre. On a choisi de prendre les armes. Il n'y avait personne d'autre que nous pour faire ce choix, il n'y aura personne d'autre que nous pour l'assumer. On a choisi de tuer ! Ce qu'on est devenu, Gros, on l'a choisi. Nous sommes ce que nous sommes, Gros, pas ce que nous avons été. Tu comprends, ça ?

Gros n'était pas d'accord. Mais il y avait tellement de colère dans la voix de Claude ; il en était accablé. Pourquoi ne lui avait-il pas dit depuis le début qu'il n'aimait pas son surnom ? Il en aurait trouvé un autre. Il aurait pu l'appeler Renard, il trouvait que Claude ressemblait à un Renard. Après une longue hésitation, le doux géant osa répondre, d'une toute petite voix :

— Mais est-ce qu'un jour nous arriverons à oublier ? J'aimerais oublier…

— Ça suffit, nom de Dieu ! Veux-tu savoir de quoi nous sommes capables ? De tout ! Et tu sais quoi, le plus verni d'entre nous c'est Pal. Car il n'aura jamais à vivre avec ce qu'il était devenu !

— Faut pas parler de Pal comme ça ! avait hurlé Gros.

Claude avait blasphémé, enfilé un pantalon, et il était parti de l'appartement, excédé. Dans la pièce voisine, Philippe, réveillé, s'était mis à pleurer ; Key et Laura s'étaient levés en sursaut, alertés par les bruits et les cris.

— Qu'est-ce qui se passe, Gros ? avait demandé Laura en entrant dans la chambre.

Il y avait si longtemps qu'elle ne lui avait pas parlé avec tant de douceur. Mais Gros n'en pouvait plus, il était à bout de nerfs. Il devait partir, loin.

— Marre de marre ! Marre de merde ! avait crié le doux géant.

— Mais Gros, que se passe-t-il ? répétait Laura.

Elle s'était approchée de lui et avait posé une main tendre sur son épaule.

Sans répondre, Gros s'était emparé de sa vieille valise et y avait jeté quelques affaires.

— Mais Gros... insistait Laura, qui ne comprenait rien.

— Marre de chiotte ! Je me fous le camp ! Je me fous le camp, je vous dis !

Ses yeux débordaient de larmes ; ah, il se détestait. Key, à son tour, avait essayé de lui parler, mais il n'avait rien voulu entendre. Il avait bouclé sa valise, enfilé son grand manteau et ses bottines, et il était parti en courant.

— Attends, Gros ! l'avaient imploré Laura et Key.

Il avait dévalé les escaliers, il était sorti dans la rue et avait couru le plus vite possible, fuyant dans la nuit. Pauvre de lui, il n'existait plus. Il n'avait existé qu'en faisant la guerre. Il s'était fait des amis, on lui avait trouvé des qualités. Laura lui avait même dit qu'il était le plus beau à l'intérieur. Le plus beau à l'intérieur, c'était un peu comme le plus beau tout court. Mais à présent, il n'était plus Gros-le-nom-de-guerre, mais Gros-le-gros. Il s'était arrêté dans une ruelle déserte, et avait laissé éclater de violents sanglots : il était l'homme le plus seul du monde. Même Claude ne voulait plus de lui ; plus personne ne l'aimerait jamais. Ni les hommes, ni les femmes, ni les renards. Peut-être ses parents. Oui, ses parents, il voulait retrouver sa mère, sa chère mère qui l'aimerait même s'il n'était qu'un sale gros. Il voulait pleurer dans ses bras. Il voulait rentrer en France pour toujours.

*

Ainsi Gros avait-il quitté Londres, persuadé qu'on ne l'aimait plus. Il avait pris l'autocar jusqu'à la côte, puis avait embarqué sur un bateau de pêche qui monnayait la traversée. Le bateau avançait lentement sur les eaux de la Manche. Au revoir les Anglais, et au revoir la vie.

Dans l'appartement, c'était l'incompréhension. Laura, Key, Claude, Doff et Stanislas avaient cherché Gros à travers la ville pendant deux jours. À présent, ils étaient tous réunis dans la cuisine. Tristes, ils se blâmaient.

— C'est ma faute, dit Claude. Qu'est-ce qui m'a pris de crier comme ça...

— Et moi... renchérit Laura. Je ne me suis pas beaucoup occupée de lui... À cause de Philippe.

Elle cacha son visage dans ses mains.

— Nous ne le retrouverons jamais !

Stanislas la consola.

— Ne t'inquiète pas, il va revenir. On a vécu deux années difficiles, bientôt tout ira mieux.

Claude, miné, quitta la cuisine et s'en alla dans sa chambre. Qu'était-il en train de devenir ? Après ce qu'il avait fait à Robert, voilà qu'il avait fait fuir Gros, son bon Gros, le meilleur des Hommes. Il s'agenouilla contre son lit. Seigneur, qu'avait-il fait ? Il revoyait sans cesse la maison de Robert qui brûlait : il avait torturé un malheureux, un voleur de boîtes de conserve. Il joignit les mains et se mit à prier ; il voulait Dieu de nouveau. Qu'était-il devenu ? Hanté, il priait.

Seigneur, aie pitié de nos âmes. Nous sommes couverts de cendres et de suie.

Nous ne voulons plus tuer.

Nous ne voulons plus nous battre.

Que sommes-nous devenus, nous qui étions Hommes et qui ne sommes plus rien.

Où irons-nous désormais ? Nous ne serons plus jamais les mêmes.

Nous ne serons plus jamais des Hommes, car les Hommes, les vrais, n'ont jamais haï ; ils n'ont fait que chercher à comprendre.

Seigneur, qu'ont donc fait de nous nos ennemis, en nous forçant à la bataille ? Ils nous ont transformés : ils ont obscurci nos cœurs et brûlé nos âmes, terni nos yeux et souillé nos larmes. Ils nous ont changés, ils nous ont inoculé leur haine, ils ont fait de nous ce que nous sommes devenus.

Désormais, nous sommes capables de tuer, nous l'avons déjà fait.

Désormais, nous sommes prêts à tout, pour notre cause.

Retrouverons-nous le sommeil, le sommeil des justes ?

Retrouverons-nous la force ?

Pourrons-nous aimer de nouveau ?

Seigneur, la haine de l'autre se guérit-elle un jour ou nous a-t-elle contaminés à jamais ? Peste des pestes, maladie des maladies.

Seigneur, aie pitié de nos âmes.

Nous ne voulons plus tuer.

Nous ne voulons plus nous battre.

Nous ne voulons plus être aveuglés par la haine ; mais comment résister à la tentation ?

Guérirons-nous un jour de ce que nous avons vécu ?

Guérirons-nous un jour de ce que nous sommes devenus ?

Seigneur, aie pitié de nos âmes. Nous ne savons plus qui nous sommes.

60

Caen était une ville libre mais détruite. Les combats avaient été d'une rare violence ; pour venir à bout des derniers Allemands, la RAF avait tout pilonné.

Gros s'y rendit le lendemain de son arrivée à Calais. Il mit à son bras un brassard tricolore du SOE qu'il gardait toujours dans la poche de son manteau ; il ne voulait pas que la guerre soit déjà terminée. Sans la guerre, il n'était plus rien. Peut-être la Section F pourrait-elle reprendre du service sur le front Est. Ils seraient alors de nouveau réunis.

Il déambula à travers les gravats ; ses parents vivaient de l'autre côté de la ville. Gros aimait Caen ; il aimait la rue des cinémas, il aurait tant voulu être acteur, comme les vedettes américaines. Après son certificat d'études, il était devenu ouvreur, c'était un début. Et puis le temps avait passé, et puis il y avait eu la guerre, et il y avait eu le SOE. Il y avait si longtemps qu'il n'avait pas vu ses parents.

Il longea les ruines. Il marcha une heure environ. Il arriva dans son quartier, dans sa rue, et enfin presque devant chez lui.

Il s'arrêta un instant, contemplant la rue, les passants, les maisons ; le kiosque, juste en face, n'avait pas bougé.

Comment revenait-on de la guerre ? Il n'en savait rien. Il resta un long moment sur le trottoir, puis, marchant à reculons, se glissa derrière les murs d'un pavillon détruit. À l'abri, il scruta la rue. Comment revenait-on de la guerre ?

Il regarda longuement sa maison. Là, tout près. Il pensait à ses parents. Si proches. C'était pour eux qu'il était revenu. Mais il ne reviendrait pas, c'était un trop long voyage. Peut-être le voyage de sa vie. Quelques mètres le séparaient de la maison, mais il n'irait pas. De même qu'il n'était jamais allé revoir Melinda, il ne pouvait pas retrouver ses parents ; il n'en avait pas la force, le risque de désespoir était trop grand.

Il était parti depuis trois ans, sans donner de nouvelles. Comment revenir ? Assis sur un monceau de gravats, il imaginait la scène.

— Je suis rentré ! crierait-il en entrant dans la maison, le brassard en évidence.

La maison serait soudain envahie d'une rumeur joyeuse ; les parents retrouveraient leur fils unique. Ils accourraient dans l'entrée.

— Alain ! Alain ! crierait la mère, bouleversée. Tu es rentré !

Le père arriverait à son tour, les joues rosies de bonheur. Et Gros serrerait sa petite mère, puis son petit père contre lui. Il les enlacerait fort. La mère pleurerait, le petit père se retiendrait.

— Mais où étais-tu pendant tout ce temps ? Et pas de nouvelles, jamais de nouvelles ! Nous avons eu si peur !

— Je suis désolé, Maman.

— Qu'as-tu fait alors ?

Il sourirait. Fier.

— La guerre.

Mais personne ne le croirait vraiment. Pas lui, pas Gros. Il n'était pas un héros. Ses deux parents le dévisageraient, presque atterrés.

— Tu n'as pas été collabo au moins ? interrogerait sévèrement le père.

— Non, Papa ! J'étais à Londres ! J'ai été recruté par les services secrets britanniques…

Sa mère, si douce, esquisserait un sourire et lui tapoterait l'épaule.

— Pfff, mon Alain, toujours à faire des farces. Ne raconte pas de bêtises, mon chéri. Les services secrets britanniques... C'est comme la carrière dans le cinéma, hein ?

— Je jure que c'est vrai !

Gros songerait que ses parents ne pouvaient pas comprendre, qu'ils n'avaient pas été à Wanborough Manor eux non plus. Mais il aurait tellement mal de n'être pas pris au sérieux.

— Les services secrets... sourirait le père. Tu t'es caché pour pas faire le STO, c'est ça ? C'est déjà courageux.

— Oh, à propos, mon chéri ! s'exclamerait la mère, tu ne devineras jamais : le fils des voisins, il a pris les armes pendant la libération de la ville. Il a tué un Allemand, avec une carabine.

— Moi aussi j'ai tué !

— Allons, ne sois pas jaloux, mon trésor. Ce qui compte, c'est que tu sois en bonne santé. Et que tu ne sois pas un collabo.

Juché sur ses gravats, Gros soupira, triste. Il ne pouvait pas retourner chez lui. Personne ne le croirait. Il avait pourtant le brassard... Personne ne le croirait quand même. Peut-être valait-il mieux ne pas parler du SOE. Juste rentrer, dire qu'il s'était caché comme un misérable, qu'il était le roi des lâches. Tout ce qu'il voulait, c'était un peu d'amour ; que sa mère le serre contre elle. Il rentrerait, il retrouverait ses parents, et plus tard, dans la soirée, sa mère viendrait le border. Comme avant.

— Peut-être que tu pourrais venir te mettre contre moi ? oserait-il demander après une longue hésitation.

Elle rirait. Sa mère avait un joli rire.

— Non, mon chéri, dirait-elle. Tu es beaucoup trop vieux pour ça maintenant !

Elle ne voudrait plus ; sans doute parce qu'il était allé voir des putains ; les mères doivent sentir ces choses-là. Gros sanglotait. Comment revenait-on de la guerre ? Il ne savait rien.

Le géant passa la nuit là, caché dans les ruines. Sans oser franchir le seuil de sa propre maison. À force d'attendre un signe du destin, il s'endormit. Réveillé aux premières lueurs de l'aube, il décida de repartir. Sans savoir où. Et dans la brise glaciale d'automne, il se mit en route ; il voulait marcher, loin. Le plus loin du monde. Il traversa la ville qui s'éveillait. Près de la cathédrale, il croisa une patrouille de l'armée américaine stationnée sur la place ; les GI's étaient tous noirs. Gros s'approcha d'eux, et se mit à leur parler dans son incompréhensible anglais.

Les cheveux au vent, Gros était en route vers nulle part, emmené par les GI's qui l'avaient trouvé très sympathique. Ils avaient bu du café ensemble, sur le capot de leur jeep, puis les soldats avaient proposé à Gros de l'avancer un peu sur son chemin sans but ; ils s'étaient serrés dans la jeep. Gros avait lancé à la compagnie la seule phrase qu'il était capable de prononcer correctement en anglais : « *I am Alain and I love you.* »

Ils quittèrent la ville et roulèrent un long moment en direction de l'Est. Vers midi, alors qu'ils pénétraient dans un village, ils remarquèrent un attroupement en pleine rue. Un magnifique soleil d'automne irradiait les deux ou trois dizaines de spectateurs. Devant une voiture marquée du sigle des FFI, des résistants tenaient une toute jeune femme ; ils s'apprêtaient à la tondre.

L'attention générale fut détournée un instant par le véhicule de l'armée américaine qui venait de s'arrêter. Gros en descendit ; les badauds s'écartèrent au passage de l'imposant personnage, qui devait être un officier venu d'Amérique.

La jeune fille était une jolie blonde, pâle, avec des yeux éclatants mais rougis par les larmes. Agenouillée, le visage marqué de coups, elle sanglotait, terrorisée.

— Qu'est-ce qui se passe ici ? demanda Gros à celui des FFI qui avait l'air d'être le chef.

— Collabo, répondit le chef, impressionné par le bon français de l'Américain.

Une collabo, c'était mal ; Claude disait qu'il faudrait les juger. Mais cette fille faisait de la peine. Gros songea que tous les collabos, quand ils étaient pris, devaient faire de la peine ; la peur donnait à tout le monde le même visage.

— Collabo de quoi ?

— C'est une putain des Boches. Elle les aime tellement qu'elle a suivi les convois de la Wehr-chiottes.

— C'est quoi la Wehr-chiottes ? interrogea Gros qui n'avait pas compris.

— C'est la Wehrmacht. C'est pour se moquer, quoi.

Il y eut un silence. Gros regardait la jeune femme. Il connaissait les putains. Elle avait l'air si jeune. Il prit son visage mince entre ses grosses mains ; elle ferma les yeux, pensant être giflée, mais il lui caressa la joue pour la réconforter.

— T'es une collabo ? lui demanda-t-il doucement.

— Non, officier.

— Alors pourquoi t'étais avec les Allemands ?

— Parce que j'avais faim, officier. Vous n'avez jamais eu faim ?

Il réfléchit. Oui. Ou non. Il n'en savait rien en fait. La faim, c'était le désespoir. Se laisser violer pour manger, ce n'était pas ça être collabo ; du moins ce n'était pas l'idée que lui s'en faisait. Il la dévisagea.

— Personne ne tondra cette petite, déclara-t-il après un moment de réflexion.

— Et pourquoi pas ? demanda le FFI.

— Parce que je vous le dis.

— Seuls les Français libres administrent la France, pas les Amerloques.

— Alors, parce que vous n'êtes ni des Allemands, ni des bêtes. Et puis on ne tond pas les gens, qu'est-ce que c'est que cette idée saugrenue ? Les Hommes ne font pas ça aux Hommes.

— Les Allemands ont fait bien pire.

— Peut-être. Mais ce n'est pas un concours.

L'autre ne répondit rien, et Gros prit la main de la fille pour l'aider à se relever ; elle avait une toute petite main. Il la conduisit à la voiture, personne ne s'interposa. Elle s'installa entre les soldats. La jeep repartit, saluée par la foule, dans la fanfare de coups de klaxon que donnait le chauffeur pour célébrer la liberté retrouvée. Bientôt, la fille s'endormit, la tête contre l'épaule de Gros. Il sourit et toucha ses cheveux d'or. Il se rappela de lointains souvenirs.

*

Gros n'oublierait jamais sa première putain. Il l'avait aimée. Pendant longtemps il l'avait aimée.

C'était près du quartier des cinémas, le mois de la rentrée des classes ; il allait avoir dix-huit ans, c'était sa dernière année de lycée. Flânant ce jour-là, il avait remarqué une fille ravissante, de son âge environ ; par le plus grand des hasards, elle flânait aussi. C'était une jolie brune.

Il s'était arrêté un instant pour la contempler ; le soleil était agréablement chaud comme il l'est parfois à l'automne, et Gros avait senti son cœur battre plus fort. Il ne s'était pas attardé longtemps dans la ruelle ce jour-là, la timidité sans doute, mais il aurait pu rester des heures à la regarder. Et le souvenir de cette rencontre ne l'avait plus quitté.

Amoureux transi, il s'était mis à passer par cette rue tous les jours d'abord, puis plusieurs fois dans la même journée ; à chaque fois, elle était là, comme si elle l'attendait. Un coup de la Providence, sans doute. Alors il s'était mis à préparer des phrases, pour engager la conversation, il s'était demandé s'il ne faudrait pas qu'il se mette à fumer pour avoir l'air plus sûr lui. Il avait imaginé de se faire passer pour un étudiant en droit, pour faire sérieux, ou attendre qu'une bande de voyous vienne l'ennuyer et la sauver. Et puis, un dimanche après-midi, la triste réalité l'avait rattrapé ; Gros avait croisé dans cette même rue quelques mauvais garçons de sa classe, qui l'avaient rudoyé : « *Alors, Alain, tu aimes les putes ?* » D'abord, il n'avait pas voulu y croire, puis il en avait été malade. Et lorsqu'il était retourné au lycée, évitant soigneusement la rue maudite, il avait été raillé par ses camarades qui lui avaient chanté des jours durant : « *Alain aime les putes !* »

Cette découverte l'avait hanté ; non pas à cause d'elle, mais à cause de lui-même. Il ne trouvait pas dégradant que son amour fût une pute, cela n'enlevait rien à sa beauté, et après tout c'était un métier comme un autre. Mais de savoir qu'il pourrait être avec elle, si belle, juste en lui offrant de l'argent, l'obsédait à longueur de journée.

Deux mois plus tard, pour ses dix-huit ans, ses parents lui avaient donné un peu d'argent « *pour réaliser un projet* ». Son projet avait été de se faire aimer. Il était retourné à nouveau dans la rue, serrant fort l'argent dans sa main.

La pute s'appelait Caroline. Un joli prénom. Gros avait compris en allant la trouver qu'aborder une pute était plus aisé qu'aborder n'importe quelle autre femme, car son apparence importait peu. Caroline l'avait emmené jusqu'à une chambre sous les toits, dans l'immeuble devant lequel il la voyait toujours. Et, alors qu'ils montaient les escaliers, Gros lui avait pris la main ; elle s'était tournée vers lui, étonnée, mais elle ne s'était pas fâchée.

La chambre était étroite mais bien aérée ; il y avait un lit double et une armoire. Rien ne l'avait dégoûté dans cet endroit ; il avait pourtant entendu parler de chambres de passe sordides, véritables laboratoires de maladies. Son cœur battait fort, c'était la première fois. Il ne pensait pas à l'argent qu'il avait donné pour être là, il n'y pensait déjà plus ; il ne ressentait plus qu'un mélange d'appréhension et de joie à l'idée que cette femme-là, qu'il aimait d'amour depuis plusieurs mois, soit sa première. Mais il ignorait tout de ce qu'il était censé faire à présent.

— J'ai jamais fait ça, avait-il dit en baissant la tête.

Elle avait posé sur lui un regard tendre.

— Je vais t'apprendre.

Il avait répondu par un silence maladroit, et elle avait chuchoté :

— Déshabille-toi.

Il n'avait aucune intention de se déshabiller, pas comme ça du moins. Et s'il avait été beau nu, il n'aurait pas eu besoin d'aimer une pute.

— Je n'ai pas très envie de me déshabiller, avait-il murmuré, gêné.

Elle était restée stupéfaite ; il était un drôle de client.

— Pourquoi ? avait-elle alors demandé.

— Parce que je suis moins laid avec mes vêtements.

Elle avait ri, un rire agréable, réconfortant, rien d'humiliant ; elle ne se moquait pas. Elle avait tiré les rideaux et éteint la lumière :

— Déshabille-toi et couche-toi sur le lit.

Comme tout le monde est beau dans l'obscurité, Gros s'était exécuté. Et il avait découvert un monde plein de tendresse.

Il était retourné la voir souvent. Un jour, elle avait disparu.

*

Le soir tombait. Ils marchaient sur un chemin, au milieu de nulle part. Gros avait demandé aux GI's de les déposer entre des champs en jachère, un bon chemin pour partir vers un nouveau destin. Ils marchaient depuis un long moment, en silence. La fille avait mal aux pieds, mais elle n'osait pas se plaindre ; elle se contentait de suivre Gros docilement.

Ils arrivèrent devant une grange isolée. Le géant s'arrêta.

— Va-t-on dormir ici, officier ?

— Oui. Ça te fait peur ?

— Non. Je n'ai plus peur désormais.

— Tant mieux. Mais appelle-moi Gros, pas officier.

Elle acquiesça.

C'était un bon abri ; l'intérieur sentait le vieux bois. Gros rassembla de la paille dans un coin et ils s'installèrent. La lumière du jour filtrait encore un peu ; ils étaient bien. Gros sortit de sa poche des friandises données par les GI's. Il en proposa à la fille.

— Tu as faim ?

— Non, merci.

Silence.

— C'est un drôle de nom, « *Gros* », dit timidement la fille.

— C'est mon nom de guerre.

Elle le dévisagea, impressionnée.

— Vous êtes américain ?

— Je suis français. Mais lieutenant de l'armée britannique. Comment tu t'appelles ?

— Saskia.

— Tu es française ?

— Oui, lieutenant Gros.

— Saskia, c'est pas français...

— C'est pas mon vrai nom. C'est comme ça que les Allemands m'appelaient. Ceux qui revenaient du front russe m'appelaient aussi Sassioshka.

— C'est quoi ton vrai nom ?

— Saskia. Tant qu'il y aura la guerre, je serai Saskia. Comme vous, vous êtes le lieutenant Gros. Pendant la guerre, on porte son nom de guerre.

— Mais Saskia, c'est un nom plein de mauvais souvenirs...

— On a le nom de guerre qu'on mérite.

— Dis pas ça. Quel âge as-tu ?

— Dix-sept ans.

— Faudrait pas être une putain quand on a que dix-sept ans.

— Faudrait pas être une putain jamais.

— T'as raison.

— Vous êtes déjà allé chez les putes, lieutenant ?

— Oui.

— Vous avez aimé ?

— Non.

Caroline ne comptait pas. *Les putes*, c'étaient les bordels tristes.

— Pourquoi vous l'avez fait alors ?

— Parce que je suis seul. C'est atroce d'être toujours seul.

— Je sais.

Silence.

— Saskia, comment tu t'es retrouvée à faire ça…

— C'est compliqué.

Gros opina. Il n'en doutait pas.

— Merci de m'avoir sauvée.

— N'en parlons plus.

— Vous m'avez sauvée, c'est important. Vous pouvez me faire ce que vous voulez… pour être moins seul… Pas besoin de payer, ce sera agréable comme ça.

— Je veux rien te faire…

— Je ne dirai rien. Nous sommes bien ici, non ? Je sais garder les secrets. À l'arrière des camions, je faisais tout ce qu'ils voulaient, et je n'ai jamais rien dit à personne. Certains voulaient que je crie fort, ou alors que je reste muette. Vous savez, lieutenant Gros, j'ai vu beaucoup de soldats, dans les rues, en armes, mais dans le camion, c'était différent : ces hommes, un instant auparavant, en uniformes, étaient des militaires puissants qui avaient conquis l'Europe… mais dans l'obscurité du camion, étendus contre moi, à haleter maladroitement, ils ne m'inspiraient plus que de la pitié, nus, maigres, blancs, apeurés. Certains voulaient même que je les gifle. Ça vous paraît pas bizarre, lieutenant, ces soldats qui ont pris l'Europe, qui paradent jusque devant le camion, fiers, jusqu'au moment d'entrer dedans, et qui se mettent tout nus et veulent être giflés par une pute ?

Silence.

— Demandez-moi ce que vous voulez, lieutenant Gros. Je ne dirai rien, ce sera agréable.

— Je ne veux rien, Saskia…

— Tout le monde veut quelque chose.

— Alors peut-être que tu pourrais me serrer, comme si tu étais ma mère.

— Je peux pas être votre mère, j'ai dix-sept ans…

— Dans le noir on verra rien.

Elle se cala dans la paille et Gros s'étendit contre elle, posant sa tête sur ses genoux. Elle lui caressa les cheveux.

— Ma mère chantait souvent pour que je m'endorme.

Saskia se mit à chanter.

— Serre-moi.

Elle le serra fort. Et elle sentit couler sur sa peau nue les larmes de l'officier. Elle pleura aussi. En silence. On avait voulu la tondre, comme un animal. Elle avait peur, elle ne savait plus qui elle était. Non, elle n'était pas une traîtresse ; sa sœur, d'ailleurs, était dans la Résistance, elle le lui avait dit un jour. Il y avait si longtemps qu'elle ne l'avait pas vue. Et ses parents, qu'étaient-ils devenus ? La Gestapo était venue dans leur maison, à Lyon ; après avoir arrêté sa sœur, ils voulaient toute la famille. Ils avaient emmené les parents, mais elle s'était cachée dans le fond d'une grande armoire ; ils n'avaient pas fouillé. Elle était restée ainsi plusieurs heures après le départ des Tractions noires, tremblante de peur. Puis elle s'était enfuie ; mais seule, dehors, elle n'avait pu survivre qu'en suivant une colonne de la Wehrmacht. Ça s'était passé une année auparavant, une année passée à l'arrière d'un camion bâché en échange de conserves et d'un peu de protection. Quatre saisons. L'été, les soldats étaient tous moites et sales, ils sentaient mauvais ; l'hiver, elle grelottait de froid, et aucun ne voulait la laisser faire ça sous une couverture, à cause des maladies. Elle avait aimé le printemps, elle avait écouté les oiseaux chanter depuis le plancher en métal du camion. Et puis la chaleur de l'été, à nouveau.

Dans l'obscurité de la grange, Gros et Saskia, l'officier des services secrets et la putain, s'endormaient, fatigués du monde.

61

Novembre était gris à Londres. Ils n'avaient eu aucune nouvelle de Gros. Stanislas disait qu'il finirait bien par revenir, que sa vie était ici désormais.

Dans le salon de Chelsea, Laura passait l'après-midi avec sa mère ; c'était un dimanche. La guerre était terminée pour la Section F, les agents étaient démobilisés par Baker Street.

— Qu'est-ce que tu vas faire à présent ? demanda France.

— M'occuper de Philippe. Et puis je vais terminer mes études.

La mère sourit ; sa fille avait parlé comme si la guerre, finalement, ce n'était pas si sérieux. Laura poursuivit :

— J'aimerais de nouveau réunir tout le monde en décembre,

dans le manoir du Sussex. Comme l'année passée... Pour le souvenir. Tu crois que les gens voudront venir ?

— Bien sûr.

— Tu sais, depuis que nous sommes tous rentrés de France, ce n'est plus comme avant.

— Ne t'inquiète pas, ça le redeviendra. Laisse du temps au temps.

— Et Gros, sera-t-il enfin revenu ? Je m'inquiète pour lui, et je voudrais tant qu'il soit là !

— Sans doute. Ne t'inquiète pas... Tu as déjà assez de tracas.

— J'aimerais inviter le père de Pal aussi. Il ne sait même pas encore qu'il a un petit-fils... Je crois qu'il ne sait même pas que son fils est mort. Il est temps de le lui dire.

France acquiesça tristement et caressa les cheveux de sa fille.

Sur le trottoir bordant la maison, Richard promenait Philippe dans un landau.

*

Tous les jours, il priait. Il allait dans les églises, les matins et les soirs, il restait des heures sur les bancs durs et inconfortables, dans les rangées désertes et glaciales, suppliant de pouvoir tout oublier. Il voulait redevenir Claude le séminariste, au pire Claude le curé, le Claude de Wanborough Manor dont tout le monde pensait qu'il ne serait jamais capable de faire la guerre. Il voulait redevenir prêtre, s'enfermer dans les abbayes ; il voulait être trappiste, et ne plus jamais parler. Oui, que le Seigneur l'emmène dans les cloîtres du silence, qu'il le lave de ses péchés pour que l'attente de la mort ne soit pas trop insupportable ; oui, peut-être son âme pourrait-elle être sauvée, peut-être n'était-il pas encore complètement abîmé ; il était encore chaste. Il avait tué mais il était resté chaste.

Que le Seigneur l'enferme dans les montagnes ; il voulait disparaître, lui qui ne valait rien, lui qui n'avait su faire que le mal. Et ce qui le rongeait le plus désormais, c'était d'avoir blessé Gros, le seul Homme d'entre eux tous. Et il en connaissait le prix : celui qui blesse un Homme ne connaîtra plus d'avenir, il n'aura plus d'horizon ; celui qui blesse un Homme ne connaîtra jamais la rédemption. Souvent, Claude regrettait de ne pas être mort à la guerre ; il jalousait Aimé, Pal et Faron.

Il avait honte de côtoyer Laura ; il ne la méritait pas. Il finirait par la faire fuir. Il ne voulait plus voir Philippe non plus : Pal, son père, avait été un Homme, il n'avait jamais battu, il n'avait jamais trahi, jamais fait le moindre mal ; Philippe deviendrait un Homme à son tour, et ainsi l'humanité ne serait pas morte. Alors, surtout, ne pas contaminer l'enfant ; oui, dès qu'il le pourrait, il partirait loin. En attendant, il quittait l'appartement de Bloomsbury à l'aube et ne rentrait que tard le soir, pour ne croiser ni Laura ni Philippe. Souvent, dans les méandres de la nuit, il entendait les sanglots de Key dans la chambre voisine, car il était lui aussi hanté par sa propre existence. Il lui arrivait de boire, mais c'était rare ; il voulait souffrir pour sa pénitence

*

Les Allemands n'avaient pas encore capitulé, le SOE était encore actif, mais la Section F, elle, vivait ses dernières heures. À Portman Square et dans certains bureaux de Baker Street, c'était l'heure des cartons ; un bureau du SOE avait été ouvert à Paris, à l'hôtel Cecil, pour faciliter le retour des agents de nationalité française. Il fallait aussi se charger de contacter les familles des morts.

Laura fit part à Stanislas de son souhait d'aller trouver le père de Pal, à Paris.

— Est-il au courant pour son fils ? demanda-t-elle.

— Je n'en sais rien.

— Il faut qu'il sache maintenant.

— Oui.

— Je vais lui présenter Philippe, ça apaisera sa douleur.

— Sans aucun doute... Mais rien ne presse. Tu iras quand tu te sentiras prête.

— J'ai envie qu'il voie Philippe... J'ai envie de lui parler... J'ai tant à lui dire... Mais comment, comment dois-je lui annoncer pour Pal s'il ne sait rien ?

— Je pourrais y aller avant si tu veux, proposa Stanislas. Avec Doff. Pour faire ça bien. Au nom du SOE. Avec les honneurs militaires et tout ce qu'il faut pour que le père réalise à quel point son fils a été un héros de la guerre.

Elle posa sa tête contre l'épaule du vieux pilote.

— Je veux bien, dit-elle tristement. Tu crois qu'il voudra venir

dans le manoir du Sussex ? Il pourrait peut-être rester un peu en
Angleterre, pour être avec Philippe. Ce serait bien, non ?

— Ce serait formidable, répondit Stanislas.

Il la rassura ; tout se passerait bien.

62

Ils étaient à Dieppe, dans un petit hôtel du front de mer ; la
chambre était au deuxième étage. Par la fenêtre, Saskia regardait
les vagues qui caressaient le sable ; Gros était assis sur le lit. Ils
étaient là depuis quelques jours.

— Je m'ennuie, lui dit-elle sans quitter la plage des yeux.

Il eut un air navré.

— Mais ici nous sommes à l'abri des hommes. Ne veux-tu pas
être à l'abri des hommes ?

— Si. Mais j'ai cru voir un rat dans la salle à manger...

— N'aie pas peur des rats. Ils ne te feront rien.

— J'aimerais aller sur la plage.

— On ne peut pas... à cause des mines.

Elle soupira. Il la trouva si jolie, l'impatience l'embellissait ;
il aurait voulu la prendre contre lui, l'enlacer. Il n'osait pas.

— J'aimerais courir sur le sable ! s'exclama-t-elle soudain,
pleine de fureur de vivre.

Il lui sourit. Petite Saskia chérie, songea-t-il.

— Tu pourrais venir en Angleterre. Il n'y a pas de mines sur
les plages...

— C'est un beau pays ?

— Le plus beau.

— Il pleut tout le temps, non ? J'aime pas la pluie...

— Il pleut beaucoup. Mais c'est pas grave : c'est un pays où
il fait bon vivre. C'est rien la pluie si on est heureux ?

Elle eut une moue triste.

— J'aimerais retrouver mes parents. Et ma sœur...

L'hôtelier avait dit à Gros que les déportés des camps
allemands convergeaient vers l'hôtel Lutetia, à Paris. Si les
parents et la sœur de Saskia avaient été arrêtés et déportés, et s'ils
étaient encore en vie, on pourrait les retrouver au Lutetia. Gros

n'en avait pas parlé à Saskia, il avait tellement envie qu'ils restent ensemble, ici ; mais comment lui cacher qu'elle pourrait peut-être retrouver sa famille à Paris.

Il se leva et s'approcha d'elle.

— Tu sais, Saskia, on pourrait aller à Paris. Pour se renseigner sur tes parents... Je connais un endroit.

— Oh, oui ! J'aimerais tellement !

Elle dansa de joie et s'accrocha à son cou ; elle allait retrouver les siens. Heureux qu'elle soit heureuse, il la prit par la main et lui proposa de sortir prendre l'air. Ils allèrent jusqu'en bordure de la plage, là où il n'y avait pas de mine.

Elle ôta ses chaussures et marcha délicatement, pieds nus sur le sable réchauffé par les éclaircies. Ses cheveux blonds dansaient dans le vent, ses magnifiques cheveux. Elle ne lâcha pas la main de Gros.

— Un jour, je t'emmènerai sur une belle plage anglaise, lui dit-il.

Elle sourit et elle approuva en riant. Elle ferait tout ce qu'il voudrait, lui qui l'avait sauvée de la honte et qui allait la ramener auprès de ses parents.

Depuis quelques jours, ils étaient ensemble, ici. Il ne la touchait pas, mais il la regardait sans cesse. Regarder n'était pas interdit ; elle était si douce et si jolie. Depuis quelques jours, il l'aimait. Du même amour que celui qu'il avait éprouvé pour Melinda. Et peut-être aussi pour Caroline. Il ressentait une joie intense : il pouvait aimer encore. Tout n'était pas fini ; tout ne finissait jamais. Il se sentait revivre. Il pouvait rêver à nouveau ; s'il n'y avait pas Philippe, il y aurait Saskia. Elle donnait du sens à sa vie. Il l'aimait, mais il se jura de ne jamais le lui dire. Ou alors pas avant qu'elle ne le lui dise. Sur les plages d'Angleterre, ils s'aime-raient.

63

Deux semaines s'écoulèrent. Ce fut la mi-novembre. Laura et Philippe, escortés par Stanislas et Doff, arrivèrent à Paris pour retrouver le père. Ils s'installèrent dans un petit hôtel près des

Halles, Stanislas et Doff dans une chambre, Laura et son fils dans une autre.

Stanislas s'était procuré à Londres l'adresse de Pal ; à l'aide d'un plan de poche, tous trois réunis dans la chambre de Laura, ils regardèrent le chemin à suivre pour s'y rendre. Rue du Bac. Ce n'était pas compliqué.

— Nous irons demain, il est trop tard à présent, déclara Stanislas pour repousser le moment de la terrible annonce.

Ils acquiescèrent.

*

Pas très loin de là, sans que personne n'en sache rien, Gros et Saskia retournaient dans la petite pension du onzième arrondissement où ils étaient installés depuis un peu plus d'une semaine. Elle s'était faite belle, comme tous les jours depuis qu'ils étaient dans la capitale, espérant chaque matin que ce serait le moment des retrouvailles avec les siens. Tous les matins, elle espérait. Tous les matins, elle allait avec Gros au Lutetia. Ils y attendaient jusqu'au soir, en vain.

64

Saskia réveilla Gros aux premières heures du lendemain. Elle ne dormait plus depuis longtemps.

— Réveille-toi, il est temps de partir ! s'écria-t-elle, impatiente, en secouant le matelas.

Il se leva lentement, il ne voulait pas trop se hâter ; dans la minuscule chambre, elle sautillait gaiement, il la trouva magnifique. La plus magnifique des magnifiques. Il craignait tant de la perdre. Il voulait lui proposer de ne pas aller au Lutetia aujourd'hui ; il trouvait qu'il y avait trop de malheur là-bas. Ils pourraient faire relâche, et aller se promener, ou traîner dans les cafés, comme des amoureux. Mais, déjà, elle était prête à partir, pleine d'espoir et d'énergie, comme si depuis de longs jours, ils ne répétaient pas en vain le rituel des orphelins. Le géant s'habilla et ils s'en allèrent.

Devant le Lutetia, malgré l'heure matinale, une longue file d'attente s'était formée, filtrée par un important service d'ordre. Gros présenta sa carte de l'armée britannique et ils purent entrer plus facilement et plus vite. Ils pénétrèrent dans le grand hall ; il n'aimait décidément pas cet endroit. Trop de tristesse et d'espoir à la fois sur le visage des gens.

Déjà, des files de visiteurs inquiets, derrière les comptoirs et les tables ; les bénévoles, les infirmières ; l'orientation des arrivants ; soins, désinfection, nourriture, inscriptions sur les registres. Un fleuve de fantômes effrayants, décharnés et chauves ; les spectres de ce que l'humanité avait fait à l'humanité.

Comme tous les matins, Saskia retourna au même comptoir, donna encore le nom de ses parents ; aucun nom sur les listes ne correspondait. Elle répéta sa demande dans un bureau du rez-de-chaussée.

— Demande aussi pour ta sœur, lui suggéra Gros. Comment s'appelle-t-elle ?

— Marie.

On ne trouva rien non plus. Et, comme tous les matins, ils s'assirent dans le même fauteuil large. Saskia se laissa aller au désespoir. Était-elle désormais seule ? Orpheline à jamais ? Au moins, il y avait Gros, ce bon Gros qui la protégerait toujours et qui ne la laisserait jamais tondre.

— On va attendre encore, plusieurs jours s'il faut, murmura Gros à son oreille, car il voyait des larmes couler sur ses joues.

Discrètement, il l'embrassa dans le creux du cou ; par amour. Jamais de sa vie il n'avait encore fait ça.

Une heure passa ; ils se mêlèrent à d'autres familles ; ils croisèrent d'autres fantômes. Puis une heure encore. Et soudain, Saskia l'aperçut : c'était sa sœur, juste là. Elle cria son nom, elle le hurla, peut-être dix fois. C'était Marie. Elle n'avait plus de cheveux, son visage et son corps étaient déformés par la maigreur, mais elle était là, en vie. Elles se précipitèrent l'une vers l'autre, elles se prirent dans les bras. Saskia put presque soulever sa sœur. Elles s'enlacèrent, elles se palpèrent comme pour être certaines que c'était bien vrai, et elles laissèrent couler leurs larmes, des larmes de joie, de soulagement et de douleur.

— Marie ! murmura Saskia. Marie... Oh, j'ai eu si peur pour toi, je t'ai cherchée partout ! Ça fait plusieurs jours que je t'attends ici !

Elles ne dirent rien d'autre, elles ne pouvaient plus parler. Ce qu'elles avaient à se dire n'était pas important ; les coups et les viols importaient peu désormais, seul l'avenir compterait. Et Gros les contempla, à la fois ému et accablé par le destin de l'humanité. Il ne saurait jamais que Marie avait été arrêtée un an et demi plus tôt par un agent de l'Abwehr, sur le boulevard Saint-Germain, alors qu'elle transportait ce qu'elle croyait être de précieux ordres de guerre, et qui n'étaient que les cartes postales d'un fils à son père.

*

Il n'était pas tout à fait midi. Devant le Lutetia, Marie et Saskia s'apprêtaient à se rendre à la gare. Marie venait d'apprendre de la bouche de sa sœur la rafle de la Gestapo dans la maison familiale, suite à son arrestation. Et les deux jeunes femmes avaient décidé de retourner à Lyon ; peut-être leurs parents les y attendaient-ils. Il fallait espérer. Elles ne voulaient pas attendre à Paris, et Marie ne voudrait plus jamais y revenir ; trop de mauvais souvenirs.

Sur le trottoir devant l'hôtel, Saskia fit quelques pas avec Gros ; il était triste de la perdre déjà. Il venait de pleuvoir, la silhouette de la jeune femme se reflétait dans les flaques. Elle s'approcha tout contre lui ; il la trouva magnifique.

— Je reviens vite, lui dit-elle, mais je dois voir si mes parents…

— Je comprends bien.

— Je reviens vite. Qu'est-ce que tu vas faire en attendant ?

— Je sais pas. Sans doute je vais rentrer chez moi, à Londres.

Elle l'enlaça.

— Oh, ne sois pas triste, supplia-t-elle, sinon je le serai moi aussi !

— Tu viendras à Londres ?

— Bien sûr !

— Et on ira sur les plages ?

— Oui ! Les plages !

Elle l'embrassa sur la joue.

Gros sortit de sa poche un morceau de papier et y inscrivit son adresse, à Bloomsbury.

— Rejoins-moi ! Je t'attendrai tous les jours.

— Je serai là très vite. Je te promets.

Elle lui prit les mains et ils se contemplèrent en silence.

— Tu m'aimeras même si j'ai été une putain ?

— Évidemment ! Et toi, tu m'aimeras même si j'ai tué des hommes ?

Elle sourit tendrement :

— Je t'aime déjà un peu, bêta !

Il eut un sourire éclatant. Elle rejoignit sa sœur et les deux femmes se mirent en route sur le boulevard. Elle se retourna une dernière fois et fit un dernier signe de la main à Gros, heureux, qui ne la quitta plus du regard jusqu'à ce qu'elle disparaisse à l'angle d'une rue. Elle l'aimait ! Jamais on ne l'avait aimé.

Il n'était pas tout à fait midi. Tandis que Gros, amoureux, rêvait sur le trottoir, Stanislas et Doff, quelques centaines de mètres plus loin, remontaient la rue du Bac.

65

Il était midi pile lorsqu'on sonna à la porte de l'appartement. Le père bondit de joie et attrapa sa valise. Son fils était revenu ! Ah, il avait tenu bon pendant ces longues semaines : plus de nouvelles de Werner, plus de cartes postales, plus personne ; des semaines, peut-être des mois, il ne savait plus. Il s'était efforcé de ne pas s'inquiéter et de garder bon moral ; il s'était informé du mieux qu'il pouvait du déroulement de la guerre dans le Pacifique, que son fils menait depuis Genève. Il avait attendu, fidèle. Lorsqu'il avait dû sortir, il n'avait plus jamais fermé la porte à clé. Quelle joie, quelle joie immense de retrouver son fils ! « *Paul-Émile !* » cria le père en se précipitant pour ouvrir, serrant fort sa valise. « *Paul-Émile !* » hurla-t-il encore en tournant la poignée, heureux. Mais son visage se figea aussitôt : aucun des hommes sur le palier n'était son fils. Le père les dévisagea, la déception lui crevait le ventre.

— Bonjour, Monsieur, dit le plus âgé des deux.

Le père ne répondit pas. Il voulait son fils.

— Je m'appelle Stanislas, continua celui qui avait parlé. Je suis de l'armée britannique.

— Adolf Stein, enchaîna le second. Armée britannique également. Mes respects, Monsieur.

Le visage du père reprit aussitôt des couleurs :

— Magnifique ! C'est mon fils qui vous envoie ? Ma-gni-fique ! Ah, au premier coup d'œil, je me suis pas douté. C'est que vous en faites une tête ! Vous venez de Genève ? Où est mon fils, alors ? Va-t-il arriver ? Ma valise est prête. Le train de quatorze heures, je n'ai pas oublié.

Doff dévisagea Stanislas ; ils ne comprenaient pas tout, mais le père avait l'air tellement enjoué… ils ne s'attendaient pas à ça.

— Entrez, entrez, Messieurs. Voulez-vous déjeuner ?

— Je ne sais pas… répondit Stanislas.

Doff ne parla pas.

— Comment, vous ne savez pas ? Ça veut dire que vous avez faim, mais que vous avez peur de déranger ! Ah, les Anglais, toujours tellement polis. Une nation formidable, voilà ce que vous êtes. Allons, il ne faut pas être timide. Entrez donc, j'espère qu'il y aura assez, je n'ai prévu que pour deux.

Les deux visiteurs se laissèrent guider par le père.

— À quelle heure Paul-Émile nous rejoint-il ?

Doff et Stanislas se turent encore, effarés, sans trouver d'abord la force de répondre. Puis Stanislas articula :

— Paul-Émile ne viendra pas, Monsieur.

La déception marqua le visage du père.

— Ah, bon… C'est tellement dommage… Il ne parvient jamais à se libérer. C'est à cause du Pacifique, hein ? Maudit Pacifique, les Américains n'ont qu'à se débrouiller seuls.

Les deux agents se regardèrent, perplexes, tandis que le père disparut un instant dans la cuisine, pour en revenir avec une assiette et des couverts supplémentaires.

— Je ne peux pas… murmura Doff à Stanislas. C'est trop difficile… Je ne peux pas.

— À table ! appela le père, apportant un plat fumant.

Ils s'assirent autour de la table, mais Doff, dévasté à l'idée de ce qu'ils allaient faire à ce père, se releva aussitôt.

— Excusez-moi, Monsieur, mais… une affaire urgente. Je viens de me rappeler. C'est très impoli de ma part de partir ainsi, mais c'est une urgence exceptionnelle.

— Urgence exceptionnelle ! Pas de problème ! s'exclama, guilleret, le père. C'est bien normal ! Je vois bien combien mon Paul-Émile est occupé dans le Pacifique ! La guerre, c'est du sérieux, jour et nuit. Il faut être flexible.

Doff se tourna vers Stanislas, honteux de sa lâcheté, mais son camarade, d'un signe de tête, l'apaisa ; il se chargerait d'annoncer la nouvelle.

— Reviendrez-vous pour le dessert ? Le café ?

— Sûrement... Sinon, ne m'attendez pas !

Il ne reviendrait jamais.

— Pour le café, je n'ai que du faux évidemment. Ça vous va quand même ?

— Oui, du faux, du vrai, tout me va !

Et il sortit précipitamment de l'appartement.

Il s'empressa de descendre l'escalier. Désemparé, il s'assit sur les premières marches, dans l'entrée ; devant sa loge, la concierge le dévisageait.

— Vous êtes qui, vous ? demanda-t-elle.

— Lieutenant Stein, armée britannique.

Il s'était présenté en militaire pour qu'elle lui fiche la paix.

— S'cusez, officier. C'est qu'on a parfois des maraudeurs.

Doff n'écoutait pas ; il s'en voulait de laisser Stanislas accomplir l'insupportable tâche.

La concierge restait là à le regarder ; elle ne parlait pas, mais sa seule présence le dérangeait, il voulait être seul. Il exhiba sa carte :

— Armée britannique, j'ai dit. Vous pouvez retourner à votre travail.

— Je fais une pause.

Il soupira. Elle continuait à le scruter, intriguée. Elle finit par parler.

— Vous êtes un agent anglais ? Comme Paul-Émile ?

Le visage de Doff s'obscurcit soudain.

— De quoi parlez-vous ? interrogea-t-il d'un ton brutal.

— Ouh, moi je veux pas d'histoire ! Je me demandais juste si vous étiez dans le même service que le petit Paul-Émile, quoi... C'est tout...

Doff était effaré : comment la concierge connaissait-elle le lien entre Pal et les services secrets ? Elle retournait dans la loge, mais il se leva.

— Attendez ! Que savez-vous de Paul-Émile ?

— J'en sais ce que je dois savoir. Pis' t'être même mieux que vous... Il a toujours vécu ici avec ses parents. À la mort de sa mère, je m'en suis même un peu occupée. Le père doit plus trop s'en souvenir, parce qu'i' me donne plus d'étrennes. Le pauvre, il perd la tête… Après ce qui est arrivé à son fils, c'est bien normal me direz-vous.

Doff fronça les sourcils. Comment diable savait-elle pour Pal, alors que même le père ne semblait pas au courant ?

— Et qu'est-ce qui est arrivé à Paul-Émile ?

— Ben, vous devez savoir, si vous êtes ici. Alors vous êtes un agent comme lui, ou pas ?

— Qui vous a parlé de tout ça ? interrogea Doff.

— Ben, c'est l'Allemand qui l'a dit. Quand Pal s'est fait prendre, ici. Dans ce couloir. L'Allemand a dit à Paul-Émile : *Je sais que vous êtes un agent britannique.* Alors, comme vous me racontez que vous êtes de l'armée des Rosbifs, je me demandais juste si vous connaissez Paul-Émile. C'est tout.

Doff était assailli par les interrogations ; la concierge avait vu Pal, ici ? Avec un Allemand ? Pal était donc venu à Paris pour retrouver son père… Mais pourquoi ? Doff songea un instant à aller chercher Stanislas, puis il renonça. Il proposa à la concierge d'aller dans la loge pour qu'ils puissent parler plus tranquillement ; elle était enchantée d'intéresser enfin quelqu'un, qui plus est un beau soldat.

Doff s'assit et la concierge, tout excitée, lui proposa du vrai café qu'elle gardait précieusement pour les grandes occasions. Elle trouvait le militaire très bel homme : il avait une voix profonde, il était charmant. Et puis, lieutenant de l'armée de Sa Majesté, c'était pas du pipeau ! Il était beaucoup plus jeune qu'elle, elle pourrait être sa mère ; mais elle savait les jeunes gens sensibles aux femmes mûres. Elle s'enferma dans la salle de bains un instant.

*

— C'est fou ce que les Anglais parlent bien le français… déclara le père, qui avait déjà été épaté par le bon français de Werner.

Stanislas, qui ne pouvait pas faire le lien, ne releva pas. Ils continuèrent à manger en silence. Les plats chauds, puis le dessert. Le père ne parla à nouveau que lorsqu'ils eurent terminé.

— Alors, dites-moi… Pourquoi êtes-vous venu ici ?

— Pour parler de votre fils. J'ai une mauvaise nouvelle, Monsieur.

— Il est mort, n'est-ce pas ? dit le père brutalement.

— Oui.

Le père s'en était douté dès leur arrivée. Ou peut-être depuis toujours. Et les deux pères se dévisagèrent. Leur fils était mort.

— Je suis désolé, Monsieur, murmura Stanislas.

Le père resta impassible. Le jour tellement redouté était arrivé : il était mort, il ne reviendrait plus. Aucune larme ne coulait sur le visage du petit homme, aucun cri ne sortit de sa bouche. Pas encore.

— Comment est-ce arrivé ?

— La guerre. Toujours cette foutue guerre.

La tête du père lui tournait.

— Parlez-moi de mon fils, officier. Parlez-moi de mon fils, il y a si longtemps que je ne l'ai pas vu, j'ai peur d'avoir tout oublié.

— Votre fils était courageux.

— Oui, courageux !

— Un grand soldat. Un ami fidèle.

— Fidèle, toujours !

— Nous l'appelions Pal.

— Pal... C'est joli !

Le père sentait l'étau insupportable du deuil qui enserrait son corps, peu à peu. Il avait de la peine à respirer, comme si le monde s'arrêterait bientôt tout autour de lui. Une longue traînée de larmes coula sur ses joues. Des perles de souffrance.

— Parlez encore, officier ! Parlez ! Parlez !

Et Stanislas raconta tout. Il raconta les écoles, Wanborough Manor, Lochailort, Ringway, Beaulieu. Il raconta le groupe, il raconta les frasques de Gros, il raconta les moments difficiles mais empreints de courage. Il raconta les trois années passées ensemble.

— Et il y avait aussi Laura, sa fiancée ? demanda soudain le père.

Stanislas s'arrêta net dans son récit.

— Comment connaissez-vous Laura ?

— Paul-Émile m'en a parlé.

Le vieux pilote écarquilla les yeux.

— Comment a-t-il pu vous en parler ?

— Il m'en a parlé lorsqu'il est venu ici.

Stanislas fut abasourdi.

— Il est venu ici ? Mais quand ça ?

— C'était en octobre, l'an dernier.

— Ici ? À Paris ? s'étrangla l'officier.

— Oui, oui. Quelle joie ça a été de le retrouver ! C'était une belle journée. La plus belle. Il était venu, pour que nous partions ensemble. À Genève. Mais je ne l'ai pas suivi. Je voulais attendre un peu. Jusqu'au lendemain au moins. On avait convenu qu'il reviendrait, mais il n'est pas revenu.

Stanislas se laissa tomber en arrière, contre le dossier de sa chaise. Qu'avait fait Pal ? Il était venu retrouver son père ? Il était venu à Paris pour retrouver son père ? Il avait compromis la sécurité de ses camarades pour revoir son père ? Mais pourquoi ? Seigneur, pourquoi ?

Les larmes coulaient sur le visage du père, mais sa voix restait digne.

— Vous savez, je ne m'inquiétais pas. Pas trop. Grâce à ses cartes.

— Ses cartes ?

Le père sourit tristement.

— Des cartes postales. Ah, quelles cartes ! Toujours bien choisies.

Il se leva et alla les chercher sur la cheminée. Il les étala sur la table, devant Stanislas.

— Quand il m'a annoncé son départ, c'était... (il réfléchit un instant) en septembre 41. Je lui ai demandé de m'écrire. Pour que j'aie moins peur pour lui. Et il n'a pas manqué à sa promesse. Fidèle, vous avez dit ? C'est tout lui. Fidèle.

Stanislas, effaré, lisait une à une les cartes postales, les mains tremblantes. Il y en avait des dizaines, dont la plupart étaient celles de Kunszer. Mais Stanislas n'en savait rien. Ce qu'il constatait, c'était que Pal avait violé toutes les règles de sécurité ; il en connaissait d'avance les conséquences, et ça ne l'avait pas arrêté.

— Comment ces cartes vous sont-elles parvenues ?

— Dans ma boîte aux lettres. Sans timbre, dans une enveloppe. Comme si elles avaient été déposées par quelqu'un...

Pal, qu'avait fait Pal ! Stanislas avait envie de s'écrouler de désespoir : celui qu'il avait considéré comme son fils avait trahi ; même son Pal n'avait pas été un Homme. Il en tremblait. Pal était revenu à Paris pour voir son père. L'Abwehr l'attendait sûrement ; il avait dû être suivi, et il avait entraîné Faron dans sa chute. Et Laura, enceinte. Il l'avait jetée en pâture aux Allemands. Devait-il appeler Doff ? Non. Jamais. Ni Doff, ni personne ne devrait jamais savoir. Ne serait-ce que pour Philippe, pour qu'il n'ait jamais honte de son père, comme lui-même aujourd'hui. Il ne savait plus que penser. Devait-il renier celui qu'il avait aimé comme son propre fils ?

— Où Pal voulait-il vous emmener ? demanda Stanislas.

— À Genève. Il disait qu'on y serait à l'abri.

— Pourquoi n'êtes-vous pas parti ?

— Je ne voulais pas partir tout de suite. Pas comme ça. Je voulais dire au revoir à mon appartement. À mes meubles. Comme je vous ai dit, nous devions nous retrouver le lendemain, ici. Pour déjeuner, puis prendre le train de quatorze heures. Pour Lyon. Je l'ai attendu, mon Dieu comme je l'ai attendu. Il n'est jamais revenu.

Stanislas regarda le père qui sanglotait. Mais il ne lui faisait pas de peine. Son fils était venu le chercher, au moment le plus critique de la guerre, et le père avait voulu dire au revoir à ses meubles. Au fond de lui, Stanislas espérait que Pal avait été arrêté ce jour-là. Il espérait que ce n'avait pas été le lendemain, lorsqu'il était revenu vers son père pour le convaincre encore de partir. Cela aurait signifié que Pal n'était pas capable de se révolter contre son père. L'indispensable révolte des fils face à leur père. Sans doute Pal avait-il eu peur des derniers jours fatidiques : les derniers jours de son père. Mais les derniers jours de nos pères ne devaient pas être des jours de tristesse ; ils étaient des jours d'avenir et de perpétuation. Car, au dernier jour de son père, Pal était en train de devenir père lui-même.

— Que vais-je devenir désormais ? se désespéra le père qui ne voulait plus vivre.

— Pal a eu un enfant.

Le visage du père s'éclaira.

— Avec Laura ?

— Oui. Un beau garçon. Il a presque six mois.

— En voilà une nouvelle ! Je suis grand-père ! Un peu comme si mon fils n'était pas mort, alors ?

— Oui. Un peu.

— Et quand pourrais-je voir cet enfant ?

Stanislas mentit :

— Un jour... bientôt... En ce moment, il est à Londres, avec sa mère.

Laura ne devait pas rencontrer le père. Elle ne devait jamais savoir ce qu'avait fait Pal. De retour à l'hôtel, il lui mentirait, il lui dirait qu'il n'y avait plus de père, il ferait ce qu'il faudrait ; il s'arrangerait avec Doff, sans rien lui expliquer non plus, car personne ne devrait jamais savoir. Et, s'il le fallait, il tuerait le père pour que vive le secret. Oui, il le tuerait si c'était nécessaire !

*

— Racontez-moi dans les détails cette histoire, ordonna Doff à la concierge lorsqu'elle revint enfin, avec un plateau, la cafetière et des biscuits.

Il remarqua qu'elle s'était parfumée.

— Depuis les détails d'où ? La mort de la mère ?

— Non ! Cette histoire avec l'Allemand. Réfléchissez bien, c'est important.

Elle frissonna d'excitation ; elle avait une conversation importante.

— C'était il y a un an, capitaine. En septembre, je me rappelle bien le jour. J'étais ici sur ce fauteuil, ce fauteuil. Oui, c'est ça.

— Quoi ensuite ?

— J'ai entendu du brouhaha dans le couloir, là, juste devant la loge. Vous savez, colonel, les murs sont minces ici, et la porte comme du carton. Lorsque la porte de l'immeuble reste ouverte trop longtemps l'hiver, je sens le vent et le froid qui s'engouffrent dans mon salon, oui monsieur, comme du carton.

— Donc vous entendez du bruit dans le couloir...

— Parfaitement. Des voix d'hommes. En français et en allemand, même pas besoin de coller l'oreille au mur. Alors j'ouvre la porte, très doucement, je dirais même que j'entrouvre, c'est-à-dire que j'ouvre à peine mais suffisamment pour voir... Je fais souvent ça, pas pour espionner mais pour m'assurer que c'est pas des maraudeurs. Donc je regarde et je reconnais le petit Paul-Émile que j'avais pas vu depuis bien longtemps ! Et puis je vois aussi l'homme, qui le menace avec une arme, un sale type que j'avais déjà vu parce qu'il était venu me poser des questions, ici.

— Quel genre de questions ?

— Des questions sur Paul-Émile, son père, et sur Genève.

— Genève ?

— Parce que le fils était à Genève, dans une banque. Comme directeur, je crois. Mais moi, j'y ai pas trop dit, juste pour qu'il me fiche la paix, quoi.

— Mais c'était qui ce type ?

— Un policier français qu'il a dit la première fois. Mais ensuite, quand je l'ai revu dans le couloir, avec son pistolet et à parler dans sa langue de frisé avec deux autres types que j'avais jamais vus, j'ai compris que c'était un Allemand.

— Vous connaissez son nom ? l'interrompit Doff qui, à présent, prenait des notes sur un calepin en cuir vert.

— Non.

— Bon. Continuez...

— Ensuite, mon général, ce sale Allemand a jeté Paul-Émile dans le débarras, juste à gauche de l'entrée. Je pouvais plus voir, mais j'entendais qu'il le battait salement, et il lui disait de choisir. Il disait (elle prit un accent germanique grossier) : *Je sais que vous êtes un agent anglais, et qu'il y a d'autres agents à Paris.* Il a dit plus ou moins comme ça, mais sans accent, car il parlait le français sans accent, et c'est pour ça d'ailleurs que je ne me suis doutée de rien quand il a dit qu'il était un policier français.

— Choisir quoi ?

— Si Paul-Émile parlait, l'Allemand ne ferait pas de mal à son père. S'il ne parlait pas, le père finirait comme un Polonais, ou quelque chose comme ça.

— Et ?

— Il a parlé. J'ai pas tout entendu, mais Paul-Émile a parlé, et ils l'ont emmené. Et ce sale Allemand est revenu, ici, souvent. Ne me demandez pas pourquoi parce que j'en sais rien, mais en tout cas je sais ce que j'ai vu. Et puis au moment de la Libération, il a disparu, évidemment.

Doff resta sans voix : Pal avait donné Faron, il avait donné Laura. Celle qu'il aimait. Non, c'était impossible... Comment aurait-il pu envoyer Laura à la mort ? Quel désordre avait engendré Pal en venant ici ! Et pourquoi ? Doff décida que personne ne devrait jamais savoir, ni Stanislas ni personne. Il garderait le secret toute sa vie ; Philippe ne saurait jamais la vérité sur son père.

Doff se sentait mal, il avait chaud, il avait mal au crâne ; il se leva dans un élan brusque, manquant de renverser le plateau et le vrai café qu'il n'avait pas bu.

— Vous partez déjà, mon général ?

Doff fixa sévèrement la concierge.

— Avez-vous raconté cette histoire à quelqu'un d'autre que moi ?

— Non. Pas même au père. J'avais bien trop peur de l'Allemand qui revenait sans cesse.

— Savez-vous garder un secret ?

— Oui.

— Alors ne parlez plus jamais de cette histoire. Plus jamais, à personne. Vous oublierez cette histoire, vous l'emporterez dans votre tombe… C'est du secret défense, du secret mondial.

Elle essaya vainement de protester ; Doff prit un ton autoritaire et menaçant, il articula lentement :

— Vous êtes tenue au secret. Sinon, je vous ferai fusiller pour haute trahison !

Elle écarquilla les yeux, horrifiée.

— Pan ! cria Doff en imitant l'exécution, les doigts en forme de pistolet. Pan ! Pan !

Elle sursautait à chaque détonation. L'Allemand lui avait parlé pareil, un an plus tôt. Les militaires étaient décidément tous des sales types.

*

Stanislas descendit les escaliers et sortit devant l'immeuble. Sur le trottoir, Doff fumait une cigarette en l'attendant. Ils se regardèrent et soupirèrent ensemble.

— Voilà, dit Stanislas.

— Voilà, répondit Doff.

Silence.

— Comment a-t-il pris la nouvelle ?

— Ça va aller…

Doff hocha la tête.

— Tu sais, Stan, je crois que je vais classer l'enquête… Tout a été dit, plus besoin de venir ici. La faute au destin.

— Oui, oui, classer l'enquête. La faute au destin. Rien à ajouter, et ne plus venir ici. Saloperie de guerre…

— Saloperie de guerre.

Ils firent quelques pas en direction de la Seine.

— Ah, ce Pal. Un héros, hein ? ajouta encore Stanislas.

— Pour sûr, un héros.

Ils ne rentrèrent pas à l'hôtel tout de suite. Ils avaient besoin de boire un peu.

66

Il était presque quinze heures lorsque Laura sonna à la porte de l'appartement.

Pourquoi Stanislas et Doff n'étaient-ils pas revenus à l'hôtel ? Ils étaient partis vers onze heures et demie, et elle avait attendu pendant quatre heures, dans sa chambre qu'elle n'avait pas quittée depuis la veille au soir. Elle s'était inquiétée, elle ne pouvait plus patienter ainsi, et elle avait décidé d'aller rue du Bac ; elle avait installé Philippe dans son landau et s'en était allée jusque chez le père.

Il ouvrit. Il pensait que c'était Stanislas qui revenait. Il ne parvenait plus à contenir ses sanglots de douleur, mais il ouvrit quand même.

En voyant l'homme en pleurs, Laura comprit que Stanislas et Doff lui avaient annoncé la nouvelle. Mais pourquoi n'étaient-ils pas revenus à l'hôtel ensuite ?

— Bonjour, Monsieur. Je suis Laura... Je ne sais pas si Stanislas vous a parlé de moi ?

Il sourit tristement et acquiesça. Laura. Elle était venue elle aussi. Depuis Londres ? Déjà ? Peu importe. Il la trouva magnifique.

— Alors, c'est vous le père de Paul-Émile... murmura-t-elle, les yeux embués par les larmes. Il m'a tellement parlé de vous...

Il sourit encore.

— Chère petite Laura... Vous êtes plus belle encore que ce que j'aurais pu imaginer.

Dans un élan soudain, ils s'enlacèrent, tous trois.

— C'est mon petit-fils ?

— Il s'appelle Philippe. Philippe... Comme vous. Il est beau, hein ?

— Magnifique.

Ils s'installèrent au salon, et ils se regardèrent, sans parler, pleins de tristesse. Puis à la demande du père, Laura raconta Pal, comme Stanislas l'avait fait. Elle raconta Londres, et les moments de bonheur. Elle raconta combien elle trouvait que Philippe ressemblait à son père, et le grand-père approuva. Et pendant que sa mère parlait, Philippe, dans ses bras, riait et entamait dans son babil une grande conversation avec le monde.

Le grand-père regardait la jeune femme et l'enfant, tour à tour, sans cesse. Ils étaient la famille de son fils, sa descendance. La perpétuation du nom. Ses larmes ruisselaient toujours.

Ils parlèrent pendant près de deux heures. À dix-sept heures, le père, épuisé, proposa à Laura de revenir le lendemain.

— La journée a été difficile, dit-il, j'ai besoin d'être un peu seul, vous comprenez ?

— Bien sûr. Je suis si heureuse de vous avoir enfin rencontré.

— Moi aussi. Revenez demain à la première heure. Nous avons encore tant à nous dire.

— Demain. À la première heure.

— Aimez-vous les gâteaux ? demanda le père. Je pourrais acheter un gâteau pour demain.

— Un gâteau, répondit Laura. C'est une excellente idée. Nous le mangerons ensemble, et nous parlerons encore.

Ils s'enlacèrent, il embrassa son petit-fils. Et elle s'en alla.

Dans la rue, elle eut envie de marcher. Marcher lui ferait du bien. Demain elle proposerait au père de venir au manoir du Sussex. Peut-être voudrait-il prononcer un petit discours. Peut-être resterait-il à Londres quelque temps. Pour Philippe. Elle sourit. L'avenir était devant.

*

Gros sortit de l'hôtel Cecil, où le SOE avait son bureau pour la France. Sur les indications d'un officier, croisé par hasard devant le Lutetia où il était resté longtemps après le départ de Saskia, il s'y était rendu pour régulariser son statut, ne sachant plus s'il était agent anglais ou citoyen français.

Au Cecil, il avait eu droit à un entretien expéditif et sans protocole. On lui avait expliqué que la Section F était démantelée ; il pouvait rejoindre les rangs de l'armée française s'il le souhai-

tait, au grade identique à celui obtenu au sein du SOE : lieutenant.

— Non, merci, avait décliné Gros. Plus de guerre, plus rien.

Son interlocuteur avait haussé les épaules. Il avait fait patienter
le géant, puis lui avait remis un certificat laissant entendre qu'il
avait pris une part importante à la guerre. C'était tout. Pas de
tambour, pas de salut militaire, même pas une feuille à signer.
Rien. Au revoir et merci. Gros avait souri, il ne s'en était pas
formalisé. Le SOE s'éteignait de la même manière qu'il s'était
allumé : ç'avait été la plus grande improvisation de toute l'histoire
de la guerre.

Le géant déambulait au hasard des rues. Il regardait fièrement
son diplôme, l'approchant et l'éloignant de ses yeux pour pouvoir
bien le contempler. Il l'enverrait à ses parents. La guerre était
terminée, pour lui, pour ses camarades. Pour la Section F. Une
page de leur histoire se tournait définitivement. Qu'allaient-ils
devenir ?

Il marcha encore, la direction n'avait pas d'importance. Sans
le savoir, il prenait le chemin de la rue du Bac ; sans le savoir,
il faisait, en sens inverse, le trajet de Pal, qui, un matin de
septembre 1941, avait quitté Paris pour suivre les sentiers de la
guerre. C'est alors qu'il la vit, accompagnée de son fils, Philippe,
dans son landau : Laura. Elle lui souriait, elle avait reconnu de
loin l'immense silhouette. Quelle surprise ! Quelle extraordinaire
surprise que ces retrouvailles, ici et maintenant. Elle souriait, plus
belle que jamais. Elle et son fils sans père retrouvaient Gros, ici :
ils pensèrent au destin, peut-être au hasard, mais le monde est
trop petit pour qu'on puisse jurer ne jamais se revoir. Ne se
perdent de vue que ceux qui le veulent vraiment.

Gros se précipita vers Laura, il l'enlaça de toutes ses forces.

— J'ai eu si peur de ne plus te retrouver ! s'écria la jeune
femme.

Elle avait eu peur pour lui ; Gros ferma les yeux de bonheur,
et, discrètement, il posa sa main sur la tête du fils nouveau.

— Que fais-tu à Paris ? demanda le géant.

— Je suis venue voir le père de Pal. Il y a aussi Stanislas et Doff
avec moi.

Ils se sourirent.

— Reviens à Londres avec nous, lui dit Laura. Reviens à
Londres, tu veux bien ?

— Oui.

— Tout le monde t'attend là-bas. Nous voulons aller dans le manoir de mes grands-parents. Quelques jours. Pour nous souvenir de Pal et des morts.

— Tous ensemble ?

— Tous ensemble. Comme pendant les écoles. Mais nous n'aurons plus à nous lever à l'aube. Nous ne souffrirons plus. Nous avons gagné la guerre.

Philippe, dans son landau, se manifesta.

— Veux-tu le porter ? proposa Laura.

— J'aimerais tant.

Elle mit le fils dans les bras de Gros, débordant d'amour, qui le serra délicatement contre lui ; et l'enfant posa ses minuscules mains sur les énormes joues de celui qui deviendrait un peu son père.

Qu'allaient-ils devenir ? Ce n'était pas important. Les démons reviendraient, ils le savaient. Car l'Humanité oublie facilement. Pour se souvenir, elle construirait des monuments et des statues, elle confierait sa mémoire à des pierres. Les pierres n'oublient jamais, mais personne ne les écoute ; et les démons reviendraient. Mais il resterait toujours des Hommes quelque part.

— Qu'allons-nous devenir ? demanda Gros.

— Ce n'est pas important, répondit Laura.

Elle lui prit la main restée libre.

— Je me suis trouvé une fiancée, annonça-t-il fièrement.

Elle sourit.

— Tu es le meilleur Homme du monde.

Il rougit.

— Elle s'appelle Saskia... C'est un nom de guerre aussi. Aujourd'hui, elle m'a dit qu'elle m'aimait...

— Moi aussi, je t'aime ! protesta Laura.

Elle l'embrassa sur la joue. Un long baiser appuyé comme Gros n'en avait jamais reçu. Il soupira d'aise ; elles l'aimaient.

— Peut-être que Saskia et moi on fera des enfants, dit-il.

— Je te le souhaite.

Ils marchèrent jusqu'à la Seine, ils se serrèrent l'un contre l'autre. Ils songèrent à la vie future en regardant le fleuve. Ceux qui ne voulaient plus aimer aimeraient finalement encore, et ceux qui voulaient être aimés le seraient sûrement. On peut aimer plusieurs fois, différemment.

Au même instant, rue du Bac, le père était allongé sur le lit de son fils ; il serrait sa valise contre lui. Il ne se réveillerait plus ; il avait pleuré ses dernières larmes, le chagrin l'emportait. Il n'y aurait plus de fils, il n'y aurait plus de lettres. Et le petit homme ferma les yeux pour mourir.

Ç'avait été une belle journée. Une de ces journées pendant lesquelles, sans raison particulière, il fait bon vivre. Dans le tréfonds du ciel, deux silhouettes dansaient : le père avait retrouvé son garçon. Enfin. Ils s'embrassaient.

ÉPILOGUE

Décembre 1955. Ils étaient tous réunis dans le manoir du Sussex.

Le temps avait passé ; la guerre s'était terminée en mai 1945. Le SOE avait été intégralement dissous en janvier 1946.

Face à la fontaine, ils se souvenaient. Le temps passait et effaçait beaucoup ; à la longue, il devenait difficile de tout se remémorer. Alors, pour ne pas oublier, ils se réunissaient tous, chaque année, à la même date, au même endroit. Et ils se rappelaient Pal, Faron, Aimé et tous les morts de la guerre.

Ils étaient dans le salon, ils étaient tous là, avec leurs familles ; à l'abri de la grande baie vitrée, des enfants jouaient gaiement. Il y avait de la joie.

Claude était devenu chef de cabinet au Quai d'Orsay ; il s'était fiancé. Parfois, lorsqu'il trouvait le temps, il croyait en Dieu.

Key n'était jamais retourné en France. Il avait intégré le Secret Intelligence Service. Il était marié, il avait deux enfants. Sa grande angoisse à présent, c'était les communistes.

Adolf Doff Stein s'était également marié ; il était père de trois beaux enfants, et siégeait à la tête d'une importante entreprise de textiles basée à Londres. Il avait gardé le secret.

Stanislas n'avait jamais parlé non plus, il ne parlerait jamais. Durant les premières années de l'après-guerre, il avait repris son activité d'avocat, avant de prendre finalement sa retraite. Il trouvait qu'il l'avait bien méritée. En cachette, il distribuait des chocolats aux enfants, ravis, qui l'appelaient tous *Grand-père*.

Laura entra dans le salon, un plateau de boissons et de gâteaux entre les mains. Elle avait trente-cinq ans. Depuis Pal, elle n'avait plus jamais rencontré personne ; elle était toujours aussi belle et rayonnante. Un jour, elle rencontrerait quelqu'un, elle aurait d'autres enfants. Elle avait encore une longue vie devant elle.

Assis par terre, Gros riait et plaisantait avec les enfants. Ils étaient tous ses enfants. Saskia ne l'avait jamais rejoint à Londres ; parfois il rêvait d'elle. Depuis l'après-guerre, il travaillait comme serveur dans un restaurant français de Londres. Souvent, il mettait les doigts dans les plats. Discrètement.

Parmi les enfants qui riaient, il y avait Philippe. Il avait onze ans. C'était un bel enfant, gentil, rieur, intelligent, fidèle. Personne ne le lui disait, par pudeur, mais il était l'exacte réplique de son père.

Lorsqu'ils eurent mangé quelques parts de gâteau, Gros prit Philippe par la main, et l'entraîna dehors. À Londres, il allait souvent le chercher à l'école. Il ne se passait pas un jour sans qu'ils se voient.

Les deux silhouettes marchèrent jusqu'à la fontaine. Ils caressèrent le granit. Puis ils firent encore quelques pas en direction du grand étang. Dans le ciel, les derniers oiseaux s'envolaient avant la nuit.

— Qu'est-ce que je dois savoir pour la vie, maintenant que j'ai déjà onze ans ? demanda Philippe.

Gros réfléchit un instant.

— Il faudra être bon avec les renards. Si tu en vois, donne-leur du pain. C'est important. Les renards ont souvent faim.

Le garçon hocha la tête.

— Quoi d'autre ?

— Sois un bon garçon.

— Oui.

— Sois gentil avec ta mère. Aide-la bien surtout. Ta mère est une femme formidable.

— Oui.

Silence.

— J'aurais aimé que tu sois mon père, dit l'enfant.

— Ne dis pas ça !

— C'est vrai.

— Ne dis pas ça, je vais pleurer !

— Papa...

— Ne m'appelle pas ainsi !

— Papa, est-ce qu'un jour il y aura la guerre de nouveau ?

— Sûrement.

— Mais alors, qu'est-ce que je devrai faire ?

— Ce que ton cœur te dira.

— Et que t'a dit ton cœur pendant la guerre ?

— D'être courageux. Le courage, ce n'est pas de ne pas avoir peur : c'est d'avoir peur et de résister quand même.

— Mais, vous tous, qu'avez-vous fait pendant ces années ? Ces années dont on ne doit plus parler...

Gros sourit, sans répondre.

— Tu ne me le diras jamais, hein ? soupira l'enfant.

— Jamais.

— Peut-être que quelqu'un l'écrira dans un livre. Alors je saurai.

— Non.

— Pourquoi ? J'aime les livres !

— Ceux qui y étaient n'écriront pas...

— Et les autres ?

— Les autres non plus. On ne peut pas écrire ce que l'on n'a pas vécu.

Philippe se tut, résigné. Gros lui prit la main. Ils contemplèrent le monde. Le géant fouilla alors dans sa poche et en sortit un sachet de bonbons. Il le donna au seul fils qu'il aurait jamais. Le garçon mangea, et Gros lui tapota la tête de ses mains potelées, maladroit ; on aurait cru qu'il jouait du tam-tam. Il pleuvait à présent. Il pleuvait, mais les gouttes ne les atteignaient pas.

— Tu mourras toi aussi ? demanda le fils.

— Un jour. Mais dans très longtemps.

L'enfant soupira d'aise : ce longtemps-là lui paraissait très longtemps. Il se colla contre Gros, et il le serra fort. Il était son fils. Et Gros profita de la pluie pour pleurer un peu. En secret. Il aurait voulu parler encore, lui dire combien il l'aimait, mais il resta silencieux. Ce n'était plus le temps des mots.

Cet ouvrage a été imprimé
en février 2013 par

FIRMIN-DIDOT

27650 Mesnil-sur-l'Estrée
N° d'édition : 699
N° d'impression : 116959
Dépôt légal : décembre 2011

Imprimé en France